Das Schleusenhaus
MARIANNE CARRERA
DAS MAGISCHE KLAVIER
Roman

»Dort in den Weiden steht ein Haus«[1]

von Johannes Brahms

Dort in den Weiden steht ein Haus,
da schaut die Magd zum Fenster 'naus!
Sie schaut stromauf, sie schaut stromab:
Ist noch nicht da mein Herzensknab'?
Der schönste Bursch am ganzen Rhein,
den nenn' ich mein, den nenn' ich: mein!
Des Morgens fährt er auf dem Fluss,
und singt herüber seinen Gruß,
des Abends, wenn's Glühwürmchen fliegt,
sein Nachen an das Ufer wiegt,
da kann ich mit dem Burschen mein
beisammen sein, beisammen sein!
Die Nachtigall im Fliederstrauch,
was sie da singt, versteh' ich auch;
sie saget: übers Jahr ist Fest,
hab' ich, mein Lieber, auch ein Nest,
wo ich dann mit dem Burschen mein,
die Froh'st' am Rhein, die Froh'st' am Rhein!

1 Textdichter: Anton Wilhelm Florentin von Zuccalmaglio (1803-1869)

Kapitel 1

Mit Wucht knallte Julia Lüttke die Tür ihres Kleiderschranks zu. Sie raffte die Locken zu einem Zopf, um Luft an ihren verschwitzten Nacken zu lassen. So konnte es unmöglich weitergehen. Sie musste mit dem ständigen Einkaufen aufhören. Mit verkniffenem Mund starrte sie auf die Spiegeltür, hinter der die Handtasche von Chanel lag, die sie in ihrem Lieblings-Secondhand-Laden erstanden hatte. Unter dem perfekt aufgetragenen Make-up sah Julia die wächserne Blässe in ihrem Gesicht. Zwei Augen blickten sie müde an. Sie warf sich ein schiefes Grinsen zu. Das euphorische Shopping-Gefühl verflog wie immer, sobald sie mit den Einkaufstaschen den Laden verlassen hatte. Ihr Vater, ein Bänker, wäre entsetzt, wüsste er, was sie da trieb. *Adoptivvater*, korrigierte sie sich. Folglich konnte sie gar keine Bänkergene haben. Sie warf einen verstohlenen Blick auf den Amazon-Karton mit den High Heels, der neben ihrer Chaiselongue im Ankleidezimmer stand. Das Logo grinste sie höhnisch an. Eine weitere unnötige Errungenschaft, musste sie zugeben. Daran änderte auch die Tatsache nichts, dass sie farblich perfekt zur Handtasche passten.

Frustriert schlurfte Julia ins Wohnzimmer. Dort fuhr sie den Laptop hoch und öffnete die Onlineseite ihrer Bank. Es war noch schlimmer, als sie gedacht hatte. Schnell klappte sie ihn wieder zu und legte eine Wange auf den kühlen Deckel. Traurig fiel ihr Blick auf den Flügel, der in der Zimmerecke stand. Sie nahm daran Platz, um ein letztes Mal zu spielen, bevor die Transportfirma ihn mitnahm. So würde sie wenigstens einen Teil ihrer Schulden bezahlen können. An der ganzen Misere war nur Andreas schuld, dachte sie ärgerlich und ein bisschen mit Wehmut. Tränen verschleierten ihren Blick. Die Wohnung erschien so leer, seit ihr Lebensgefährte sie verlassen hatte. Zu ihrem Glück war das Appartement möbliert. Er hatte nur seine persönlichsten Sachen mitgenommen.

Julia gab ihrem Frust in Mozarts Sonate Nr. 16 in C-Dur Ausdruck, bevor sie die eher ruhig anmutende Sonate Nr. 11 in A-Dur anstimmte. Die klassischen Melodien lösten die Enge in ihrer Brust. Julias Finger flogen über die Tasten und sie versank vollkommen in ihrem Spiel. Die Klänge trugen all ihre Ängste davon, als die Türglocke sie aus ihren Träumen riss.

Sie begleitete die Männer, die den Flügel nach unten schafften, bis vor die Haustür. Schnell unterschrieb sie den Transportschein und schlüpfte zurück in den Hauseingang, denn sie konnte nicht mit ansehen, wie ihr geliebtes Instrument im Schlund des Lastwagens verschwand. Schon mal unten, sah sie nach der Post. Seit alles online verschickt wurde, führten die Blechkästen ein einsames Dasein. Sie staunte, als ihr gleich zwei Briefumschläge entgegenpurzelten. Im Aufzug las sie die Absender. Wie befürchtet hatte die Hausverwaltung eine weitere Mahnung geschickt. Der braune Din-A5 Umschlag war von einem Notariat, frankiert mit französischen Briefmarken. Sie hatte keine Ahnung, was ein Notariat in Frankreich von ihr wollte.

Die Stille und die leere Ecke, wo der Flügel gestanden hatte, waren kaum zu ertragen. Achtlos warf sie die Post auf den Tisch. Heute fühlte sie sich neuerlichen Hiobsbotschaften nicht gewachsen. Entschlossen, diesen zu entgehen, legte sie ihre Lieblings-CD auf, wendete sich dem Weinschrank zu und wählte eine perfekt temperierte Flasche Bordeaux. Auch ein Überbleibsel aus der Zeit mit Andreas. An seiner Seite war sie die makellose Frau, ein Aushängeschild par excellence. Im Gegenzug durfte sie fast uneingeschränkt über seine Kreditkarte verfügen. Keine sonderlich tiefgründige Beziehung, aber als er sie vor vier Wochen für seinen Traumjob in den Staaten fallen ließ, war sie doch geschockt gewesen. Sie trank einen großen Schluck und spülte den bitteren Geschmack weg, den die Gedanken auf ihrer Zunge hinterlassen hatten. Mit dem nächsten würgte sie ihre Tabletten hinunter.

»Scheiß' auf die Gesundheit.« Julia griff zum Smartphone und bestellte ihre Lieblingspizza. »Wenn schon, denn schon.«

Genüsslich fläzte sie sich in die Kissen der Wohnlandschaft. Während Julia auf den Pizzaboten wartete, löschte sie sämtliche Erinnerungen an Andreas auf dem Handy.

Am Morgen erwachte sie mit Kopfschmerzen, die sie mit einer Tablette, Wasser und einem starken Kaffee bekämpfte. Seufzend öffnete sie beim Frühstück die Briefe, die sie nicht länger ignorieren konnte. Das Lesen der Mahnung führte erneut zu einem ziehenden Schmerz in ihrer linken Schläfe. Genervt legte sie das Papier zur Seite. Der Umschlag aus Frankreich dagegen machte sie neugierig. Notariat Benoît Schmitt, Rendez-vous am ... Julias Blick huschte zum Wandkalender in ihrer Küche. Sie kniff angestrengt die Augen zusammen, nur um sie sogleich weit aufzureißen. Heute. Der Termin war heute. Schnell las sie weiter und atmete erleichtert auf. Ihr Unterricht ging bis dreizehn Uhr. Genügend Zeit, sich frisch zu machen, bevor sie den Termin im Elsass wahrnahm.

Auf dem Weg in die Schule hämmerte es hinter ihrer Stirn unvermindert weiter.

Vor dem Lehrerzimmer lehnte Georg an der Wand, das Handy lässig am Ohr, die andere Hand in der Hosentasche vergraben. Als er Julia sah, grinste er süffisant und beendete das Gespräch. »Einen wunderschönen guten Morgen.« Schwungvoll stieß er sich ab und verstellte damit den Zugang zur Tür. Er legte den Kopf schief. Mit hochgezogenen Augenbrauen inspizierte er ihr Gesicht. »Es scheint, der Abend war schöner als der Morgen. Kopfschmerzen?«

Julia wischte die feuchten Hände an der Jeans ab und schnappte nach Luft. Bevor sie eine passende Antwort parat hatte, glitt Georg wie ein öliger Fisch zur Seite und hielt die Tür auf. Mit einer einladenden Geste ließ er ihr den Vortritt. Sie nickte den anderen Kollegen nur kurz zu und packte das Unterrichtsmaterial für die erste Stunde zusammen. Julia versuchte, ruhig durchzuatmen. Sie unterdrückte den Zwang, sich nach Georg umzuschauen. Bildete sie sich das nur ein oder spürte sie seinen Blick in ihrem Nacken? Seine penetrante Art hatte etwas Besitzergreifendes. Konnte er sie nicht in Ruhe lassen?

Simone, die Englisch in der achten Klasse unterrichtete, kam aus dem Kopierraum und trat zu Julia an den Tisch, um den Papierstapel in die Tasche zu stopfen. »Wollen wir?«, fragte sie.

Julia nickte. Gemeinsam begaben sie sich zu den Klassenzimmern im ersten Stock.

Die Kinder lenkten Julia ab, aber als es zur Pause klingelte, verkroch sie sich im Klassenzimmer, denn ihre tägliche Ration *Georg* hatte sie schon bekommen. Gut, dass sie heute keine Aufsicht hatte. Sie öffnete ein Fenster und sah in Georgs Gesicht, der grinste und zu ihr hinaufstarrte. Schnell wandte sie sich ab. Ihr Magen verknotete sich schmerzhaft. Georgs smarte Erscheinung hatte unter den weiblichen Kolleginnen von Anfang an für Furore gesorgt. Julia kannte einige, die darauf brannten, mit ihm auszugehen. Bei ihr löste er nur Übelkeit aus. Sie verstand nicht, warum er ausgerechnet hinter ihr her war. Hoffentlich traf sie diesen Idioten nach Schulschluss nicht noch einmal.

Als es final klingelte, begab sich Julia in den Kopierraum, der einer Besenkammer glich und sich im hinteren Teil an das Lehrerzimmer anschloss. Eng, erdrückend warm und ohne Fenster, käme niemand auf die Idee, die Tür zu schließen. Sie starrte auf die DIN-A4 Seiten, die der Apparat laut ratternd ausspuckte. Durch die geöffnete Tür hörte sie vage das Stimmengewirr der Kollegen. Der Kopiervorgang stoppte abrupt und die Anzeige ‚*kein Papier*' leuchtete auf. Georgs Stimme brach durch die Stille und Julia erstarrte. Sie hatte gehofft, er sei schon gegangen. Mucksmäuschenstill stand sie mit dem Rücken zur Wand und lauschte. Der Atem kam ihr unnatürlich laut vor. Sie hörte, wie sich jemand näherte und dann einen dumpfen Aufprall, als wuchtete wer einen Stapel Bücher auf einen Tisch. Hoffentlich wollte Georg nicht auch kopieren! Die Schritte entfernten sich.

»Also, bis Montag. Schönes Wochenende allerseits.«

Julia atmete aus. Ihr Verhalten war lächerlich. Schnell legte sie frisches Papier in die Kassette und setzte den Kopierer wieder in Gang. Sie würde Georg einen ausreichenden Vorsprung geben. *Nur nicht zu lange*, mahnte sie sich. Am frühen Nachmittag war der Termin in Neuf-Brisach. Zum Glück musste sie nicht weiß Gott wohin fahren. Der Ort lag direkt hinter der französischen Grenze, die man in Alt-Breisach überqueren konnte.

Sie räumte den Stapel Kopien in ihr Fach und packte die Tasche, während sie sich immer wieder fragte, was sie im Notariat erwarten würde. Dann löschte sie das Licht und schloss ab. Eilig sprang sie die Schultreppe hinunter, bog um die Ecke und landete in Georgs Armen.

»Da pressiert aber jemand.«

Geschickt manövrierte er sie gegen die Wand. Eingekeilt zwischen seinen abgestützten Armen presste sie ihre Tasche an die Brust. Sie schluckte. Verdammt, was wollte der Kerl von ihr?

»Wie wäre es mit einem Mittagessen beim Italiener hier um die Ecke? So zum Start ins Wochenende?«

Julia starrte in seine grauen Augen. Sein herbes Aftershave stieg ihr in die Nase und weckte Erinnerungen. Trug er den gleichen Duft wie Andreas?

»Was ist?« Er musterte sie erwartungsvoll.

In dem Moment kam Isabelle um die Ecke. Sie stierte zu ihr herüber. »Oh, lasst euch nicht stören. Schönes Wochenende.«

Sie warf ihnen einen süffisanten Blick zu, aber Julia war der grimmige Zug um ihre Lippen nicht entgangen. War sie etwa neidisch? Sie konnte ihn gern haben. Georg sah ebenfalls zu Isabelle. Schnell duckte Julia sich unter seiner Barriere hindurch. »Nein, danke«, sagte sie mit fester Stimme. »Ich habe einen Termin und außerdem ...« Warum in aller Welt rechtfertigte sie sich vor diesem Typen? »Sorry, aber heute passt es gar nicht.«

»Dann vielleicht am Abend? Neunzehn Uhr? Ich hole dich ab.«

»Georg ...« Sie rang nach Fassung. »Ich habe weder Zeit noch Interesse.«

Seine Augen wurden dunkel. Er verzog den Mund. Scheinbar war er Widerspruch nicht gewohnt. Julia sah, dass er sich um Beherrschung bemühte. Unwohlsein zog ihre Lendenwirbel hinauf. War sie zu deutlich geworden? Hatte sie an seiner Ehre gekratzt? Verdammt, er scherte sich einen Dreck um die Ihre. Wie auch immer. Sie hatte den Termin. Davor musste sie sich noch frisch machen. Sie wandte sich ab, spürte, wie sich Georgs Blick in ihren Rücken bohrte – und schauderte.

Julia parkte im Zentrum von Neuf-Brisach auf dem Marktplatz, der früher als Exerzierplatz diente. Anfang des achtzehnten Jahrhunderts hatte Vauban, der Festungsbaumeister Ludwigs XIV., die Stadt in Form eines Achtecks erbaut. Ein schachbrettförmig angelegtes Straßennetz säumte den Markt. Julia war für ihr Navigationssystem dankbar, denn in der imposanten Anlage aus Mauern, Gräben und Toren hätte sie sich mit Sicherheit verfahren. Sie blieb einen Augenblick unter der Plakette stehen, die über dem Eingang des Notariats befestigt war. Die Sonne spiegelte sich in dem goldenen Oval mit den Insignien der politischen Macht.

In der kleinen Empfangshalle fühlte sie sich in eine andere Zeit versetzt. Die antiken Möbel mit geschnitzten Verzierungen in dunklem Holz wirkten respekteinflößend und der etwas muffige Geruch nach Bohnerwachs verstärkte dieses Gefühl. Als die Dame hinter dem Empfang sie ansprach, zuckte Julia leicht zusammen. Sie machte ihre Angaben mit gedämpfter Stimme und ließ sich in den Warteraum führen.

Kurz darauf erschien ein gedrungener Mann im Anzug und reichte ihr die Hand. »Madame Lüttke? Ich bin Benoît Schmitt. Wenn Sie mir bitte folgen wollen?«

Vor seinem Büro ließ er Julia den Vortritt und bat sie, auf einem thronähnlichen Stuhl vor einem eindrucksvollen Schreibtisch Platz zu nehmen. Auf dem Tisch stapelten sich haufenweise Blöcke und lose Blätter, in denen der Notar zu suchen begann. Ein Stapel rutschte in sich zusammen und es war nur der schnellen Reaktion von Monsieur Schmitt geschuldet, dass er nicht zu Boden glitt. Julia musste an den Lieblingsspruch ihrer Schwester denken: »Nur das Genie beherrscht das Chaos.«

Erneut wühlte er sich durch die Papierflut, bis er mit einem zufriedenen Grinsen fündig wurde und ihr das Testament einer Amalia Kraft vorlas.

»Ich habe geerbt?« Fassungslos starrte sie den Notar an. Ihre Mundwinkel zuckten verdächtig, als könnten sie sich nicht entscheiden, ob sie sich zu einem Lächeln oder einer weinerlichen Schnute verziehen sollten. »Aber ich kenne keine Frau Kraft. Sind Sie sicher, dass es sich nicht um ein Missverständnis handelt?« Warum sollte eine Fremde ihr ein altes Schleusenhaus im benachbarten Elsass vererben?

»Ich versichere, dass alles rechtmäßig ist. Leider kann ich keine weiteren Auskünfte erteilen, da meine Klientin über Stillschweigen verfügt hat. Ich soll Ihnen lediglich dies hier aushändigen.«

Er überreichte Julia einen ausgebeulten Umschlag. Mit zittrigen Fingern förderte sie ein Schreiben mit der Adresse sowie einen abgenutzten Schlüssel mit einem Anhänger in Form eines Violinschlüssels heraus. Dieser zauberte ein Lächeln auf Julias Gesicht. Die Formalitäten waren schnell erledigt.

Auf der Straße atmete sie kurz durch und zückte ihr Handy. »Marit? Hey, ich bin's, Julia. Du, ich habe grandiose Neuigkeiten. Können wir uns treffen? Café Extrablatt sechzehn Uhr? Prima, ich freue mich.«

Das war genau, was sie brauchte. Einen Cocktail und ein Treffen mit ihrer besten Freundin, die stets ihr Fels in der Brandung war.

Julia betrat vor Marit das Café in Freiburg. Sie ergatterte einen Tisch auf der Terrasse mit Blick auf die Dreisam, die dieses Frühjahr ordentlich Wasser führte. Für April war es ungewöhnlich warm und die Außenplätze fast alle belegt.

»Hey!« Marit warf ihre Jeansjacke über die Rückenlehne des Stuhls und umarmte Julia flüchtig. »Spann mich ja nicht auf die Folter. Ich platze vor Neugier.«

Die Bedienung brachte Julias Virgin Mango Mojito, den sie bereits bestellt hatte, und sah Marit abwartend an.

»Für mich das Gleiche, bitte«, orderte sie mit einem kurzen Blick auf Julias exotisches Getränk. Als sie wieder allein waren, bohrte sie nach. »Also, was gibt's so Spektakuläres?«

»Ich habe geerbt. Genauer gesagt – ein Haus im Elsass.«

Julia sog an ihrem Trinkhalm. Fasziniert genoss sie das Mienenspiel ihrer Freundin. Marit öffnete den Mund und zog hörbar die Luft ein. Die Augenbrauen schossen nach oben. Die Servicekraft stellte das Getränk vor ihr ab. Marit murmelte ein Dankeschön. Dann wandte sie sich sofort wieder Julia zu. »Ein Haus? Im Elsass? In Frankreich? Von wem denn? Oh Gott: mein Beileid! Standet ihr euch nahe? Ich meine, um wen handelt es sich eigentlich?«

»Niemand aus der Familie oder unserem Bekanntenkreis. Ehrlich gesagt: Ich kenne diese Frau gar nicht. Keine

Ahnung, wer sie war und warum ich in die Gunst des Erbes komme. Der Notar war nicht befugt, eine nähere Auskunft zu geben. Letzter Wille und so ...« Julia schob Marit den Umschlag über den Tisch, die ihn sofort öffnete.

»Die Adresse und ein Schlüssel? Das ist alles?«

»Ja. Und der Name natürlich: Amalia Kraft. Im Internet habe ich nichts über sie gefunden. Ist das nicht total aufregend?«

»Was hast du vor?«

»Na, schnellstmöglich verkaufen. Wenn es nicht die letzte Bruchbude ist, habe ich ein prima Startkapital für die Zeit nach Andreas. Ich muss aus der Wohnung raus.«

»Schade, dass du es nicht als Ferienhaus behalten kannst. Wahrscheinlich bist du froh, wenn du nur eine Wohnung zahlen musst?«

Julias Hals schnürte sich zusammen, sie zwang sich, kräftig zu schlucken. »Ich bin zwei Monatsmieten im Rückstand. Gestern lag wieder eine Mahnung im Briefkasten. Das Appartement ist viel zu groß und teuer, aber finde hier mal was Kleines, Günstiges. Alles nur wegen Andreas ...«

»Trauer bloß dem nicht mehr nach. Das ist der Kerl nicht wert. Du weißt ja, was ich von ihm halte?«

Julia kräuselte die Nase und äffte den Gesichtsausdruck ihrer Freundin nach. »Gar nichts?«

»Treffer!«

»Aber ein angenehmes Leben hatte ich mit ihm schon. Zumindest in finanzieller Hinsicht ...«

» ...und er hat dich für seine Zwecke als Aushängeschild benutzt. Julia, wach auf! Das war doch keine normale Beziehung und entspricht überhaupt nicht deiner Zukunftsvorstellung. Du bist jetzt achtundzwanzig. Wünschst du dir nicht eine kleine Familie, einen Partner, der dich wirklich liebt?«

»Schon«, lenkte Julia ein, »aber der Mann muss erst noch gebacken werden.«

»Prima, ich sehe mal, was ich in der Backstube für dich tun kann.« Marit prostete Julia mit einem Grinsen zu.

»Wann gehts los?«

»Mit der Männersuche?«

»Mit der Entdeckungsreise ins Elsass!«

»Sobald ich gepackt und die wenigen Dinge, die Andreas mir überlassen hat, bei meinen Eltern untergestellt habe. Ich möchte die Osterferien nutzen, um mit dem Erbe alles Notwendige in die Wege zu leiten. Zwei Wochen müssten reichen, was denkst du? So lange verfüge ich sogar über ein Feriendomizil.« Sie dachte einen Moment über diese zusätzliche Option nach, bevor sie Marit wieder anstrahlte: »Wie siehts aus? Ich könnte beim Packen zwei fleißige Hände gebrauchen. Hast du schon was vor?«

»Na, was für ein Glück, dass ich morgen frei habe. Sonntag bin ich nämlich eingeteilt. Ostergeschäft, du verstehst? Was gäbe es Schöneres, als mit meiner liebsten Freundin Kisten zu packen?«

»Oh weh. Jetzt habe ich ein schlechtes Gewissen. Ich verzeihe dir, wenn du deinen freien Tag anders verbringen möchtest.«

»Ach was! Den Vormittag opfere ich gern, um dir den Schubs in eine neue Zukunft zu geben.«

Julia betätigte die Taste: Erst pfeifend, dann ratternd, setzte sich der Drucker in Gang. Es schellte und sie eilte zur Tür. Marit schob sich in den Flur, sie hielt einen Stapel Umzugskartonagen in der Hand.

»Du bist die Beste! Ich habe mich schon gefragt, wo ich so kurzfristig welche herbekommen soll. Warte, ich nehme dir ein paar ab. Kaffee?«

»Unbedingt.« Marit ging ins Wohnzimmer und lehnte die Kartonagen an die Wand. Der Drucker spuckte das Papier vor ihre Füße. »Die Kündigung? Ist das nicht ein bisschen überstürzt? Du weißt doch gar nicht, was dich in Frankreich erwartet?«

Julia trat mit zwei Espressotassen zu ihr und schüttelte den Kopf. »Ich kann unmöglich eine weitere Monatsmiete zahlen.« Sie zeigte in die leere Ecke des Wohnzimmers. Ihre Augen brannten. »Um einen Teil meiner Schulden zu tilgen musste ich mich schon von meinem geliebten Piano trennen. Die Wohnung ist zu teuer. Sicher ergibt sich bald etwas.« Ganz so zuversichtlich war sie nicht. Es gab jedoch keine andere Option. Zur Not musste sie zu Hause unterschlüpfen. Allein der Gedanke löste in Julia widersprüchliche Gefühle aus. Sie mochte ihre Eltern, aber ihre Mutter übertrieb es mit der Fürsorge und Julia liebte ihr eigenständiges Leben. Sie hoffte, eine bessere Lösung zu finden.

»Na, dann lass uns loslegen.« Marit baute den ersten Karton geschickt zusammen. Sie folgte Julia ins Ankleidezimmer und stieß einen Pfiff aus.

»Wow. Okay. Ich denke, dieses Schlachtfeld überlasse ich dir.« Ihr Blick wanderte über die geöffneten Schranktüren auf das Doppelbett. Auf der Tagesdecke stapelte sich die Kleidung turmhoch und drohte zu kippen. »Ganz ehrlich, Julia? Das ist krank! Wer braucht so viele Klamotten? Du könntest glatt eine Boutique eröffnen!«

Julia spürte, wie ihr die Röte ins Gesicht schoss.

Marit trat näher und strich zärtlich über eine lachsfarbene Seidenbluse, die Julia erst kürzlich erstanden hatte. Nachdenklich rieb sie sich das Kinn. »Dir ist schon klar, dass hier ein kleines Vermögen liegt, oder? Wie wäre es, wenn du die absoluten Lieblingsteile heraussuchst und den Rest verkaufst? Ich kann mir nicht vorstellen, dass du in der neuen Wohnung wieder ein eigenes Ankleidezimmer hast. Willst du das alles bei deinen Eltern unterstellen? Die trifft glatt der Schlag.«

Erschrocken sah Julia Marit an. Daran hatte sie gar nicht gedacht. Niemand wusste von ihrem Shoppingproblem. Nicht einmal Marit, die sie immer noch fragend ansah.

»Okay. Überleg's dir. Ich kümmere mich um das Geschirr in der Küche. Hierbei ...«, sie machte eine ausladende Geste, »kann ich sowieso nicht helfen. Wenn ich dir hier rein pfusche, findest du in hundert Jahren nichts mehr wieder.

Außerdem weiß ich nicht, was du nach Frankreich mitnehmen willst.«

Was ihre Kleidung anging, hatte Julia ihr eigenes System. Marits Idee mit dem Verkauf einiger Kleidungsstücke fand sie gar nicht so schlecht, dabei war sie naheliegend. Ihr Herz hing nur an wenigen Stücken und die konnte sie ja behalten. Beflügelt von diesem Gedanken gab sie sich einen Ruck und sortierte die Kleider aus, bis sie die Anzahl der Kisten, die sie zu ihren Eltern bringen würde, auf ein Minimum begrenzt hatte. Zufrieden blickte sie auf das Ergebnis.

Marit, die mit der Küche fertig war, stand im Türrahmen.

»Was sagst du?« Stolz zeigte Julia auf die Umzugskisten. Belustigt registrierte sie Marits geweiteten Augen.

»Das da kann alles weg? Puh. Ja. – Also, ich bin sprachlos. Meinst du, ich kann mir was davon aussuchen? Natürlich gegen Bezahlung.«

»Klar. Das mit der Bezahlung lass mal.«

Marit wollte etwas erwidern, aber Julia ließ sie nicht zu Wort kommen.

»Weißt du was? Wir fotografieren die Teile für den Onlineverkauf schnell ab.« Sie zeigte auf den größten Stapel. »Dabei kannst du gleich entscheiden, was du haben möchtest. Den Rest bringe ich in den Secondhand-Laden.«

Julia quälte ihren vollgestopften Clio durch die dreißiger Zone in Freiburg-Herdern und bewunderte die villenartigen Wohngebäude. Obwohl sie lange hier gelebt hat, faszinierten sie die schmucken Fassaden mit ihren Balkonen, Erkern und Türmen. Sie bog in die Hofeinfahrt ihrer Eltern ein und parkte vor der Garage. Als sie die Tür hinter sich zuschlug, hörte sie das Summen der Hummeln und Bienen im alten Aprikosenbaum, der im Vorgarten in Blüte stand. Julia lächelte. Sie liebte seine Früchte. Schon als Kind konnte sie ihnen mit ihrer orangegelben Farbe und der unvergleichbaren Süße nicht widerstehen.

»Da bist du ja!« Ihre Mutter riss die Tür auf und umarmte sie herzlich.

Sofort überkam Julia das schlechte Gewissen, weil sie sich so selten blicken ließ.

»Wir hatten schon zum Mittagessen mit dir gerechnet.«

»Hat ein bisschen länger gedauert. Wenn mir Marit nicht geholfen hätte, wäre ich immer noch nicht fertig. Was gab es denn Feines?«

Sie öffnete die Heckklappe und hievte die erste Kiste heraus.

»Na, Kartoffelpfannkuchen mit Apfelmus. Grüß dich, Julia!« Ihr Vater kam durch die Garage und nahm ihr den Karton ab. »Du sollst doch nicht so schwer tragen. Lass dich mal anschauen. Blass bist du. Alles klar bei dir?« Er musterte sie skeptisch.

»Ja, Papa. Die Packerei war anstrengend, weil ich heute damit fertig werden wollte. Das ist alles. Aber wie gesagt, ich hatte Hilfe. Habt ihr mir von meinem Leibgericht etwas übrig gelassen?« Sie schluckte beim Gedanken an die knusprigen Küchlein. Ihr Magen gab ein verdächtiges Knurren von sich.

»Aber selbstverständlich. Komm rein und erzähl mir von diesem ominösen Erbe! Papa kümmert sich um deine Sachen. Er weiß am besten, wo er sie unterbringt.«

Sie warf ihrem Mann einen auffordernden Blick zu. Dann zog sie Julia in Richtung Haustür.

Im Flur stieg Julia der Duft von Fettgebackenem in die Nase. Sie setzte sich an den Küchentisch, auf dem für sie eingedeckt war. Ihre Mutter griff mit zwei Topflappen eine Platte, die im Backofen stand, und stellte sie vor Julia ab. Die dampfenden Küchlein zauberten ein Lächeln auf ihr Gesicht. »Seid ihr sicher, dass es niemanden in der weiteren Verwandtschaft gibt, der Kraft hieß und im Elsass wohnte?« Julia schaufelte sich drei Kartoffelpfannkuchen auf ihren Teller.

»Nach deinem Anruf haben wir uns den Kopf zerbrochen, aber uns fiel keiner ein. Wir sind sicher, dass diese Amalia nicht unserer Linie entspringt. Deshalb, ...«, sie machte eine kurze Pause, »besteht die Möglichkeit, dass es sich um eine deiner leiblichen Verwandten handelt und ...«

»Du glaubst, ich finde dort jemanden aus meiner leiblichen Familie, der als potenzieller Spender für eine Niere infrage käme, stimmt's?« Julia verdrehte die Augen. »Du weißt genau, wie ich darüber denke.« Sie kaute genüsslich und nahm sich einen weiteren Pfannkuchen vom Stapel. »Ihr habt nie erwähnt, dass meine leiblichen Eltern aus Frankreich stammen.«

»Das ist uns auch nicht bekannt. Die Adoption lief damals über eine Agentur hier in Freiburg. Aber, wenn es so wäre, finden wir vielleicht einen Spender und du würdest etwas über deine Wurzeln erfahren«, spann sie den Gedanken weiter. »Ist das nicht spannend?«

»Mama, das war mir nie wichtig. Ihr seid meine Eltern und werdet es immer bleiben.« Julia ergriff die Hand ihrer Mutter und drückte sie fest. »Ich habe mich stets von euch geliebt gefühlt.«

Ihre Mutter schluckte heftig. »Genau deshalb, mein Kind, hoffe ich, dass sich ein Spender findet. Der Gedanke ...« Sie wandte den Kopf zur Seite und rang um Fassung.

Julia stand auf und umarmte ihre Mutter. »Das wird schon, Mama, du wirst sehen. So schnell lasse ich mich nicht unterkriegen und momentan geht es mir doch gut.« Das stimmte nur zum Teil, aber sie konnte es nicht ertragen, wenn sich ihre Eltern um sie sorgten.

Nach dem Essen ging sie in ihr altes Zimmer, das sie sich mit ihrer Schwester Bobby geteilt hatte. Ihr Vater hatte die Kisten in der Ecke gestapelt. Es sah fast unverändert aus. Die Betten waren frisch bezogen und mit einer Tagesdecke abgedeckt. Julia lächelte. Hier gab es immer einen Platz, wenn sie oder ihre Schwester spontan übernachten wollten. Von Erinnerungen überwältig nahm sie den Teddy vom Regal, ohne den sie als Kind nicht einschlafen konnte. Seine dunkelblaue Latzhose war notdürftig geflickt. Bobby hatte sie dem Stofftier nach einem Streit vom Körper gerissen. Sie war der Auffassung, dass Kleidung Tierquälerei gleich kam. Bobby. Julia seufzte. Sie sahen sich nur selten.

Kapitel 2

Julia saß auf ihrem Platz im Dialysezentrum und ließ ihre Lektüre in den Schoß sinken. Sie konnte sich nicht darauf konzentrieren, zu sehr freute sie sich auf das kleine Abenteuer, über die Ferien verreisen zu können. Sie hatte mit dem zuständigen Arzt ihren Dialyseplan für die Zeit ihres Aufenthaltes im Elsass besprochen. Mit der heutigen Sitzung hatte sie einen Puffer von drei Tagen.

Danach fuhr sie in ihre Wohnung, um die Kleider zu packen, die sie unbedingt auf die Reise mitnehmen wollte. Mit Wucht warf sie sich auf den Koffer, der sich wie immer nicht schließen ließ. Ihr Kleidungsstil war stets geschmackvoll aufeinander abgestimmt, darum mussten ausgewählte Schuhe und Accessoires mit. Warum sollte sie ausgerechnet bei einer Reise nach Frankreich darauf verzichten? *Weil du nur ins Elsass fährst und nicht nach Paris*, meldete sich die kritische Stimme der Vernunft. »Papperlapapp!« Ein perfektes Äußeres verlieh ihr Selbstbewusstsein. Davon würde sie jede Menge brauchen. Sie griff in ihre Schmuckschatulle und zupfte den Lieblingsschmuck in Silber heraus. Man konnte ja nie wissen.

Bei Kleidung bevorzugte sie kein spezielles Label, aber bei Taschen hegte sie eine Vorliebe für Chanel. Sie streckte sich, um aus dem obersten Fach des Kleiderschranks die kürzlich erstandene Handtasche herunterzuziehen. Stattdessen landete der Schlafsack, den sie für einen Campingurlaub mit Andreas gekauft hatte, wie ein Schleier auf ihrem Kopf.

Sie hasste Camping. Allein der Gedanke, dass Tiere in ihr Zelt krabbeln könnten, löste eine Gänsehaut aus. Heilfroh, dass es nie dazu gekommen war, betrachtete sie das Ausrüstungsstück. Das mit dem Camping war eine Schnapsidee von Andreas. Es blieb sein Geheimnis, ob er es damit je ernst gemeint hatte. Was hatte sie eigentlich mit ihm verbunden, fragte sie sich. Die Musik, die ihr so am Herzen lag, sicher nicht. *Das weißt du ganz genau*, zischte eine Stimme in ihrem Kopf. Er war eine Sahneschnitte, wusste neben der Arbeit das Leben zu genießen. In seinen gehobenen Lebensstil hatte sie perfekt hineingepasst. Ausschließlich materielle Dinge, stellte Julia traurig fest. *Nicht nur*, räumte sie ein. Er hatte ihr auch Sicherheit gegeben, nicht nur in finanzieller Hinsicht. Sie erinnerte sich an eine Party, die aus dem Ruder gelaufen war. Ein Kollege, der dem Alkohol stark zugesprochen hatte, belästigte sie mit zotigen Bemerkungen. Sein Versuch, übergriffig zu werden, wurde von Andreas vereitelt und endete mit einer blutigen Nase. Sie dachte an die Szene mit Georg auf dem Flur. Erleichtert wischte sie diesen dunklen Gedanken zur Seite. Nun fuhr sie nach Frankreich und war dieses Ekel erst mal los.

Noch immer hielt sie den Schlafsack in Händen. Vielleicht würde er ihr jetzt nützlich sein? Sie wusste ja nicht, was sie erwartete. Sie band ihn, zusammen mit ihren Erinnerungen an Andreas, zu einer Rolle und verstaute ihn mit ihrem Kopfkissen im Auto. Ein letztes Mal fuhr sie mit dem Lift nach oben, um den Koffer zu holen. Mit einem wehmütigen Blick auf ihr vergangenes Leben schloss sie resolut hinter sich die Wohnungstür.

Julia stellte das Intervall am Scheibenwischer an, der lautstark über die Frontscheibe schrubbte. In ihrem Magen kribbelte es angenehm. Zu blöd, dass der Notar ihr keine näheren Auskünfte erteilen durfte. Es war schwierig, aufgrund der Adoption ihre Adresse ausfindig zu machen, und nicht absehbar, wann man zu einem Ergebnis gelangen würde.

Deshalb hatte vor längerer Zeit eine Testamentseröffnung stattgefunden. Der Regen nahm zu, um sie herum wurde es düster und bald kämpfte der Wischer auf Stufe zwei gegen die Wassermassen, die auf die Scheibe prasselten.

Sie brauchte das Geld aus dem Verkauf der Immobilie dringend, nachdem Andreas sie abserviert hatte. Aber sie wollte auch wissen, was oder wer sich hinter der Erbschaft verbarg. Der Wagen schlingerte, als Julia durch eine Wasserlache fuhr, die sich meterlang auf der Straße gebildet hatte. *Aquaplaning,* schoss es ihr durch den Kopf. Fontänenartig klatschte das Spritzwasser über ihr Auto. Sie bremste ab. Es war besser, wenn sie sich auf das Fahren konzentrierte, wollte sie nicht im Graben landen.

Julia nahm vor Artzenheim im Kreisverkehr die dritte Ausfahrt und fuhr über die kleine Brücke mit dem roten Geländer. Es goss wie aus Kannen. Durch die Seitenscheibe des Clios hielt sie nach ihrem Objekt Ausschau.

»Sie haben Ihr Ziel erreicht«, quakte die Navigationsstimme.

Das vermeintliche Erbe duckte sich in einer Mulde an einen kleinen Fluss, den Rhone-Rhein-Kanal, wie sie der Karte auf dem Handy entnehmen konnte. Scheinbar gab es keine direkte Zufahrt. Ein paar Meter weiter teilte sich die Straße Richtung Jebsheim. Ein verwittertes Schild wies auf einen Parkplatz hin.

Auf dem unbefestigten Platz hatten sich zahlreiche Pfützen gebildet, in denen die Regentropfen Blasen schlugen. Ein Zeichen, dass es nicht so bald aufhören würde, sagte ihre Mutter immer. Julia tastete hinter den Beifahrersitz nach ihrem Regenschirm. Der Griff ging ins Leere. Nicht ihr Schirm, fiel ihr ein, sondern Andreas'. Er hatte ihn mitgenommen. Sie kramte den Hausschlüssel aus ihrer Handtasche. Solche Schlüssel kannte Julia nur aus alten Filmen oder von Burgführungen. Er war gut zehn Zentimeter lang, aus Eisen und das Ende, das man ins Schloss steckte, war gewellt mit kleinen Zacken. Bart nannte man das, wenn sie sich recht an das Wort erinnerte. Versonnen blickte sie auf den Anhänger, den Violinschlüssel, der ihr auf Anhieb so gut gefallen hatte. Entschlossen öffnete sie die Wagentür. Frische Luft schlug ihr entgegen, die nach Frühling roch. Sie zog ihre Kapuze über den Kopf und stieg aus. Mit ihren Wildlederstiefeln tapste sie mitten in eine Pfütze, dass es nur so spritzte. »Mist!«

Entsetzt sah sie auf die rostbraunen Schlammflecken auf ihrer Designerjeans. Böen zerrten an ihrer Kapuze. Vom Parkplatz aus gelangte sie auf den Weg, der am Kanal entlangführte. Sie folgte hastig dem Weg unter der Landstraße und durchquerte ein unscheinbares Viadukt aus grauem Beton. Das Schleusenhaus war einstöckig mit ausgebautem Dachgeschoss. Zumindest hingen Gardinen in den oberen Fenstern. Das Dach glich einer Mütze, die sich das Haus tief in die Stirn gezogen hatte. Neben dem Eingang ergoss sich das Wasser aus der defekten Dachrinne, die um ein Vordach aus Ziegeln angebracht war. Die unteren Fensterläden waren geschlossen und gaben dem Haus ein verschlafenes Gesicht. Der Eindruck wurde durch die hereinbrechende Dämmerung verstärkt. Zum ersten Mal zweifelte Julia an ihrer Entscheidung, mit der Anreise nicht bis zum nächsten Morgen gewartet zu haben. Sie hatte sich das Haus nicht so abgelegen vorgestellt. Das Wasser im stillgelegten Schleusenbecken, das sich die Staustufe hinabstürzte, rauschte laut. Ein verwittertes Boot zerrte in den Wellen an seinem Strick. Julia bereute sofort, vorab kein Zimmer im Ort gebucht zu haben. »Hoffentlich sieht es drinnen besser aus«, murmelte sie missmutig.

Obwohl sie schon vom Regen durchnässt war, wich sie der Dusche am Eingang aus und steckte den Schlüssel in das verrostete Schloss. Er ließ sich erstaunlich leicht drehen, aber die Tür klemmte. Julia rüttelte an der Türklinke und drückte mit ihrem ganzen Gewicht dagegen. Sie stolperte in den dunklen Hausflur. Eine Wand aus muffiger, abgestandener Luft schlug ihr entgegen. Auf der Suche nach einem Lichtschalter tasteten ihre Finger das raue Mauerwerk ab. Sie griff in Spinnweben, die an der nassen Haut kleben blieben. »Igitt!« Sie zog die Hand zurück, die sie an der Jeans abwischte. Das würde den Zustand der Hose nicht verbessern, dachte sie genervt. »Herrgott, was hat mich nur geritten, hierher zu kommen?«

Sie zog ihr Handy aus der Tasche und leuchtete, auf der Suche nach Spinnen, die sich abseilten oder über den Flurboden huschten, die Wände und den Boden ab. Erleichtert atmete sie aus, als nichts dergleichen geschah. Phobisch kontrollierte sie stets einen Raum auf diese Art, bevor sie ihn betrat, selbst wenn es sich nicht um ein altes Haus handelte. Sie hielt die Achtbeiner gerne im Auge und auf Abstand, aber sie rannte mittlerweile nicht mehr schreiend davon. Erwartungsvoll betätigte sie den Lichtschalter. Nichts. »Typisch. Wäre ja zu schön gewesen.«

Sie schüttelte sich und summte leise eine Melodie, die ihr in den Sinn kam und der sie keine Beachtung schenkte. Es war unheimlich, nur mit der Handylampe durch ein fremdes Haus zu schleichen. Neugierig wagte sie sich im Lichtkegel der Lampe vorsichtig weiter. Sie sah auf den Akkustand ihres Smartphones. Zehn Prozent. »Na toll!« Die geschlossenen Läden hüllten das Wohnzimmer in vollkommene Dunkelheit. Sie öffnete das Fenster und stieß den Fensterladen auf, den der Wind mit Karacho an die Hauswand schlug. Erschrocken zuckte sie zurück und verstummte. Das Prasseln und Rauschen des Regens erfüllten die Stube. Ob der Fluss schon mal über die Ufer getreten war? Schnell schloss sie das Fenster. Sie würde später den Laden befestigen. *Oder auch nicht*, verwarf Julia den Gedanken, durch die Dunkelheit zu schleichen. Es konnte durchaus bis morgen warten. Im spärlich einfallenden Licht zeigte sich eine gemütlich eingerichtete Wohnstube: ein abgewetztes Sofa, ein Sessel aus orangerotem Stoff und ein Schaukelstuhl, über den ein Plaid gebreitet war. An einem alten Klavier blieb ihr Blick kleben. Ein Gefühl von Frieden überkam sie. In der hinteren Ecke stand ein schwarzer Kaminofen, in dem sogar Holz für ein Feuer aufgeschichtet war. *Als würde die Eigentümerin jeden Augenblick zurückkommen.* Der Gedanke an die Verstorbene ließ Julia erschauern. Es war gespenstig still. Nur der Regen prasselte an die Scheibe. Sie zog die nasse Jacke aus und hängte sie mit ihrer Handtasche über die Lehne des Sessels. Erschöpft setzte sie sich einen Moment auf das Sofa. Jede Menge Kissen zierten das Sitzmöbel. Sie klopfte sich eines zurecht und nieste kräftig. Wie war sie nur auf die Idee gekommen, hier übernachten zu können? Sie hatte sich das Haus in einem gepflegteren Zustand vorgestellt. In Filmen zogen sie die weißen Laken von den Möbeln. Jetzt musste sie über ihre romantische Vorstellung schmunzeln.

»Das wird ein hartes Stück Arbeit«, murmelte sie und erschrak. Dachte sie ernsthaft daran, das Haus zu behalten? »Nein, nein, nein! Schlag dir das aus dem Kopf, Julia Lüttke!« Es reichte völlig aus, hier die Ferien zu verbringen! Wenn überhaupt! Es war kurz vor Ostern, sie könnte es sich über die freien Tage in ihrer sauberen Appartementwohnung gemütlich machen, sich auf die behagliche Wohnlandschaft kuscheln und nicht ein ganzes Haus einer kompletten Grundreinigung unterziehen. Wo sie putzen so hasste! – *Eine Wohnung, die du dir nicht mehr leisten kannst und die du gekündigt hast,* meldete sich eine kritische Stimme in ihrem Kopf. Julia sah sich nochmals um. Das alte Haus wirkte sowohl abstoßend als auch vertraut. Sie horchte in sich hinein. Tief in ihrem Inneren brachte es eine unbekannte Saite zum Klingen. Fast meinte sie, wieder die Melodie zu hören, die sie eben gesummt hatte. So ein Quatsch.

Wenn die Alte doch in diesen Wänden spukte und sie heimlich beobachtete? Die Härchen auf den Unterarmen stellten sich auf. Der Akku verabschiedete sich. Sie saß allein im Dunkeln.

Ein blechernes Scheppern, gefolgt von französischem Fluchen, riss sie aus ihren Gedanken. Sie sprang auf und sah den Lichtschein im Flur. »Hallo? Ist da wer?«

In der Tür erschien der Umriss einer großen Gestalt und leuchtete ihr mit einer Taschenlampe ins Gesicht. Geblendet vom Hotspot hob Julia den Arm vor die Augen.

»Mince alors! Was zum Teufel machen Sie hier?«, schnauzte ein Mann. Er stellte den Blecheimer zur Seite, den er in der anderen Hand hielt. Es klirrte und schepperte laut.

»Mann! Nehmen Sie die Lampe runter, bevor ich erblinde!«

»Pardon.«

Er senkte den Arm und leuchtete von unten an die Decke. Der Mann war kräftig, jung, mit schwarzen Haaren, die er wie eine Frau zu einem Knoten gedreht und hochgesteckt trug. Sie schienen lockig zu sein, denn einige Strähnen hatten sich gelöst und kringelten sich vorwitzig um sein südländisches Gesicht. Sein Dreitagebart gab ihm die männliche Note zurück. Julia schluckte. *Der sieht verdammt gut aus, aber das tut in dieser Situation überhaupt nichts zur Sache.* Er musterte sie. Sein Blick wanderte von unten an ihr herauf, was sie als äußerst frech empfand. »Und? Was haben Sie hier zu suchen?«, brummte er.

Julia funkelte ihr Gegenüber herausfordernd an. Ein schwacher Versuch, ihre Unsicherheit zu verbergen, denn ihr linkes Bein wippte zitternd wie die Unruhe eines Uhrwerks. Schnell verlagerte sie ihr Gewicht. Wie von selbst wechselte Julia ins Französische. Es war schon in der Schule ihre Lieblingssprache. »Das könnte ich Sie auch fragen. Schließlich befinden Sie sich in meinem Haus.«

»Ihr Haus? So, so.« Er zog eine Augenbraue hoch und legte den Kopf schief, als spräche er mit einem kleinen Kind. »Das wüsste ich aber.«

Julia verlor allmählich die Geduld. Wie konnte sie diesen sexy Kerl so schnell wie möglich wieder loswerden? Er machte keinen aggressiven Eindruck. Doch wer wusste das schon? Unter anderen Umständen hätte sie ihn sofort als sympathisch bezeichnet. Eigenartigerweise fürchtete sie sich nicht. Er sah nicht gefährlich aus. Eher auf attraktive Weise exotisch. Sie hoffte, dass sie sich darin nicht täuschte.

»Hier ist schon ein paar Mal eingebrochen worden. Meist von Jugendlichen, die Party machen, oder Obdachlosen, die eine Bleibe suchen. Sie sind weder jugendlich noch obdachlos, denke ich – also?«

Wie ärgerlich, dass sie bei dem Wort *‚obdachlos‘* rot anlief.

Er zeigte auf ihr Handy. »Ich habe den Lichtschein gesehen. Plötzlich war er weg. Akku leer, nehme ich an?«

Verflixt: Sie konnte nicht einmal telefonieren, wenn es nötig wäre. Sie wusste ja nicht, wohin diese Situation führte. »Wie war Ihr Name?«, fragte sie mit eisiger Stimme.

Seine dunkelbraunen Augen funkelten sie spöttisch an. Es waren warme Augen, in denen der Schalk zu Hause war. Sie hielten Julias Blick auf angenehme Weise gefangen. »Den hatte ich noch nicht erwähnt.«

Mist, er war nicht leicht aufs Glatteis zu führen. »Okay.« Julia kapitulierte. »Kürzen wir die Sache hier ab. Ich heiße Julia Lüttke, habe dieses Haus rechtmäßig geerbt und Sie gehen jetzt besser.« Sie verschränkte die Arme vor der Brust.

Auf dem Gesicht ihres Gegenübers zeigte sich Überraschung. »Warum sollte meine Großmutter Ihnen ihr Haus vererben? Sind Sie mit uns verwandt?«

»Amalia Kraft war Ihre Großmutter?« Damit hatte sie nicht gerechnet. Sie schwankte ein wenig und stützte sich an der Sofalehne ab.

»Ist Ihnen nicht gut?« Es war ihm nicht entgangen. Er machte einen Schritt auf sie zu. Julia wich hastig zurück. Beschwichtigend hob er die Hände. »Hey, Sie brauchen sich nicht zu fürchten. Ich ziehe Ihnen schon nicht die Taschenlampe über den Kopf. Setzen Sie sich bitte, Sie sind ganz blass. Ich hole ein Glas Wasser.«

Er verschwand im Flur und mit ihm das Licht. Julia schloss einen Moment die Augen. Sie hörte Wasser laufen.

»Hier, trinken Sie einen Schluck.«

Dankbar nahm Julia das Glas. Wie spät mochte es sein? Sicherlich schon längst an der Zeit für ihre Medikamente, aber jetzt war nicht der Zeitpunkt, um ihn auf weitere Schwächen aufmerksam zu machen.

»Romulus Bellini«, stellte er sich vor. Einladend streckte er Julia die Hand entgegen.

Sie ergriff sie zögerlich. Der Händedruck war angenehm warm und fest.

»Ich wohne ein Stück weiter die Straße entlang. Auf einem ehemaligen Bauernhof. Seit dem Tod meiner Oma habe ich ein Auge auf das Anwesen hier.«

Julia stellte das Glas auf dem Couchtisch ab. »Wenn Amalia Ihre Großmutter war, müssen Sie doch wissen, warum sie mir das Haus vererbt hat?«

»Ich habe keinen blassen Schimmer. Wie war Ihr Name? Lüttke? Nie gehört.«

Der unbefestigte Laden krachte gegen das Fenster. Julia machte einen Satz nach vorn und drehte sich erschrocken um.

»Hoppala«, sagte er, wobei er das H nicht aussprach. »Das war nur der Wind.« Beschützend legte er einen Arm um sie.

Julia war versucht, sich daran anzuschmiegen.

»Ich geh raus und sichere den Fensterladen, bevor der Sturm ihn abreißt.«

Er drückte ihr die Lampe in die Hand, was ihm gleich eine Reihe Pluspunkte einbrachte, und verschwand in der Dunkelheit. Julia schnaufte tief aus. Mit gemischten Gefühlen sah sie ihm nach. Sie nutzte den Moment der Ungestörtheit, um mit dem Rest Wasser ihre Medikamente einzunehmen, die sie in ihrer Handtasche mit sich führte. Langsam bekam sie Hunger. Sie hatte seit dem Frühstück nichts mehr gegessen und ihr Magen meldete sich laut gurgelnd. Romulus, der wieder hereinkam, schüttelte sich wie ein nasser Hund. Er schien es gehört zu haben.

»In Jebsheim gibt es ein kleines Restaurant. Sie haben doch sicher ein Zimmer im Ort gebucht? Hier werden sie ja wohl kaum übernachten?«

Dass er ihr nicht zutraute hierzubleiben, rief Trotz in ihr hervor. Außerdem wollte sie sich nicht die Blöße geben, dass sie gar nicht daran gedacht hatte, für eine Unterkunft zu sorgen. »Warum nicht? Da kann ich morgen gleich mit dem Aufräumen beginnen. Es gibt hier einiges zu tun.«

»Na dann.« Er zögerte, als überlegte er, ob er weitersprechen sollte. »Ich hätte Flammkuchen im Angebot, leider nur die Tiefkühlvariante. Aber so müssten Sie nicht mehr in den Ort fahren. Normalerweise muss man dort sowieso reservieren. Keine Garantie, dass Sie am Wochenende einen Tisch bekommen.«

Julia fröstelte.

»Warm ist es bei mir auch. Bei einem Glas Rotwein könnten Sie mir dann erzählen, was Sie genau hierhergeführt hat.«

Julia sah Romulus skeptisch an. Sie ging sonst nicht mit einem Fremden gleich nach Hause. Aber sie konnte eine gewisse anziehende Wirkung nicht leugnen. Er war anders als Andreas und seine Kollegen, die sie bisher kennengelernt hatte und eher in das Schema Geschäftsmann im Anzug passten. Angesichts der Dunkelheit, des Regens, der unvermindert gegen die Fenster trommelte, ihrer Müdigkeit und dem Loch im Magen, klang sein Angebot zu verlockend. Sie schlug alle Zweifel in den Wind. »Gern, wenn es Ihnen keine Umstände macht? Ehrlich gesagt, ich sterbe vor Hunger.« Julia lachte verlegen. »Kann ich mir schnell die anderen Zimmer anschauen? Jetzt, wo ich eine Lampe habe?«

»Aber sicher.«

Gemeinsam besichtigten sie den Rest des Hauses. Julia war froh, dass sie nicht allein war. Im Erdgeschoss befanden sich die Wohnküche, die recht geräumig war, und ein Badezimmer. »Wo ist die Badewanne auf Klauenfüßen?« Julia schmunzelte. »Die würde hier perfekt reinpassen.«

»Meine Großmutter hat in den Achtzigern das Bad renovieren lassen«, erklärte Romulus. »Die Rohrleitungen sind saniert und in gutem Zustand.«

Modern war anders, dachte Julia und ließ ihren Blick über die gelben Kalkflecken am Boden der Wanne gleiten. Die Armaturen und das Waschbecken sahen nicht besser aus. Getoppt wurde der Gesamteindruck nur von dem sandfarbenen Dekor, wie es in den Achtzigern überall zu finden war. Ein leichter Geruch von Abwasserkanal lag in der Luft. Julia nahm an, dass das Wasser im Siphon ausgetrocknet war und keinen Puffer zum Abwasserrohr mehr bildete. Sie kannte das von zu Hause, wenn sie aus den Ferien bei ihren Großeltern in Kanada zurückgekommen waren. »Lassen Sie uns weitergehen«, forderte sie Romulus auf.

Die Treppe knarrte, als sie in den ersten Stock stiegen, der von Dachschrägen geprägt war. Diesmal ging er voran und die Lampe in ihrer Hand bot einen Spot auf seinen Po, der sich knackig unter der Jeans abzeichnete. Julias Haut kribbelte angenehm.

Oben lag das Schlafzimmer, spartanisch eingerichtet, mit einem Bett und einem Schrank. Am Ende des Flurs war die Wohnfläche des darunter liegenden Wohnzimmers geteilt.

»Hier links ist mein ehemaliges Jugendzimmer«, erklärte Romulus. »Das Zimmer daneben wurde zur Rumpelkammer degradiert.«

Julia ertappte sich dabei, wie sie die Einrichtung plante. Nur theoretisch, beruhigte sie sich.

»Der Strom wurde abgestellt. Sie müssen ihn neu anmelden«, unterbrach er ihre Einrichtungspläne. »Sofern Sie länger bleiben möchten. Das Haus ist in diesem Zustand nicht einladend.« Er schaute sich mit hochgezogenen Augenbrauen um. Gerne hätte sie gewusst, was er über sie dachte.

Romulus begleitete Julia mit der Lampe zu ihrem Wagen und fuhr ihr dann voraus. Er wohnte nicht weit, hinter einem Wäldchen, ein paar Minuten entfernt. Es handelte sich um ein kleines Gehöft, bestehend aus einem Wohnhaus mit angrenzender Scheune und Stall. Hier schmatzte die Erde genauso unter ihren Stiefeln wie beim Schleusenhaus. Julia stakste wie ein Storch, um die vielen Pfützen zu umgehen.

»Voilà.« Romulus zeigte auf das Innere des Fachwerkhauses. »Willkommen in meiner bescheidenen Hütte.«

Froh, dem Wetter zu entkommen, trat Julia ein. Durch einen kurzen Flur gelangten sie in die offene und modern eingerichtete Küche, die einen bäuerlichen Charme versprühte. Julia sah sich um: Möbel aus Holz und eine Sitzecke mit Küchenbank. Sie fühlte sich sofort wohl.

»Hier rechts ist das Wohnzimmer. Nehmen Sie Platz und machen Sie es sich gemütlich. Sie können Ihr Handy gern laden. Ich schiebe schnell die Flammkuchen in den Ofen.«

Romulus nutzte die Zubereitung der Tartes flambées, um seine Gefühle zu ordnen. Wie war es nur dazu gekommen, dass heute Abend eine so attraktive Frau in seinem Wohnzimmer saß? *Diese grünen Augen.* Die waren ihm gleich aufgefallen. Bisher kannte er nur blauäugige Blondinen. Beim Lichtstrahl im Schleusenhaus hatte er mit allem gerechnet, aber sicher nicht mit einem Amorpfeil mitten in sein Herz. *Jetzt übertreibst du aber maßlos,* mahnte ihn die Stimme der Vernunft. *Der Einzige der hier blauäugig ist, bist du! Ach, sei still,* wies er seinen Kritiker in die Schranken. Es lohnte sich bestimmt, sie näher kennenzulernen. Zumindest luden ihre langen Beine, die blonden Locken und ihre freche Art dazu ein. Mal sehen, was sie sonst so zu bieten hatte. Auf jeden Fall ein Geheimnis, das sie mit seiner Großmutter verband.

Julia inspizierte das Wohnzimmer. Auch hier herrschte eine angenehme Wohnatmosphäre. Die Möbel waren in einem matten Weiß gehalten und hatten einen Abschluss aus hellem Holz, was dem Ganzen einen edlen Touch verlieh. Sie nahm auf dem Sofa in Altrosa Platz. Kurz darauf kam Romulus zurück. Sie beobachtete seine geschmeidigen Bewegungen, als er in die Hocke ging, um die Tür des Kaminofens zu öffnen. Er hielt ein Streichholz unter die sorgfältig gestapelten Scheite und entfachte das Feuer. Julia sog den Duft von verbranntem Zündholz ein. Es erinnerte sie an ihre Oma, die abends gern eine Kerze angezündet hatte, was ihr wohliges Gefühl verstärkte. Eigentlich würde sie die Nacht lieber hier verbringen, was natürlich nicht infrage kam. »Kann ich was helfen?« Sie stand auf und hielt ihre kalten Hände vor die Glasscheibe, hinter der es knisterte und knackte.

»Wenn Sie bitte Gläser aus dem Schrank da holen würden, dann öffne ich den Wein?«

Seine angenehm tiefe Stimme klang ruhig und entspannt. Kein Vergleich zu ihrer ersten Begegnung vorhin. Julia nahm zwei langstielige Ballongläser aus der Vitrine und stellte sie auf den Couchtisch. Romulus brachte eine Flasche Bordeaux. Das ploppende Geräusch beim Entkorken hatte etwas Feierliches, ja fast schon Intimes. Gekonnt schenkte er ein. »Eine Eigenkreation?«, fragte sie und zeigte auf den Tisch vor ihr.

»Ja, Holz ist meine Leidenschaft. Ursprünglich war das die alte Tür des Dachbodens. Die vorgegebene Einteilung hat mich zu diesem kleinen Kunstwerk inspiriert.«

Beeindruckt fuhr Julia mit dem Finger über die polierte Oberfläche. Es muss sich einst um eine Kassettentür gehandelt haben, mutmaßte sie. Die obere und untere Aussparung waren originell mit Spirituosenetiketten ausgelegt und mit dünnen Glasscheiben versiegelt worden. Ein Künstler, dachte Julia und betrachtete seine ausgefallene Frisur, die ihr schon passender erschien. Sie gab ihm das gewisse Etwas.

Romulus hob sein Glas. »Auf eine überraschende Begegnung und einen gemütlichen Abend.«

»Vielen Dank für die Einladung und die Rettung vor dem Hungertod.« Zu gern hätte sie gefragt, ob er hier allein wohnte. Bisher war ihr nichts aufgefallen, was auf eine Frau hingewiesen hätte. So wie er aussah, konnte sie sich das aber nicht vorstellen. Sicher standen die Landpomeranzen bei ihm Schlange. Da sie ihn unmöglich nach seinem Beziehungsstand fragen konnte, bewegte sie sich lieber auf unverfänglicherem Terrain. »Ist die Holzverarbeitung nur Hobby oder auch Beruf?«

»Beruf. Ich arbeite in einer Schreinerei. Aber das Upcycling ist eher ein Hobby.« Er verschwand wieder in der Küche.

Wohlig kuschelte Julia sich in den Sessel. Sie nahm einen Schluck Wein. Es kam ihr vor, als sei sie bei einem alten Bekannten zu Besuch. Ein angenehmes Gefühl von Vertrautheit stellte sich ein. Die Spontanität des Zusammentreffens gab der Situation etwas Unwirkliches. Saß sie mit einem Wildfremden in dessen Wohnzimmer und trank französischen Rotwein und warum hatte sie bei diesem Romulus überhaupt keine Bedenken? Im Gegenteil. Den frivolen Gedanken, ihn hier vor dem Kaminfeuer zu vernaschen, der sich geradezu aufdrängte, kämpfte sie entschlossen nieder. So tickte sie nicht.

»Sicher, dass Sie nicht doch mit meiner Großmutter verwandt sind? Weitläufig?« Er kam mit zwei Holzbrettern herein und riss Julia aus ihren Träumen. »Sie muss Sie ja gut gekannt haben. Mir gegenüber hat sie Sie niemals erwähnt. Daran würde ich mich erinnern.«

»Nein.« Julia blickte selig auf den knusprig gebackenen Flammkuchen, den er in Achtel geteilt hatte und dessen Speck ein würziges Aroma verströmte. »Das kam alles total überraschend. Der Notar durfte keine Auskünfte erteilen. Ist das nicht seltsam? Ich meine, warum hat Ihre Großmutter so ein Geheimnis um die Sache gemacht? War es nicht nahe liegend, Ihnen als Enkel das Haus zu vererben?«

»Nein.« Romulus biss genüsslich in sein Stück Flammkuchen und kaute. »Schon zu ihren Lebzeiten war klar, dass das Schleusenhaus nicht für mich bestimmt ist. Meine Großmutter hat mir beim Kauf und der Renovierung dieses Hofes geholfen. Was sie nach dem Tod mit ihrem Haus vorhatte, blieb ihr Geheimnis. Sie hat nie mit jemandem darüber gesprochen. Sie meinte nur, es würde sich mit der Zeit regeln. Und Sie? Werden Sie es behalten?«

»Ein Verkauf stand bisher ganz oben auf der Liste, denn mein Kopf sagt definitiv: Nein. In Deutschland lebt meine Familie und ich bin eher der Stadtmensch.«

»Aber Ihr Herz sagt Ja?«

»Keine Ahnung.« Julia hob verzweifelt die Arme. »Zunächst wollte ich es mir anschauen, bevor ich entscheide, ob ich es behalte oder verkaufe.«

»Und nachdem Sie es gesehen haben?«

»Ehrlich? Ich weiß es wirklich nicht. So gut war das Licht auch nicht ...« Der Witz war flach, aber warum drängte er so auf eine Antwort? Sie konnte ihr Herz nicht einschätzen, denn Romulus' pure Anwesenheit brachte es komplett außer Takt. Es war alles ein wenig viel. Das fremde Land, der Aufenthalt in seinem Haus gleich am ersten Abend, seine Verbindung zu Amalia ... In Julia tobte ein Sturm der unterschiedlichsten Eindrücke. »Es ist alles so verrückt. Auf der Fahrt war ich mir sicher, sofort zu verkaufen. Ich arbeite schließlich in Freiburg.« *Und habe dort eine Wohnung,* setzte sie in Gedanken hinzu.

»Jetzt sind Sie sich nicht mehr sicher?«

»Ja und Nein. Was soll ich mit einem Haus in Frankreich, wenn ich in Deutschland lebe?«

»Auswandern?«

Julia dachte einen Augenblick über diese Möglichkeit nach. Dann lachte sie. »Na ja, spannend wäre das schon. Schließlich handelt es sich nicht um Australien oder Kanada. In das Nachbarland zu ziehen ist nicht ganz so beängstigend. Die Osterferien werde ich jedenfalls hier verbringen.«

»Dann sind wir ja vorläufig Nachbarn. Wäre es nicht an der Zeit, das ‚Sie' zu lassen? Auch, weil wir durch meine Oma irgendwie miteinander verbunden sind. Überhaupt, wir müssten fast der gleiche Jahrgang sein.«

»Warum nicht?« Sie erhob ihr Glas. »Julia.«

»Angenehm: Romulus«, erwiderte er charmant, was bei ihr ein Kribbeln in der Magengrube verursachte, das nicht vom gehaltvollen Bordeaux herrührte.

»Santé!«

Es war spät und die Weinflasche geleert, als Julia aufbrach. Eigentlich sollte sie sich nicht mehr hinters Steuer setzen.

»Willst du nicht doch hier übernachten?«, bot er an. »Ich verfüge über ein Gästezimmer. Es ist total verrückt, allein in das alte Haus zurückzukehren, zumal es dort nicht einmal Strom gibt!«

»Nein, alles gut.« Julia kämpfte gegen alle Unvernunft, die ihre Hormone heraufbeschwor, an. Aber das ging ihr doch zu weit. »Könntest du mir eine Lampe leihen? Sonst ist mein Akku gleich wieder am Ende.«

Er holte eine Laterne und reichte ihr seine Taschenlampe, die er auf dem Flurschränkchen abgestellt hatte. Zuletzt schrieb er etwas auf einen Zettel. »Meine Handynummer. Nur für den Fall ... Du kannst mich jederzeit anrufen.« Er nickte ihr mit Bestimmtheit zu. Dass er keine blöden Witze machte, wie sie es schon oft beim Tauschen der Nummern erlebt hatte, berührte sie tief. Er war ein Mensch, auf den man sich scheinbar verlassen konnte.

Mit seinem Wagen begleitete er sie bis zum Schleusenhaus, wo er kurz nach der Brücke stoppte und den Warnblinker anstellte. Julia beobachtete, wie er ausstieg und ein Eisentor öffnete, das ihr zuvor gar nicht aufgefallen war. Mit einer einladenden Armbewegung forderte er sie auf, hinunterzufahren. Er parkte dahinter. Lächelnd kam er auf sie zu.

»Der Parkplatz da hinten ist für Wanderer. Du hast hier eine direkte Zufahrt.« Er schwenkte einen Schlüssel, den er ihr in die Hand drückte.

Ihre Finger berührten sich nur kurz, aber es reichte, um ein gluckerndes Gefühl durch Julias Eingeweide zu jagen. Sie holte ihr Gepäck aus dem Wagen. Romulus nahm ihr den Koffer ab und begleitete sie hinein. Er sorgte dafür, dass auch in ihrem Holzofen ein anheimelndes Feuer flackerte. Wärme flutete Julias Herz, die nicht von dem frisch entzündeten Holz stammen konnte. Wann hatte sich ein Mann das letzte Mal so liebevoll um sie gekümmert?

Ein Knistern elektrisierte die Luft, als sie Romulus im Licht der Petroleumlampe an der Haustür verabschiedete. Herzlich bedankte sie sich für den schönen Abend. Dann standen sie sich schweigend gegenüber. Sie spürte sein Zögern, als wolle er sie nicht sich selbst und der Nacht überlassen. Wie magnetisch angezogen näherten sich ihre Gesichter, aber Julia verkannte die Situation. Statt der Wange für die Abschiedsküsschen à la française, spitzte sie ihre Lippen. Erst als Romulus kurz hin und her zuckte, wurde ihr der Fehler bewusst. Da war es schon zu spät. Der Kuss landete auf seinem Mund, was eine Explosion um Julias Bauchnabel auslöste.

Mit seinem lustigen »Hoppala« versuchte er, den Moment zu überspielen, aber Julia sah in seinen Augen etwas Dunkles. War es Angst, Unnahbarkeit oder Kühle? Egal. In ihr loderte ein Buschfeuer.

Während sie ihm nachschaute, steckte sie die Hände in die hinteren Hosentaschen ihrer Jeans. Rechts knisterte ein Papier unter den Fingern. Sie zog den Zettel mit seiner Nummer heraus und lächelte. Es war deutlich, dass er sie ungern im Haus seiner Großmutter zurückgelassen hatte. So tough, wie sie sich gab, war sie jedoch nicht. Kaum war sie allein, schlich die Einsamkeit des Ortes ihren Rücken hinauf. Das Lampenlicht offenbarte Ausschnitte von geringem Ausmaß, verstärkte aber auch die Dunkelheit der Ecken, die es nicht erreichte. Im Nacken begann es unangenehm zu kribbeln und die Härchen auf ihren Unterarmen stellten sich auf, was sich wie kleine Nadelstiche anfühlte.

»Nein. Jetzt bitte nicht«, keuchte sie und zwang sich, tief durchzuatmen. Sie schnappte nach Luft. Ihre Atmung wurde schneller, das Herz raste, als wollte es aus ihrer Brust springen. Dann überrollte sie der bekannte Drang loszulaufen, obwohl das alte Haus dafür wenig Platz bot. Nach ein paar Sprüngen stand sie mit dem Rücken an die Wand des Wohnzimmers gepresst, von wo aus ihre Augen hektisch dem Taschenlampenstrahl durch den Raum folgten. Als ihr Blick das Fenster erreichte, starrten sie zwei grüne Punkte an. Ihr Schrei zerriss die Stille. *Bloß ein Tier,* dachte sie. Nur langsam beruhigte sich der Herzschlag. Das Gefühl, gejagt zu werden, ebbte allmählich ab. Das Feuer flackerte und warf gespenstische Schatten an die Wände.

Seit Georg ihr nachstellte, waren die Attacken, die sie seit ihrer Kindheit plagten, wieder häufiger geworden. Das Gefühl, gejagt oder verfolgt zu werden. Julia suchte dann immer eine Wand im Rücken, damit sie sich der Situation stellen konnte. Georg war der Letzte, an den sie hier in der Einöde denken wollte.

Erschöpft richtete sie ihren Schlafplatz, dankbar, dass sie den Schlafsack mitgenommen hatte. Heute Nacht würde sie unten auf dem Sofa bleiben, die große Lampe an ihrer Seite. Sie verscheuchte die negativen Gedanken, indem sie das freundliche Gesicht von Romulus heraufbeschwor. Es war ein harmonischer Abend gewesen. Schade, dass er genauso ahnungslos war, was die Erbschaft betraf. Sie hatte sich mehr Informationen erhofft. Jetzt fiel ihr ein, dass sie ihn gar nicht nach seinen Eltern gefragt hatte. *Romulus.* Mit einem Lächeln auf den Lippen schlief sie ein. Sie träumte von der Melodie, die seit Betreten des Hauses in ihrem Kopf geisterte und die sie auf seltsame Weise so beruhigte.

Was will sie nur in dieser gottverlassenen Gegend? Im Elsass! Am Arsch der Welt! Sie war so mit der Wegstrecke beschäftigt, dass sie die Autos hinter sich nicht beachtet hatte. Natürlich habe ich den nötigen Abstand eingehalten, um nicht aufzufallen. Es wäre ein Leichtes gewesen, sie in der Bruchbude zu stellen, aber mein Gefühl sagt mir, dass die Zeit dafür noch nicht reif ist. Woher war der Kerl plötzlich aufgetaucht? Was denkt sie sich dabei, mit einem Wildfremden mitzugehen, während sie mir eine Abfuhr erteilt? So lasse ich mich nicht abspeisen! Aber das wird sie schnell lernen, wenn wir erst zusammen sind.

Kapitel 3

Durch die schmutzigen Fenster drang Sonnenlicht, in dem winzige Staubpartikel durch die Luft tanzten. Julia brauchte einen Moment, bis sie sich in der ungewohnten Umgebung zurechtfand. Der Kopf dröhnte und ihr Rücken schmerzte. Stöhnend schälte sie sich aus dem Schlafsack. Ihre Fußknöchel glichen Fesselballons. Ödeme zählten zu den Plagen ihrer Krankheit, die Kopfschmerzen waren eher dem Bordeaux geschuldet. So viel hatte sie gestern doch nicht getrunken. Sie kramte eine Schmerztablette aus der Handtasche. Im Bad ließ sie das Wasser vorlaufen, bevor sie ihren Zahnbecher füllte und die Pille schluckte. Am liebsten hätte sie sich wieder hingelegt, aber auf das unbequeme Sofa wollte sie keinesfalls zurück. *Erst mal Kaffee.*

Sie schlurfte in die Küche. Mist, es gab weder Strom für heißes Wasser noch Kaffeepulver. Der Vorratsschrank war leer. Was hatte sie erwartet? Sie setzte sich an den Küchentisch. Der Berg an Aufgaben erschien ihr so hoch wie der Mont Blanc. Wo sollte sie anfangen? Zuallererst würde sie das Schlafzimmer herrichten, danach standen der neue Stromvertrag und die Grundreinigung von Küche und Badezimmer auf ihrer To-do-Liste. So unendlich viel zu tun. Julia stützte frustriert ihren Kopf in eine Hand. Draußen hupte ein Wagen. Kurz darauf klopfte es an der Tür. Als sie öffnete, ging für Julia die Sonne auf. Romulus stand auf ihrer Schwelle.

»Ich dachte mir, das Frühstück könnte hier ein wenig spartanisch ausfallen.« Lächelnd hielt er einen Korb und eine Thermoskanne hoch. Die Aussicht auf Kaffee zauberte sofort ein Lächeln auf ihr Gesicht.

»Du bist fantastisch! Komm rein.« Warum sah er sie so an? *Heiliger Strohsack!* Jetzt dämmerte es ihr. Sie stand im Nachthemd vor ihrem neuen Nachbarn und spürte die Hitze auf den Wangen. »Entschuldige bitte.« Fluchtartig stürzte sie ins Badezimmer, spritzte sich eisiges Wasser ins Gesicht und band ihre Haare zu einem Zopf zusammen. Wie peinlich! Seit wann öffnete sie denn im Hemd die Tür? Normalerweise sorgte sie für ein ansprechendes Äußeres. Immer. Das war ihr erster Punkt auf der Tagesordnung. Aber hier war nichts mehr normal! Schnell schlüpfte sie in die Kleider vom Vortag, die sie achtlos im Bad liegengelassen hatte. *Kleidung vom Vortag anziehen: auch ein absolutes No-Go!* Es blieb ihr keine andere Wahl, wollte sie nicht erneut halb nackt vor Romulus herumturnen.

Romulus leckte sich über die trockenen Lippen. Er hatte nicht erwartet, dass sie ihm im Nachthemd öffnen würde. *Nein, im sexy Nachthemd,* verbesserte er sich. Hoffentlich empfand sie es nicht zu aufdringlich, dass er schon wieder vor ihrer Tür aufschlug. Sie zog ihn an, wie Nektar die Honigbiene. Seitdem er wach war, dachte er an sie und der gestrige Abend beflügelte ihn, sie mit einem Frühstück zu überraschen. Als sie in ihrem leicht durchsichtigen, weißen Baumwollhemdchen vor ihm stand, wollte er sie nur in seine Arme ziehen und küssen. Jedenfalls zu Anfang, danach wären ihm sicher noch andere Dinge eingefallen, die er gern mit ihr anstellen würde. Wie ein Engel hatte sie ausgesehen, ihn mit einer Unschuld angeschaut, die direkt ins Herz fuhr. Es tat ihm ein wenig leid, dass sie sich für ihren Auftritt schämte. Ihre Verletzlichkeit rührte ihn.

Er schlenderte amüsiert in die Küche, wischte den Tisch ab und zauberte Teller, Tassen, Besteck sowie frische Brötchen und Marmelade aus seinem Korb. Dabei hatte sie ungeschminkt klasse ausgesehen. Es gab nichts einzuwenden, wenn sich Frauen für einen gemeinsamen Abend aufhübschten. Solange das Make-up keiner Kriegsbemalung glich, sondern die natürliche Schönheit unterstrich, fand er das durchaus sexy.

»Musst du um diese Zeit nicht arbeiten?«, fragte Julia, die perfekt gestylt in die Küche trat. »Wow, Romulus! Was für ein Service!« Sie setzte sich und bestrich ein Brötchen mit Butter und Marmelade. Herzhaft biss sie hinein. »Göttlich«, schwärmte sie und verdrehte die Augen.

»Nur aufgebacken, aber ich wusste nicht, was du heute früh vorhast. Auf keinen Fall wollte ich dich verpassen, deshalb bin ich auch nicht in die Bäckerei gefahren. Eigentlich eine Todsünde, dir kein frisches Baguette zu bringen.«

»Hey, alles gut! Du bist der weltbeste Nachbar!« Spontan drückte sie ihm einen Kuss auf die Wange.

Romulus räusperte sich und versuchte den Stromschlag, der in die Mitte seiner Lenden einschlug, zu ignorieren. »Um auf deine Frage zurückzukommen: Natürlich wäre ich jetzt schon in der Schreinerei, aber wegen Ostern habe ich mir zwei Wochen freigenommen.«

»Ich finde, Holzverarbeitung passt zu dir.«

»Ja, das war schon immer meins. Deshalb bin ich nach dem Collège abgegangen, habe eine Lehre begonnen und mich später auf die Restauration von Möbeln spezialisiert. Ich liebe altes Holz, die graue Farbe, das Spröde, den Geruch. Es hat seinen eigenen Charme und ich kann meine künstlerische Ader ausleben. Aber wie gesagt, das ist momentan eher mein Hobby.«

»Cool. So wie bei deinem originellen Couchtisch. Der hat mich richtig beeindruckt.«

»Danke. Ich baue auf Wunsch auch neue Möbel. Wenn du was brauchst, helfe ich dir gern.«

»Falls ich mich entscheide zu bleiben, komme ich darauf zurück.«

»Und du? Was machst du, wenn du nicht gerade Häuser erbst und besichtigst?«

»Lehrerin ... Mein Hobby ist die klassische Musik. Ich spiele leidenschaftlich gern Klavier. Die Osterferien kamen mir wie gerufen, um der Erbschaft auf den Grund zu gehen. Noch ist das alles komplizierter, als ich dachte.«

»Ich weiß, was du meinst. Mir geht das mit meiner Oma auch nicht aus dem Kopf. Die halbe Nacht habe ich gegrübelt, bin aber zu keinem Ergebnis gekommen. Übrigens, meine Mutter hat auch leidenschaftlich Piano gespielt.«

»Das wollte ich dich gestern schon fragen: Können uns nicht deine Eltern weiterhelfen? Vielleicht wissen sie, was mich mit Amalia verbindet?«

Romulus sah auf sein Brötchen. Das Schweigen dehnte sich aus. »Meine Eltern sind bei einem Unfall tödlich verunglückt.«

»Das tut mir leid.« Betroffen legte sie ihre Hand auf seine, was ein angenehmes Kribbeln hervorrief.

Schnell zog er sie zurück. Diese Frau elektrisierte ihn. Er musste sich in Acht nehmen. »Ist alles lange her ... Ich war erst zwei und habe fast keine Erinnerungen an meine Eltern. Sie waren auf einer Konzertreise, als es passiert ist.«

»Sie hat Konzerte gegeben? Wie war ihr Name?«

»Christine Bellini.«

»Die Christine Bellini?« Julia riss die Augen auf. »Ist nicht wahr! Die Bellini war deine Mutter?«

Romulus nickte, fasziniert von Julias Reaktion.

»Ja klar.« Julia schlug sich vor die Stirn. »Amalia Kraft, aber Christine trägt ja den Namen ihres Mannes. Hört sich italienisch an.«

»Genau, väterlicherseits. Ich wuchs bei meiner Großmutter auf. Sie hat sich alle Mühe gegeben, die beiden zu ersetzen und aus mir einen anständigen Menschen zu machen. Das war sicher nicht immer leicht für sie. Immerhin hatte sie ja ihre Tochter und ihren Schwiegersohn verloren.«

Er trank den Kaffee aus, stellte sein Geschirr zusammen und sah auf die Uhr. »Ich muss los. Ein Termin in Colmar. Wenn du willst, nehme ich dich mit und setze dich am Supermarché ab. Du könntest einkaufen. Oder du bleibst hier und isst in Ruhe weiter.«

»Nein, ich komme mit.« Sie half Romulus beim Zusammenpacken.

»Ruf vorher den Stromanbieter an. Hier ist die Nummer.« Er reichte ihr einen Zettel und griff sich den Korb. »Ich warte draußen im Wagen.«

Die Sonne schien von einem stahlblauen Frühlingshimmel. Julia nutzte die Gelegenheit, nicht am Steuer zu sitzen, um die Gegend zu betrachten. Das Elsass zeigte sich von seiner schönsten Seite. Auf der Landstraße nach Colmar hatte sie einen freien Blick auf die Vogesen, die sich auf der gesamten Breite vor ihr erstreckten. Auf der Kuppe des Grandballon lag sogar ein Rest Schnee. »Was ist das für eine Burg da drüben auf dem spitzen Berg?«, fragte sie Romulus.

»Da rechts? Das ist die Haute Königsburg«, erklärte er. »Sie wurde in der ersten Hälfte des 12. Jahrhunderts als staufische Reichsburg erbaut. Im 18. Jahrhundert für über zwei Millionen Mark wieder aufgebaut und restauriert. Seitdem ist sie die bedeutendste Burg der Region und das einzige im Elsass gelegene französische Nationaldenkmal.«

Julia sah zu Romulus, der sich als Fremdenführer entpuppte, und hob anerkennend die Augenbraue.

Er bemerkte ihren Blick und wehrte bescheiden ab. »Nein, ich bin kein wandelndes Lexikon. Sämtliche Schulausflüge führten auf die Burgen der Umgebung. Da ist sogar bei mir was hängen geblieben. Aber es gibt noch viel mehr zu berichten. Wenn es dich interessiert, schau sie dir bei Gelegenheit an und buche eine Führung. Das lohnt sich, versprochen. Bei deinen Französischkenntnissen hast du zwischen Deutsch und Französisch die freie Auswahl.«

Romulus fuhr auf den Parkplatz des Supermarktes. Julia stieg aus. »Lass dir Zeit. Ich hole dich in einer Stunde wieder ab. Du findest hier alles Notwendige, auch Haushaltsartikel und solche Dinge.«

»Okay, vielen Dank. Bis später.«

Zufrieden schaute er ihr nach, wie sie mit dem Einkaufswagen durch die Schiebetüren verschwand. *Du solltest die Finger von ihr lassen!*

Zurück am Schleusenhaus kauerte eine kleine Katze vor der Tür. Ihr Zustand war erbärmlich. Waren es ihre Augen, die sie in der Nacht so erschreckt hatten? Mit vor Angst geweitetem Blick ergriff die Mieze humpelnd die Flucht. Julia blickte ihr traurig nach. Sie öffnete Romulus die Tür. Er half ihr, die Einkäufe hineinzubringen, bevor er sich verabschiedete. Sie hatte wieder ordentlich zugeschlagen, aber da es sich nicht um Kleidung, sondern notwendige Haushaltswaren handelte, schob sie das schlechte Gewissen zur Seite.

Jetzt war der Kühlschrank gefüllt. Im Flur standen die wichtigsten Utensilien für einen Großputz bereit. Julia schmierte sich ein Sandwich und schlenderte in den sonnigen Garten. Neugierig spazierte sie auf dem gewundenen Pfad durch die Wildnis. Hier wurde schon lange nicht mehr gegärtnert, was dem Grundstück einen märchenhaften Charme verlieh. Sie setzte sich auf einen eisernen Klappstuhl, der an einem runden Tisch unter einer hölzernen Laube stand und genoss ihren Snack inmitten der grünen Oase. Die Frühlingssonne liebkoste ihre Arme, die Vögel zwitscherten und lärmten. Einem neugierigen Sperling warf sie einen Krümel Brot zu. Blitzschnell pickte er danach und brachte seine Beute in Sicherheit. Irgendetwas raschelte im Laub, das verstreut auf dem Gras lag. Gern würde sie hier sitzen bleiben und den ganzen Nachmittag Sonne tanken, aber im Haus wartete jede Menge Arbeit. In Freiburg sorgte eine Reinigungskraft für ein gepflegtes Ambiente. Diese Zeiten waren vorbei. Angesichts ihrer finanziellen Schieflage musste sie auf diesen Luxus zukünftig verzichten. Besser, sie gewöhnte sich gleich daran anzupacken. Sie ging zurück ins Haus, schob die Ärmel hoch und seufzte.

Wenn sie bloß wüsste, wo sie anfangen sollte? Ratlos stand sie im Flur. Ihre Motivation versickerte wie Wasser auf staubtrockenem Boden. Sie streckte sich und dehnte ihren schmerzenden Rücken. Eine weitere Nacht auf dem Sofa würde sie nicht überleben. Sie beschloss, mit dem Schlafzimmer zu beginnen. Auf halbem Weg nach oben meldete ihr Smartphone mit einem Ping eine neue Nachricht. Ihr

Stromaccount war freigeschaltet. Julia rannte jubelnd die Treppe wieder hinunter. Sie schaltete den bestückten Kühlschrank ein, der surrend seine Arbeit aufnahm. Zufrieden, gut versorgt zu sein, erinnerte sie sich an die Katze. Sie hatte hungrig ausgesehen. Julia füllte eine Schale halb mit fettarmer Milch, gab Wasser dazu und stellte sie vor die Haustür. Nächstes Mal würde sie Katzenfutter mitbringen. In der Küche hängte sie ihr Handy an die Steckdose. Der gestern nur kurz geladene Akku stieß schon wieder an seine Grenzen. Probeweise betätigte sie den Lichtschalter. Die Birne zerbarst mit einem lauten Knall.

»Na prima! Jetzt kann ich noch mal los, um neue zu kaufen«, maulte sie und versuchte es im Flur, wo das Licht mehr Schmutz, Staub und Spinnweben zum Vorschein brachte. Im Bad funktionierte alles einwandfrei, aber oben im Schlafzimmer blieb es dunkel. Das Wichtigste war, dass das Bett weich und sauber duftete. Darum würde sie sich kümmern. Sie nahm den Staubsauger, den sie unter dem Gerümpel in der Abstellkammer gefunden hatte, und schaltete ihn an. Ein sirenenartiges Heulgeräusch attackierte ihr Trommelfell. Augenblicklich umhüllte sie eine Staubwolke, die dunkel aus der Lüftung quoll. Hustend zog sie den Stecker. Der randvolle Beutel war geplatzt. Mit Schaufel und Besen rückte sie der Sauerei zu Leibe, bevor sie nach Ersatzbeuteln suchte. Erleichtert seufzte sie auf, als sie ein letztes Exemplar fand. Sie saugte alles sorgfältig ab. Ein Blick zur Decke ließ sie erstarren. In einer Ecke hockte eine fette Spinne, fast handtellergroß und grinste sie regelrecht an. Julia würgte. Mit ekelverzerrtem Gesicht richtete sie todesmutig das Rohr des Saugers auf das Insekt. Mit einem Plopp verschwand das Ungetüm im Inneren des Auffangbehälters. Julia schüttelte sich. Ihre tierliebe Schwester Bobby hätte sie wegen dieser Aktion gekillt.

Sie untersuchte den Kleiderschrank, auf dem ein Wäschekorb stand. Vorsichtig nahm sie ihn herunter und spähte über die Kante. Sicher war sicher. Nicht, dass noch mehr neue Mitbewohner auftauchten, die sie nicht ausdrücklich ins Haus gelassen hatte. Sie verstaute darin die Bettwäsche, die fast den gesamten Platz im Schrank in Anspruch nahm. In der hintersten Ecke lag ein zusammengeknautschtes Sommerkleid aus leichter Baumwolle. Ohne es weiter zu beachten, knüllte sie es in den Korb.

Niemals würde sie in den wenigen Fächern alle ihre Kleider unterbringen. Der Platz reichte eben mal für ihre Unterwäsche und die Accessoires. Die Schuhkartons, mit den Fotos der Schuhe auf der Vorderseite, würde sie daneben stapeln. Der Rest musste im Koffer bleiben. Sie legte den Schlafsack auf das breite Bett. Sobald die Bettwäsche gewaschen war, würde sie ein frisches Laken aufziehen.

Stöhnend nahm sie das Bad in Angriff. Diese Kalksteinhöhle stellte sie vor große Herausforderungen. Ihre Motivation sank auf den Nullpunkt. Julia pustete sich die feuchten Haare aus der Stirn. Verschwitzt tauchte sie aus den Tiefen der Wanne auf, wo sie mit verkniffenem Mund gegen die gelblichen Verfärbungen am Boden gekämpft hatte. Als sie sich aufrichtete, drehte sich das Badezimmer wie ein Karussell. Schnell setzte sie sich auf den Rand der Badewanne und schloss die Augen. *Jetzt nur nicht schwächeln,* mahnte sie sich streng und zwang sich, weiterzuarbeiten, bis die Armaturen in neuem Glanz erstrahlten. »Auch so ein doofer Werbespruch!« Genervt sang sie den Slogan eines Badewannensprays: »Aufsprühen, abspülen, fertig ist der Glanz! – Von wegen!«

Wenigstens roch es frisch nach Zitronenreiniger. Sie brauchte noch eine Ablage. Suchend sah sie sich im spartanisch eingerichteten Zimmer um. An der Wand lehnte ein Brett. Sie legte die eine Seite auf einen Stuhlrücken und die andere auf die Waschmaschine. »Voilà, selbst ist die Frau!« Zufrieden musterte sie ihr provisorisches Regal.

Wieder flimmerte es vor ihren Augen. Sie brauchte unbedingt eine Pause. *Gleich,* tröstete sie sich. Julia japste nach oben ins Schlafzimmer und schleppte ihren Koffer ins Bad.

Jetzt schnaufte sie heftig. Das ständige Treppauf, Treppab war ungewohnt. Skeptisch betrachtete sie die Konstruktion, auf der sie ihre exquisiten Lieblingssachen stapelte, die der Grund für die Pleite auf ihrem Konto waren. Andreas hatte sie diesbezüglich niemals gebremst. Im Gegenteil, es hatte ihm gefallen, eine modeaffine Freundin zu haben. Und sie? Sie hatte es genossen, begehrenswert zu sein. Dass seine Gefühle für sie nur oberflächlicher Natur waren, hatte sie erst später bemerkt und dann die Annehmlichkeiten über die ‚große Liebe' gestellt. Sie waren für sie real und greifbar.

»Und die Liebe? Wer findet schon das große Glück?«, fragte sie ihr Spiegelbild, sprühte Glasreiniger auf und polierte die Fläche. Obwohl sie erhitzt war, wirkte sie blass. Ihre Komfortzone bei Andreas war Geschichte und das Shoppen als Trostpflaster musste aufhören! Nach der Trennung hatte sich ihre Ausstattung ordentlich vergrößert. Wehmütig dachte sie an ihr weiträumiges Ankleidezimmer. Arbeitskleidung fehlte in ihrem Sortiment gänzlich. Im Moment hatten weder Kleider noch Taschen Priorität, sondern Glühbirnen, wollte sie heute Abend nicht wieder im Dunkeln hocken.

Dank Romulus fand sie den Supermarkt auf Anhieb wieder und kaufte einen ganzen Satz Ersatzbirnen in verschiedenen Stärken. Die Tierfutterabteilung erinnerte sie an die kleine Fellnase. So landete auch ein Sack Trockenfutter in ihrem Einkaufswagen.

Als sie die Einkäufe in ihr Auto geladen hatte, fiel ihr Blick auf das Schuhgeschäft nebenan. »Soldes« prangte auf den leuchtenden Tafeln im Schaufenster. Sie hatte so geschuftet, da wäre doch eine kleine Belohnung ...? Julia schloss die Heckklappe und hielt zielstrebig auf den Eingang zu, an dem rote Ballons lustig im Wind tanzten. *Nur mal umschauen,* beruhigte sie die mahnende Stimme in ihrem Hinterkopf.

Julia schritt zügig an den Regalen mit den herabgesetzten Winterschuhen und Stiefeln vorbei. Auch der Abteilung mit Halbschuhen und Sneakern konnte sie wenig abgewinnen. Es war Frühling und im hinteren Drittel des Ladens lockten Pumps, Peeptoes und Sandaletten in den angesagten Farben der neuen Saison.

Begeistert probierte sich Julia durch das Sortiment und bewunderte die ausgefallenen französischen Designs. Die meisten Schuhe passten auf Anhieb. Sie hatte selten mit der Passform Probleme. Schmutz und Staub im Schleusenhaus rückten in weite Ferne, die Plackerei des Putzens war vergessen. Ihre Züge entspannten sich und ein angenehmes Glücksgefühl durchströmte ihren Körper. Ein paar High Heel-Peeptoes aus schwarzglänzendem Leder, die durch einen breiten Mittelriemen bestachen und ihren schlanken Fuß wie ein Klettband umschlangen, zauberten ein Lächeln auf ihre Lippen. Ein weiterer Karton gesellte sich zu den anderen. Die Erkenntnis traf sie unvorbereitet, als ihr Blick auf den Turm fiel, der sich neben ihrem Hocker stapelte. *Julia Lüttke, reiß dich zusammen!* Die eben noch als angenehm empfundene Wärme steigerte sich zu unerträglicher Hitze und flutete ihre Wangen. Fluchtartig und ohne etwas zu kaufen, stürmte sie aus dem Laden.

Erfreut stellte sie fest, dass die Milchschale vor der Haustür bis auf den letzten Tropfen sauber ausgeschleckt war. Scheinbar hatte die Kleine ihre Abwesenheit genutzt. Julia tauschte die defekten Glühbirnen aus und stürzte sich wieder in die Arbeit.

Es wurde schon dunkel, als sie ein letztes Mal über die Küchenzeile wischte. Erschöpft sank sie auf einen der Stühle. Entsetzt musterte sie ihre geschundenen Hände. Die Haut war aufgedunsen, der Nagellack und zwei ihrer künstlichen Fingernägel abgebrochen. Was machte sie hier? Sie war fix und fertig. Der Alarm ihres Handys erinnerte sie an die Medikamente, die sie stets zur gleichen Uhrzeit einnahm, seit sie mit sechzehn diese Gefäßentzündung hatte. *Verdammte Niereninsuffizienz!* Bisher war sie gut zurechtgekommen, aber so würde es nicht bleiben. Das war absehbar. Ihre Werte verschlechterten sich rapide. Schon jetzt war sie von der Dialyse abhängig. Daran hatte sie schwer zu knabbern.

Romulus ließ sich an diesem Abend nicht mehr blicken. Warum sollte er? Er war nicht ihr Kindermädchen und hatte bereits genug geholfen. Dennoch wünschte sie sich, seinen Wagen vor dem Haus oder sein Klopfen an der Tür zu hören.

Nach einer heißen Dusche entfernte sie radikal alle künstlichen Nägel. Ihre Finger hatten unter dem Klebstoff gelitten. So, wie sich ihr Leben zurzeit gestaltete, konnte sie sich eine aufwendige Maniküre sparen. Der Ordnung halber trug sie dann aber doch einen Klarlack auf. Eingehüllt in ihren schneeweißen, kuscheligen Bademantel nahm sie eine Dose Ravioli aus dem frisch eingerichteten Vorratsschrank.

»Nicht wahr!« Diese Konserve hatte keinen Clip, mit dem sie den Deckel aufziehen konnte? Julia durchwühlte die Schubladen auf der Suche nach einem Dosenöffner. Das altmodische Gerät rutschte zweimal ab. Das war mal wieder so typisch. Sie würde vor der Blechbüchse verhungern. Mit Mühe gelang es ihr, dreiviertel des Deckels zu umrunden. Gewaltsam bog sie das Blech nach oben, das unverhofft nachgab. Tomatensoße spritzte auf die frisch geputzte Arbeitsfläche und ihren Mantel. Julia resignierte. Sie war zu hungrig und müde, um sich aufzuregen. Sie wärmte die Ravioli auf. Dazu kochte sie sich eine Kanne Pfefferminztee. Die Dose mit den aromatisch duftenden Blättern hatte sie im Küchenschrank entdeckt. Hatte sie nicht schon immer heimlich vom Landleben geträumt, fragte sie sich und genoss den wohlriechenden Dampf über ihrer Tasse. Langsam kam sie zur Ruhe. Einem kleinen Garten mit Blumen und Kräutern? *Noch mehr Arbeit, für die du nicht geschaffen bist,* warnte sie eine Stimme.

Zufrieden schaute Julia sich um. Heute hatte sie so viel erreicht. Es fühlte sich richtig gut an. Stolz blickte sie auf das Ergebnis. Trotzdem stieß sie an ihre Grenzen. Bisher hatten sich ihre körperlichen Belastungen in einem moderaten Rahmen bewegt. Als Lehrerin verbrachte sie viel Zeit in der Schule oder zu Hause vor ihrem Computer. Unterrichtsstunden vorzubereiten war Kopfsache. Zum Ausgleich widmete sie sich ihrer Passion: der Musik. Ihr früherer Lehrer, ein Musikprofessor im Ruhestand, hatte sie sogar ermutigt, nach dem Abitur ein Musikstudium zu beginnen. Leider hatte ihr Vater sie darin nicht unterstützt. Bodenständig und leistungsorientiert hielt er beruflich ein solides Standbein für unabdingbar. Als Julia nachgab und sich für ein Studium auf Lehramt entschied, waren ihre Eltern erleichtert. Zum Ausgleich hatte sie neben Geschichte und Biologie das Fach Musik gewählt. Ein schwacher Trost.

Die Gedanken an ihr zu Grabe getragenes Musikstudium erinnerten Julia an das Klavier im Wohnzimmer. Nachdenklich klappte sie den Deckel auf und strich mit den Fingern sanft über die verfärbte Klaviatur aus Elfenbein. Vorsichtig schlug Julia ein paar Töne an und verzog das Gesicht. Das Instrument war entsetzlich verstimmt. Einige Tasten gaben gar nichts mehr von sich. Sie öffnete den hinteren Kasten und warf einen Blick hinein. Ein Stapel vergilbter und an den Rändern ausgefranster Notenblätter kam zum Vorschein. Julia setzte sich auf den Hocker und betrachtete die Noten näher. Wieder meinte sie diese vertraute Melodie zu hören und lauschte. Lieblich und gleichmäßig lullten die Töne sie ein. Gefühle von Geborgenheit und Sicherheit umhüllten Julia wie eine Blase mit warmem Wasser. Ihr Kopf kippte nach vorn, sie schreckte hoch und schüttelte sich. Die Noten waren von ihrem Schoß gerutscht. Mit einem Gefühl der Befangenheit legte Julia die Blätter zurück auf das Klavier.

Vor dem Schlafengehen steckte sie die Wäsche in die Waschmaschine. Das kontinuierliche Geräusch der laufenden Maschine im Erdgeschoss vertrieb die Stille und klang beruhigend. Diese Nacht schlief Julia tief und traumlos.

Dieser Nachbar ist eine aufdringliche Ratte. Georg presste die Zähne aufeinander, bis sein Kiefer knackte. *Er hat gut daran getan, am Abend nicht schon wieder vor Julias Tür aufzutauchen.*

Kapitel 4

Julia kletterte mit halb geschlossenen Augen aus dem Bett. Sie musste dringend aufs Klo, was sie auf den Pfefferminztee am späten Abend schob. Verschlafen stolperte sie die Treppe hinunter ins Bad. »Whoah!« Sie starrte auf ihre Füße, die knöcheltief im kalten Wasser standen. Schnell sprang sie zurück. Nur den hohen Türschwellen war es zu verdanken, dass sich die Fluten nicht bis in den Flur ergossen hatten. »Oh, diese verflixte Waschmaschine!«

Ihre Kleider schwammen in der schmutzigen Lauge am Boden. Das improvisierte Regal war beim Versuch der Maschine zu schleudern in sich zusammengestürzt. Warum hatte sie vorab keinen Testlauf mit einem Kurzprogramm gestartet? Sie taugte definitiv nicht zur Hausfrau.

Julia kniff die Beine zusammen. Wie auch immer, zuerst musste sie auf die Toilette. Der Begriff Wasserklosett bekam eine eigene Bedeutung. Sie grinste und planschte mit dem rechten Fuß im Wasser. Aufgeben war keine Option.

Angewidert klaubte sie ihre Kleidung zusammen. Der Korb mit der triefenden Wäsche hinterließ eine Tropfspur im Flur. Sie stellte ihn auf der Terrasse ab und holte Eimer und Lappen, um das Bad trockenzulegen und den Flurboden aufzuwischen. Damit sich kein Schimmel bildete, riss sie das Fenster auf. Ein Blick in den Spiegel ließ sie kurz innehalten. *Das bist nicht du.* Die ungeschminkte junge Frau im Nachthemd mit den dunklen Augenringen, die Haare strähnig und zerzaust, das war nicht mehr die perfekte Julia, die sie kannte. Schnell kniete sie nieder und wandte sich wieder ihrer Aufgabe zu. Es schien zu einer neuen Gewohnheit zu werden, das Tagesgeschäft im Hemd zu beginnen. Was ging nur mit ihr vor? Jeder, der sie kannte, würde sie für verrückt erklären.

Sie wrang den Lappen ein letztes Mal über dem Eimer aus und erhob sich ächzend. Genervt stampfte sie mit dem Fuß auf. Sie sehnte sich zurück in ihr behütetes Leben in Freiburg. Dort würde sie sich an den Flügel setzen und Trost in der Musik finden. »Leider alles Vergangenheit«, sagte sie wütend.

Sie stapfte in die Küche und setzte Teewasser auf. *Auch so was Neues.* Früher wäre ein Start in den Tag ohne Kaffee unvorstellbar gewesen. Heute dagegen war ihr nach einem Earl Grey. Im Wohnzimmer zog sie sich an und schnupperte mit gekräuselter Nase unter ihrem rechten Arm. Fassungslos ließ sie ihn sinken. Jetzt zog sie schon den dritten Tag in Folge die gleichen Klamotten an. Wie tief konnte man sinken?

Ihr Blick fiel auf das Klavier. Sie nahm ihr Smartphone und suchte die Nummer eines Klavierstimmers heraus. »Lüttke, bonjour. Ich habe hier ein altes Piano und möchte einen Termin machen. Wann könnten Sie vorbeikommen? Heute schon? Oh – un moment!«

Julia rannte in die Küche, wo der Teekessel ohrenbetäubende Pfeifgeräusche ausstieß. Sie schnappte sich den Störenfried, um ihn zur Seite zu stellen. »Verdammte Scheiße!«, schrie sie auf. Reflexartig schleuderte sie den heißen Kessel auf die Spüle und riss die Arme nach oben. Dabei rutschte ihr das Handy aus der Hand und klatschte auf den Boden. Die verbrannten Finger schüttelnd, hob sie mit der anderen Hand ihr Smartphone auf. »Hallo? Sind Sie noch dran?«

»Ja und bei Ihnen? Alles in Ordnung?«, erkundigte sich der Mann.

»Ja, ja ...« Julia hielt ihre Hand unter den aufgedrehten kalten Wasserhahn. »Wann, sagten Sie? Heute Nachmittag? Das ist perfekt. Vierzehn Uhr. Bien, bis dann.« Julia begutachtete das Display und ihre Hand kritisch, konnte aber keinen größeren Schaden entdecken. Die Finger brannten höllisch. Mit einem doppelt gefalteten Geschirrtuch umfasste sie den Henkel des Kessels, goss den Tee auf und notierte sich auf einem Zettel: Topflappen.

Es klopfte ans Küchenfenster. Ihr Herz pochte aufgeregt. Sie hob den Kopf und entdeckte Romulus. *Endlich*, sie atmete erleichtert auf, einen lieben Menschen zu sehen. Konnte sie sich so vor ihm blicken lassen? Mit Drei-Tage-Kleidung und strähnigem Haar? Ohne Morgentoilette? Die Antwort ihres Herzens war eindeutig: Sie konnte. »Hey Romulus, komm rein. Eine Tasse Tee?«

»Gerne.« Er küsste sie rechts und links auf die Wange und stutzte, als er ihr in die Augen schaute. »Was ist passiert?«

»Nichts«, wehrte Julia ab. »Oder doch ... Du kennst dich nicht zufällig mit Waschmaschinen aus?« Sie schluchzte unvermittelt auf und Tränen quollen hervor. »Heute Morgen überraschte mich die Sintflut im Badezimmer und dann habe ich mir die Hand verbrannt – irgendwie nicht mein Tag.«

Romulus zog sie tröstend in den Arm. Julia kuschelte sich an seine Brust, den Kopf unter seiner Achsel in den weichen Wollpulli vergraben, die angenehm nach einem herben Deospray roch.

»Jetzt setz dich erst mal«, sagte er, goss sich einen Tee ein und nahm ihr gegenüber Platz. »Ich schau es mir gleich an.« Er nippte an seiner Tasse.

Julia rutschte unruhig auf ihrem Stuhl herum.

»Du kannst es gar nicht abwarten, oder?« Romulus erhob sich und ging Richtung Badezimmer. »Komm mit.« Er schob die Waschmaschine von der Wand und verschwand in der Öffnung.

Julia lehnte erschöpft an der Badezimmertür. Noch immer meinte sie, den Flausch seines Pullis an ihrer Wange zu spüren. Es war tröstend gewesen, so gehalten zu werden. Allein durch seine Anwesenheit fühlte sie sich beschützt. Aber Schutz hatte auch ihr Ex geboten. Trotzdem konnte man die beiden nicht miteinander vergleichen. Bei Romulus kam definitiv der Wohlfühlfaktor dazu. Zudem war er handwerklich begabt. Sie konnte sich glücklich schätzen, so einen kompetenten und attraktiven Nachbarn zu haben.

»Tja, die hat ausgedient.« Er kroch rückwärts hinter der Maschine hervor, wobei Julia sich ertappte, wie sie sein knackiges Hinterteil begutachtete. »Der Bottich ist durchgerostet, das kommt bei Modellen mit Schweißnähten vor. Verschraubte sind besser. Da wirst du um eine Neue nicht drum herumkommen.«

»Oh Mann! Nicht dein Ernst!« Julia stemmte die Hände in die Seiten und funkelte Romulus an. »Nein, tut mir leid«, ruderte sie zurück. Was war in sie gefahren, ihn so anzuschnauzen? Entschuldigend fasste sie seinen Arm. »Das war echt lieb von dir, nach dem Fehler zu schauen. Es ist nur ... Meine Kleider lagen versifft in der Lauge. Nun kann ich sie nicht mal waschen. Es ist Wochenende und ... ach Scheiße!« Dass sie seit drei Tagen die gleichen Klamotten trug, erwähnte sie lieber nicht, falls es ihm nicht sowieso schon aufgefallen war. Auch, dass sie gar kein Geld für eine neue Maschine hatte, behielt sie für sich. *Gott, wie peinlich*.

»Ich habe einen Satz Wechselkleidung im Wagen. Sicher nicht der angesagte Pariser Chic, aber trocken und sauber.«

Julia war verzweifelt, konnte aber angesichts von Jogginghose und Flanellhemd, die er holte und ihr jetzt in die Hand drückte, keine Begeisterung zeigen.

»Nächste Woche schauen wir gemeinsam nach einer Waschmaschine, okay?«

»Danke. Für alles«, sagte Julia und sah in seine gütigen Augen, die sie liebevoll anblickten, bis sich so etwas wie Panik darin zeigte und er sich brüsk abwandte.

»Tja, ich muss los.« Seine Stimme war belegt. An der Haustür drehte er sich nochmals kurz um.

Sie konnte nicht definieren, was sich in seinen Augen spiegelte. Julia sah seinem Wagen nach, bis er aus ihrem Blickfeld verschwunden war. Romulus war süß. Keinerlei

Arroganz, spontan und auf entzückende Art hilfsbereit. Anders als Andreas, der wenig auf die Gefühlslage seiner Mitmenschen achtete. Jetzt hatte sie ein Haus in Frankreich geerbt und kam gut ohne ihn klar. Das Universum zeigte wieder, dass alles seine Bestimmung hatte. Ob sie in Romulus' Leben eine Rolle spielen würde? Wollte er, dass sie das Haus behielt und hierblieb?

Julia schob die Gedanken beiseite. Sie hängte die schmutzige Wäsche auf den Wäscheständer und stellte ihn in die Frühlingssonne. Enten flatterten über dem Wasser auf und flogen den Kanal entlang. Sie setzte sich auf den rostigen Gartenstuhl. Mit geschlossenen Augen genoss sie die warmen Sonnenstrahlen auf dem Gesicht. Ihr Leben veränderte sich gewaltig. *Das war gar nicht mal so übel.*

Es raschelte im Gebüsch. Eine rosa Stupsnase lugte zwischen den Blättern eines Hartriegels heraus. Zwei Knopfaugen checkten die Lage. Julia verhielt sich mucksmäuschenstill. Vorsichtig schlich das Kätzchen hervor und humpelte ein Stück weiter bis zur Wiese. Dort legte sie sich in die Sonne und leckte ihr struppiges Fell. Julia hätte ihr gern geholfen. Sie hatte nie ein Haustier, weil bei ihren Eltern laut Mietvertrag Tiere verboten waren. Sie mochte Tiere, dazu musste sie nicht unbedingt eines besitzen. Ihre Zukunft war ungewiss. Was, wenn sie ins Krankenhaus kam oder starb? Was wurde dann aus dem armen Weggefährten? Er würde sich genauso verlassen fühlen wie sie jetzt. Die Streunerin suchte ihre Nähe. Verband sie die Tatsache, dass sie traurig waren, weil sie niemanden hatten?

»Na Nobody?« Der Name passte wie die Faust aufs Auge. »Genießt du auch die Sonne?« Julia stand auf und Nobody huschte wieder in die Büsche.

Der Klavierstimmer war pünktlich. Sie führte ihn in die Wohnstube.

»Mon Dieu.« Er stellte seine Tasche ab. »Das hat aber schon bessere Zeiten erlebt!« Er öffnete den Deckel und schlug ein paar Töne an. »Das war wohl untertrieben. Ist ja schlimmer, als ich dachte. Keine Garantie, dass ich das wieder klangrein stimmen kann.« Er stand da, als wartete er darauf, dass Julia den Auftrag stornierte.

»Ach bitte, versuchen Sie es!« Sie spürte instinktiv, wie wichtig es ihr war, dass der alte Kasten zu neuem Leben erweckt wurde. In ihrem Kopf summte wieder diese Melodie.

Der Mann reichte ihr den Stapel Noten, den sie gestern auf dem Holz abgelegt hatte, öffnete erst den Kasten und dann mit geschickten Griffen den Oberrahmen. Er packte sein Werkzeug aus und machte sich an die Arbeit.

Julia setzte sich in die Küche. Jeder Misston, den der Mann wiederholt anschlug, bohrte sich wie Zahnschmerz in ihren Kopf. Nach drei Stunden, die Julias geschultem Gehör alles abverlangten, konnten dem Instrument endlich wieder erträgliche Klänge abgerungen werden.

»Ich habe Ihnen einen Stab eingebaut, der für eine optimale Feuchtigkeit sorgt. Sie betreiben einen Kaminofen im gleichen Raum. Die trockene, heiße Luft lässt die Tasten ausleimen. Legen Sie den Stab regelmäßig für eine Stunde ins Wasser. Lassen Sie ihn gut abtropfen und klemmen Sie ihn danach wieder in die Halterung. So werden Sie keine Probleme mehr haben«, erklärte er freundlich.

Obgleich Julia am Schluss mehr zahlte, als ihr lieb war, flüsterte eine Stimme, dass sich diese Investition lohnen würde. Das Klavier würde sie beim Verkauf des Hauses behalten, rechtfertigte sie die horrende Ausgabe. »Seit du hier angekommen bist, Julia Lüttke, bist du total übergeschnappt!« Sie nahm eines der Notenblätter zur Hand und setzte sich. »Mal sehen, was ich aus dir heraushole.«

Mit geschlossenen Augen spielte sie eines ihrer Lieblingsstücke und versank in die verträumten Klänge wie in ein weiches Kissen. Sie hatte nicht erwartet, dass sie im Schleusenhaus Klavier spielen könnte und ihre Partituren nicht mitgenommen. »Nicht übel.« Allerdings kein Vergleich zu ihrem Flügel. *Eigenartig*. Der Charme des alten Klaviers berührte sie, weil es nicht perfekt klang. Wieder blieb ihr Blick auf dem verblassten Notenblatt vor ihr haften. Sanft schlug sie die ersten Noten an. Die Töne verbanden sich in ihrem Kopf mit den gespielten Klängen. Beherzt griff sie in die Tasten, die Melodie schwoll zu einer alles sprengenden Symphonie an und erfasste jede Faser ihres Körpers. Das Zimmer begann sich zu drehen, das Spiel riss sie mit sich fort und die Qualen waren wie weggeblasen. Wie im Rausch spielte Julia mühelos und bezaubernd leicht.

Erst, als sie das Stück beendet hatte, die Finger auf den Tasten ruhend, blickte sie auf. Ungläubig stellte sie fest, dass sie zwar vor dem Klavier saß, dies aber weder alt war, noch unrein geklungen hatte. Das Wohnzimmer sah identisch und doch anders aus. Auf dem Sofa saß eine alte Dame mit einer Zeitschrift. Sie rieb sich das Gesicht und bückte sich nach etwas unter dem Couchtisch. Julia öffnete die Lippen, um sie anzusprechen. Dabei löste sie ihre Hände von den Tasten. Augenblicklich gab es einen Schlag. Wie ein Sack Kartoffeln landete sie hart auf dem Boden. Schwärze umfing sie und als sie wieder zu sich kam, war es stockdunkel. Stöhnend rieb sie sich die linke Seite.

Sie musste ohnmächtig geworden sein und geschlafen haben. Ihr Zustand schien sich verschlechtert zu haben. Mutete sie sich zu viel zu? Was war geschehen? Angestrengt versuchte Julia, ihre Erinnerungen zu fassen. Wie am frühen Morgen, wenn man einem Traum nachjagte, der sich immer mehr verflüchtigte. Bevor Einzelheiten greifbar waren, stahlen sie sich davon. Sie hatte voll Begeisterung gespielt, wie eine Pianistin, das wusste sie genau. Träumen war erlaubt. Der Duft ihres Lieblingsparfums kroch ihr in die Nase, obwohl sie es seit ihrer Anreise nicht mehr benutzt hatte. Ihr Kopf spielte ihr einen Streich nach dem anderen. Sie musste besser auf sich aufpassen.

Er hatte seinen Wagen auf dem kleinen Parkplatz unterhalb der Brücke abgestellt. Von hier aus konnte er unauffällig zum Schleusenhaus gelangen. Ein Rad- und Wanderweg führte am Wasser entlang. Hartriegel, Eschen und Eichen, die am Kanal wuchsen, zeigten das erste Grün. Sie durfte ihn nicht entdecken. Noch nicht. Ihr Wagen parkte oben in der Wegeinfahrt. Also war sie da. Er schlich um das Haus und duckte sich unter den Fenstern im Erdgeschoss vorbei. An der offenen Terrassentür blieb er stehen. Er beugte sich vorsichtig um die Ecke. Alles war still, niemand zu sehen. Er konnte nicht widerstehen. Leise huschte er ins Wohnzimmer. Von Julia keine Spur. Wo steckte sie nur? Ihr Duft hing in der Luft, er löste regelrechte Glücksgefühle aus. Wie er sie vermisste. Er pirschte sich vor, fand auf dem Küchentisch eine leere Dose Ravioli. Dosenfraß. Das schmutzige Geschirr stapelte sich in der Spüle. Er schüttelte den Kopf. Julia war nicht häuslich. An der Zeit, dass er sich um sie kümmerte. Sein Vater hatte aus seiner Mutter eine passable Hausfrau gemacht. Warum sollte ihm das nicht gelingen? Offensichtlich hatte sie sich hier für länger eingerichtet. Er musste bald handeln. Das Jobangebot in den Staaten hatte er geschickt eingefädelt. Ein Angebot, das Julias Lover nicht ausschlagen konnte. Und ihre ökonomische Schieflage war ihm wie ein Glücksfall erschienen. Mit der dämlichen Erbschaft würde er auch noch fertig werden.

Bevor er sich davonstahl, huschte er ins Badezimmer und sprühte sich etwas von ihrem Parfum auf sein Stofftaschentuch.

In der Vergangenheit bei Amalia ...

Amalia saß gemütlich auf ihrem Sofa und widmete sich einem Kreuzworträtsel. Es war ihr eine liebe Angewohnheit, nachmittags bei einer Tasse Pfefferminztee aus dem Garten ein Schweden Rätsel zu lösen, um die grauen Gehirnzellen zu trainieren. Heute tat sie sich schwer. Sie massierte die Schläfen, in denen es schmerzhaft pochte. Sie nahm die Brille ab und rieb sich die Augen, als sie entfernt eine bekannte Melodie hörte. Aus den Augenwinkeln heraus bemerkte sie einen Schatten. Schemenhaft sah sie am Klavier jemanden sitzen. Sie stutzte und angelte nach ihrer Brille, die ihr vom Sofa rutschte. Ächzend kniete sie sich auf den Boden, um sie aufzuheben. Sie war übernächtigt. Ihre Augen spielten ihr gewiss einen Streich. Mit der Sehhilfe auf der Nase blickte Amalia erneut zum Instrument. Dort war niemand zu sehen. Etwas anderes hatte sie auch nicht erwartet.

Kapitel 5

Julia saß in Romulus' kuscheligen Ersatzkleidern vor einem opulenten Frühstück. Ein perfekter Start in den Tag war der erste Schritt gegen ihre Erschöpfungszustände. Die Haare hatte sie hochgebunden und unter einem Tuch versteckt. In der Ferne krähte ein Hahn und auf der Landstraße tuckerte ein Traktor vorbei, dessen Motor nagelnde Geräusche von sich gab. Das Landleben hatte seine eigenen Klänge. Zufrieden träufelte Julia Honig auf ihr gebuttertes Toastbrot. Sie hörte, wie ein Auto vor dem Schleusenhaus parkte. Sofort flatterte es im Bauch und ihr wurde warm vor Erwartung. Er war genauso süß wie der Honig auf dem Brot. »Komm rein, Romulus! Möchtest du mit mir frühstücken?«, rief sie laut und versuchte den Honigtraum, zwischen Daumen und Zeigefinger geklemmt, in den Mund zu schieben, bevor alles heruntertropfte. Der flutschte weg, drehte sich und klatschte auf den Küchenboden. »Mist! Warum landet Brot immer auf der beschmierten Seite?« Nicht mehr ganz so zufrieden, kroch Julia unter den Tisch.

»Hey! Wer ist denn Romulus? Oh, kann ich helfen?«

Julia schoss in die Höhe, wobei sie gegen die Tischplatte knallte. Stöhnend drehte sie den Kopf. Marit stand in der Küchentür und starrte auf ihren Po. »Marit? Wo kommst du denn her?« Julias Tuch war verrutscht. Sie konnte sich eben bremsen, mit den klebrigen Fingern durch die Haare zu fahren. Stattdessen rappelte sie sich auf, streckte die Arme rechts und links zur Seite und ließ sich umarmen. »Das ist aber eine gelungene Überraschung!«

»Na, was glaubst du? Verschwindest von der Bildfläche, um dir ein mysteriöses Erbe anzuschauen, und meldest dich nicht ein einziges Mal bei mir? Das kann Gutes oder Schlechtes bedeuten und da sagte ich mir: Marit, schau doch mal vorbei, damit sie keinen Unsinn macht. So, frühstücken wir erst einmal ausgiebig und du erzählst mir, wer Romulus ist.«

Julia schmunzelte. So war Marit. Immer zur Stelle, wenn man sie brauchte, ohne, dass man sie lange bitten musste. Sie hatte ihr Haar zu einem Zopf geflochten und trug eine Paperbackhose, die ihre kleinen Problemzonen geschickt kaschierte. Marit legte keinen Wert auf modische Trends. Sie war eher praktisch veranlagt und hatte das nicht nötig. Wo sie auftauchte, wandten sich die Leute ihr zu. Es war die spezielle Aura, eine Mischung aus Liebenswürdigkeit und Direktheit, die sie umgab. Wie ihre Torten zauberte auch Marit jedem ein Lächeln ins Gesicht.

»Was ist los? Habe ich eine Nudel im Gesicht? Oder siehst du in mir diesen Romulus, so verträumt, wie du mich anstarrst?«

Julia blinzelte. »Nein, ich ...«

»Schon gut. Erzähl mir, was passiert ist. Dich in diesem Aufzug anzutreffen lässt bei mir alle Alarmglocken schrillen. Es passt genauso wenig zu dir wie ein altes Haus auf dem Land. Wie geht es voran? Hast du dich um einen Makler gekümmert?«

»Touché.« Julia hob abwehrend die Arme. »Okay, lass uns in Ruhe frühstücken. Ich erzähle dir alles und führe dich später herum.«

»Jetzt hast du eine vage Vorstellung, wie es hier aussah«, sagte Julia nicht ohne Stolz, nachdem sie Marit alles gezeigt hatte und sie wieder die Treppe herunterkamen.

»Du bist verrückt, dich so zu verausgaben. Ich weiß, dass du nicht gern über deine Krankheit sprichst, aber in diesem Fall ...« Aufgebracht funkelte sie Julia an. »Sag mir bitte, was dich da geritten hat! Verkauf das Haus und dann sollen andere die Bude auf Vordermann bringen.«

»Wer weiß? Vielleicht will ich es ja behalten?«

»Nicht dein Ernst?«

»Ich weiß, was du jetzt denkst, aber es ist auf jeden Fall eine Option. Und je länger ich hier bin, desto mehr tendiere ich dazu. Eine neue Erfahrung für mich, wenn du verstehst?«

»Oh je. Dann nichts wie weg, bevor sich diese Gedanken in deinem Kopf festsetzen.«

»Ich habe in Freiburg keine Bleibe mehr, schon vergessen? Und nichts Passendes in Aussicht. Vielleicht ist das hier genau das, was ich gesucht habe?«

»Was genau jetzt?«, hakte Marit nach. »Das biedere Landleben in diesem Outfit oder deine neu entdeckte Putzwut?«

»Also, was das Großreinemachen angeht ...« Julia verzog das Gesicht. »Das ist nicht nur anstrengend, sondern echt eklig. Was diesen Aufzug betrifft«, sie sah mit verächtlichem Blick an sich herunter, »den hat mir freundlicherweise mein netter Nachbar zur Verfügung gestellt, nachdem ich meine Kleidung geschrottet habe.«

»Ah, dieser Romulus?«, sagte Marit und grinste. »Aber was willst du hier?«

»Das kann ich dir so nicht beantworten.« Julia rang die Hände. »Ich weiß nur, dass ich mich geerdet fühle, seit ich hier bin. Irgendwie angekommen. Es macht mich glücklich, alles wohnlich zu machen. Es ist mein Haus. Niemand redet mir hinein und ich entdecke ein Faible für das Rustikale. Mal was anderes als immer Chrom und Stahl. Zum ersten Mal spüre ich ein wenig, was ich will.« Es lag eigentlich nicht in ihrer Absicht, das Schleusenhaus zu behalten. Aber nachdem sie die Sätze laut ausgesprochen hatte, war sie überrascht, wie real diese Möglichkeit erschien.

Marit nickte. »Du hast ja recht. Aber muss es gleich ein Haus in Frankreich sein? Nimm das Geld und kauf dir eine kleine Wohnung im Kreis Freiburg.«

Draußen erklang ein herzzerreißendes Maunzen.

»Ach herrje!«, rief Julia. »Die habe ich ganz vergessen.« Sie sauste zur Haustür und holte die Schale, die sie mit Katzenfutter füllte.

»Du hast schon einen Untermieter?«

»Ja, Nobody. Sie ist völlig verwahrlost und halb verhungert. Ich füttere sie seit zwei Tagen. Sie scheint verletzt zu sein, aber ohne ihr Zutrauen, kann ich sie nicht anfassen. Bobby wüsste sofort, was zu tun wäre.«

»Ja, deine Schwester könnte ich mir hier eher vorstellen. Wahrscheinlich würde sie ein Tierheim daraus machen.«

Julia stellte eine Schale frisches Wasser neben das Trockenfutter. Sie blieben am Fenster stehen und beobachteten, wie das struppige Fellbündel sich näherte und gierig die Brackets herunterschlang.

»Himmel«, entfuhr es Marit, »was für ein armes Geschöpf!«

Sie wandte ihre Aufmerksamkeit wieder dem Haus zu. »Gut. Wenn du wirklich meinst, dass es dir wichtig ist, dann lass uns die Sache hier gemeinsam angehen.« Marit krempelte die Ärmel hoch.

»Du willst mir helfen?«

»Klar, wenn das deine Entscheidung ist, kann ich dich doch nicht hängen lassen.«

»Noch habe ich mich ja nicht endgültig entschieden. Aber eines ist klar. Je besser der Zustand einer Immobilie ist, desto größer sind die Chancen, beim Verkauf einen anständigen Preis zu erzielen.«

»Na, dann besteht ja doch Hoffnung, dass du zur Vernunft kommst und verkaufst.«

Täuschte sie sich oder war da Erleichterung in Marits Stimme?

Zusammen schrubbten sie die Holzfußböden mit Seifenlauge. Als nur der Küchenboden übrig war, warf Julia das Handtuch und rieb ihre Oberarme. »Gnade Marit, lass uns den hier ein andermal bearbeiten. Ich kann nicht mehr. Außerdem sterbe ich vor Hunger. Wenn ich jetzt nicht aufhöre, fallen meine Arme gleich ab.«

»Einverstanden. Puh, das war ein Kraftakt«, stimmte ihre Freundin zu. »Aber das Ergebnis kann sich sehen lassen.« Mit glänzenden Augen betrachtete Marit das helle Holz der Dielen.

Julia entging der entzückte Blick nicht. »Kannst du mich jetzt ein bisschen besser verstehen?«

»Absolut. Das Ergebnis macht tatsächlich glücklich. Ich wusste nicht, das Putzen Endorphine freisetzen kann. Du solltest in Erwägung ziehen, die Böden zu versiegeln oder zu ölen. Sie haben so eine wunderbare Struktur. Die käme dann mehr zur Geltung und würde dem Raum ein warmes ...«

»Hallihallo! Verliebt sich da jemand in mein Haus?«

Marit trocknete ihre Hände ab und lachte. »Erwischt. Ich geb's zu. Aber nur ein bisschen.«

Bei dem Wort *‚verliebt'* musste Julia an Romulus denken. Sie war enttäuscht, dass er heute nicht vorbeigeschaut hatte. Sollte sie zu ihm fahren? »Du, Marit? Könntest du schauen, ob du uns was zu Mittag zaubern kannst?«, fragte sie. »Im Kühlschrank findest du sicher was Geeignetes. Ich war gestern einkaufen. Nur mit dem Kochen habe ich es nicht so«, entschuldigte sie sich. »Außerdem würde ich gerne bei Romulus vorbeifahren. Vielleicht darf ich bei ihm eine Ladung Wäsche laufen lassen, bis ich eine neue Maschine gekauft habe.«

»Ach? Zu Romulus? Da sollte ich aber mitkommen. Langsam bin ich extrem neugierig auf diesen Nachbarn. Aber, geh nur.«

Julia merkte, wie sie rot anlief.

»Ich schau mal, was deine Küche so hergibt.«

Erleichtert, dass Marit nicht mitkam, holte sie den Wäschekorb und warf einen kritischen Blick in den Spiegel. Schnell bürstete sie sich die verschwitzten Haare und versteckte sie wieder unter einem Tuch, das sie sich geschickt um den Kopf band. Es musste reichen.

Vor dem Haus radelte eine Gruppe Jungs vorbei, die fröhlich klingelten und ihr ein »Bonjour« zuriefen. So schlimm konnte sie folglich nicht aussehen. Das Wasser rauschte an der alten Schleuse und ein Kuckuck rief. Es war das erste Mal in diesem Frühjahr, dass sie ihn hörte. Schnell zog sie ihren Geldbeutel aus der Tasche und schüttelte ihn heftig. Mit einem Lächeln nahm sie das Klappern der Münzen zur Kenntnis. Wenn der alte Brauch stimmte, sollte sie jetzt ein Jahr stets Kleingeld und Glück haben. Ein schöner Gedanke. Ein Eichhörnchen huschte über den Weg und sauste wie der Wind eine der dicken Eichen hinauf, die den Kanal säumten. ‚*Idyllisch*' war das erste Wort, das Julia einfiel.

Romulus arbeitete konzentriert in seiner Werkstatt an einem Stück Holz. Er drehte Julia halb den Rücken zu. Seine fleckige, verwaschene Jeans und das zerschlissene weiße T-Shirt taten seiner Sexyness keinen Abbruch. Julia zögerte aufgrund ihres eigenen Outfits. Ein gepflegtes Äußeres hätte ihr die nötige Sicherheit gegeben. Trotzdem blieb sie. Reglos stand sie da, den Blick fest auf Romulus gerichtet. Sie genoss den Anblick seiner muskulösen Oberarme, die unter den kurzen Ärmeln zu sehen waren, wenn er auf sein Objekt Druck ausübte. Jetzt pustete er sanft über die bearbeitete Stelle. Staub wirbelte auf. Er nieste. »Gesundheit«, entfuhr es Julia.

Erstaunt sah er zur offenen Tür.

»Hey, Romulus.« Schnell trat sie ein. Er musste nicht wissen, dass sie ihn beobachtet hatte. In seiner Werkstatt war es hell und duftete würzig nach Holz.

»Julia! Nett, dass du vorbeischaust.« Er legte sein Werkzeug zur Seite. »Alles okay bei dir da drüben?«

Seine Augen schauten besorgt. Er schien sie nicht auf ihr Äußeres zu reduzieren. Das widerfuhr ihr zum ersten Mal. Romulus zeigte Interesse an ihrer Person, ihrem Wohlergehen. »Ja danke. Marit, meine Freundin, ist seit heute Morgen hier. Wir haben gemeinsam die Böden geschrubbt. Was baust du denn da?« Sie kam näher und bewunderte die Arbeit auf der Werkbank, die über und über mit Sägemehl und Spänen bedeckt war.

»Eine Einlegearbeit.« Wieder pustete er über das Holz und wirbelte dabei Staub und Holzreste auf.

Auch Julia juckte es im Gesicht. Sie rieb sich über den Nasenrücken.

Er legte den Kopf schief und grinste. »Tolles Outfit.«

»Ha, ha. Mach dich nur lustig.« *Da waren sie wieder: ihre Zweifel.*

»Nein, ehrlich. Meine Arbeitsklamotten stehen dir, vor allem das Kopftuch ist süß.«

»Diese Meinung teile ich nicht.« Julia zog eine Schnute. Komplimente dieser Art waren eine völlig neue Erfahrung. Sie lösten Widersprüchlichkeit in ihr aus und ließen gleichzeitig das Blut durch die Adern rauschen.

Romulus lachte nur. »Was führt dich zu mir?«

Ob er spürte, dass ihr etwas auf dem Herzen lag? Er zupfte einen Span von ihrem Tuch und berührte dabei das Ohrläppchen. Ein wohliger Schauer rieselte über ihren Rücken. Sie drehte sich Richtung Tür, in der Hoffnung, dass er es nicht bemerkte. »Ich habe Wäsche im Auto. Darf ich deine Waschmaschine benutzen?« Beschämt blickte sie an sich hinunter. »So kann ich unmöglich unter die Leute.«

»Klar, komm mit. Ich zeige dir, wo sie steht.« Wie selbstverständlich ging er zu ihrem Wagen und trug den Korb ins Haus. Im Badezimmer hockten sie sich vor den Frontlader und Romulus erklärte die Programmeinstellungen. »Vierzig Grad Buntwäsche?«, fragte er mit einem fachmännischen Blick auf den Korb.

Julia war beeindruckt. »Wow, voll der Hausmann. Vierzig Grad ist okay. Wie lange lebst du schon allein?«

»Och, eine ganze Weile. Irgendwann war Großmutter der Meinung, ich müsse auf eigenen Füßen stehen. Ich bin immer noch verwundert, dass sie nicht eigenhändig meine Koffer gepackt und mich aus der Tür geleitet hat. Als der Hof hier zum Verkauf stand, hat sie mich beim Erwerb unterstützt. Ich habe ihn daraufhin renoviert.«

»Verfügt die Maschine über ein Schonprogramm«, fragte Julia. »Da sind ein paar empfindliche Teile drunter.« Sie drehte sich halb zum Korb herum. Dabei geriet sie ins Schwanken. Haltsuchend griff sie nach seinem Arm, kippte und zog ihn mit.

Sie lagen lachend am Boden, Romulus leicht über sie gebeugt. Das Lachen verstummte. Sein Gesicht war ihrem so nah. Ihre Blicke verschmolzen, unfähig sich voneinander abzuwenden. Zart spürte sie seinen Atem auf den Wangen. Langsam neigte er den Kopf, bis sich ihre Lippen berührten. Ein sanfter Kuss, fast nur ein Hauch, und dennoch glaubte Julia, alles in ihr würde explodieren.

Romulus rang um Fassung. Sein Atem ging stoßweise. Abrupt richtete er sich auf und half ihr aufzustehen. Der Zauber verblasste.

Julia fixierte ihn enttäuscht, fast schon ärgerlich. Was war das denn jetzt?

Er räusperte sich und programmierte die Maschine.

Befangen beobachtete Julia seinen Stimmungsumschwung.

»So, die läuft jetzt. Wenn du magst, kannst du die Wäsche im Laufe des Nachmittags abholen.«

Sie nickte, immer noch sprachlos. Hatte sie ihn überrumpelt und sich nur eingebildet, dass der erste Schritt von ihm ausging? Der sanfte Kuss brannte jetzt unangenehm.

Sie war weg. *Gut so.* Romulus widmete sich wieder seiner Auftragsarbeit. Das Schnitzen erforderte seine ganze Aufmerksamkeit, aber er war nicht bei der Sache und legte frustriert das Messer beiseite. Ständig musste er an Julia denken. Sie in seinen Arbeitskleidern zu sehen, hatte ihn erregt. Zauberhaft und aufregend zugleich sah sie darin aus, auch wenn sie das nicht so empfand.

Warum legten Frauen so viel Wert auf das Drumherum? Er bevorzugte das Reduzierte. Genau das hatte ihn vorhin so angezogen. Er musste sie küssen, wie sie da lag, hilflos wie ein Marienkäfer auf dem Rücken, und jetzt hatte sie sich wie ein Borkenkäfer in sein Inneres gebohrt und an ihm zu nagen begonnen. Sie durfte auf keinen Fall sein Herz anknabbern. Julia war ein Stadtmensch. Die Wahrscheinlichkeit, dass sie hierbleiben würde, war gering. Er konnte sich ein Leben in der Stadt nicht vorstellen. *Was interessiert dich so an dieser Modepuppe,* schimpfte er sich. Wütend schnappte er sich die Axt und malträtierte die Holzstücke hinter seinem Haus. Eine halbe Stunde später wischte er sich den Schweiß von der Stirn. Er stapelte die Scheite. Da fiel ihm die Toplader-Waschmaschine ein, die ein Freund nach Auflösung seiner Studentenbude bei ihm untergestellt hatte. Er ging in die Scheune und musste nicht lange suchen. Sie stand in der hintersten Ecke neben dem alten Mofa, unter einer mottenzerfressenen Decke. Eine schnelle WhatsApp bestätigte Romulus' Annahme, dass sein Freund keine Verwendung mehr dafür hatte. Sicher konnte er Julia damit eine Freude machen. *Julia.* Ein zufriedenes Grinsen zog sich über sein Gesicht. Er konnte nicht anders als lächeln, wenn er an sie dachte.

Georg stand hinter einer immergrünen Hecke. Erst war die Freundin bei ihr aufgetaucht und jetzt trieb sie sich wieder bei ihrem Nachbarn herum. Eifersucht kochte in ihm hoch.

Am liebsten hätte er diesem Möchtegernfarmer mit dem Beil ein für alle Mal den Garaus gemacht. Georg ballte die Hand zur Faust, dass sich seine Nägel schmerzhaft in den Handballen bohrten. Geduld war nicht seine Stärke. Er hatte sich schon zu lange gedulden müssen. Zeit, zu handeln.

Zufrieden lehnte sich Julia auf ihrem Küchenstuhl zurück und klopfte sich leicht auf die Brust, um ein Aufstoßen zu unterdrücken. Marit hatte sich beim Kochen wieder übertroffen. Aus dem Schweinefleisch hatte sie ein ausgezeichnetes Gulasch gezaubert. Dazu gab es Kartoffelklöße und Sauerkraut. »Das war so lecker, Marit.« Julia leckte sich über die Lippen. Auffordernd hob sie ihre Bierflasche. »Auf unsere Freundschaft und – dass du zur rechten Zeit am rechten Ort aufgetaucht bist!«

»Was hast du jetzt vor? Ich meine, mit diesem Haus und so?«

»Gute Frage.« Julia nahm einen Schluck aus ihrer Flasche. Was sollte sie sagen? Seit Tagen plagten sie diese Gedanken und sie schob die verschiedenen Lösungen wie Puzzleteile hin und her. Nur ergaben sie kein Bild. »Ich kann mir nicht vorstellen, hier zu wohnen und in Freiburg zu arbeiten, obwohl viele Grenzgänger das täglich in Kauf nehmen. Eine Versetzung an eine hier ansässige Schule ist schwierig. Dafür müsste ich mich einem strengen Auswahlverfahren unterziehen, dem sogenannten ‚*Concours*'. Das ist eine Prüfung, nach der vom Staat seine Einstellungsentscheidung getroffen wird. Sie ist auf das französische Erziehungssystem zugeschnitten und wird während des Studiums inhaltlich vorbereitet. Die Chancen, als Deutsche zu bestehen, sind gering. Ein Wechsel im laufenden Schuljahr in Deutschland ist undenkbar.«

»Meine Rede. Ich bin froh, dass du endlich zur Einsicht kommst. Außerdem brauchst du ein regelmäßiges Einkommen.«

»Ehrlich gesagt würde ich gerne aus dem Schuldienst aussteigen.« Die Worte waren aus ihrem Mund gesprudelt und hatten sie selbst überrascht.

Marit verschluckte sich prompt am Bier. Sie presste ihre Serviette vor Mund und Nase, aus der Schaum quoll. Es dauerte einen Moment, bis sie wieder Luft bekam. »Und was willst du stattdessen machen?«

»Etwas mit Musik? Klavierunterricht oder so was.« Es war das Naheliegendste, was Julia auf die Schnelle einfiel. »Das wollte ich schon immer.«

»Oh, ich habe auch Wünsche, glaub mir! Ich könnte mir anderes vorstellen, als in der Großbäckerei zu arbeiten, aber das Leben ist kein Ponyhof, Julia. Du bist Beamtin! Sicherer Job, unkündbar. Und gut bezahlt. Davon können andere nur träumen. Was glaubst du, was du als Klavierlehrerin verdienst?«

»Ich glaube, gar nichts. Klar, es ist ein Risiko. Wenn ich vernünftig denke, müsste ich das Haus verkaufen. Da gibt es keine Alternative. Aber dann denke ich wieder: Warum sollte ich nicht was Neues ausprobieren? Das Haus gefällt mir und ich fühle mich hier«, sie suchte nach dem richtigen Wort, »angekommen. Ja, das trifft es auf den Punkt, selbst wenn alles dagegen spricht und nicht zu meinem bisherigen Leben zu passen scheint. Wovon träumst du?«

Marit schnaubte.

»Deine Leidenschaft sind doch Torten und Kuchen. Weißt du noch? In der Schule hast du bei Klassenfeiern immer mit den kalorienreichen Prunkstücken gepunktet.«

»Ja«, murmelte Marit und ihre Stimme war dunkel vor Trauer. »Das ist lange her. Ein schnuckeliges Café, mit eigener Konditorei, das wäre schon ein Traum ...«

Julia knallte unverhofft die Bierflasche auf den Tisch. Ihr Gegenüber zuckte zusammen. »Mensch Marit, das ist es! Was hältst du davon, wenn wir ein Café eröffnen?«

»Jetzt bist du komplett übergeschnappt!«

»Nein, im Ernst. Das ist doch die Idee! Der Garten ist groß genug, um ein zauberhaftes Ambiente im Freien zu gestalten, und der Weg am Kanal führt direkt daran vorbei, heißt: Publikumsverkehr garantiert.«

»Weißt du, was das alles kostet? Wir bräuchten einen Kredit und als kleine Angestellte und arbeitslose Lehrerin sind wir die idealen Antragsteller bei der Bank. Die schmeißen uns hochkant raus.«

»Okay, du hast recht.«

Marit atmete tief durch.

»Also, was den Kredit angeht ...« Julia ließ nicht locker. Sie hatte früher schon die ein oder andere Schnapsidee gehabt, aber diese hier flashte und schockte sie gleichermaßen. Sie würde nicht nur ihr Leben komplett über den Haufen werfen, sondern auch Marit aus dem ihren reißen. Andererseits war es die Gelegenheit und das Schleusenhaus war für ein Café perfekt. »Du könntest erst einmal in den vorhandenen Räumlichkeiten klein anfangen«, fuhr sie fort und schaute Marit herausfordernd an. »Ich denke da an Thekenverkauf und einen Lieferservice. Torten für Geburtstagsfeiern und Hochzeiten, so was. Dazu müssten wir nur die Küche aufrüsten und eine Kuchentheke anschaffen. Ergänzend vielleicht noch einen kleinen Verkaufsstand? So bleiben die Ausgaben zu Beginn überschaubar. Aber ich bin mir sicher, dass deine Torten der Renner werden. Wenn sich erst herumgesprochen hat, woher sie stammen, werden uns die Kunden die Bude einrennen.«

»Stopp.« Marit hob die Hände. »Dir ist schon klar, dass es hier um dein Leben, um deine Erbschaft geht und nicht um mich? Das Café ist mein Traum. Wo bleibt deiner?«

Julia senkte den Kopf. Marit griff über den Tisch und legte ihre Hand auf Julias Arm. »Ich bin krank, auch wenn ich es gerne verdränge. Bei einer deutlichen Verschlechterung müsste ich im Schuldienst pausieren. Warum nutze ich die Zeit nicht besser, bevor ich ins Gras beiße?«

»Jetzt mach aber mal einen Punkt!«, rief Marit alarmiert. »So schnell wird hier nicht ins Gras gebissen! Außerdem besteht Hoffnung, einen geeigneten Spender zu finden.«

»Nicht schon wieder das Thema!« Julia zog ihre Hand weg. »Du weißt, wie lange die Wartezeiten sind und wie ich darüber denke, dass jemand sein gesundes Leben verpfuscht, um mir sein Organ zu spenden. Eine Lebendspende ist nur unter Eheleuten oder nächsten Verwandten möglich. Wie könnte ich das von meinem Liebsten verlangen? Du weißt genau, wem ich es zu verdanken habe, dass ich auf der Liste gelandet bin.« Seitdem sie die Dialyse brauchte, stand sie auf der Liste von Eurotransplant. Trotzdem schob sie die Tatsache, dass eine Transplantation früher oder später notwendig sein würde, stets weit weg.

»Diesen Wunsch konntest du deiner Mutter nicht abschlagen. Das hätte sie vorzeitig ins Grab gebracht. Sie leidet so schon genug unter der Vorstellung, dich zu verlieren.«

Julia nickte. Ihre Eltern sorgten sich um sie. Trotzdem hoffte sie, dass sie mit der Dialyse weiterhin über die Runden kam. Aber bis dahin wollte sie etwas aus ihrem Leben machen. Vielleicht sogar einmal die große Liebe erleben. Das wurde ihr in diesem Moment klar. Warum musste sie jetzt an Romulus denken? Sie kannte ihn erst ein paar Tage. »Nun, was hältst du davon?«

»Du hast es schon immer fertiggebracht, mir einen Floh ins Ohr zu setzen, Julia Lüttke.« Marit strahlte sie versöhnlich an. »Aber so was muss gut überlegt sein. Lass uns erst zum Spaß einen Plan aufstellen und alles grob durchkalkulieren. Ob Romulus uns dabei helfen kann? Hier in Frankreich haben wir keinerlei Erfahrung mit den Behörden. Gott sei Dank bist du so ein Sprachgenie. Mit meinen wenigen Brocken Schulfranzösisch wären wir aufgeschmissen. Vielleicht merken wir schnell, dass es sich nicht machen lässt.«

»Oder wie genial meine Idee ist …«

Marit vergnügte sich auf Internetseiten mit Backöfen, Kühltheken und Konditoreibedarf. Julia fuhr nach Colmar, um sich in der Dialysepraxis vorzustellen, die sie während ihres Aufenthalts im Elsass betreuen würde. Sie nutzte die Wartezeit und surfte auf ihrem Smartphone, um sich über Auflagen, Konzessionen und den nötigen Papierkram schlauzumachen.

Belustigt betrachtete sie Marits erhitztes Gesicht, als sie wieder zurückkam.

»Neben den Auftragstorten für Feste und Feierlichkeiten brauche ich ein breites Angebot für das Tagesgeschäft«, erklärte sie enthusiastisch. »Das lockt Stammkundschaft an. Fertige Torten stellen wir bis zur Auslieferung in der Kühltheke aus, damit die Kunden sie beim Einkaufen begutachten können. Das ist die beste Werbung.«

Julia schmunzelte zufrieden. Marit hatte angebissen. Am Ende des Tages war ein solides Grundkonzept ausgearbeitet, das vielversprechend aussah. Die spontane Idee entwickelte sich zu einem realen Projekt.

Kapitel 6

Julia erwachte mit rasenden Kopfschmerzen. Ein weiterer Punkt auf der Liste der schlechten Gewohnheiten, die sie hier einziehen ließ. Die Ideen, ein Café zu eröffnen und den Schuldienst zu quittieren, hatten sie die ganze Nacht beschäftigt. Woher kamen plötzlich solche Anwandlungen? Alles lief in geordneten Bahnen. Nur, weil sie eine kleinere Wohnung suchte, musste sie nicht den Job kündigen, aufs Land, nein, ins Ausland ziehen – einfach alles umkrempeln. All das, mit ihren gesundheitlichen Problemen. Sie neigte nicht zu Panik, aber die Krankheit hatte einen Schub gemacht, der nicht zu leugnen war. »Ach was!« Julia akzeptierte keine Schwäche. Die Medikamente waren verträglich und die Dialyse hatte sie nach anfänglichem Hadern hingenommen. Sie nutzte sie schon als erholende Auszeit. Die eingeschränkte Belastungsfähigkeit war sie gewohnt.

Die Kopfschmerzen nahmen zu. Sie würgte eine Schmerztablette hinunter. Mittlerweile tobte ein Presslufthammer in ihren Schläfen. Übelkeit drohte sie zu überrollen. Sie eilte ins Badezimmer, wusch das Gesicht mit kaltem Wasser und ließ es über die Handgelenke laufen. Dabei atmete sie tief durch und schluckte heftig, um sich nicht zu übergeben. Ihr Antlitz im Spiegel war kurz nach dem Aufstehen kaum zu ertragen. So blass war sie fast nie und dann diese hässlichen Ringe unter den Augen, richtige Autoreifen waren das. Bestürzt wandte sie den Blick ab. Mit dem richtigen Make-up ließ sich das richten, tröstete sie sich.

Der Plan, den sie mit Marit ausgearbeitet hatte, war durchdacht und klang perfekt. War es Angst vor der eigenen

Courage? Oder ging alles zu schnell? Noch ist nichts entschieden, beruhigte sie sich und bearbeitete kräftig ihre blonden Locken, als könne sie jeden Zweifel wegbürsten. Jetzt wollte sie zu Romulus, ihre Wäsche holen, das würde die Laune heben.

Romulus war auf dem Weg nach Colmar, perfekt, um unverfänglich bei Julia vorbeizuschauen und ihr die Kleider zu bringen. Sie war gestern nicht mehr gekommen. Sicher lag es an dem Kuss. Er hatte sich so bescheuert benommen, aber er war sich seiner Gefühle nicht klar. Sie zog ihn an wie ein Elektromagnet ein Stück Eisen. Dann funkte sein Verstand dazwischen und schaltete den Strom ab, sodass er wie ein alter rostiger Nagel haltlos zu Boden fiel.

Der Clio, der ihm entgegenkam, gab Lichthupe, und seine Augen fokussierten das Nummernschild mit dem *FR* für Freiburg am Anfang. Romulus hielt auf dem Feldweg neben dem Fahrzeug auf gleicher Höhe. Er ließ die Scheibe der Fahrertür herunter. »Salut! Ich bin auf dem Weg in die Stadt und wollte dir schnell deine Kleider vorbeibringen.«

»Entschuldige, dass ich sie nicht schon gestern abgeholt habe. Wir waren so beschäftigt, dass ich es schlicht vergessen habe.«

Romulus war erleichtert, dass sie ihm nichts nachtrug. Er schenkte ihr ein Lächeln. Sie stiegen aus und er reichte ihr den Korb vom Rücksitz. Dabei strichen ihre Finger über seine Hand und ein Energiestoß durchzuckte ihn. Der Stromkreis hatte sich wieder geschlossen. Das Kribbeln, das sich von seiner Körpermitte ausbreitete, wanderte zwischen seine Beine. *Merde.*

Julia starrte in den Korb.

Er spürte deutlich ihre Befangenheit. Es fiel ihm schwer, sie nicht an sich zu reißen und zu küssen. Nicht mehr zart wie gestern, sondern wild und voller Leidenschaft. Julia gab ihm keine Gelegenheit, für Dummheiten dieser Art. Sie umrundete ihren Wagen und verstaute den Korb im Kofferraum. *Adrett sah sie aus.* Seine Arbeitskleidung hatte sie gegen einen Hosenanzug getauscht, der ihr zu weit war. *Der gehört sicher ihrer Freundin.* Julias verhüllte Silhouette regte seine Fantasie noch mehr an. Gleich würde sie wieder einsteigen. Aber er wollte nicht, dass sie schon weiterfuhr. »Ich würde dir gerne bei der Lösung des Rätsels um meine Großmutter helfen.«

»Und wie?« Julia blickte ihn interessiert an.

Das Pfefferminzgrün ihrer Augen erschien ihm heute heller. Oder war das den Augenrändern geschuldet, die das Make-up nicht vollständig kaschieren konnte? »Das weiß ich noch nicht so genau«, gestand er ein. »Aber es gibt alte Fotoalben von Oma. Komm doch mal vorbei. Dann schauen wir, ob sie uns neue Aspekte bringen, ob wir etwas Interessantes darin entdecken, das uns weiterbringt?« Er wusste nicht, was genau das sein sollte. Aber so konnte er Zeit mit Julia verbringen. *Dann kannst du ihr ja gleich deine Briefmarkensammlung zeigen,* schimpfte er sich.

»Gute Idee.«

»Was?«

»Na, die Fotoalben. Da gibt es sicher Bilder von deiner Mutter? Ich wollte im Internet nach ihr schauen. Aber ich war so beschäftigt, nicht einmal dazu bin ich gekommen.«

Du Idiot, das hättest du fast vermasselt, dachte Romulus. Sie machte ihn ganz wuschig. Ein Windstoß wehte ihr die Haare ins Gesicht. Automatisch griff seine Hand nach vorn und strich ihr die lockige Strähne hinters Ohr. *Wie weich sich das anfühlt.* In ihrem Blick blitzte Erstaunen auf und Romulus fürchtete einen Moment, sie würde seine Hand wegschlagen. Aber sie hielt still. Er meinte, leichte Röte auf ihren Wangen zu erkennen. Befangen räusperte er sich. Was machte er hier eigentlich? *Gib auf dich acht, Romulus.* »Gut. Wie gesagt, ich würde mich über deinen Besuch freuen. Bis dann.« Er stieg ein, bevor ihr die Auswirkung seiner heißen Gedanken auffallen konnte.

»Ja, bis dann und nochmals Danke.«

Verlegen, wie zwei verliebte Teenager. Er schüttelte missbilligend den Kopf.

Julia winkte ihm nach. Es war nicht zu leugnen, dass es heftig zwischen ihnen knisterte. Es gefiel ihr, sehr sogar. Lange hatte sie nicht mehr so empfunden. Der Gedanke an den gestrigen Kuss jagte einen wohligen Schauer über ihren Rücken. Wie liebevoll er ihr das Haar zurückgestrichen hat. Ein Glucksen bahnte sich den Weg aus dem mit Schmetterlingen gefüllten Bauch. ‚*Ein Lied für Elise*' erklang und Julia ging an ihr Handy.

»Hey, hier ist Marit. Kannst du schnell in einen Laden fahren und Kirschwasser besorgen?«

»Du hast Schwarzwälder gebacken?«, folgerte Julia sofort. Sie schluckte, weil ihr das Wasser im Mund zusammenlief.

»Na ja, ich bin dabei. Aber die wichtigste Zutat fehlt, wenn du verstehst?«

»Alles klar. Bin schon auf dem Weg! Bis gleich.«

Romulus war mit seinen Gedanken immer noch bei Julia, als er seinen Wagen vor dem Supermarkt parkte. Wie sie ihn vorhin angeschaut hatte. Ob ihr die Erinnerung an gestern peinlich war? Ihm nicht. Es hatte sich richtig angefühlt, bis ihn die Stimme der Vernunft auf den Boden der Tatsachen zurückgeholt und er Julia weggeschoben hatte. Verdammt, die heftigen körperlichen Reaktionen, die ihre Berührungen bei ihm auslösten, erschreckten ihn. Am liebsten hätte er sie gestern vor der Waschmaschine vernascht. Aber diesen Fehler, den er schon einmal begangen hatte, durfte er nicht wiederholen. Er gab zu schnell seinen Gefühlen nach, was Hoffnungen weckte, die er nicht erfüllen konnte. Damals war es schwierig, sich aus der Affäre zu ziehen, und er war dankbar, als Marlène zum Studium nach Paris ging und von der Bildfläche verschwand. Er fummelte den Chip für den Einkaufswagen aus der Hosentasche.

»Romulus?«

Eben noch in seinen Gedanken, stand sie jetzt neben ihm. Er brauchte einen Moment, um seine Sinne in die Gegenwart zu lenken. »Marlène?« Fast hätte er sie nicht erkannt. Früher trug sie ihr dunkelblondes Haar zu einem französischen Zopf geflochten, wobei kleine Strähnen die Wangen umschmeichelten. Jetzt umgab ihr perfekt geschminktes Gesicht ein modischer Pagenschnitt, der ihre Kulleraugen und die langen Wimpern betonte, mit denen sie kokett klimperte. Unsicher, wie er sie begrüßen sollte, stand er wie festgetackert da. Sie nahm die Entscheidung ab, indem sie ihm um den Hals fiel. Küsse knallten rechts und links auf seine Wangen. Ihr strahlendes Zahnpastalächeln erinnerte ihn schmerzhaft, wie anziehend er sie früher gefunden hatte. Daran hatte sich nichts geändert. Marlène war eine grandiose Erscheinung. Sie blinzelte gegen die Sonne und klappte ganz *Grande Dame* ihre modische Sonnenbrille herunter, die sie auf dem Scheitel trug. »Seit wann bist du wieder in der Stadt?«, brach er das peinliche Schweigen, das bisher durch die gegenseitige Musterung gefüllt wurde.

»Erst seit ein paar Tagen. Mein Vater will sich aus der Boutique zurückziehen und hat mir angeboten, den Laden zu übernehmen.«

»Und? Willst du?«

»Ich ziehe es durchaus in Betracht. Und du? Immer noch als Holzwurm tätig?« Sie lachte über ihren Witz und wurde dann schlagartig wieder ernst. »Ich habe vom Tod deiner Großmutter erfahren.« Sie legte ihre Hand auf seine Schulter und schmiegte den Kopf in seine Halsbeuge.

Romulus registrierte, dass ihre Berührung nichts in ihm auslöste. Kein Vergleich zu seiner Reaktion auf Julia.

»Mein Beileid«, fügte Marlène hinzu.

Er schob sie entschlossen von sich weg. Sie blickte pietätvoll nach unten, aber zu kurz, als dass er ihr die Betroffenheit abnahm.

»Zeit für einen Kaffee?«, fragte sie.

»Desolé, nein. Ich habe einiges zu erledigen und bin schon spät dran.« Das »ein anderes Mal vielleicht«, sprach er nicht aus. *Bloß nicht wieder Hoffnungen wecken.*

»Okay, schade. Mal auf ein Bier? Der alten Zeiten wegen?«

Sie lächelte übertrieben. In ihrer Stimme schwang etwas mit, das er nicht zuordnen konnte. Gerne hätte Romulus ihre Augen gesehen, aber in der Sonnenbrille spiegelte sich nur sein Gesicht, das Unsicherheit ausdrückte. Ob sie ihm die Geschichte nach so langer Zeit noch übel nahm? Dass er damals für eine feste Beziehung nicht bereit war. Himmel! Sie waren gerade mit der Schule fertig gewesen.

Sie lachte laut auf und riss ihn aus seinen Erinnerungen. »Ruf mich an, ja?« Sie drückte ihm ihre Karte in die Hand.

Keine Ahnung, wo sie die jetzt so schnell hergezaubert hatte. Es passte jedenfalls zu ihrem Businessauftritt. Mit einem »À bientôt« knallte sie ihm abermals zwei Küsse auf die Wangen und verschwand über den Parkplatz. Verdutzt sah er ihr nach und wischte sich das klebrige Lipgloss von der Backe. Gut, dass er sich damals nicht an Marlène gebunden hatte ...

Julia stand, die Flasche Kirschwasser in der Hand, im Ausgangsbereich des Einkaufsladens, wo das typische Heizgebläse sie umwirbelte. Wie gebannt hatte sie die Szene beobachtet. War diese Puppe der Grund für seine Stimmungsschwankungen, sein oft abweisendes Verhalten? Warum bemühte er sich so um sie, wenn er doch eine Freundin hatte? Er konnte auch ganz anders sein: liebevoll und umwerbend, was sie genoss, weil es sich in dem Moment echt und ehrlich anfühlte. Was sie eben gesehen hatte, war überhaupt nicht ehrlich. Obwohl sie offiziell nicht fest zusammen waren, fühlte sie sich betrogen. Sie zögerte einen Moment zu lange, um ungesehen zu ihrem Auto zu gelangen, aber sie wollte weder ihm noch der Frau begegnen. *Doch wohin so schnell?* Eilig ging sie zurück in den Laden. Das Hinweisschild an der Wand war ihre Rettung. Sie verschwand auf die Toilette und damit aus seinem Blickfeld. Als sie sicher sein konnte, dass er den Eingangsbereich passiert hatte, lugte sie vorsichtig um die Ecke und huschte zum Auto. Sie klickte auf den Schlüssel und zog am Griff. Nichts. Noch mal. Sie hörte das Klicken deutlich, aber die Tür ging nicht auf. Erst jetzt fiel ihr Blick in das Innere des Wagens. Es war gar nicht ihrer. Der stand nebenan. *Himmel!* Es gab hier silberne Clios wie Sand am Meer. Sie würde sich einen Aufkleber auf die Heckscheibe kleben. Die ganze Fahrt über kaute sie die Szene unentwegt durch, was ihre Laune nicht hob.

Zu schnell fuhr sie in die abschüssige Einfahrt des Schleusenhauses und musste so hart bremsen, dass sie den Motor abwürgte. Vor der Tür hörte Julia das Jaulen des Handmixers. Sie beeilte sich, Marit das Kirschwasser zu bringen, die es mit einem Glitzern in den Augen entgegennahm. Die Aussicht auf ein Stück Schwarzwälder à la Marit milderte Julias Wut ein bisschen. Trotzdem brauchte sie Zeit für sich, so verwirrt, wie sie war. Sie holte den Wäschekorb aus dem Wagen und schlug mit Karacho die Heckklappe zu. Besser sie hängte die Sachen auf die Leine, bevor sich Stockflecken bildeten. Kräftig schüttelte sie jedes Teil aus, als wolle sie ihre Zweifel an den Gefühlen für Romulus gleich mit abschütteln.

An der Szene, die sie vor dem Supermarkt beobachtet hatte, knabberte sie wie an einem alten Keks. Sie konnte ja nicht ahnen, dass Romulus auch dorthin fahren wollte. Sie hatte sich gefreut, ihn so bald wieder zu sehen. Aber dann war diese adrette Puppe aufgetaucht und Julias Freude verdampfte zischend wie ein Tropfen Wasser auf der heißen Ofenplatte. Die Tussi schien geradewegs einem Modemagazin entsprungen, eine echte Parisienne, die weder hierher noch zu Romulus passte. Wenn sie das nicht beurteilen konnte, wer sonst? Julia musste an die Zeit vor ihrem Erbe denken. Sie hatte das Gefühl, das läge schon Jahre zurück, dabei war sie erst ein paar Tage hier. Dass man sich hier mit Küsschen rechts und links begrüßte, akzeptierte sie. Aber die Intimität, mit der sich diese Frau an Romulus angekuschelt hatte, war ihr wie ein Messer in die Magengrube gefahren und hinterließ eine offene Wunde.

Nach dem Mittagessen zog sie sich mit Marit ins Wohnzimmer zurück. Diese musterte sie mit intensivem Blick. »Was?«

»Sei mir nicht böse Julia, aber die Energie, die du hier an den Tag legst, täuscht nicht über deinen desolaten Allgemeinzustand weg. Du siehst schrecklich aus. Total fertig.«

»Oh, vielen Dank auch.« Julia schnitt eine Grimasse.

»Du weißt, wie ich es meine. Im Ernst, was sagen die Ärzte? Du brauchst über kurz oder lang eine neue Niere, oder?«

Julia verzog das Gesicht. Dieses Thema ging ihr mächtig auf die Nerven. Wenn sie etwas hasste, dann über Krankheiten zu reden, besonders über ihre. »Marit, ich verstehe ja, dass du dir Sorgen machst. Aber das musst du nicht. Wenn es so weit ist, setze ich mich damit auseinander, aber bis dahin möchte ich nicht ständig drüber nachdenken. Du weißt, wie viele Leute auf eine Organspende hoffen. Ich habe mich auch erst informiert, nachdem ihr mich dazu überredet habt, mich auf diese Liste setzen zu lassen. Es wird eben erst wichtig, wenn es dich betrifft. Wobei die Chancen, eine Niere zu ergattern, im Gegensatz zu anderen Organen trotz allem gut stehen«, fügte sie hinzu. Nicht, weil sie darauf hoffte, sie wollte nur ihre Freundin beruhigen.

»Deine Chancen wären größer, wenn du leibliche Verwandte hättest …«, sinnierte Marit weiter. »Ich hatte gehofft, dass du hier auf welche triffst, sobald du herausfindest, warum Amalia dir das Häuschen vererbt hat. Vielleicht handelt es sich bei ihr ja doch um eine weitläufige Familienangehörige. Hast du schon geforscht? Etwas herausgefunden?«

Julia zog ihre Füße unter den Po und kuschelte sich an eines der Kissen. »Wann hätte ich das tun sollen? Seit meiner Ankunft bin ich am Rödeln. Aber Romulus hat mir seine Hilfe angeboten. Er will mir Amalias alte Fotoalben zeigen. Aber, ob das was bringt ...« Resigniert sah sie aus dem Fenster. Im Moment war sie auf ein Treffen mit ihm nicht erpicht. »Wie weit ist eigentlich deine Torte?«

»Fertig!« Marit stemmte sich aus dem Schaukelstuhl, den sie mit Vorliebe für sich beanspruchte, und warf die Wolldecke über die Lehne. »Du hast recht. Genug Trübsal geblasen, jetzt koche ich uns einen Kaffee, und dann gönnen wir uns ein leckeres Stück Schwarzwälder.«

Julias Miene hellte sich auf. Ein Themenwechsel nach ihrem Geschmack. Marit konnte nicht nur gut kochen, sie war vor allem eine begnadete Konditorin.

»Du bist ein Genie.« Julia schob sich kurze Zeit später eine Gabel voll sahniger Torte in den Mund und schloss genüsslich die Augen. Als sie auf eine Kirsche biss, breitete sich das aromatische Kirschwasser aus. Abrupt riss sie die Augen wieder auf. »Wow, Marit!« Der Alkohol stieg ihr in den Kopf und sie fächerte mit der Hand vor ihrem Gesicht.

»Jo, alla! Ä bissel Bums muss schun soi!«, sagte Marit in ihrem Pfälzer Dialekt. Sie hob ihre Kaffeetasse und prostete ihrer Freundin lächelnd zu.

Julia liebte es, wenn Marit pfälzisch sprach. Leider tat sie es zu selten.

»Hier kann ich wenigstens backen, ohne die Zutaten auf Sparflamme zu verwenden«, sagte sie wieder auf Hochdeutsch. »Auf der Arbeit wird überall eingespart. Das geht letztlich auf Kosten des Geschmacks. Der Job befriedigt mich schon lange nicht mehr. Meine ganze Kreativität bleibt dort auf der Strecke.« Marit seufzte. »Aber vielleicht wird sich das bald ändern?« Fröhlich zwinkerte sie Julia zu. »Steht dein Angebot?«

»Ja. Es steht. Je länger ich mich damit auseinandersetze, desto begeisterter bin ich. Stell dir doch mal vor: wir zwei hier im Elsass, mit unserem eigenen Projekt. Hast du vorher schon daran gedacht, dich selbstständig zu machen?«

»Nicht nur einmal. Aber du weißt ja, wie schwierig das ist. Man braucht einen passenden Raum mit einer bezahlbaren Miete und über die Mietpreise in Freiburg muss ich dir ja nichts erzählen. Wenn man allerdings eine Freundin kennt, die ein Haus geerbt hat ... Da kommt wer.« Sie zeigte zum Küchenfenster. »Wenn das nicht dein Romulus ist?« Marit sprang auf und spähte durch die zur Seite gezogene Gardine.

Julia lief nach draußen.

Romulus ging um seinen Pick-up herum und öffnete die Heckklappe. »Schau mal, was ich in meiner Scheune ausgegraben habe.« Er zog die Plane von der Waschmaschine. »Überraschung!«

Fast hätte Julia einen Freudenschrei ausgestoßen und wäre ihm um den Hals gefallen, aber sie bekam die Szene am Supermarkt nicht aus dem Kopf. Erneut kochte die Eifersucht in ihr hoch. Natürlich war sie froh, so schnell und vor allem günstig an eine Ersatzmaschine zu kommen, doch der Stachel saß giftig in ihrem Herzen. Sie wollte ihm jetzt nicht dankbar sein oder in seiner Schuld stehen. Gleichzeitig ärgerte sie ihre Eifersucht, denn sie waren kein Paar. Romulus konnte so viele Freundinnen haben, wie er wollte.

»Freust du dich gar nicht?«

Marit kam dazu und enthob Julia vorläufig einer Antwort. »Marit«, stellte sie sich vor. »Und du musst der weltbeste Nachbar sein? Julia hat mir schon von dir erzählt.«

Musste sie das ausgerechnet jetzt sagen? Sie warf ihrer Freundin einen vernichtenden Blick zu. Julia riss sich zusammen. Er war extra vorbeigekommen, um ihr die Maschine zu bringen, und sie zickte herum. »Wir trinken Kaffee und verkosten Marits Tortenkreation von heute Morgen. Komm rein. Magst du ein Stück?« Julia bemühte sich um einen normalen Tonfall. Auf keinen Fall wollte sie sich jetzt vor Marit erklären. Vehement schluckte sie ihre Enttäuschung herunter. Bei einem weiteren Stück Torte gelang ihr sogar, sich ein wenig zu entspannen.

Nachdem sie fast die Hälfte der Torte vernichtet hatten, lehnte sich Romulus mit einem zufriedenen Ausdruck zurück. »Du meine Güte, Marit. Wenn das nicht so unsagbar köstlich wäre, sollte man dich wegen Körperverletzung verklagen. Ich glaube, ihr müsst mich zu meinem Wagen rollen.«

»Du willst nichts für die Maschine haben?«

»Das Ding steht schon eine Ewigkeit bei mir in der Scheune. Mein Kumpel hat sich längst neu eingerichtet. Er hat mir grünes Licht gegeben. Eigentlich wollte ich sie für dich aufstellen.«

»Aber?«, fragte Marit.

»Mein Bauch ist so voll, dass Bücken momentan unmöglich ist.«

»Oh nein!«, widersprach Marit resolut. »Die Bezahlung in Naturalien beinhaltet auch die Installation.«

Julia zog den ächzenden Romulus hoch. Ärgerlich stellte sie fest, dass die kurze Berührung ausreichte, um ihre Gefühle anzufachen. »Wir gehen dir gern zu Hand.«

Gemeinsam hievten sie das Gerät von der Ladefläche. Mit einer Sackkarre, die er mitgebracht hatte, stand das gute Stück bald im Badezimmer.

»Da sie fast ein Jahr in meiner Scheune deponiert war, würde ich der Vorsicht halber einen Testlauf unter Beobachtung vorschlagen.«

»Guter Tipp«, sagte sie ironisch und streckte ihm die Zunge heraus. Dann fiel sie ihm doch um den Hals und bildete sich ein, den Duft von Chanel N°5 an ihm wahrzunehmen. »Lieben Dank, für alles.«

Er erwiderte ihre Umarmung etwas länger als notwendig. Dabei glitt seine Hand über die wulstige Narbe auf ihrem Unterarm.

Julia versteifte sich. Stoisch ignorierte sie seinen fragenden Blick. *Oh nein!* Er war der Letzte, mit dem sie über ihre Krankheit sprechen wollte.

»Nichts zu danken«, sagte er und wandte sich an Marit. »Für eine deiner Torten bringe ich gern jede Woche etwas vorbei. Mesdames«, er verbeugte sich galant, »ich wünsche viel Vergnügen beim Waschen.«

»Schnuckelig.« Marit sah Romulus nach, bis sein Wagen über die Brücke fuhr und verschwand. »Und so charmant.«

Julia blitzte ihre Freundin kampflustig an. Noch eine, die sich von ihm angezogen fühlte.

Marit fing den Blick auf und grinste Julia an. »Oho – rustikaler Naturbursche mit handwerklichen Fähigkeiten. Das ist mal was anderes, was?«

»Na und? Renovierungsbedürftiges Landhaus im Nirgendwo stand bisher auch nicht auf meiner Agenda, aber ich finde langsam Gefallen daran.«

»Nur am Landleben? Oder an jemandem Speziellen?«

Julia schnappte sich, ohne auf die zotigen Bemerkungen einzugehen, einen Korb mit Schmutzwäsche, um das Geschenk gleich auszuprobieren. Den Testlauf hatte sie schon wieder vergessen.

Am Abend genossen sie auf der Terrasse ein kühles Bier. Solange sie nicht mehr als einen Liter pro Tag überschritt, gönnte Julia sich gerne diesen Genuss. Sie hatte extra die hier erhältlichen kleinen Flaschen gekauft. »Ich habe Angst, Marit«, begann sie und sah in den Abendhimmel, an dem sich die ersten Sterne zeigten. Ob Romulus jetzt auch draußen saß und den Frühlingsabend genoss? Ein Käuzchen schrie, das die Elsässer ‚*Queckala*‘ nannten. »Es ist ein großer Schritt, die Verbeamtung aufzugeben. Ich bin nicht überzeugt, dass es die richtige Entscheidung ist, obwohl es sich so anfühlt.«

»Auf keinen Fall darfst du das Ganze überstürzen, Julia. Deine Krankheit kann dich jederzeit schachmatt setzen. Dann wirst du vielleicht nicht mehr in der Lage sein zu arbeiten. Selbst wenn sich ein Spender findet, was ich mir wünschen würde, steht dir eine Heilungsbewährung von zwei Jahren zu. Ich habe mich informiert: Der Grad der Behinderung beträgt hundert Prozent und du bekommst einen finanziellen Ausgleich, wenn du in einem Arbeitsverhältnis stehst.«

Julia dachte einen Augenblick nach. Marit hatte recht. Den Schuldienst zu quittieren wäre unüberlegt. Sie fühlte sich gleich besser. »Du meinst, ich soll meine Stelle behalten und von hier zur Arbeit fahren, während du mit dem Café beginnst?«

»Ja, du könntest hier wohnen oder, wenn es zeitlich kritisch ist, bei deinen Eltern übernachten. So bekämen wir eher einen Kredit, falls wir eine Finanzspritze bräuchten. Solltest du nicht mehr unterrichten können, wärst du finanziell abgesichert. Ich würde mich über deine Unterstützung freuen, die wir dann auf deine Bedürfnisse abstimmen könnten, damit du eine Aufgabe hast und nicht untätig rumsitzen musst. Du bist nicht allein, Julia. Wir schaffen das. Du kannst dich auf mich verlassen.«

»Ich danke dir.« Julia spürte den kühlen Abendwind auf ihrem Gesicht, so angenehm. Wie viele Wechsel der Jahreszeiten waren ihr noch vergönnt? Das Gefühl, ihre Lebenskerze könnte schneller abbrennen, als ihr lieb war, verstärkte sich.

»Na dann, auf die alte Freundschaft und die neue Zukunft!«

Kurz vor zwanzig Uhr piepte die Maschine. Julia tauchte mit dem letzten Wäschestück aus den Tiefen des Topladers auf. Sie griff haltsuchend um sich. Das Badezimmer drehte sich.

Marit eilte zu ihr, um sie zu stützen. »Ist dir nicht gut? Ich denke, es reicht für heute. Du darfst dich nicht so überanstrengen!«

»Geht gleich wieder, aber du hast recht«, räumte Julia ein. »Ach verflixt! Dabei hat mir das Renovieren die letzten Tage so viel Spaß gemacht. Okay, nicht die Schrubberei, das Ergebnis schon. Es hat eine Seite zum Vorschein gebracht, die ich nicht kannte. Vor ein paar Wochen hätte ich dich für verrückt erklärt, wenn du mir gesagt hättest, dass es mir hier gefallen könnte. Es klingt wie ein Traum, der hoffentlich nicht zum Albtraum wird.«

»Apropos klingen«, sagte Marit. »Was ist mit dem alten Kasten im Wohnzimmer? Ist der spieletauglich?«

»Das war das Erste, was ich habe richten lassen.« Julia spürte, wie sich ein warmes Gefühl in ihr ausbreitete, als hätte sie heiße Milch mit Honig getrunken. »Der Klavierstimmer hat ein wahres Wunder vollbracht, wenn man bedenkt, in was für einem maroden Zustand es war.«

»Komm, lass mich die Wäsche aufhängen. Lege du dich aufs Sofa und ruhe dich aus. Spielst du mir später etwas vor?«

Romulus genoss den Abend mit einem Bier vor seiner Werkstatt. Er hatte noch an der Einlegearbeit gewerkelt. Jetzt dachte er an Julia und wünschte sich, sie wäre hier. Es gefiel ihm nicht, dass Marlène aus Paris zurück war und noch weniger gefiel ihm, dass sie bleiben wollte. Die Hauptstadt hatte sie zu einer richtigen Diva gemacht. Anfangs war Julia ihm auch wie eine Modepuppe erschienen, aber das hatte sich mit der Renovierung des Schleusenhauses schnell geändert. Seine Arbeitskleidung gab ihr den letzten Schliff, ganz nach seinem Geschmack. Er lächelte, als er vor dem inneren Auge ihr Gesicht in seiner Werkstatt sah. Sein Blut rauschte durch die Adern, in Erinnerung an ihren Kuss. Obwohl

– irgendwie war das kein richtiger erster Kuss. Den musste er unbedingt bald einmal nachholen. »Stopp, stopp!«, rief er laut und stand auf. »Geh zu Bett Romulus, ist besser so, glaub mir.«

Bevor es zu spät wurde, nahm Julia vor dem Klavier Platz und Marit pflanzte sich bequem in den Schaukelstuhl. Sie hatte einen Narren an diesem Möbelstück gefressen.

»Kannst du überhaupt noch spielen? Ich wollte dich nicht in eine peinliche Situation bringen.«

»Ach was. Du weißt ja, dass ich früher Stunden hatte. Leider habe ich mit dem Lehrerstudium den Unterricht aufgegeben, als ich in die kleine Studenten-WG gezogen bin. Dort gab es keine Möglichkeit, ein Klavier unterzustellen.«

»Und jetzt in Freiburg? Du hast von dem Piano erzählt, das du verkauft hast. Hattest du wieder angefangen?«

»Stimmt. Wir hatten den Flügel angeschafft, aber das war leider ein Streitpunkt in unserer Beziehung.« Julia erinnerte sich an Andreas' Worte, er bekomme von dem Geklimper Kopfschmerzen. Sie musste mit dem Üben warten, bis er außer Haus war. Irgendetwas hielt sie immer vom Spielen ab, schien ihr. *Aber jetzt nicht mehr.* Sie griff in die Tasten und spielte ein paar altbekannte Stücke, bevor sie schlafen gingen.

Julia lag erschöpft im Bett und ließ den Tag Revue passieren. Der Abend war gemütlich ausgeklungen. Sie hatte Marit gerne den Gefallen getan vorzuspielen. Die Werke beherrschte sie aus dem Effeff. Sorgen bereiteten ihr die Schwächeanfälle, die sie hier schon zweimal heimgesucht hatten. Der beim Wäschewaschen war zwar nicht mit der Ohnmacht am Klavier zu vergleichen, aber trotz aller Verdrängungstaktik stellte sie fest, dass ihre Leistungsfähigkeit immer mehr nachließ.

Hoffentlich hatte sie sich mit dem Erbe nicht übernommen, ganz zu schweigen von ihren durchgeknallten Zukunftsplänen. Dann war da die Sache mit Romulus. Sie wurde nicht schlau aus ihm. Und sie? Was wollte sie? Ihr Körper reagierte eindeutig auf seine Nähe. Sie sehnte sich nach seinen Berührungen, seinen Lippen, die so zärtlich ihren Mund gestreichelt hatten, und seinem Kuss, der so sanft und zurückhaltend war, dass sie sich fast schmerzhaft mehr gewünscht hatte. Sofort kribbelte es in ihrem Bauch. *Nein, nicht wie Brausepulver,* dachte Julia. Brausepulver war nur in geringen Mengen angenehm. Nahm man zu viel davon, dann schäumte es widerwärtig. Von diesem Glücksgefühl, das Romulus auslöste, konnte sie aber gar nicht genug bekommen. Doch machte das alles Sinn? Kurze Affären waren nicht ihr Ding. Würde es nicht darauf hinauslaufen, so wie er sich zurzeit verhielt? Er schien eine lockere Einstellung zu haben.

Julia dachte an diese Frau, die er wohl von früher kannte. Es sah aus, als würde die Beziehung wieder auffrischen. *So viele Fragen.* Sie fiel in einen unruhigen Schlaf und träumte von einer Schaukel, auf der sie im Takt der vertrauten Melodie schwang, was sie beruhigend empfand – wäre da nicht etwas Dunkles gewesen, das versuchte, sie herunter zu schubsen.

Kapitel 7

Marit hatte den Part der Küche inbrünstig an sich gerissen. Sie fuhr am nächsten Morgen nach dem Frühstück zum Einkaufen. Ihr Französisch war nicht so perfekt wie Julias, die ihr einen zweisprachigen Einkaufszettel mitgab.

Nun war Julia allein zu Hause. Sie wollte es langsamer angehen lassen und widmete sich dem Bügeln zweier Outfits, um sich endlich wieder angemessen kleiden zu können. Entspannt summte sie vor sich hin. Ihr Blick suchte das Klavier, bis sie dem Drang zu spielen nicht mehr widerstehen konnte. Musik war und blieb ihr Lebenselixier. Sie nahm auf dem Hocker Platz und blickte auf das vergilbte Notenblatt.

Wie von selbst schlug sie die Tasten an, tauchte ab in die Welt der Musik, die sie einhüllte wie ein weicher Wattebausch. Sie wiegte sich im Rhythmus der Tonfolge, die ihr auf geheimnisvolle Art vertraut war, und schloss die Augen. Julia spielte auswendig, während sie in harmonischen Variationen kleine künstlerische Abwandlungen einbaute. Ihre Finger flogen über die Tasten.

Julia spürte den Wandel und blinzelte. Sie sah, wie sich die Umgebung veränderte, obwohl sie sich im gleichen Raum befand. Erst warf die Sonne helle Lichtbahnen ins Zimmer, dann peitschte der Regen gegen die Fenster. Sie war allein. Keine Frau saß auf dem Sofa.

Vorsichtig löste sie die Finger von den Tasten, bereit, sich wieder ohnmächtig auf dem Boden vorzufinden. Nichts geschah. Sie erhob sich und schaute umher. Die Möbel standen alle am gleichen Platz, aber es war eindeutig, dass hier jemand anderes wohnte. *Amalia,* mutmaßte Julia.

Die Fotos auf der Kommode, einige modern, andere in alten Holzrahmen, zeigten nur Menschen. Vor allem das Bild mit einem adretten Ehepaar fiel Julia ins Auge. Vor Aufregung bebend griff sie danach. Sah ihr die Frau ähnlich? Oder bildete sie sich das nur ein? Das Paar war festlich gekleidet, er im Anzug, sie im langen karminroten Abendkleid. Was hatte Romulus ihr erzählt? Waren dieser Mann und diese Frau seine Eltern? Sie hatte nie ein Bild von der Pianistin Bellini gesehen, auch wenn die Musikerin ihr ein Begriff war. Julia sah genauer hin und glaubte, eine sanfte Wölbung unter dem Kleid zu erkennen. Die Frau war in anderen Umständen. Julia stellte das Bild zurück auf das Sideboard. War das jetzt Wirklichkeit? Oder war sie auf dem Sofa eingeschlafen und träumte? Nein, sie hatte am Klavier gesessen und gespielt, das wusste sie genau.

Auf dem Couchtisch lagen Zeitschriften, darunter die *‚Dernières Nouvelles d'Alsace'*, kurz DNA, eine elsässische Tageszeitung. Sie trat näher. Ihr Blick fiel auf das Titelblatt. Die Erkenntnis traf sie wie ein Schlag. Das Datum lag auf den Tag genau fünfzehn Jahre zurück. »Du bist in der Vergangenheit, Julia Lüttke«, hauchte sie in die Stille des Raumes, in dem nur das leise Prasseln des Regens zu vernehmen war. Sie hatte ein Déjà-vu und musste an ihren ersten Abend in diesem Haus denken. Ein surreales Gefühl breitete sich aus. Julia umklammerte ihren Oberkörper mit den Armen.

Sie war das letzte Mal nicht nur ohnmächtig geworden. Sie war schon einmal hier gewesen. Die alte Dame auf dem Sofa musste Amalia gewesen sein. Julias Herzschlag beschleunigte sich. Hatte sie einen Geist gesehen? *Nein,* entschied sie. Ein Geist wäre Amalia in der Gegenwart, aber sie befand sich in der Vergangenheit, folglich war diese Frau quicklebendig. Und sie? Ihre Gedanken wirbelten durcheinander. Noch nicht geboren? Unsinn, vor fünfzehn Jahren war sie Teenager. Himmel, was für ein Wirrwarr!

Ihr wurde schwindelig. Vorsichtig setzte sie sich auf das Sofa, als könnte es sich bei der ersten Berührung in Luft auflösen. Julia hoffte, dass es nur ein Traum und auf ihre Erschöpfungszustände zurückzuführen war. Wenn nicht, war sie komplett übergeschnappt und reif für die Psychiatrie. Niemand würde ihr die Geschichte abnehmen, eher sie für verrückt erklären. Nur die Faszination an der Sache und die Aussicht, endlich Antworten auf ihre Fragen zu erhalten, trieben Julia dazu, die Möglichkeit einer Zeitreise in Betracht zu ziehen. Konnte sie Amalia hier treffen? Ihr gegenübertreten, mit ihr sprechen und sie alles fragen, was ihr auf der Zunge brannte? Das wäre das Abgefahrenste, was sie je erleben würde! Dann zuckte sie vor Schreck. Wie kam sie wieder zurück in ihre Zeit?

In ihrem Kopf begann es zu hämmern, die Melodie drängte sich in den Vordergrund. Mit den Händen drückte sie sich gegen die Schläfen. Der Blick fiel auf das Klavier. Sollte das Instrument das Medium sein? Oder das Lied in Kombination mit dem Klavier? Vorsichtig nahm Julia wieder davor Platz und legte die Finger auf die hellen Elfenbeintasten. Sie fühlten sich warm und energiegeladen an, fast meinte sie, ein Pulsieren unter ihren Fingerkuppen zu spüren, was aber auch ihrem eigenen rasenden Puls geschuldet sein konnte.

Es blieb ihr nichts übrig, als es auszuprobieren. Mit den ersten Tönen entspannte sie sich sofort, die Klänge lullten sie ein, wiegten sie wie ein Kind in den Armen der Mutter. Sie war sich sicher, dass es sich um ein bekanntes klassisches Stück handelte, das sie kürzlich auf einem Kultursender im Radio gehört hatte. Der letzte Ton verklang und Julia öffnete die Augen.

»Bin wieder da!«, klang es von Marit fröhlich aus der Küche.

»Ich auch«, murmelte Julia. Sie sprang auf – und taumelte. Sie musste sich am Klavier abstützen, um nicht zu stürzen. Der Zeitsprung hielt sie weiter in seinem Bann. Sie wäre lieber ein paar Minuten für sich gewesen, aber ihre Freundin würde nach ihr sehen, wenn sie nicht zu ihr ging. Julia schüttelte das Gefühl der Befangenheit ab und atmete tief durch.

In der Küche wuchtete Marit Körbe, vollgepackt mit frischem Gemüse und Obst, auf den Küchentisch.

»Wow! Das sieht gesund aus!«, staunte Julia. Sie warf den Mengen an Grünzeug einen kritischen Blick zu.

»Montags gibt es im Nachbardorf einen kleinen Wochenmarkt«, erklärte Marit. »Ich habe mich im Internet schlaugemacht, wie eine gesunde Ernährung bei Niereninsuffizienz auszusehen hat, damit ich dich so gut wie möglich unterstützen kann. Darum habe ich beim Einkauf auf kaliumarme Lebensmittel geachtet.« Sie musterte Julia kritisch. »Du bist wieder schneeweiß im Gesicht! Was hast du getrieben, als ich fort war? Setz dich, bevor du mir umkippst!«

»Schon gut, ich habe die ganze Zeit auf dem Sofa rumgelegen«, log sie. »Lass mich dir helfen! Ich muss mich bewegen, damit mein Kreislauf wieder in Schwung kommt.«

»Bist du sicher? Dann darfst du dich als Schnippelhilfe nützlich machen, das geht auch im Sitzen.«

Marit reichte ihr den Brokkoli. Julia schnappte sich ein Messer und begann, das Gemüse zu bearbeiten.

»Wann genau ist der Maklertermin?« Marit blickte von der Auflaufform auf, die sie mit einem Pinsel einfettete.

»Abgesagt. Vorläufig.«

»Abgesagt? Möchtest du nicht wenigstens wissen, was der Schuppen hier wert ist? Selbst, wenn wir unsere Schnapsidee mit dem Café umsetzen wollen, wäre es doch interessant, alle Fakten zu kennen. Soll und Haben?« Marit klappte einen Arm nach rechts, einen nach links, die Handflächen nach oben gedreht und erinnerte Julia an das Emoji auf ihrem Smartphone.

»Ich habe Angst, dass genau das meine Entscheidung beeinflussen könnte, wenn der Preis hoch ausfällt«, setzte sie dagegen. »Außerdem können wir das nachholen.« Sie arbeiteten schweigend weiter und Julia genoss die Stille. Immer wieder reisten ihre Gedanken in die Vergangenheit, bis der Gemüseauflauf im Ofen garte.

Während sie zusätzlich eine Tomatensoße zubereitete, entkernte Marit zwei Äpfel und beträufelte sie mit Honig.

Dreißig Minuten später stand die dampfende Auflaufform auf dem Tisch.

Julia probierte als Erste. »Lecker. Die Tomaten geben dem Ganzen eine fruchtige Note.«

Marit schob die Bratäpfel in den Ofen, bevor sie sich zu Julia an den Tisch setzte. »Du musst mehr auf deine Ernährung achten. Wie du siehst, ist das gar nicht so schwer. Gesund kann lecker sein! Hast du was Neues über diese Amalia herausfinden können? Oder die Gründe für die Erbschaft?«

»Ich habe im Internet recherchiert. Bislang erfolglos.«

»Es gibt doch sicher eine Behörde, wo man Verwandtschaftsfragen klären kann. Meinst du nicht? Das müsste Romulus eigentlich wissen.«

Romulus. Er hatte sie doch zu sich eingeladen. Ob sie die Frau auf dem Foto in den alten Alben wiedererkennen würde?

Marit wartete auf ihre Antwort und sah sie fragend an. »Hallo? Jemand zu Hause?«

»Äh, keine Ahnung«, sagte Julia schnell. »Die Leute sind nicht so gesprächig. Im Bäckerladen hat man mich nur komisch angeschaut, als ich mich nach Amalia und ihrer Familie erkundigt habe.«

Vielleicht hatte sie per Zeitsprung direkten Zugang zur Quelle, spekulierte Julia. Sie sollte Marit in ihr Geheimnis einweihen. Nur wie? Es war schwer, jemanden zu überzeugen, wenn man selbst es kaum fassen konnte. Wie würde Marit reagieren? »Ich weiß, dass sie die Großmutter von Romulus ist. Er war im Internat und hat die Ferien bei ihr verbracht.« Julia legte ihre Gabel beiseite. »Glaubst du an Übernatürliches?«

»Kommt darauf an«, sagte Marit und kaute nachdenklich auf einem bissfesten Karottenstück. »Warum? Ist dir hier ein Geist begegnet?«

»So was Ähnliches.« Julia zögerte. Es handelte sich nicht wirklich um ein Gespenst. »Na ja, ich habe Amalia gesehen. Sie saß auf dem Sofa und hat ein Kreuzworträtsel gelöst.«

»Konntest du ihr dabei helfen?«

»Ha, ha!« Julia warf der grinsenden Marit einen vernichtenden Blick zu. Genau das hatte sie befürchtet. Niemand würde sie ernst nehmen, nicht mal ihre beste Freundin.

»Amalia? Du meinst die tote Großmutter?«, setzte Marit jetzt nach. »Und du bist sicher, dass du das nicht nur geträumt hast?« Sie fuchtelte mit ihrer Gabel in der Luft.

Julia sagte keinen Ton. Sie blitzte ihre Freundin nur wütend an.

»Versteh mich nicht falsch. Aber du hast ein Gespenst gesehen? – Okay, du bist angeschlagen. Die ganze Arbeit im Haus ist anstrengend«, beschwichtigte Marit. »All die Gedanken rund um diese Amalia und die Suche nach Verwandten. Da kann man schon mal intensive Träume haben.«

»Ein Traum? Gut. Das war auch mein erster Gedanke. Aber als es mir ein zweites Mal passiert ist und ...«

»Ein zweites Mal passiert?«, fiel Marit ihr ins Wort. »Was meinst du mit: ‚*ein zweites Mal passiert*'?«

Julia holte tief Luft und nahm sich ein Herz. Sie kam aus der Sache jetzt nicht mehr heraus. »Ich bin mit dem Klavier zweimal in die Vergangenheit gereist.«

Jetzt hatte sie Marits ungeteilte Aufmerksamkeit. Diese schnappte wie ein Fisch nach Luft.

Glaubte Marit, sie versuche, ihr einen Bären aufzubinden? Ihre Freundin, von der sie dachte, sie könne alles mit ihr teilen und sei es noch so skurril. Keine Reaktion. Marit starrte sie nur an. »Fuck!«, rief Julia aus. »Du hältst mich für total plemplem, oder? Wie kannst du nur annehmen, dass ich dich veräppeln will? Okay, okay. Ich kann es selbst kaum glauben ...«

»Wie soll das denn funktionieren?«

Julia kam sich vor wie ein Kind, das seiner Mutter von Feen und Zauberstäben erzählte. »Du fragst mich jetzt nicht ernsthaft nach einer Art Gebrauchsanweisung? – Beim ersten Mal konnte ich nur einen kurzen Blick in die Vergangenheit werfen und lag bei der Rückkehr ohnmächtig am Boden neben dem Klavierhocker. Ich muss eine Weile dort gelegen haben, denn als ich mich an das Klavier gesetzt habe, war es Nachmittag, also hell, und als ich wieder zu mir kam, war es dunkel. Wie du, dachte ich, es sei nur ein Traum gewesen.« Julia stockte. Sie versuchte, Marits Gesichtszüge zu lesen. Sie konnte nur Unglauben und Skepsis darin erkennen. Deshalb fuhr sie schnell fort. »Aber beim zweiten Mal habe ich das Prozedere wiedererkannt und es funktionierte wesentlich besser. Es war sogar ein angenehmes Gefühl, denn es hat mit einer Melodie zu tun, die auf einem der Notenblätter zu finden ist. Diese begleitet mich seit meiner Ankunft am ersten Abend. Ich konnte sie in mir hören, fast greifbar, habe sie aber nicht weiter beachtet. Seither geht sie mir nicht mehr aus dem Kopf. Wahrscheinlich ist es ein bekanntes klassisches Stück. Frage mich nicht nach Details, ich habe das noch nicht recherchiert.« Julia verstummte, den Blick erwartungsvoll auf ihre Freundin gerichtet. Aber Marit starrte weiterhin ungläubig über den Tisch, was Julia noch mehr aufbrachte. Sie kam sich vor wie der letzte Depp. Trotzdem wollte sie jetzt keinen Rückzieher machen.

»Wie muss ich mir das vorstellen?«, fragte Marit mit verschränkten Armen. »Dampfwölkchen? Nebel? Oder so wie bei Raumschiff Enterprise, wenn sie Captain Kirk auf einen anderen Planeten beamen?«

Julia rang um Fassung. Diese Ironie war unerträglich. »Wie gesagt: Es hängt mit der Melodie zusammen«, zischte sie gefährlich leise. »Es existiert sogar ein Notenblatt mit einer leicht gesetzten Variante dieses Stücks. Bereits beim ersten Mal sind mir X Variationen eingefallen, als hätte ich es schon tausendmal gespielt. Das muss doch was bedeuten!« Ihre Stimme wurde lauter: »Da ich mir schlecht selbst dabei zusehen kann, weiß ich nicht, wie es aussieht – ob ich mich auflöse oder verschwinde oder im Hier und Jetzt sichtbar bleibe. Verdammt, Marit! Ich mache so was auch nicht jeden Tag! Tatsache ist, dass ich mich am gleichen Klavier im gleichen Raum befinde, nur eben in einer früheren Zeit.

Auf den Tag fünfzehn Jahre zurück, wenn du es genau wissen willst.«

»Woher willst du das so genau wissen?«

»Ich habe mich umgesehen. Auf dem Couchtisch lag eine Zeitung mit dem Datum.« Marits Gesicht sprach Bände. Sie konnte Julia nicht mehr folgen. Wie blöd konnte man sein? Sie hätte die Zeitung mitbringen sollen. Dann verwarf sie den Gedanken. »Als wenn die Zeitung dir als Beweis gereicht hätte. Es wäre doch nur ein Stück Altpapier für dich gewesen, oder?«

»Um Gottes willen, beruhig dich!« Marit rang nach Worten. »Lass mich erst mal verdauen, was du mir da auftischst. Das ist alles ... schwer zu glauben.«

»Ja, du glaubst mir nicht!« Julia schob den Stuhl zurück. Wild stiefelte sie in der Küche auf und ab. »Denkst du, ich scherze? Oder lüge? Aus welchem Grund?« Tränen brannten hinter ihren Lidern. Wütend wies sie mit dem Zeigefinger auf Marit. »Weißt du was? Ich beweise es dir! Dann werden wir ja sehen, wer hier Unsinn redet!«

Sie stolperte ins Wohnzimmer.

»Julia! Nein!« Marit fasste sie von hinten an der Schulter und drehte sie zu sich herum. Wütend funkelte Julia sie an. Marit zog sie in ihre Arme und hielt sie fest. »Bitte!«, flehte sie. »Lass uns in Ruhe überlegen, was wir jetzt machen.«

Julia schluchzte.

»Ach du meine Güte, die Bratäpfel!« Marit rannte von Julia gefolgt zurück in die Küche. Schwarzer Rauch quoll aus dem Ofen. »Ich denke, der Nachtisch fällt heute aus«, keuchte sie und riss das Fenster auf.

Schnell duckte sich Georg unter dem gekippten Fenster weg, das jetzt aufgerissen wurde. Qualm quoll hervor. Mit Mühe unterdrückte er einen Hustenreiz. Die pummelige Schlampe besaß auch keine hausfraulichen Fähigkeiten. Das laute Gekreische war gut zu verstehen gewesen und äußerst aufschlussreich. Der Gedanke des Zeitreisens faszinierte ihn.

Bisher natürlich nur in Science-Fiction-Serien, aber er hatte noch nie jemanden persönlich darüber berichten hören. Bis jetzt. Er konnte Julia leicht einschätzen. Sie neigte nicht zu Fantastereien, obwohl das alles erst einmal unglaublich klang. Ob sie es wieder tun würde? Dann durfte er das auf keinen Fall verpassen!

Auf Marits Drängen legte sich Julia wieder auf das Sofa. Aufgewühlt grübelte sie. Warum glaubte Marit ihr nicht? Sie musste sie doch besser kennen. Wie einer Unzurechnungsfähigen hatte sie ihr gut zugeredet. Verlangte sie zu viel? *Ehrlich Julia: Wie hättest du reagiert, wenn Marit dir so was aufgetischt hätte?* Sie wusste es nicht. Trotzdem. Marits Verhalten kränkte sie. Sie hatte auf deren Unterstützung gesetzt. Der besten Freundin, der man alles anvertrauen konnte. Um sich abzulenken, ging sie auf ihrem Smartphone klassische Musikstücke durch, die zu ihrer gespielten Melodie passen könnten, und wurde fündig. Sie erkannte das Thema. Sofort durchströmte sie ein Gefühl von Liebe und Geborgenheit. Es war von Brahms, für eine Sopranstimme geschrieben. ‚*Dort in den Weiden steht ein Haus*'. Gebannt lauschte sie dem Text, der nicht besser hier zum Schleusenhaus hätte passen können.

»Der schönste Bursch am ganzen Rhein, den nenn' ich mein! Des Morgens fährt er auf dem Fluss, auf dem Fluss, auf dem Fluss und singt herüber seinen Gruß, ja seinen Gruß.«

Die Variationen in ihrem Kopf konnte sie hier nicht finden. Woher kannte sie diese? Und Romulus? War er ihr schönster Bursch? Darauf wusste sie keine Antwort. Es half alles nichts. Julia lenkte ihre Gedanken wieder in die Gegenwart und zu Marit. Sie würde ihr den Beweis in Echtzeit erbringen. Ja, sie musste zurück in die Vergangenheit, um an die Informationen zu kommen, nach denen es sie mehr und mehr drängte. Sie gähnte. Dann fielen ihr die Augen zu.

Marit räumte derweil die Küche auf und wusch ab. Dabei kreisten ihre Gedanken um Julia. Sie sorgte sich zunehmend. Nichts war mehr wie früher, seit ihre Freundin Hals über Kopf aus Freiburg abgereist war, um dieses ominöse Erbe anzutreten. »Zu blöd, dass es keine Geschirrspülmaschine gibt«, grummelte Marit und stapelte das Geschirr auf dem Abtropfgitter. Sie würde später abtrocknen. Die eingebrannte Auflaufform stellte sie zum Einweichen ins Spülbecken. Genervt wandte sie sich dem Backofen zu. Der karamellisierte und dann verkohlte Saft der Äpfel klebte am Rost und Boden. Backofenspray konnte sie unter den Putzsachen leider nicht finden. »Na prima!« Marit rubbelte und schrubbte wie verrückt. Zeitreisen! Ausgerechnet ihr kam Julia mit so einem Nonsens. Wo sie Paranormales derart hasste. Dass sie sich insgeheim davor fürchtete, wusste kaum jemand und das sollte auch so bleiben. Sie dachte an die gruselige Mutprobe auf dem Friedhof zurück, die sie als Kind absolvieren musste, und schauderte. Was spann sich Julia da nur zusammen? Ihre körperliche Verfassung hatte sich verschlechtert. Es würde nicht lange dauern, bis die Dialyse ihren Körper nicht mehr entgiften konnte. Die Schwächeanfälle nahmen zu und die ungewohnte Belastung, die ihr dieses alte Haus aufbürdete, war untragbar. Ausgerechnet Julia, deren Parkett neben der Schule Partys, Shopping und kulturelle Abende waren, wienerte verdreckte Böden und versuchte sich als Hausfrau. *Dich hat sie auch schon am Zopf gepackt*, schalt sie sich und betrachtete den braunen Schaum, der ihre Hände überzog. Zugegeben, die Ideen eines eigenen Cafés und der Selbstständigkeit gefielen ihr. Es bedeutete aber zusätzlichen Stress für Julia. Und jetzt diese Zeitreisegeschichte – Vermischung von Traum und Wirklichkeit. Das war bedenklich. Sie musste Julia zur Vernunft bringen. Das war sie ihrer langjährigen Freundin schuldig. Nur wie?

Julia schlief eine Stunde tief und fest, aber dann hielt sie es auf dem Sofa nicht mehr aus. Sie reckte beide Arme nach oben und stand auf. Ihre nackten Füße berührten den Holzfußboden, der sich von der hereinscheinenden Sonne angenehm warm anfühlte. Sie warf einen Blick in die Küche, wo Marit vor ihrem Laptop am Tisch saß. »Ich gehe ein Stück spazieren«, sagte Julia kurz angebunden.

»Okay, lass dir Zeit, ich fahr nachher in die Stadt.«

Julia trat hinaus auf die Terrasse. Sie staunte, wie warm es war. Ihr Blick fiel auf das Blumenkleid, das auf der Wäscheleine im Wind flatterte. Kurzerhand nahm sie es ab, ging zurück ins Bad und schlüpfte hinein. Es passte wie angegossen. Obwohl sie kein Bohèmefan war, fühlte sie sich gleich behaglich darin. Das leichte ärmellose Baumwollkleid umfing sie wie eine liebevolle Umarmung. Kurz schlang sie die Arme um ihren Körper. Leider hatte es keine Tasche für ihr Handy. Das war der Nachteil von Kleidern. Julia schob es in die kleine Handytasche, die sie für diese seltenen Gelegenheiten angeschafft hatte, und hängte sie sich seitlich um. Beschwingt betrat sie erneut den Garten. Der fließende Stoff umspielte ihre nackten Beine. Das Gras kitzelte ihre Zehen, die in Flip-Flops steckten. Sie pflückte eine Rotkleeblüte, die sie sich hinter das Ohr klemmte. *Flower-Power,* schoss es ihr durch den Kopf. Sie stieg die moosbewachsene Steintreppe hinauf zum Weg und folgte ihm am Wasser entlang. Unter der Woche war niemand unterwegs. Wann hatte sie sich das letzte Mal so frei gefühlt? Sie konnte dem Drang nicht widerstehen, ein Stück weit zu springen und sich dabei wie ein Kind im Kreis zu drehen. Abgeschiedenheit hatte durchaus Vorteile, dachte sie und lachte laut.

Kapitel 8

Julia stolperte im Flur über ein paar abgelatschte Turnschuhe. »Was zum Teufel ...«, fluchte sie. Ihr Blick fiel auf einen Trekkingrucksack und eine Hundeleine, die unter der Garderobe am Boden lagen. »Das darf doch nicht wahr sein! Bobby?«, rief Julia, erhielt aber keine Antwort. »Bobby, wo steckst du?«

Flink lief sie ins Obergeschoß, aber dort fand sie ihre jüngere Schwester nicht. Sie sollte dankbar sein, denn die Leine ließ darauf schließen, dass sie nicht allein gekommen war. Bei Bobby wusste man nie, in welcher Größenordnung sich der Hund bewegte. Dafür gab es eindeutig Spuren im Bad, die auf Bobby hinwiesen. Julia klappte den Toilettendeckel zu, eine typische Angewohnheit ihrer Schwester, die sie schon früher auf die Palme gebracht hatte. Dann klaubte sie die Unterwäsche, nebst Jeans und T-Shirt vom Boden auf, die Bobby achtlos mit zwei nassen Handtüchern vor das Waschbecken geworfen hatte. Ihr Verhältnis war nie sonderlich eng gewesen. Mit neun Jahren Altersunterschied hatte Julia oft auf das Nesthäkchen aufpassen müssen. Später war die Spanne für eine enge Beziehung zu groß. Als leibliches Kind ihrer Adoptiveltern hatten diese ihr einiges durchgehen lassen, aber für die Prinzessinnenrolle war Bobby nicht geschaffen. An ihr war definitiv ein Junge verloren gegangen. Schon früh weigerte sich Bobby, Kleider und Röcke zu tragen. Sie bevorzugte einen Kurzhaarschnitt und legte keinen großen Wert auf ihr Äußeres. Es gab oft Streit um die Zeit im Badezimmer, da Julia dieses deutlich länger blockierte. Dafür hatte Bobby sie mit ihrer Unordentlichkeit geärgert und im gemeinsamen Zimmer für ständiges Chaos gesorgt. Wenn sie sich jetzt umsah, hatte sich bis heute nichts daran geändert. Sie kämpfte ihren aufsteigenden Groll nieder. Im Garten war Bobby ebenso wenig zu finden. Dafür stand ein Zelt auf der Wiese.

»Na prima, da hat sich jemand schon häuslich eingerichtet«, murmelte Julia vor sich hin. Was wollte sie hier? Wo steckte sie? *Wohl mit dem Hund unterwegs,* mutmaßte sie und ging zurück ins Haus. Der Spaziergang an der frischen Frühlingsluft hatte sie ermüdet. Marit war noch nicht wieder retour und so gönnte sie sich ein bisschen Ruhe. Was ihre Schwester hierherführte, würde sie früh genug erfahren. Nach einer Stippvisite sah es nicht aus. Die Hoffnung konnte sie mit dem Zelt begraben. Langsam wurde es voll im Schleusenhaus, dabei hatte sie insgeheim auf Zweisamkeit mit Romulus gehofft. War das so? Julia hing diesem Gedanken nach. Sie dachte wieder an seine Einladung. Bei ihm wären sie auf jeden Fall ungestört. Was er dazu sagen würde, dass sie seiner Großmutter begegnet war? Ob er ihr Glauben schenkte? Es wäre so schön, einen Verbündeten zu haben, der sie verstand, ihr vertraute und dem sie ihrerseits vertrauen konnte. Julia seufzte. Sie versank in ihren Tagträumen, stellte sich vor, wie sie in Romulus' Armen auf dem Sofa lag, die Fotoalben betrachtete und seiner sexy Stimme lauschte, die ihr von seiner Familie erzählte.

Keuchender Atem und Gepolter auf dem Holzfußboden drangen vom Flur an Julias Ohr und näherten sich rasant. Das Sofa erbebte und ihr Brustkorb wurde wie ein Burgerbrötchen zusammengedrückt. Es roch sogar ein wenig nach Fleisch.

Julia riss die Augen auf und blickte auf eine lange Zunge, die rechtzeitig im Maul verschwand, bevor der Sabber auf ihre Nase tropfte. Wie ein Stehaufmännchen drückte sie sich gegen das Gewicht in die Senkrechte und schob das Monstrum von sich weg, bis es seitlich vom Sofa plumpste. Gleich darauf sah sie Bobby, die ihrer Hündin hinterhergestürzt und Zeuge ihrer Abwehr war.

»Herrgott, musst du so grob sein?«, schnauzte sie Julia an. »Sie baut gerade ein wenig Vertrauen auf!«

Das Objekt dieses Rüffels hatte hinter Bobby Schutz gesucht. Julia schnappte nach Luft. »Roberta Lüttke! Dir auch einen guten Tag. Wie würdest du reagieren, wenn du die Augen aufschlägst und ein Kalb von einem Hund über deinem Gesicht steht?« Das war eine rhetorische Frage, denn kein Tier der Welt könnte Bobby erschrecken. Aber es war eben nicht jeder so gestrickt wie ihre Schwester.

»Ist ja schon gut.« Bobby hob entschuldigend die Hände. Scheinbar wollte sie nicht gleich einen Streit anfangen. »Alles auf Anfang.« Sie kam auf Julia zu, die sich aufrappelte, und nahm sie fest in den Arm. »Es tut mir leid. Schön dich zu sehen, Schwesterherz, aber bitte: Nenn mich nicht Roberta.«

Die Hündin linste mit Unschuldsmiene hinter Bobbys Knie hervor.

»Das ist Lassie. So groß ist sie gar nicht, jedenfalls nicht, wenn man steht.«

Julia beugte sich zu dem Australien Shepherd Mix hinunter, der sie mit einem blauen und einem braunen Auge anblickte und streckte ihre Hand hin. »Na komm her. Wir haben uns beide erschreckt, was? Ich denke, wir sind quitt?« Julia blickte Bobby belustigt an. »Lassie, dein Ernst?«

»Sie stammt aus dem Tierschutz.«, erklärte Bobby. »Ursprünglich Lasso, weil sie mit einem abgerissenen Seil um den Hals durch den Wald gestreunt ist und wir anfangs von einem Rüden ausgegangen sind, was sich nicht bestätigt hat.« Bobby grinste.

Lassie schnüffelte an Julias Fingern und leckte dann versöhnlich ihre Hand. Julia wischte sich den nassen Handrücken an ihrem Kleid ab. Sie wandte sich wieder Bobby zu. »Was machst du hier? Wie hast du mich gefunden?«

»Na, das war nicht schwer. Du hast nicht zufällig ein Bier im Kühlschrank? Ich bin am Verdursten und eine Kleinigkeit zu essen, könnte ich auch vertragen.«

Bei Bier und Sandwiches, die sie gemeinsam zubereiteten, erzählte Bobby von ihrem Besuch in Freiburg. »Ich wollte dich überraschen und meinen Führerschein mit dir in einem Klub feiern. Mich hat es fast rückwärts die Stiegen runtergeschlagen, als ich vor deiner Wohnungstür stand und da nicht mehr dein Name klebte. Ich habe gleich Mama angerufen und die hat mir erzählt, dass du dir ein geerbtes Haus im Elsass anschaust. Da konnte ich nicht widerstehen. Wie ich sehe, hat es mit der Überraschung doch noch geklappt.«

»Toll. Ich gratuliere herzlich zur bestandenen Prüfung«, sagte Julia. »Und das Abi?«

»Läuft. Ich habe mich echt reingekniet. Gleich nach Ostern geht's los und Anfang Mai bin ich durch.«

»Immer noch Pläne, Tierarzthelferin zu werden?«

»Es heißt neuerdings tiermedizinische Fachangestellte – cool, oder? Und absolut, das habe ich vor.« Bobby nickte heftig. »Aber jetzt genieße ich die Ferien und Frankreich hat laut nach mir gerufen, wo es ein Haus geben soll, das meiner Schwester gehört. Was liegt also näher?« Sie prostete Julia zu und grinste sie frech über den Flaschenhals an. »Und du? Was hat das Ganze hier auf sich?«

»Ja, ich habe geerbt. Die näheren Umstände sind noch unklar.«

»Wirst du es annehmen?«

»Vielleicht bleibe ich sogar hier.«

»Wow.« Bobby pfiff durch die Zähne und spuckte einen Brotkrümel auf die Tischplatte. Ungeniert wischte sie ihn mit ihrem Ärmel weg. »Das ist ja der Hammer! Was ist mit deinem Stadtleben?«

»Auf Eis gelegt. Marit und ich haben einen Plan ausgeheckt, der unser Leben verändern könnte.«

»Marit? Deine Freundin ist hier?« Bobby zog eine Augenbraue hoch. »Frankreich scheint mehrstimmig gerufen zu haben, ich bin gespannt, wer noch auftaucht. Mama schon mal nicht«, fuhr sie fort. »Ich soll dich lieb grüßen. Sie fliegen demnächst nach Kanada, zu Oma und Opa. Ewig ruft das Murmeltier, sag ich mal. Mama kannte deine Adresse auch nicht. Wenigstens konnte sie mir den Ort nennen. Ich habe mich in der Bäckerei erkundigt. Die Buschtrommeln funktionieren auf dem Land bestens. Die Bäckersfrau meinte, dass vor Kurzem schon jemand nach dem Schleusenhaus gefragt hat. Dann war das wohl Marit.«

»Ja, kann sein. Sie kommt sicher bald wieder.«

Bobby erkundigte sich nach den Plänen, von denen Julia gesprochen hatte. »Das sind ja großartige Neuigkeiten!«, rief sie. »Hätte ich dir gar nicht zugetraut.«

»Ich mir anfangs auch nicht«, gab Julia zu, »aber jetzt, wo alles feste Formen annimmt, bin ich mir sicher, dass ich das Richtige tue. An der Schule kann ich vorläufig nicht weg. Deshalb können wir es hier in Ruhe anlaufen lassen.«

»Ich find's klasse«, beteuerte Bobby. »Ehrlich! Es ist das erste Mal, dass du spontan bist. Ich meine, dass du was riskierst und aus der öden Spießigkeit ausbrichst. Zumindest teilweise. Wie ich sehe, benutzt du immer noch diese uncoole Handytasche.« Sie warf einen verächtlichen Blick auf das Teil.

Erstaunt blickte Julia ihre kleine Schwester an. So sah sie ihr Leben? Spießig und langweilig? »Wie lange willst du bleiben?«

»Keine Ahnung. Wie wäre es mit zwei helfenden Händen?« Bobby lächelte verschmitzt.

Julia seufzte. Diese Hände hätte sie in den ersten Tagen gebraucht, aber jetzt? Sie befürchtete eher, dass mit Bobby keine Hilfe, sondern das Chaos einziehen würde. »Na dann, herzlich willkommen«, sagte sie wenig überzeugt.

Draußen erklang herzzerreißendes Maunzen und Lassie schoss jaulend zur Haustür.

»Das klingt verzweifelt.« Fragend schaute Bobby Julia an.

»Mist. Das ist Nobody, eine streunende Katze. Die füttere ich seit meiner Ankunft.«

»Du kümmerst dich um eine Streunerkatze?«

»Du tust ja, als hätte ich ein Herz aus Stein«, entrüstete sich Julia. »Nobody ist verletzt ... Vielleicht fasst sie so weit Zutrauen, dass ich sie einfangen und zum Tierarzt bringen kann.«

»Jetzt ist Fütterungszeit?«, fragte Bobby. »Dann lass uns doch mal schauen, ob wir sie nicht überlisten können.« Sie kramte in ihrem Rucksack und förderte eine Tube mit Leberwurstpaste hervor. »Ich denke, da kann auch eine Katze nicht widerstehen.«

Lassie schielte gierig nach der Tube, machte Sitz und hob eine Pfote. »Du bleibst hier!« Enttäuscht ließ Lassie die Pfote sinken. Grummelnd rollte sie sich im Flur zusammen.

Sicherheitshalber schlossen sie die Tür hinter sich. Die Katze kam sofort näher, als ihr der Geruch von Leber in die Nase stieg. Julia trat mit Bobby zurück und beobachtete sie.

»Ach herrje«, flüsterte Bobby. »Die reinste Flohschleuder und verfilzt wie ein alter Wischmopp.« Vorsichtig schlich das Kätzchen näher, wobei ihr Bäuchlein fast am Boden schleifte. »Nobody, pss, pss. Alles gut, ich tue dir nichts ...«, lockte Bobby leise.

Die Streunerin musterte Bobby argwöhnisch und leckte begierig die Paste, die auf den Steinplatten klebte, auf. Ihr hagerer Körper war angespannt, bereit zur Flucht. Bobby schien ebenfalls gewappnet, aber zum Sprung. Julia beobachtete die beiden mit angehaltenem Atem. Bei jedem Zentimeter, den sich Bobby näher schob, steigerte sich das Misstrauen in den Augen der Katze. Gleich würde sie die Flucht ergreifen, aber da warf sich Bobby beherzt nach vorn. Blitzschnell griff sie zu. Die Katze schrie auf. Julia rechnete damit, dass sie die Krallen in Bobbys Arm schlagen würde. Doch die hielt das zitternde Tier im Arm, ohne einen Kratzer davonzutragen. Sanft streichelte sie Nobody hinter den Ohren.

»Was hat man dir nur angetan?«

Julia trat näher. »Wow, du bist schneller als der Blitz! Das hätte ich in hundert Jahren nicht geschafft. Aber warum weinst du?«

»Nimm sie mal kurz ...« Bobby machte Anstalten, sie Julia in den Arm zu drücken.

»Das kann ich nicht«, wehrte Julia ab und musste an die Flöhe denken, die ihre Schwester vorhin erwähnt hatte. »Sobald sie nach mir schlägt oder kratzt, lasse ich sie los, dann war alles umsonst.«

Bobby schniefte. »Keine Angst. Das kann sie momentan nicht. Jemand hat sich an ihren Krallen zu schaffen gemacht.«

Entsetzt über solch eine Grausamkeit nahm Julia das Fellbündel doch, das sich jetzt verängstigt in ihre Armbeuge quetschte. Zärtlich strich sie über das struppige Fell zwischen den Ohren. Julia vernahm zaghafte Schnurrgeräusche. Sie verstärkte ihre Berührung zu einem leichten Kraulen und Nobody drückte ihren Kopf gegen Julias Hand. Erstaunt über die plötzliche Annäherung, die die Katze zeigte, lächelte sie. Ob sie sich Romulus auch beherzter annähern sollte? Wie würde es sich anfühlen, wenn er sie zärtlich streichelte?

»Ich brauche eine Transportkiste. Hast du was in der Art?«

Die Stimme ihrer Schwester riss Julia aus den Tagträumen. »Schau mal, vorne an der Terrasse müsste was stehen«, rief sie Bobby nach, die kurz darauf mit einem Karton zurückkam, in den sie große Löcher geschnitten hatte. Entsetzt sah Julia auf das Handtuch aus ihrem Badezimmer, das als Polsterung diente. Angesichts des armen Tieres verzichtete sie auf einen Kommentar. Vorsichtig setzte sie Nobody in die Kiste. Bobby verschloss schnell den Deckel.

Im Haus winselte Lassie, die nicht gern von Bobby getrennt war und wissen wollte, was draußen vor sich ging. Als Julia sie herausließ, sprang sie wild um Bobby herum, als wären sie wochenlang getrennt gewesen. Dann entdeckte sie den Karton. Schnüffelnd umkreiste sie das Paket.

»Kann ich dein Auto haben? Sie muss dringend zum Tierarzt.«

Julia holte den Autoschlüssel und reichte ihn Bobby, die den Karton in den Fußraum auf der Beifahrerseite stellte. Als sie die Heckklappe öffnete, sprang Lassie sofort hinein. Julia fragte nicht nach, seit wann genau sie den Führerschein hatte oder wann sie zuletzt gefahren war. Bobby hatte kein eigenes Auto, das wusste sie. Nachdem sie den Clio zweimal abgemurkst hatte, heulte der Motor wie ein Kojote auf. Dann schoss Bobby mit quietschenden Reifen davon. Julia schloss kurz die Augen und seufzte.

Kurz darauf hörte Julia eine Autotür schlagen. Marit war zurück. Sofort erinnerte sie sich wieder an den Streit beim Mittagessen. So heftig war sie noch nie mit ihr aneinandergeraten. Das musste sich doch wieder einrenken lassen.

»Du bist hier? Ich dachte, mir wäre dein Clio entgegengekommen. Aber davon gibt's hier jede Menge. Als jetzt oben kein Auto in der Einfahrt stand, war ich mir jedoch sicher.«

»Das war Bobby. Sie hat Nobody eingefangen und ist auf dem Weg zum Tierarzt, wobei ich mir nicht sicher bin, ob ich den Wagen jemals heil wiedersehen werde.«

Marits Stirn zeigte Falten, scheinbar versuchte sie, die Informationen zu sortieren. »Jetzt mal langsam, bitte. Bobby ist hier?«

»Ja.« Julia fasste nochmals kurz zusammen. »Meine Mutter hat ihr von dem Haus erzählt. Danach hat Bobby nichts mehr gehalten. War ja klar. Ihr Zelt steht hinten im Garten.«

»Ihr müsst euch kein Bett teilen?« Marit grinste und Julia war froh, dass sich die angespannte Situation zwischen ihnen lockerte.

»Von mir aus hätte sie das Sofa haben können, aber glaub mir, das ist nicht bequem. Ich habe ihr von unseren Plänen erzählt.«

»Und? Wie hat sie darauf reagiert?«

»Es gefällt ihr, dass ich aus meinem Spießerleben ausbreche.« Julia zeichnete Gänsefüßchen in die Luft.

»Hat sie das so gesagt? Mach dir nichts draus. Es passt zu ihr. Sie hat eben eine andere Lebensauffassung. Sicher ist sie heilfroh, der Schule bald zu entrinnen. Bisher war sie doch immer diejenige, die gern aus der Reihe getanzt ist, oder? Hast du ihr auch ...« Marit stockte und Julia begriff sofort, was sie meinte.

Da war es wieder: das Reizthema. »Nein, natürlich nicht! Obwohl ich mir vorstellen könnte, dass es bei ihr auf fruchtbaren Boden gefallen wäre.«

»Du meinst, sie hätte dir die Geschichte eher abgenommen als ich?«

Julia ärgerte sich über ihren unüberlegten Kommentar.

»Ja, das glaube ich, aber sie ist zu abenteuerlustig und spontan. Man weiß nie, auf was für Gedanken sie das bringen würde.« Am Ende würde es ihre Schwester noch selbst ausprobieren ... Julia fasste Marit am Unterarm. »Tut mir leid, Marit. Das hört sich alles blöd an, aber gib mir eine Chance, es dir zu zeigen.«

»Zu zeigen?«

»Ja, im Ernst Marit. Ich bin bereit für eine Demonstration. Jetzt, solange Bobby außer Haus ist. Ich denke, der Besuch beim Tierarzt wird eine Weile dauern.«

Marits Gesicht zeigte deutlich, dass sie anderer Meinung war.

»Keine Widerrede.« Julia war fest entschlossen, den Beweis für die Zeitreise zu erbringen. »Es ist mir wichtig, dass du nicht an meiner Ehrlichkeit zweifelst. Wie sollen wir zusammen ein so großes Projekt wie ein eigenes Café auf die Beine stellen, wenn du mir nicht vertraust? Ich habe ein wenig geschlafen, bevor Bobby das Haus überrannt hat. Nun fühle ich mich fit für ein neues Abenteuer und meine Reputation. Verdammt Marit: jetzt oder nie! Außerdem will ich wissen, ob ich verschwinde oder mein Körper in der Gegenwart bleibt. Allein dafür brauche ich dich als Beobachterin.«

Marit stand stocksteif da. Julia zerrte sie ins Wohnzimmer. »Jetzt komm schon«, drängelte sie und nahm am Klavier Platz. »So, bist du bereit?«

Marits Gesichtsausdruck schwankte zwischen Skepsis und Panik. Ihre Haut schimmerte milchig-weiß. Schweißperlen glitzerten auf ihrer Oberlippe. Mit verschränkten Armen lehnte sie am Türpfosten, den Blick fest auf Julia gerichtet. Diese begann zu spielen. Marits Handy klingelte irgendwo in der Küche.

»Warte einen Moment!«, rief sie, froh, der Situation entfliehen zu können.

Julia hörte die Worte ihrer Freundin nicht mehr.

Amalia kochte sich eine Kanne Pfefferminztee mit frischen Blättern aus ihrem Garten. Wie so oft dachte sie an ihre Enkelin. Anfang der Woche war sie beim Notar gewesen, um ihr Testament zu machen. Sie kam jetzt in ein Alter, in dem man seine Sachen gern geregelt sah. Welchen Namen sie wohl trug und wo sie lebte? Ob es ihr gut ging? So oft hatte sie sich diese Fragen gestellt. Es war der Preis, den sie zahlte, seit sie die Entscheidung getroffen hatte, sie wegzugeben. Amalia hatte oft versucht, sie zu finden. Da die Adoption über eine Agentur gelaufen war, gestaltete sich das schwierig. Selbst der Notar war nicht begeistert, im Todesfall seiner Klientin, die Enkelin suchen zu müssen. Aber Amalia hatte hartnäckig darauf bestanden, ihr das Haus zu vererben.

Romulus war alt genug. Wie oft war sie versucht, ihm von seiner Schwester zu erzählen. Aber was hätte sie ihm sagen können? Sie wusste ja selbst nichts. Außer seinem Unmut, den sie mit Sicherheit auf sich gezogen hätte, wäre nichts dabei herumgekommen. Sie wollte ihn nicht auch noch verlieren.

Aus dem Wohnzimmer erklang leise Klaviermusik. Hatte sie vergessen, das Radio auszuschalten? Dann erkannte sie das Stück. Wehmut erfasste ihr Herz. Brahms ‚*Dort in den Weiden steht ein Haus*', das ihre Tochter Christine so abgöttisch geliebt hatte. Die Erinnerung war schmerzlich und süß zugleich. Bilder flimmerten an ihrem inneren Auge vorbei, wie ihre Tochter Klavier spielte, versunken in einer Welt, die Amalia fremd blieb. Während ihrer Schwangerschaft konnte Christine gar nicht genug von dem Stück bekommen. Sie hatte es in allen möglichen Variationen auskomponiert. Amalia eilte ins Wohnzimmer und erschrak fast zu Tode.

»Oh, bitte keine Angst!«, rief die junge Frau, die sie erst für ihre Tochter gehalten hatte. »Ich bin eine Freundin. Mein Name ist Julia. Sie haben – nein Sie werden mir mal Ihr Haus vererben.«

Was redete die Frau für einen Schwachsinn, schoss es Amalia durch den Kopf. Sie musterte die Unbekannte von Kopf bis Fuß. Sie sah Christine so ähnlich, dass Amalia an ihrem Verstand zweifelte. Sie stutzte. Die Frau trug sogar das Blumenkleid. Sie hatte nicht gleich darauf geachtet, aber jetzt ... Sie hielt sich am Türpfosten fest. Die Erkenntnis traf sie wie ein Blitz: Da stand nicht ihre Tochter, sondern ihre Enkelin. In ihrem Kopf überschlugen sich die Gedanken. Wie war das möglich? Wie war sie hierhergekommen? Vor allem: Wie hatte sie sie gefunden? Wieso war sie erwachsen? So alt war sie doch noch gar nicht? Ihr Herz klopfte so wild, dass sie fürchtete, es könnte jeden Augenblick aussetzen. »Julia?« Ihre Stimme wollte ihr nicht gehorchen.

»Gott sei Dank«, sagte die Frau erleichtert. »Sie erkennen mich?« Sie trat jetzt näher. »Für mich ist das auch alles unfassbar, aber ich habe so viele Fragen. Meinen Sie, wir können uns eine Weile unterhalten?«

Die Situation, so bizarr, wie sie sich Amalia darstellte, hatte durchaus etwas Normales. In ihrem Wohnzimmer standen sich zwei Menschen gegenüber. Sie und diese Frau, beide aus Fleisch und Blut und sie wollten sich kennenlernen. Schon jetzt waren sie sich auf seltsame Art vertraut. Trotzdem kam es ihr wie ein Traum vor. Sie hatte Schwierigkeiten, die Situation zu begreifen. Irgendetwas stimmte nicht, aber sie wusste nicht was. »Nimm doch bitte Platz.« Das »Du« kam ihr wie selbstverständlich über die Lippen. »Meinst du, du bist noch da, wenn ich den Tee aus der Küche hole?«, fragte sie zweifelnd. Sie fürchtete, dass die Erscheinung so schnell verschwinden könnte, wie sie aufgetaucht war.

»Klar«, antwortete Julia, »aber ich komme gerne mit.«

Kapitel 9

Als Marit wenige Sekunden später mit dem Handy zurückkam, war der Platz am Klavier leer, von Julia keine Spur. »Julia? Komm raus und zeig dich, wo immer du dich versteckt hast. Julia? Das ist nicht witzig!« Marit rannte die Treppe hinauf und warf einen Blick in die Schlafzimmer. Schon im Begriff wieder hinunterzulaufen, kehrte sie zurück und suchte unter den Betten. Jetzt musste sie doch grinsen. Sie fühlte sich in ihre Kindheit zurückversetzt, als sie Verstecken spielten.

»Okay Julia, gleich hab' ich dich!«, rief sie und polterte die Stufen ins Erdgeschoss hinunter. Schwungvoll riss sie die Badezimmertür auf. Dort fand sie nur einen Haufen Wäsche auf dem Boden. Vor Aufregung musste sie aufs Klo. Die Ellenbogen auf ihren Oberschenkeln, den Kopf in die Hände gestützt, kam sie einen Augenblick zur Ruhe. Was, wenn Julia doch die Wahrheit gesagt hatte? Eine Gänsehaut zog ihre Beine hinauf und ließ sie erschaudern. »Bullshit!« Marit sprang auf, betätigte die Spülung und knallte den Klodeckel zu. Energisch wusch sie sich die Hände, bis ihre Zweifel mit der Seifenlauge im Abfluss versickerten. Irgendwo musste sie ja stecken! Sie machte sich wieder auf die Jagd, aber ihre gute Laune schwand mit jeder Minute, die sie weitersuchte. Ob sie nach draußen gelaufen war? Im Garten fand sie nur das Zelt von Bobby, das wie ein blauer Klecks aus der Wiese hervorstach und dessen Frontplane im Wind flatterte. Sie ging ein Stück am Kanal entlang, der Weg war gut einzusehen. Zuletzt umrundete sie das Schleusenhaus. Unter dem Wohnzimmerfenster war das Gras zertrampelt, als hätte sich jemand länger auf der gleichen Stelle aufgehalten. Waren das frische Fußabdrücke im Beet oder täuschte sie sich? »Zum Kuckuck!« In der Dämmerung konnte sie das schwer ausmachen und hatte keine Lust, Fährtenleser zu spielen. Fakt war: Julia war nirgends zu finden.

Langsam wallte Panik in ihr auf, die nach einer weiteren halben Stunde suchen wieder in Wut umschlug. Niemand löste sich in Luft auf. Ob ihr etwas zugestoßen war? »Quatsch!« Oder war sie etwa zu Romulus gelaufen? Daran hatte sie noch gar nicht gedacht, aber es würde erklären, warum sie sie hier nicht finden konnte? Also doch Julias Fußabdrücke, die hoch zur Straße führten? Es war nicht allzu weit zu Romulus' Hof. Sie würde sich nicht zum Affen machen und dort aufkreuzen. Es wurde dunkel. Sie hasste es, bei Dunkelheit herumzulaufen. Was sollte dieses doofe Versteckspiel? Romulus war attraktiv, eine richtige Sahneschnitte, ganz nach ihrem Geschmack. Aber Julia hatte ihn zuerst entdeckt. Marit gönnte ihr das Glück. Trotzdem schmerzte der Gedanke, dass sie sich ausgerechnet dort versteckt haben könnte, während sie sich sorgte und sich einen Wolf suchte.

Julia wusste doch von ihrer Angst im Dunkeln und wie viel Überwindung es sie kostete, dennoch weiter draußen herumzusuchen. Sie würde damit aufhören. Bockig kehrte sie ins Haus zurück. In ihrer Fantasie sah sie die beiden gemütlich bei einem Glas Rotwein vor dem Kaminofen kuscheln und ... Nein! Sie weigerte sich, hier weiterzudenken und sich schmerzliche Details auszumalen. Sie schenkte sich ein Glas Wein ein, kippte es in einem Zug hinunter und ging frustriert zu Bett.

Amalia saß mit Julia bei Tee und Gebäck im Wohnzimmer. »Wie kommst du hierher? Wie hast du mich gefunden?« Die unfassbare Geschichte, die Julia ihr da erzählte, kam ihr wie ein Märchen vor. Sie liebte Märchen und Sagen schon seit Kindertagen, aber das hier übertraf sogar ihre Vorstellungskraft. *‚Zurück in die Zukunft‘*. Der Film hatte sie immer fasziniert. Jedoch zurück in die Vergangenheit – direkt hier in ihr Wohnzimmer? »Du warst schon einmal hier, nicht wahr?«

»Ja, ganz kurz. Ich habe nur eine leise Ahnung, wie das alles funktioniert«, erklärte Julia. »Es gibt da eine Melodie, die ich auf einem alten Notenblatt im Klavier gefunden habe. Sie kam mir gleich bekannt vor, denn sie geisterte durch meinen Kopf. Als ich sie das erste Mal gespielt habe, hat es mich hierher verschlagen. Ich habe dich sogar kurz gesehen«, fuhr sie fort. »Aber als ich mich zu dir umgedreht habe, musste ich die Hände vom Klavier nehmen und da hat es mich zurückkatapultiert. Ich bin unsanft in meiner Zeit gelandet.«

»Ich erinnere mich.« Aufgeregt richtete Amalia sich auf. »Ich sah einen Schatten und dachte, es sei nur das Hirngespinst einer alten Frau.«

»Da haben wir beide an unserem Verstand gezweifelt.«

»Aber jetzt konntest du die Hände vom Klavier lösen«, stellte Amalia fest.

»Ja, auch der Übergang war leichter und ich fühlte mich regelrecht wohl dabei.«

»Deine Mutter liebte dieses Stück. Sie hat es häufig gespielt, als sie mit dir schwanger war.«

»Meine Mutter? Du meinst, meine leibliche Mutter?«

»Ja. Meine Tochter Christine. Du bist mein Enkelkind, Julia.«

Es trat Stille ein, die durch Julias Gedanken, die durch den Raum flogen und lärmend ihre Fragen stellten, grotesk wirkte.

»Das Stück ist von Brahms«, sagte Amalia und lenkte das Thema zurück auf die Melodie.

»Dort in den Weiden steht ein Haus«, flüsterte Julia.

»Ja, genau. Sie fand die Version langweilig und in der Fassung für Sopran schrill. Deshalb hat sie das Stück nach ihren Wünschen umgeschrieben.«

»Die Frau dort auf dem Bild?«

»Ja, das ist Christine.«

Julia stand auf und holte die Fotografie von der Kommode. Schweigend betrachtete sie die Aufnahme. »Du meinst, ich habe die Melodie im Mutterleib gehört und kann mich deshalb daran erinnern?«

»Anders kann ich es mir nicht erklären«, sagte Amalia und eine Woge der Zuneigung zu der jungen Frau schwappte über sie hinweg.

»Jedes Mal, wenn ich sie höre, zerberste ich vor Liebe und fühle mich geborgen«, beteuerte Julia.

»Möglich, dass sich eure Verbundenheit durch die Musik verstärkt hat und das sogar über den Tod hinaus. Eine schöne Vorstellung, findest du nicht?« Tränen verschleierten Amalias Blick.

»Sie ist tot«, sagte Julia leise, »natürlich ist sie tot.« Wieder sah sie auf das Foto. »Genau wie mein Vater. Der Autounfall auf der Rückfahrt von einem Konzert. Romulus hat mir davon erzählt.«

Amalia hörte die Enttäuschung in Julias Stimme. Dann kam die Frage, vor der sie sich so fürchtete.

»Warum in Gottes Namen hast du mich damals weggegeben?«

»Deine Mutter war im neunten Monat schwanger, als der schreckliche Autounfall im Höllental passierte. Sie war in Begleitung deines Vaters, auf der Rückfahrt von einem Auftritt in Stuttgart. Es war entsetzlich.« Amalia blickte in die Ferne, als sähe sie die Bilder vor sich. »Es grenzte an ein Wunder, dass man dich per Kaiserschnitt retten konnte. Ich war der Situation nicht gewachsen. Weder psychisch noch körperlich. Romulus, damals zwei Jahre alt, war auf einen Schlag Vollwaise und du ein Neugeborenes«, erklärte sie. »Ich habe mich schweren Herzens dazu entschlossen, dich zur Adoption freizugeben.« Entschuldigend legte sie ihre Hand auf Julias Arm. »Für Säuglinge finden sich schnell Eltern. Mir schien dies die beste Lösung zu sein. Die Bindung ist eine andere, wenn man von Anfang an bei den Adoptiveltern aufwächst.«

»Das stimmt«, gab Julia nachdenklich zu, »ich habe in ihnen immer meine Eltern gesehen und das nie hinterfragt. Daran hat sich auch nichts geändert, nachdem sie mir von der Adoption erzählt haben. Aber als das Schreiben vom Notariat kam, konnte ich mir keinen Reim darauf machen, wer mir da ein Haus vererbt hat. Ich habe dort das erste Mal von dir gehört. Dein Tod ...«

»Stopp Julia! Um Gottes willen! Du darfst mir nichts Persönliches aus meiner Zukunft verraten. Niemand möchte sein Todesdatum wissen! Es ist sicherer, wenn wir uns im Jetzt und der Vergangenheit austauschen. Alles muss so geschehen, wie es geschehen wird. Es ist gefährlich, die Vergangenheit und damit die Zukunft zu verändern.«

»Du hast recht, daran habe ich nicht gedacht. Entschuldige bitte.«

Amalia genoss die Teestunde mit Julia. Was für ein Glückstag! Sie musste viele Fragen beantworten, auch unangenehme, die sie seit Jahren belasteten.

»Noch mal zurück zum Erbe, ohne dein Todesdatum anzusprechen. Versprochen.« Julia drückte Amalias Arm.

»Dass ich dir das Schleusenhaus vererben möchte, steht fest. Das habe ich sogar schon in die Wege geleitet. Es ist im Grunde einfach: Du bist meine Enkelin und ich möchte etwas an dir wiedergutmachen. Der Entschluss, dich wegzugeben, ist mir damals nicht leichtgefallen. Ich hatte schwer am Tod meiner Tochter zu tragen. Du warst das Einzige, was mir von ihr geblieben ist. Andererseits hättest du mich jeden Tag an den Verlust erinnert. Das klingt jetzt hart, ich weiß. Aber glaube mir, als der Schmerz mit den Jahren erträglich wurde, gab es keinen Tag, an dem ich die Entscheidung nicht bereut hätte. Mein schlechtes Gewissen hat mich gequält und unzählige Nächte den Schlaf gekostet. Hast du nie nach deinen Wurzeln gesucht?«

»Doch, schon. Meine Eltern haben lange alles versucht, nachdem das mit der Niereninsuffizienz angefangen hat. Die Möglichkeit, dass ich eines Tages eine Spenderniere brauchen könnte, hat die fixe Idee heraufbeschworen, einen Spender im Verwandtenkreis zu suchen. Die Wartelisten sind lang. Aber ihre Recherchen blieben ohne Erfolg. Da es sich um eine geschlossene Adoption handelte, hatten wir keine Chance. Der Notar meinte auch, dass es schwierig war, mich zu finden.«

»Kind, du bist krank?« Entsetzt griff Amalia nach Julias Hand.

»Ich bin gut eingestellt, bitte mach dir keine Sorgen.«

Amalia spürte, dass Julia das Thema unangenehm war, und drang nicht tiefer in sie.

»Meine Mutter, die berühmte Bellini.«

»Ja. Das Klavier gehörte ihr. Sie hat darauf spielen gelernt, als sie vier Jahre alt war. So früh hat sie ihre Liebe zur Musik entdeckt. Bald war klar, dass sie eine Begabung dafür hatte. Wir ermöglichten ihr den Unterricht an der Musikschule und später bei einem Pianisten. Obwohl er ihr, entsprechend ihres wachsenden Fortschritts, ein besseres Instrument nahelegte, bestand sie weiterhin darauf, genau dieses Klavier zu spielen. Sie liebte es abgöttisch. Selbst, als sie die Musikhochschule besuchte und ihre ersten Konzerte gab, änderte sich das nicht. Nach Christines Tod habe ich es nicht übers Herz gebracht, es zu verkaufen. Zu viele Geschichten verbergen sich in diesem Kasten. Jetzt sitzt, dank der Magie dieses Klaviers, meine Enkelin neben mir. Ich kann es nicht fassen! Was für ein Geschenk! Dass ich dich persönlich kennenlernen, ja sogar sprechen darf.« Schniefend wischte sie sich eine Träne weg. »Ich habe Angst aufzuwachen und festzustellen, dass alles nur ein Traum ist, wenn auch ein schöner.«

»Ich hätte gern eine Großmutter wie dich gehabt«, sagte Julia. »Meine Großeltern leben seit vielen Jahren in Kanada.«

»Bist du auch Pianistin geworden?«

»Nein, leider nicht, obwohl es mich immer zur Musik hingezogen hat. Jetzt verstehe ich endlich, warum.«

Ein Schatten fiel über Julias Gesicht, oder täuschte Amalia sich?

»Ich habe früh Klavierstunden genommen«, fuhr ihre Enkelin fort, »aber meine Eltern wollten, dass ich nach dem Abitur etwas Vernünftiges lerne.« Julia verzog den Mund, als hätte sie in eine Zitrone gebissen. »Ich konnte mich damit anfreunden zu unterrichten, weshalb ich dann auf Lehramt studiert habe. Es war ein leidlicher Kompromiss, wenn ich an die Möglichkeiten denke, die du mir hättest bieten können.« Julias Stimme klang jetzt ärgerlich. »Bei dir hätte ich meinen Traum vom Musikstudium sicher ausleben dürfen, vielleicht sogar eine Förderung erhalten. Immerhin bin ich die Tochter der Bellini.«

Amalia trafen die Vorwürfe mitten ins Herz. Sie konnte es ihrer Enkelin nicht verübeln. Julia hatte im Grunde recht. Wahrscheinlich hätte sie in Gedenken an ihre Tochter eine zweite Christine großgezogen. »Ich kann deine Enttäuschung verstehen. Aber Kinder, die im Schatten ihrer berühmten Eltern aufwachsen, sind nicht immer mit Glück gesegnet. Sie haben oft kein eigenes Statement. Es heißt meist: Das ist die Tochter oder der Sohn von ...«

»Aber was ist mit Romulus?«, hakte Julia jetzt nach. »Ich habe ihn kennengelernt. Er ist folglich mein Bruder?«

»Nein, ist er nicht. Nach der Hochzeit haben sie sich lange ein Kind gewünscht, aber trotz aller Versuche, blieb die Ehe kinderlos. Schließlich haben sie sich zu einer Adoption entschlossen. Romulus kam als Baby zu uns. Daher kannte ich das Prozedere, wenn auch in anderer Richtung, was mir bei dir zugutekam.« Amalia musterte ihre Enkelin. Sah sie Erleichterung in Julias Augen? Enttäuschung konnte es nicht sein, da war sie sich sicher, denn sie strahlte wie ein Honigkuchenpferd.

Julia stöhnte auf. »Was für ein Kuddelmuddel!«

»Das kannst du laut sagen. Als Christine schwanger wurde, waren wir überrascht. Deine Eltern haben sich riesig gefreut, endlich ein Kind zu erwarten. Ich habe es Romulus nie gesagt, nachdem er sie so früh verloren hat. Er hatte genug durchgemacht.«

Die Standuhr, die in ihrem jetzigen Wohnzimmer fehlte, schlug achtmal. Julia sah auf das Zifferblatt. Die Flut an Informationen und Emotionen hatte sie überrollt und jegliches Zeitgefühl geraubt. Über den regen Austausch von Erinnerungen und Neuigkeiten war es dunkel geworden. Amalia schaltete die Stehlampe ein, die den Raum in warmes Licht tauchte. Die Ähnlichkeit mit der Gegenwart, in der Julia sich vor Kurzem noch befunden hatte, war befremdlich und vertraut zugleich.

»Lass uns eine Kleinigkeit essen und bleib heute Nacht bei mir«, bat Amalia ihre Enkelin. Sie schien ihr Zögern zu merken, daher setzte sie nach: »Gönn uns doch dieses kleine Glück, dass wir uns kennenlernen dürfen. Da kann ich dich unmöglich gleich wieder gehen lassen.«

Julia fiel es schwer, Amalia diesen Wunsch abzuschlagen. Also stimmte sie zu. Sofort regte sich ihr schlechtes Gewissen. Wie ging es Marit? Was tat sie, wenn sie so lange wegblieb. Sicherlich sorgte sie sich. Saß sie die ganze Nacht neben dem Klavier und wartete? Was erzählte sie Bobby, wenn sie vom Tierarzt zurückkam? Ob ihre Schwester eingeweiht war und so verrückt, das Zeitreisen auszuprobieren? Julia grinste bei der Vorstellung, dass Bobby Klavier spielte. Bei der Katzenmusik würde der Zauber sicher nicht funktionieren. Sie hatte keine Ahnung, ob der Zeitsprung anderen Leuten überhaupt möglich war.

Dann schob sie alle Vorbehalte vehement beiseite. Die Situation war zu einmalig, und Julia spürte, dass sich diese Begegnung nicht wiederholen würde. Sie musste sie auskosten. Da es sich nur um eine kleine Demonstration handeln sollte, hatte sie nichts mitgenommen, nicht einmal ihre

Medikamente, die zu Hause auf der Arbeitsplatte in der Küche lagen. Das war suboptimal. Aber, da sie morgen zurück wollte, hatte es hoffentlich keine Konsequenzen. »Einmal ist keinmal«, murmelte sie und half, das Abendbrot anzurichten. Bis zur nächsten Dialyse hatte sie einen Tag Zeit.

Nach dem Essen machten sie es sich gemütlich. Amalia kramte Fotoalben hervor. Wahrscheinlich die, die Romulus mit ihr ansehen wollte. Fast wünschte sie sich, er wäre hier. Dann fiel ihr ein, dass es ihn wirklich in der Vergangenheit gab. Allerdings in der fünfzehn Jahre jüngeren Ausführung. Wenn er plötzlich in der Tür stand? *Er ist im Internat. Mach dich nur nicht verrückt!* Gott sei Dank verschob sich Ostern und damit die Ferien von Jahr zu Jahr. »Sind da auch Kinderbilder von Romulus mit dabei?«

Amalia schmunzelte. »Du interessierst dich für ihn, nicht wahr?«

»Ja, er ist ein netter Kerl.«

»Ah, nur nett?«

»Wir verstehen uns gut. Es könnte mehr daraus werden. Wir haben uns ja gerade kennengelernt.«

»Gut, schau her.« Amalia schlug das Fotobuch auf. Zu manchen Bildern erzählte sie kleine Anekdoten, bei anderen blätterten sie nur weiter. Julia merkte sich so viel wie möglich, denn so konnte sie Romulus beweisen, dass sie hier gewesen war. Woher sollte sie sonst die delikaten Einzelheiten wissen. Ihre Großmutter plauderte munter aus dem Nähkästchen.

»Oh je! Siehst du das hier?« Sie zeigte auf ein Foto, auf dem Romulus mit einem Waschlappen auf der Stirn auf dem Sofa lag, neben sich einen Eimer. Julia schätzte ihn auf neun oder zehn Jahre.

»Cognacpralinen«, erklärte Amalia. »Eine ganze Schachtel. Seither erträgt er nicht mal mehr den Geruch.«

»Also wahrscheinlich kein Cola-Cognac auf den Partys?« Julia lachte.

»Nein, das nicht. Aber ich mache mir keine Illusionen. Es gibt genug, was die Jungs auf den Festen austesten können. Romulus wird mich sicher noch auf eine harte Probe stellen. Er hat es faustdick hinter den Ohren. Schade, dass ich keine Fotos von dir anschauen kann.«

»Doch, kannst du.« Julia strahlte. »Allerdings nur aktuelle. Ich habe sie auf meinem Smartphone gespeichert.«

Amalia staunte über den Fortschritt der Technik und die überragende Qualität. »Jetzt komme ich in den Genuss von ein bisschen Science-Fiction«, rief sie aufgeregt. Sie hielt Julias Handy in den faltigen Händen und wischte begeistert von einem Bild zum anderen. »Wie schön. Jetzt kenne ich deine Familie und kann mir vorstellen, wo du wohnst.«

»Gewohnt habe«, korrigierte Julia. »Nun lebe ich ja hier in deinem Haus.«

»Was für ein wunderbarer Gedanke.« Amalia strahlte.

»Der Allgemeinzustand ist grauenhaft«, meinte Dr. Wegart, der das verfilzte Fell von Nobody betastete und einem Floh nachschaute, der fröhlich über den Behandlungstisch hüpfte. »Da müssen wir aus hygienischen Gründen vorbehandeln. Außerdem benötigt sie sämtliche Schutzimpfungen. Wie Sie sehen, sind wir nur zu zweit. Meine Helferin brauche ich an der Anmeldung und zur Assistenz.«

Bobby musterte den Tierarzt, den sie auf Ende zwanzig schätzte. »Ich bin im Tierschutz tätig und könnte das übernehmen, wenn Sie einen Raum dafür hätten«, bot sie an. »Der Praxisbetrieb läuft weiter, und wir verlieren keine Zeit.« Gespannt wartete Bobby auf seine Reaktion. Sicher kamen nicht oft Leute, die sich gleich nützlich machen wollten. Er wirkte mehr als überrascht über dieses Angebot.

»Sie haben so was schon gemacht?«

»Mehrfach. Bei uns kommen ständig verwahrloste Tiere rein. Ich denke nicht, dass sie Schwierigkeiten macht.«

Der Tierarzt zögerte, schien über das Angebot nachzudenken. Dann nickte er Bobby zu. »Gut, dann hier entlang bitte.«

Bobby packte Nobody zurück in die Kiste und folgte Dr. Wegart in einen Nebenraum, wo er ihr die notwendigen Utensilien bereitstellte.

»Sagen Sie Jenny Bescheid, wenn Sie so weit sind. Dann sehe ich mir die Kleine an.«

Eine gute Stunde später schaute die Helferin in den Behandlungsraum. »Na, wie siehts aus? Die Streunerin ist ja kaum wiederzuerkennen.«

Bobby lächelte. Sie hatte Nobody gewaschen und gebürstet. Jetzt schimmerte ihr Fell weich und seidig. Bis auf ein paar Stellen, an denen sie sich wundgescheuert hatte, sah sie wieder ganz passabel aus.

»Respekt«, meinte Dr. Wegart, der nun dazu kam. »Bei einer Katze nicht die leichteste Übung und ganz allein. So eine Arbeitskraft könnten wir hier gut gebrauchen.«

Beeindruckt fuhr er über das schneeweiße Fell, auf dem sich das kuhfleckenähnliche Rotbraun an den Flanken schmuck abhob. Der schwarze Fleck auf der Stirn lief sternförmig auseinander. »Sie ist dreifarbig«, setzte er hinzu, »eine Glückskatze.« Vorsichtig untersuchte er Nobody, die schlaff auf dem Handtuch lag, das Bobby auf dem Edelstahltisch ausgebreitet hatte. »Da ist aber jemand erledigt.« Er fasste sie unter dem Bauch und zog sie ein Stück hoch. »Das Bäuchlein ist weich, aber sie ist extrem unterernährt. Wie soll sie auch mit den verstümmelten Krallen jagen? Da war jemand zugange, der keine Ahnung hatte. Ein Wunder, dass sie die Narkose überlebt hat. Bei Bewusstsein hätte sie das nicht über sich ergehen lassen.« Er schüttelte fassungslos den Kopf.

Nobody gab wie zur Bestätigung ein klägliches Maunzen von sich.

»Gleich geschafft, meine Kleine«, tröstete Dr. Wegart und zog zwei Spritzen auf. »Wenn Sie sie jetzt bitte festhalten könnten?«

Bobby fasste mit geübtem Griff zu. Sie spürte das galoppierende Herz unter ihrer Hand.

»Sie machen das ausgezeichnet.«

»Wie gesagt, in meiner Freizeit arbeite ich im Tierheim, da lernt man so einiges«, erklärte sie. »Ich würde gerne eine Ausbildung zur Tierarzthelferin machen.«

Der Tierarzt nahm sich die verletzte Pfote vor. »Das sieht übel aus. Hier ist die Kralle abgebrochen und der Rest hat sich entzündet. Leider häufen sich momentan vermehrt Fälle von blessierten Tieren unbekannter Herkunft.« Er verabreichte ein Lokalanästhetikum und öffnete die Wunde. Stinkender Eiter trat aus.

Bobby griff zu der Zange mit dem Wattetupfer, tunkte ihn in die Jodlösung und tupfte die Schnittstelle ab.

Dr. Wegart brachte eine antibiotische Salbe auf, polsterte die Pfote mit Watte ab, während Bobby einen Streifen von der selbstklebenden Kompresse abschnitt und sie ihm anreichte.

»Das war eine gute Zusammenarbeit«, lobte er. »Ich überlege schon länger, eine weitere Helferin einzustellen. Warum keine Auszubildende? Sie haben das Zeug dazu und ich könnte mir durchaus vorstellen, mit Ihnen zusammenzuarbeiten.«

»Ist das Ihr Ernst?« Bobby strahlte. Sie hatte mit allem gerechnet, aber nicht so schnell eine Ausbildungsstelle zu finden. »Ich meine gerne. Das ist ein tolles Angebot.«

»Wir behalten Nobody heute Nacht hier. Sie bekommt eine Infusion mit einem Antibiotikum und ein Aufbaumittel zur Stärkung. Morgen früh schau ich mir die Wunde an. Jenny? Bringen Sie die Katze auf die Station und nehmen Sie ... wie war Ihr Name?«

»Bobby, Bobby Lüttke.«

»Und nehmen Sie bitte Bobby mit, dann kann sie sich noch verabschieden.«

Nachdem Nobody versorgt war, holte Bobby ihre Tasche. Draußen herrschte tiefste Nacht. Es war nicht ihre Absicht, Lassie so lange im Auto zu lassen.

»Das mit der Ausbildung ...«, griff Dr. Wegart das Thema auf, als sie am Ausgang standen. »Die Berufsschule beginnt erst im September, aber wenn Sie davor schon Zeit haben ... wir könnten eine Kraft wie Sie jederzeit gebrauchen.« Er reichte ihr die Hand und nickte aufmunternd. »Wir öffnen um acht Uhr dreißig. Kommen Sie gleich zu Beginn der Sprechstunde, dann schauen wir uns Nobody zusammen an.«

Bobby schlich leise zum Auto und warf einen Blick durch das Seitenfenster. Lassie lag zusammengerollt auf dem Beifahrersitz und schlief. Sie drückte auf den Autoschlüssel. Das Türschloss klackte auf. Sofort hob die Hündin den Kopf, sie klopfte wie verrückt mit der Rute gegen die Türverkleidung, als sie Bobby erkannte. »Na, wer hat sich denn da aus dem Kofferraum nach vorn geschlichen?«, fragte sie liebevoll und kraulte Lassie hinter dem Ohr. »Es tut mir leid, dass es so lange gedauert hat, aber Nobody geht es jetzt besser.«

Lassie rollte sich auf den Rücken und ließ sich den Bauch kraulen. »So, jetzt musst du nach hinten und ich nach Hause. Ich bin hundemüde, wenn du verstehst?« Kurz vor dem Losfahren fiel ihr Blick auf den Beifahrersitz. In der Mitte prangte ein Loch im Stoffbezug. »Auweia«, entfuhr es ihr, »das wird Julia gar nicht freuen.« Bobby warf einen vorwurfsvollen Blick in den Rückspiegel. Lassie hatte wenigstens den Anstand, ein betretenes Gesicht zu machen. Bobby sah sie lebhaft vor sich, wie sie sich im Kreis drehte und dabei mit den Pfoten über den Untergrund scharrte. Sicherlich waren die Sitzbezüge vorher schon mürbe. Dann zuckte sie mit den Schultern. Wie auch immer. Es war eh nicht mehr zu ändern.

Bobby parkte auf dem kleinen Parkplatz. Julia musste morgen nicht gleich als Erstes den Schaden auf dem Beifahrersitz entdecken. Misstrauisch musterte sie den SUV, der seitlich am Feld stand. *Was macht der denn mitten in der Nacht da?* Bobby war froh, Lassie dabeizuhaben. Vorsichtshalber fingerte sie in ihrer Jackentasche nach dem Pfefferspray, das sie stets bei sich trug, weil sie oft allein im Wald herumspazierte. Sie war kein Angsthase, aber sicher war sicher. Das Haus lag vollkommen im Dunkeln. Leise legte sie den Schlüssel auf das Schränkchen im Flur, schnappte sich ihren Rucksack und trabte mit Lassie zu ihrem Zelt.

Es war anstrengend, unbeobachtet um das Haus zu schleichen, aber es galt, den richtigen Zeitpunkt abzupassen. Sich ständig neuen Situationen unterordnen zu müssen, kratzte an seiner Eitelkeit. Sie würde dafür büßen. Er würde ihr klar machen, dass man ihm keine Steine in den Weg legte. Er hatte gesehen, wie sie verschwunden war. Seine Julia saß vor dem Klavier, wurde durchsichtig und löste sich regelrecht in Luft auf. Erschreckend und faszinierend zugleich. Immer wieder schaffte sie es, sich ihm zu entziehen. *Dieses Miststück einer Frau, wenn auch ein attraktives*. Ein Rest an Zweifel blieb trotzdem, es war zu fantastisch. Ob er doch einen Augenblick weggeschaut hatte und sie aus dem Zimmer gegangen war, ohne dass er es bemerkt hatte? Ihre Freundin glaubte nicht an diesen Hokuspokus, denn sie hatte nach ihr gesucht, wenn auch nur bis zur Dämmerung. Sie schien sich keine großen Sorgen zu machen. Außerdem quälte ihn die Frage, wer in diesem Zelt schlief.

Er stieg die Stufen zum Radweg hinauf. Leises Knurren drang an sein Ohr, das rasch anschwoll und sich in ein kehliges Bellen verwandelte. Wer immer das Zelt bewohnte, er hatte einen Hund. Schnell beschleunigte Georg seinen Schritt.

»Lassie! Spinnst du? Still! Du weckst ja alle auf!«

Eine Mädchenstimme? Fast schon erleichtert schnappte er nach Luft. Aber jetzt jaulte der Köter und schien näher zu kommen. Hoffentlich ließ sie ihn nicht frei. Er hatte den Weg erreicht und rannte los. Keuchend drückte er den Knopf am Autoschlüssel. Die Zentralverriegelung klackte auf und er sprang in den Wagen. Still verharrte er einen Moment in der dunklen Fahrerkabine. Es kam kein Hund und auch sonst niemand.

Eine mysteriöse Erbschaft und ein Familiengeheimnis mit Verwicklungen ...

Die junge Lehrerin Julia verbirgt ihre gesundheitlichen Probleme hinter einer perfekten Fassade. Von ihrem Freund verlassen, gerät sie in finanzielle Schieflage und muss aus der gemeinsamen Wohnung. Da kommt ihr das Erbe von Amalia Kraft gerade recht, die ihr ein Schleusenhaus im Elsass vermacht. Aber wer war diese Unbekannte? Um einem aufdringlichen Lehrerkollegen zu entkommen, beschließt Julia, der Sache im Elsass auf den Grund zu gehen. Bereits beim Betreten spürt sie eine magische Verbindung zu dem alten Haus. Dort trifft sie auf Romulus Bellini, den charmanten Enkel der Verstorbenen. Schnell fühlen sich die beiden zueinander hingezogen. Nichtsahnend, dass die Verbindung weitreichende Auswirkungen auf ihr Leben haben wird, ergreift Julia die Chance, einmal die wahre Liebe zu erleben. Gemeinsam versuchen sie, das Geheimnis um das Erbe zu lüften, bis Julia plötzlich spurlos verschwindet ...

Ein spannender Liebesroman mit einem Hauch Mystik, vor der Kulisse des südlichen Elsass.

Ein mysteriöser Fund und ein Familiengeheimnis aus längst vergangener Zeit ...

Marits Traum vom eigenen Café hat sich erfüllt. Das Glück scheint perfekt, bis Umbaupläne sie vor neue Herausforderungen stellen und Baggerarbeiten einen schrecklichen Fund zutage fördern. Bizarre Träume suchen Marit heim. Ausgerechnet jetzt ist ihr Freund Magnus in Schweden, wo er um das Leben seines Vaters bangt. Die Trennung stellt die Beziehung auf eine harte Probe und Magnus ahnt nicht, dass Marit ihm etwas verschweigt. Als sie beschließt, Magnus einzuweihen, geschieht ein furchtbares Unglück ...

Ein spannender Liebesroman mit einem Hauch Mystik, vor der Kulisse des südlichen Elsass.

Turbulenzen rund um Verantwortung, Familie und Tierschutz ...

Lässig, locker, ungebunden und ein bisschen chaotisch: Das ist Bobby. Mit Einzug in das Schleusenhaus ändert sich ihr Leben schlagartig. Neben der Arbeit in der Tierarztpraxis und der Eröffnung einer kleinen Tierpension, verspricht sie drei Wochen auf ihr Patenkind Annika aufzupassen. Die Kleine hat ihre ganz eigenen Vorstellungen und Bobby wächst die Verantwortung schnell über den Kopf. Selbst ihr lockeres Verhältnis mit Serge leidet unter der Sechsjährigen. Eine feste Beziehung kommt für Bobby nicht infrage, aber dann wird ihr attraktiver Chef wieder Single. Er sorgt sich zunehmend um Bobby, die, nach einer entsetzlichen Entdeckung im Wald, auf eigene Faust ermittelt. Gibt es einen Zusammenhang mit den Giftköderanschlägen rund um die Tierarztpraxis ...?

Ein spannender Liebesroman vor der Kulisse des südlichen Elsass und der letzte Band der dreiteiligen Schleusenhausreihe.

Kapitel 10

Keine einzige Nachricht von Julia. Keine WhatsApp, keine SMS – nichts. Julia blieb wie vom Erdboden verschluckt. Wütend stopfte Marit ein Stück Baguette in den Mund. Kauend lief sie umher. Ihr Blick fiel auf das Klavier und brachte das Fass zum Überlaufen. Sie würde auch reisen, nicht Zeitreisen, sondern abreisen. Ja, das sollte sie tun. So konnte Julia nicht mit ihr umgehen. Zornig versetzte sie dem Kasten einen Tritt, dass es nur so schepperte. Zurück in der Küche stellte sie die Butter in den Kühlschrank, als hinter ihr ein frohes »Guten Morgen« ertönte. Marit richtete sich auf, sie spürte, wie Hitze in ihr hochkam. Sicherlich hatte ihr Gesicht die Farbe einer roten Ampel. Sie war kurz vorm Platzen und warf Romulus einen zornigen Blick zu.

Er nahm das alles nicht wahr, denn er grinste frech. Marit starrte ihn ohne ein Wort weiter an. »Ist was passiert?«

»Jetzt tu doch nicht so scheinheilig!«, brach es aus Marit heraus. »Hattet ihr wenigstens einen angenehmen Abend? Sie kann ruhig reinkommen! Oder hat sie die Hosen voll?«

»Wer soll reinkommen? Was für einen Abend? Ich verstehe nicht, was du meinst ...«

Hatte er wirklich keine Ahnung? Dann beschlich sie eine erschreckende Erkenntnis. »Julia ist gar nicht bei dir, oder?« Sie spürte, wie die Röte einer wächsernen Blässe wich. »Aber das heißt ja – oh Gott.«

»Jetzt reiß dich mal zusammen. Wovon um Himmels willen sprichst du?«

Marit sank auf ihren Küchenstuhl. »Julia ist verschwunden. Seit gestern Nachmittag.«

»Wie bitte? Was heißt verschwunden?«

Marit sprang auf. »Wir müssen sie suchen, sofort. Ich erzähl dir alles unterwegs.« Sie stürzte in den Flur. »Können wir mit deinem Wagen fahren?«

Romulus griff sie an der Schulter. »Stopp! Erst will ich wissen, was hier los ist.«

Marit setzte ihn über die wichtigsten Ereignisse in Kenntnis, das Paranormale sparte sie tunlichst aus. »Nach Julias Verschwinden dachte ich, sie hat sich einen üblen Scherz erlaubt und die Nacht bei dir verbracht. Jetzt wäre mir sogar lieber, es wäre so gewesen. Wo steckt sie nur?«

»Bei mir verbracht?«, stammelte er. »Du meinst ...?«

»Sieht doch ein Blinder mit Krückstock, dass sich da was zwischen euch anbahnt!«

Romulus schluckte und lief knallrot an. »Ist das so?« Er räusperte sich verlegen. »Wir müssen sie finden«, lenkte er ab. »Zuerst gehen wir rund ums Schleusenhaus.«

Bei Tag waren die platt gedrückte Stelle und der Fußabdruck deutlich zu erkennen.

»Sieht aus, als ob sie da eine Weile unter dem Fenster gekauert hat«, sagte Marit.

Romulus ging in die Hocke. »Warum sollte sie das tun?«

»Na ja, um sich vor mir zu verstecken.«

»Der Fußabdruck kann nicht von Julia sein. Das ist mindestens Größe zweiundvierzig.«

Marit hielt einen Moment inne. »Wer war es dann, wenn nicht Julia?«

»Keine Ahnung. Die Stelle kann ebenso von einem Tier stammen, das hier Schutz gesucht hat. Der Abdruck könnte schon älter sein.«

Der Gedanke, dass Julia etwas zugestoßen sein könnte, drängte sich Marit auf. Es gab so viele Möglichkeiten. »Wenn sie in den Kanal gefallen und ertrunken ist?« Marits Kopfkino lief an wie eine Rolltreppe, über die man stolpert, unfähig den Stufen zu folgen. Sie sah die Blaulichter der Gendarmerie und Hilfskräfte, die einen leblosen Frauenkörper aus dem Kanal fischten.

»Das Wasser steht nicht hoch. Es ist nichts Auffälliges zu erkennen«, meinte Romulus. »Ich nehme an, sie kann schwimmen?«

»Nicht, wenn sie sich beim Sturz am Kopf verletzt hat und ohnmächtig war«, blaffte Marit ihn an. »Aber du hast recht, die Strömung ist nicht so stark, dass ihr Körper weggespült wurde, oder doch?« Es gab zu viele *‚oder'*.

Sie standen oben auf dem Weg. Romulus ließ seinen Blick schweifen. »Schläfst du neuerdings im Zelt?« Er zeigte auf das Quechua unten im Garten.

»Ah, nein. Das gehört Bobby. Die habe ich ganz vergessen. Sei leise. Weck sie ja nicht auf, falls uns ihre Hündin nicht schon gehört hat.«

»Bobby?« Romulus stand abwartend da. »Heute Morgen muss ich dir alles aus der Nase ziehen.«

»Ja, Bobby. Julias Schwester. Sie ist gestern aufgetaucht. Ich habe sie noch nicht gesprochen, aber Julia hat mir erzählt, dass sie ein paar Tage bleiben will. Lassen wir sie schlafen. Ich habe jetzt keinen Nerv für Roberta Lüttke.«

Am Morgen ließ sich der Abschied nicht mehr aufschieben.

»Ich bin so froh, dich kennengelernt zu haben, Großmutter.« Julia umklammerte Amalias Hand. Das Wort Großmutter schmeckte süß wie ein Karamellbonbon auf ihrer Zunge. Sie hätte sich so eine Oma gewünscht und wäre gerne hier bei ihr im Schleusenhaus aufgewachsen. »Ich habe viele Antworten erhalten. Dafür bin ich dankbar. Es ist eben doch wichtig, seine Wurzeln zu kennen.« Sie wusste sogar mehr als Romulus. Wie sie damit umgehen würde, war ungewiss. Bewusst sprach sie das Thema nicht an, aus Angst, Amalia würde sie bitten, Stillschweigen zu bewahren. Sie wollte später darüber entscheiden, wie viel sie preisgab. Je nachdem, wie es sich zwischen ihr und Romulus weiterentwickelte. »Leider muss ich zurück, bevor man sich ernsthaft Sorgen macht.« Julia erhob sich schweren Herzens. Sie nahm Amalia fest in die Arme, die mit den Tränen kämpfte.

»Ich habe die Zeit mit dir genossen. Jetzt kann ich hoffentlich damit Frieden schließen, dich weggegeben zu haben. Bitte, verzeih mir.«

Statt zu antworten, drückte Julia ihre Großmutter herzlich. Sie hatten die gemeinsame Zeit genutzt und jede Sekunde ausgekostet.

»Pass gut auf dich auf, mein Kind. Und vergiss mich nicht. Es ist ein Geschenk zu wissen, dass meine Tochter in dir lebendig ist.«

Julia setzte sich an das Klavier, spielte die Melodie an – aber nichts geschah. Jetzt fiel ihr auf, dass sie nicht das Mindeste spürte. Die sonst so überwältigenden Gefühle blieben aus. Kein Kribbeln, kein Mitreißen. Das Elfenbein fühlte sich kühl, fast schon kalt an. Unsicher blickte sie zu Amalia, die gebannt zu ihr hinsah. Julia kam sich vor wie ein Zauberer, dessen Trick nicht gelingen wollte. Sie spielte mit Inbrunst. Dann mit wachsender Verzweiflung. Ihre Hände wurden feucht und die Finger rutschten über die Tasten. Eine Welle von Panik überrollte sie und verursachte Übelkeit. »Fuck!« Mit der flachen Hand klatschte sie auf die Tasten. In Disharmonie stöhnte das Klavier empört auf.

Amalia zuckte zusammen.

»Sorry«, entschuldigte sich Julia sofort. »Das Fluchen ist eine blöde Angewohnheit. Aber hier stimmt doch was nicht!« Sonst war sie wenigstens wieder zurückgekommen. Sie griff nochmals beherzt in die Tasten.

»Du stehst deiner Mutter in nichts nach«, stellte Amalia anerkennend fest. »Musik gepaart mit echten Emotionen ist unschlagbar.«

Julia starrte sie fassungslos an. Sie schien den Ernst der Situation nicht zu begreifen. »Um Himmels willen, das ist kein Spaß, Großmutter! Was, wenn ich hier festsitze? Für immer?«

»Und es dich zweimal gibt«, flüsterte Amalia, die langsam verstand.

»Was können wir tun?«

Amalia eilte zu Julia. Gemeinsam nahmen sie das Klavier unter die Lupe, konnten aber nichts Ungewöhnliches feststellen.

»Hier scheint alles in Ordnung zu sein.« Julia versuchte es wieder und wieder. Sie blieb, wo sie war. »Es muss sich in der Gegenwart etwas verändert haben«, mutmaßte sie. Sie wollte sich die unzähligen Möglichkeiten, die als Ursache infrage kamen, gar nicht ausmalen. Jetzt bereute sie, das Schicksal herausgefordert zu haben und nicht umgehend in ihre Zeit zurückgekehrt zu sein. Sie erhob sich und stützte sich an die Wand. Diese ewigen Schwindelanfälle nervten ungemein. Schnell schloss sie die Augen, atmete zweimal tief in den Bauch, hielt kurz die Luft an und ließ sie dann langsam entweichen.

»Ist dir nicht gut?« Amalia zog sie zum Sessel. »Warte, ich hole dir ein Glas Wasser.«

Julia trank in kleinen Schlucken.

»Wir müssen abwarten«, versuchte sie ihre Enkelin zu beruhigen. »Du musst es immer von Neuem versuchen. Sicher bemerken sie den Fehler, da, wo du herkommst, und stellen den Originalzustand wieder her. Sie wissen doch, was du getan hast und wo du bist?«

Aus Amalias zittriger Stimme hörte Julia die Sorge heraus.

»Ja, ich habe es meiner Freundin erzählt.« Ungern dachte Julia daran zurück. »Sie hat mich für übergeschnappt gehalten. Ich wollte es ihr beweisen, indem ich vor ihren Augen die Reise antrete.«

»Sie kann sich also denken, wo du bist und warum?« Amalias Schultern sackten erleichtert nach vorn. »Das ist doch schon mal was. Auch, wenn es sicher ein Schock für sie war.«

Julia konnte Marit nicht mehr einschätzen. Wie war ihre Reaktion, als sie sich vor ihren Augen aufgelöst hatte? War sie in Ohnmacht gefallen? Hysterisch geworden? Davongerannt? Oder hatte sie auf das Klavier eingeschlagen, es sogar beschädigt? Was, wenn sie ihren Dialysetermin nicht wahrnehmen konnte? Julia bildete sich ein, die ersten Anzeichen von Vergiftungserscheinungen in ihrem Körper zu spüren.

»Komm, wir essen was. Das beruhigt die Nerven«, schlug Amalia vor. »Es hilft niemandem, wenn wir verhungern. Trotz aller Dramatik gebe ich zu, dass ich dich gerne noch näher kennenlernen möchte.«

Julia seufzte. Amalia hatte recht. Sie würde es später ein weiteres Mal versuchen. Bis dahin konnte sie die Zeit mit ihrer Großmutter nutzen, die eine besonnene Frau zu sein schien.

»Könnte uns Bobby nicht bei der Suche helfen?«

»So, wie es aussieht, ist sie spät nach Hause gekommen. Lass uns lieber allein weitersuchen, vielleicht klärt sich ja bald alles auf.« Ungeduldig zog Marit Romulus weiter. »Außerdem weiß Bobby nichts von Julias komischen Anwandlungen.«

»Was soll das denn heißen? Hat sie was gesagt, bevor sie verschwand? Oder hat sie sich eigenartig verhalten?«

»Na ja.« Marit stockte. »Sie war davon überzeugt ..., aber das ist totaler Quatsch!«

»Was ist totaler Quatsch? Du machst mich wahnsinnig! Sag mir jetzt auf der Stelle alles, was du weißt! Hast du verstanden? Jede Kleinigkeit könnte von Wichtigkeit sein, verflixt!«

»Gestern beim Mittagessen hat sie mich gefragt, ob ich an Übersinnliches glaube, und war überzeugt, dass sie mit dem alten Klavier Zeitreisen kann.«

»Zeitreisen?«

»Ja. Genau so habe ich geschaut, als sie mir damit kam«, erklärte Marit zufrieden und stupste mit ihrem Zeigefinger auf Romulus' Brust. »Sie hat behauptet, zweimal in der Vergangenheit gewesen zu sein, in diesem Haus. Sie hätte sogar die alte Frau gesehen.«

»Meine Großmutter?«

»Amalia, wenn ich mich nicht täusche?«

»Habt ihr euch gestritten? Weil du ihr nicht geglaubt hast? Ist sie deshalb davongelaufen?«

»Schlimmer.« Marit atmete genervt aus. »Sie wollte es mir beweisen und hat sich an das Klavier gesetzt. Da hat mein Handy in der Küche geklingelt. Ich bin kurz raus, um es zu holen, nur ein paar Sekunden. Ehrlich. Aber als ich zurückkam, war sie fort.«

»Jetzt glaubst du, dass sie sich versteckt hat?«

»Du nicht? Oder denkst du, sie ist bei deiner Großmutter?«

Romulus zögerte, ging dann aber doch mit Marit ins Haus und nahm das Klavier in Augenschein.

»Hilf mir mal, den Kasten ein Stück von der Wand zu rücken.«

Er umkreiste das Instrument, wie die Biene den Stock. »Nichts Besonderes – oder doch, warte mal! Was ist das denn?«

Er bückte sich und schaute auf die Rückseite. Marit vernahm ein Geräusch, wie wenn Papier von der Wand gerissen wird. Er hielt eine überdimensionale Streichholzschachtel in Händen, wie man sie von Langhölzern kannte. »Schau mal. Das hat jemand unten an den Rand geklebt.« Vorsichtig schob er die Schachtel auf und zog ein fein säuberlich gefaltetes Papierbündel hervor.

Marit knibbelte an ihren Fingernägeln und starrte auf die Zettel, die Romulus auseinanderfaltete.

Seine Augen weiteten sich und er öffnete den Mund, ohne einen Laut von sich zu geben. »Das ist ja interessant«, brachte er heraus. »Sieh mal!«

»Was ist das?«, fragte Marit. »Jetzt sag schon!«

»Adoptionspapiere«, sagte er. »Genauer gesagt: Kopien. Von Julia.«

»Was? Julias Adoptionspapiere?«, rief Marit. »Wie kommen die hierher?«

»Keine Ahnung.«

»Julia hat schon oft versucht, etwas über ihre Adoption herauszufinden und jetzt das? Mein Gott! Steht da, wer ihre leiblichen Eltern waren?« Aufgeregt riss sie Romulus die Papiere aus der Hand.

»Hey, pass doch auf! Ja, aber ich kann es nicht glauben.«

»Wer?«

»Meine Eltern«, sagte er mit belegter Stimme. *»Julia ist meine Schwester.«*

»Was?«

»Steht hier schwarz auf weiß.«

Marit musterte Romulus, der reglos vor ihr stand, Julias Adoptionspapiere in der Hand. »Deine Schwester? Du hast nichts von ihrer Existenz gewusst?«

»Nein. Schau mal auf das Geburtsdatum.«

»Muss ich nicht. Ich weiß, wann Julia Geburtstag hat. Am fünfzehnten August. Wir haben oft genug zusammen gefeiert.«

»Das Todesdatum meiner Eltern.« Romulus schluckte schwer. »Meine Mutter muss im neunten Monat schwanger gewesen sein, als sie den Unfall hatten.«

»Deine Eltern sind verunglückt? Das hat sie mir nicht erzählt!«

»Ja, ein Autounfall. Ich war damals erst zwei und bin bei meiner Oma aufgewachsen. Dass ich eine Schwester habe, hat sie mir verschwiegen.«

»Aber warum konntet ihr nicht gemeinsam aufwachsen?«

»Keine Ahnung. Vielleicht war Großmutter überfordert? Immerhin hatte sie schon ein gewisses Alter. Mit mir war es sicher nicht immer leicht.«

Eine Weile herrschte Schweigen. Jeder hing seinen Gedanken nach. Julia ist meine Schwester. Fassungslos sank er aufs Sofa. *Du hast dich in deine Schwester verliebt!* Es war wieder passiert. Seine schlimmsten Befürchtungen waren eingetreten. Schmerzlich gestand er sich ein, dass Julia seine erste große Liebe war. In diesem Augenblick wusste er es mit Sicherheit. *Du hast dein Herz an die Falsche verschenkt!*

Wieder einmal. *Lernst du denn gar nichts dazu,* höhnte die Stimme in seinem Kopf. *Das stimmt nicht,* meldete sich sein Verstand. Alles an ihr war richtig. *Du konntest nicht wissen, dass sie deine Schwester ist.* Er hatte eine Schwester gewonnen. Aber könnte er jetzt wählen, hätte er sich klar für die Liebe entschieden. Da war er sich absolut sicher. Verdammt. Warum weiß man erst genau, was man will, wenn man es nicht mehr haben kann?

Marit legte eine Hand auf seinen Arm und sah ihn mitleidig an. »Romulus, das muss ein Schock sein.«

»Warum hat Großmutter mir das verschwiegen? Ich hatte ein Recht auf die Wahrheit ...«

»Das werden wir wohl nie erfahren. Vielleicht wollte sie dich schützen. Du hast sie nicht kennengelernt und deine Oma musste sie weggeben. Warum auch immer. Es wäre eine zusätzliche Belastung für dich gewesen.«

Ein weiterer Verlust, dachte Romulus bitter. Damals hatte sie ihn davor beschützt und heute? Heute schlug die Wahrheit umso grausamer zu. Er kämpfte mit den Tränen, aber er wollte nicht wie ein kleiner Junge vor Marit weinen.

»Du hast eine fantastische Schwester gewonnen. Sie ist ein feiner Mensch«, versuchte sie ihn zu trösten. »Wo steckt sie nur? Bitte, lass uns die nähere Umgebung abfahren.«

Romulus nickte. Sie mussten Julia finden. Die Suche würde ihn von dem Schmerz ablenken, der wie ein Berserker in seinem Herzen tobte.

Sie gingen zu seinem Pick-up, der in der Einfahrt stand. Oben an der Straße hielt ein Wagen und eine adrette junge Frau stieg aus. Marit blinzelte gegen die Sonne und glaubte erst, es sei Julia. Aber Romulus schien sie zu kennen.

»Auch das noch.«

»Salut Romulus! Dachte ich mir doch, dich hier am Haus deiner Großmutter zu finden!«

Enttäuscht beobachtete Marit die Fremde, die mit schwingenden Hüften den Pfad herunter stöckelte. Die Schlaghosen ihres modernen Hosenanzugs umschmeichelten die schlanken Knöchel. Sie umarmte Romulus und küsste ihn auf die Wangen, bevor sie sich Marit zuwandte.

»Sie sind sicher die glückliche Erbin des Schleusenhauses?« Sie streckte ihr die Hand entgegen und setzte ebenfalls zu einer Kuss-Tirade an, die Marit stocksteif über sich ergehen ließ. Sie kam nicht dazu, sie über ihren Irrtum aufzuklären.

»Marlène, du kommst ungelegen. Wir sind auf dem Sprung und haben es eilig.«

Es entstand eine unangenehme Pause, in der sich Marlènes Miene verfinsterte.

Marit sprang Romulus zur Seite. »Ja, es tut mir schrecklich leid. Ich hätte Ihnen etwas angeboten, aber wie gesagt: Der Termin wartet nicht. Gerne ein anderes Mal.« Damit schritt sie zur Beifahrertür des Pick-ups. »Romulus, kommst du?«

Ohne ein weiteres Wort nickte Romulus Marlène zu, die kehrtmachte und zu ihrem Wagen zurückging. Dann drehte er den Zündschlüssel und seufzte. »Danke für die Rettung.«

»Was war das denn?«, fragte Marit, als sie rückwärts die Einfahrt hochsetzten.

»Altlasten aus einem früheren Leben. Vor ein paar Tagen frisch aus Paris zurückgekehrt.«

Es klang nicht begeistert, was Marit mit Genugtuung feststellte. Es fiel ihr auf, dass er die Frau nicht mal nach dem Grund ihres Erscheinens gefragt hatte. »Gut. Lass uns überlegen, wo wir noch suchen können.«

Wie jeden Morgen streckte sich Bobby ausgiebig. Dabei stieß sie mit den Händen an die Zeltplane, auf der sich in der Nacht kleine Tautropfen gebildet hatten. Ein kalter Schauer fiel auf ihr Gesicht, der sie die Augen aufreißen ließ. Mit dem Ärmel ihres Sweatshirts wischte sie sich trocken. Lassie, die auf ein Lebenszeichen gewartet hatte, sprang auf, stürzte sich mit Begeisterung auf sie und ließ sich auf ihren Brustkorb fallen. Bobby entwich ein tiefes Stöhnen, als die Luft aus den Lungen gedrückt wurde. Die Erschütterung durch die Hündin ließ einen wahren Regen auf sie herabprasseln, den Lassie liebevoll von ihren Wangen leckte. »Hör auf! Weg!«, keuchte Bobby. »Ich habe Hunger und du? Na, lass uns aufstehen.« Lassie rappelte sich auf und setzte sich vor den Zelteingang. »Zur Seite, damit ich den Reißverschluss aufziehen kann.« Bobby tastete nach dem Zipp.

Die Hündin drängte ungeduldig an ihr vorbei, sprang ein Stück über die Wiese, wo sie gleich zu schnüffeln begann und ihr Morgengeschäft erledigte. Bobby kramte aus der Außentasche des Rucksacks eine Rolle Hundetüten, um die Hinterlassenschaften im Garten ihrer Schwester zu entfernen. Wenn sie hierbleiben wollte, war es besser, keinen unnötigen Ärger heraufzubeschwören. Lassie wedelte aufgeregt und stöberte mit der Nase am Boden Richtung Gartenausgang.

»Hey, wo willst du hin? Es geht jetzt nicht auf Hasenjagd.« Mit einem geübten Pfiff auf zwei Fingern rief sie ihre Hündin zurück, die widerwillig und leise knurrend von ihrer Fährte abließ.

Bobby betrat das Haus. »Guten Morgen!« Keine Antwort. »Hallo?«, versuchte sie es erneut. »Julia?«

In der Küche fand sie die Reste eines kargen Frühstücks, aber es schien niemand da zu sein. Schnell durchschritt sie die wenigen Räume.

»Alle ausgeflogen«, sagte sie zu Lassie. Ihre Morgentoilette war rasch erledigt. Sie fütterte die Hündin und bediente sich am restlichen Kaffee aus der Kanne, die auf der Warmhalteplatte der Kaffeemaschine stand. Es war genügend Zeit, um ausgiebig zu frühstücken. Sie briet sich Eier und ein paar Crêpes, die sie dick mit Honig beträufelte. Aus der WG in Freiburg war sie gewohnt, dass jeder seinem eigenen Tagesrhythmus folgte, und so störte es sie nicht, dass die anderen bereits ausgeflogen waren. Hoffentlich hatte Julia ihr den Wagen dagelassen, überlegte Bobby. Sie warf einen Blick auf das kleine Tischchen im Flur, wo sie gestern die Schlüssel abgelegt hatte. Sie hatte Glück. »Prima! Ich hoffe, du brauchst den Wagen nicht, Schwesterherz?«, murmelte sie. »Komm Lassie, wir schauen nach unserer kleinen Patientin.«

Schnell kritzelte sie eine Nachricht auf eine Papierserviette, dass sie in der Tierarztpraxis sei, und machte sich auf den Weg. In der Küche ließ sie alles stehen und liegen. Warum vor der Arbeit aufräumen oder abwaschen? Das lief nicht davon und vielleicht erbarmte sich bis zu ihrer Rückkehr jemand anderes. Die Hoffnung starb zuletzt. Aber ein Auto war schon praktisch, gestand sie sich ein.

Kapitel 11

»Sollen wir nicht doch die Gendarmerie einschalten?«, fragte Marit. Sie hatten die Umgebung abgesucht und waren sogar ein Stück den Kanal entlanggelaufen. Von Julia keine Spur. »Was, wenn sie sich aufgrund ihrer gesundheitlichen Situation in einer hilflosen Lage befindet?«

»Gesundheitliche Situation? Wieso? Ist sie krank?« Romulus warf Marit einen besorgten Blick zu.

»Sie leidet unter einer chronischen Niereninsuffizienz und steht bei Eurotransplant auf der Liste. Dreimal wöchentlich muss sie zur Dialyse.«

»Was? Daher die Narbe am Arm, sie hat einen Shunt. Das alles hat sie mit keinem Ton erwähnt!«

»Das bindet sie niemandem auf die Nase. Sie hasst es, darüber zu sprechen. Sie ist gut eingestellt. Die wenigsten bekommen im Alltag etwas davon mit.«

»Das macht die Lage noch prekärer. Ich darf gar nicht dran denken, wenn sie sich versteckt hat und allein nicht mehr herauskommt. Auch, wenn ich mir nicht vorstellen kann, wo das sein sollte. Sie wird sich ja nicht freiwillig in einen verdreckten alten Bunker setzen.«

»An die Bunker habe ich gar nicht gedacht. Ich habe einige am Straßenrand gesehen. Gibt es hier viele?«

»Ja, am Kanal entlang sind welche, aber das ist kein Ort, um sich zu verstecken.«

Romulus fuhr zurück. Sein Blick fiel auf den Parkplatz. »Sieh mal! Julias Auto ist nicht mehr da«, jubelte er erleichtert. »Sie war doch hier und ist jetzt weggefahren?«

Hoffnungsvoll japste Marit auf. Romulus fuhr hinüber zum Schleusenhaus und parkte. Kaum, dass der Wagen stand, sprang Marit hinaus und rannte zum Haus. Romulus folgte.

In der Küche glitt ihr Blick über das Chaos aus Schüsseln, Pfannen und Tellern. Das war eher Bobbys Handschrift. Dann entdeckte sie die Serviette mit der Nachricht, die ihre Zweifel bestätigten. Enttäuscht las sie die Zeilen und sah Romulus an. »Von Bobby. Sie hat sich den Wagen ausgeliehen und ist zum Tierarzt gefahren, um nach Nobody zu sehen. Die Katze musste über Nacht dortbleiben.« Zur Sicherheit ging sie trotzdem hinter das Haus und fand das Zelt leer, die Plane zum Lüften außen festgebunden.

Als sie zurückkam, stand Romulus am Küchenfenster und starrte hinaus. Er tat ihr leid. Gerne hätte sie ihn getröstet, umarmt oder seine Hand gedrückt. Aber irgendetwas hielt sie zurück. Dabei war er frei. Julia war seine Schwester und für immer auf intime Weise tabu. Trotzdem. Jetzt war nicht der richtige Moment für so einen Vorstoß. Die Wunde war zu frisch und die Sorge um Julia zu groß. Wieder schaute sie auf das Chaos und schaltete die Kaffeemaschine aus, in welcher der restliche Kaffee eindickte. »Oh je. Auch das noch!«, rief sie und zeigte in die Ecke der Anrichte. »Da liegen Julias Medikamente. Das macht die Sache nicht besser.«

Romulus schüttelte den Kopf. Er flüchtete aus dem Tohuwabohu ins Wohnzimmer und setzte sich auf das Sofa. Den Kopf in die Hände gestützt schloss er die Augen.

Marit nahm neben ihm Platz. Gedankenverloren legte sie ihre Hand auf seinen Oberschenkel. Es wurde ihr erst bewusst, als sie seine Hitze durch den Stoff der Jeans spürte. Schnell zog sie diese zurück, als hätte sie sich verbrannt. »Was sollen wir jetzt machen? Wo könnte sie sein? Sie kennt sich doch gar nicht aus? Die ziellose Suche bringt uns keinen Schritt weiter.« Marit war den Tränen nahe.

»Immerhin können wir ein großes Gebiet ausschließen. Zu Fuß kann sie nicht viel weitergekommen sein. Das macht gar keinen Sinn. Langsam glaube ich doch an die Zeitreise.« Romulus legte seinen Arm um Marits Schulter.

Sie schmiegte sich wie eine Katze an ihn. Er spendete ihr den Trost, den sie so dringend brauchte. Vielleicht erging es ihm ebenso, schoss es ihr durch den Kopf. Sie hätte weiter so sitzen bleiben können. Eingeschlossen in einer Blase der Behaglichkeit, alle Sorgen ausgesperrt. Sie fühlte sich wie eine ausgelutschte Quetschtüte, ratlos und erschöpft. »Du meinst den Zeitreisequatsch?«, flüsterte sie.

Romulus erhob sich und der angenehme Moment war vorbei. Unruhig marschierte er im Zimmer auf und ab. »Wann war sie zuletzt bei der Dialyse? Dafür würde sie doch sicher zurückkommen, egal wo sie sich aufhält. Jedenfalls, solange ihr nichts zugestoßen ist. Wenn sie bis heute Abend nicht wieder auftaucht, wenden wir uns an die Gendarmerie«, entschied er. »Wie heißt es immer? Vorher werden sie nicht tätig.«

Da es auf Mittag zuging, bereiteten sie gemeinsam ein kleines Essen zu. Bestätigt in ihrer Meinung von Romulus stellte Marit fest, dass er sich in der Küche geschickt anstellte. Zufällige Berührungen, die ihr Hitzewellen durch den Körper jagten, schob sie zur Seite. Sie wilderte nicht auf verbotenem Gebiet. Aber: Himmel! Sie war auch nur ein Mensch. Dieser Mann hatte etwas an sich, was das Blut einer Frau in Wallung versetzen konnte.

Romulus blieben Marits Gefühlsregungen nicht verborgen. Dafür hatte er zu sensible Antennen, aber seine Gedanken waren bei Julia. Er konnte seine Liebe nicht auf Knopfdruck auf reine Geschwisterliebe umschalten. Hoffentlich wollte ihm das bald gelingen. Noch wusste er nicht damit umzugehen. *Gott. Lass ihr nichts passiert sein!* Eine polizeiliche Suche würde ein riesen Remmidemmi auslösen und im Falle eines Zeitreisephänomens nicht zu einem Ergebnis führen. Wie sollten sie erklären, wenn Julia plötzlich wieder auftauchte? *Komm zurück,* betete er, löste sein Haargummi und wickelte seinen Knoten neu zusammen. Dann wandte er sich frustriert dem Kochen zu.

Beim Essen lenkte Romulus das Thema zurück auf das Reizthema Zeitreise. »Ich kenne Julia erst kurz, aber sie macht einen äußerst vernünftigen Eindruck auf mich. Eher bodenständig, sachlich in ihren Ansichten. Du kennst sie wesentlich länger. Sag mir, wenn du das anders siehst. Für mich jedenfalls ist Julia keine Träumerin. Warum sollte sie sich ohne Grund so einen Unsinn ausdenken?«

»Du hast schon recht«, gab Marit zu. »Es passt nicht zu ihr. Aber ich glaube nicht an Paranormales und beschäftige mich auch nicht damit. Ehrlich gesagt, macht mir so was Angst. Mir wäre lieber, sie käme zur Tür hereinspaziert, ganz ohne Hokuspokus.«

»Du weißt aber, dass es Dinge gibt, die man nicht erklären kann? Wir haben doch alles versucht, was in unserer Macht stand. Jetzt bleibt uns nur, daran zu glauben oder die Gendarmerie.« Romulus legte das Besteck beiseite. Die Sorgen um Julia und die Offenbarungen waren ihm auf den Magen geschlagen. Er stand auf und räumte das Geschirr zusammen.

Marit, die auch nur auf ihrem Teller herumgestochert hatte, tat es ihm gleich. Sie griff sich die Auflaufform, stolperte über ein Stuhlbein und Romulus fing mit einer Hand geschickt die Schüssel ab und mit der anderen Marit auf.

»Hey, ich wollte nicht stören.« Bobby stand grinsend in der Küchentür. Sie hob ihre Nase in die Höhe und schnüffelte mit ihrer Hündin um die Wette, die auf dem Küchenboden und an der Arbeitsfläche entlangstrich, auf der die Töpfe mit dem restlichen Mittagessen standen.

»Bobby?« Romulus räusperte sich. Das war also Julias Schwester. »Es ist nicht das, wonach es ausschaut.« Sofort bereute er, diesen abgedroschenen Spruch verwendet zu haben.

»Wie gesagt, ich wollte nicht stören«, wiederholte Bobby entspannt. »Wo ist denn Julia?«

Romulus öffnete den Mund, doch dann traf ihn ein Tritt am Schienbein. Vorwurfsvoll fiel sein Blick auf Marit, die unmerklich den Kopf schüttelte.

»Setz dich doch, Bobby«, sagte sie. »Möchtest du was essen? Es ist genügend da.«

»Klar, ich habe Mittagspause, einen Bärenhunger und das sieht echt lecker aus. Warum isst Julia nicht mit? Wo steckt sie überhaupt?«

Romulus ließ Wasser in die Spüle laufen, um seine Hände zu beschäftigen. Warum erzählte Marit ihr nicht, was los war?

»Sie musste in die Stadt, wegen der Erbschaft«, log Marit und stellte Bobby einen Teller und die Auflaufform hin, woraufhin diese tüchtig zugriff.

Er hatte keine Ahnung, wie nah sich die Schwestern standen, und überließ daher Marit die Entscheidung, wie viel sie erzählen wollte. Vielleicht tauchte Julia bis heute Abend auf. Warum Bobby unnötig beunruhigen, redete er sich ein.

»Mist! Da hätte sie sicher ihr Auto gebraucht!«

»Alles gut, sie hat den Bus genommen«, sprang Marit in die Bresche. »Wie geht es der Katze?«

»Bestens, ich bin heute Morgen gleich hingefahren. Gestern habe ich dem Tierarzt assistiert und er war so begeistert, dass er mir eine Ausbildungsstelle angeboten hat. Ist das nicht irre?«

»Und? Hast du angenommen?«

»So gut wie. Bis September ist noch Zeit und es gibt noch einiges zu klären.« Bobby strahlte. »Die sind total nett. Lassie darf ich auch mit zur Arbeit bringen. Ich wollte Julia fragen, ob ich dann eine Weile hier wohnen kann, bis ich etwas Passendes gefunden habe.«

»Das besprichst du am besten mit ihr, wenn sie zurück ist.«

Bobby sah auf ihre Armbanduhr. »Oh, ich muss los.« Sie kratzte den letzten Rest von ihrem Teller und leerte das Glas in einem Zug. »Dr. Wegart legt Wert auf Pünktlichkeit.« Sie nickte den beiden zu. Gefolgt von Lassie rauschte sie aus der Küche.

Die Stille lastete wie ein schwerer Teppich auf Romulus und Marit.

»Du hättest es ihr sagen müssen«, tadelte er und räumte den Tisch ab.

»Vielleicht«, gab Marit zu. »Was hätte ich ihr denn erzählen sollen? Dass Julia zu deiner Oma in die Vergangenheit gereist ist? Dass sie verschwunden ist, wir aber keine Ahnung haben wohin?«

»Warum nicht? Mich hätte ihre Meinung dazu interessiert. Ich traue Julia nicht zu, so eine Ungeheuerlichkeit zu erfinden. Aus welchem Grund sollte sie das tun? Es gibt viele Phänomene zwischen Himmel und Erde, die sich nicht erklären lassen.«

»Was sollen wir deiner Meinung nach machen? Gläser rücken oder eine spirituelle Sitzung abhalten, in der wir Amalia kontaktieren?«

Marits Stimme kippte. Romulus befürchtete, dass sie kurz vor einem hysterischen Anfall stand. Damit wusste er nicht umzugehen. »Wir brauchen Abstand. Ich fahre nach Hause. Falls Julia zurückkommt, ruf mich bitte an.« Er kritzelte seine Handynummer auf einen Zettel und schob ihn Marit hin. Dann verließ er das Haus.

Sie starrte ihm hinterher. »Ja! Geht nur alle und lasst mich hier allein sitzen!«, schrie sie. Sie schnappte sich den Eimer mit dem Biomüll und entsorgte den Inhalt auf dem Kompost. Als sie wieder hereinkam, warf sie erneut einen giftigen Blick auf das Klavier. »Medium! Zeitreise! So ein Quatsch!«

Romulus atmete tief durch. Es war nicht weit bis nach Hause, trotzdem trat er aufs Gaspedal und nahm den Kreisel viel zu schnell. Die Reifen quietschten im engen Radius. Scheiße, er war total aufgewühlt. Bobby hatte völlig falsche Schlüsse gezogen. Die Situation brachte ihn zum Grinsen. Marit war ein Pfundskerl und nicht unattraktiv mit ihrer roten Mähne. Es gab Zeiten, da wäre er ihr gegenüber nicht abgeneigt gewesen. Aber seit er Julia kannte ... Er fuhr rechts ran. Erinnerungen an ihren Kuss übermannten ihn. Hitze durchflutete seinen Körper, insbesondere in seiner Hose, und er rutschte unbehaglich auf dem Sitz umher. Wie er sie vermisste. Wo steckte sie nur? Verdammt. Sie war seine Schwester, er musste sich diese Gefühle aus dem Kopf schlagen. »Hast du gehört?« Missbilligend rügte er seinen Schoß. »Okay Kumpel. Ich kann es selbst nicht fassen.«

Er konnte nicht untätig herumsitzen. Was hatte Marit ihm erzählt? Julia stand auf der Liste für eine Spenderniere? Klar, als Adoptivkind kannte sie ihre Verwandten nicht. War das seine große Chance? War er derjenige, der Julia helfen konnte? Er hatte sich schon früh einen Organspendeausweis ausstellen lassen: Sein Name war in den Datenbanken für Stammzellenspender gelistet. Jetzt konnte er eines der Angebote einlösen. Ein Lebendspender sein. Jemandem helfen, den er kannte und der ihm, wie ihm immer deutlicher bewusst wurde, sehr am Herzen lag.

Er fuhr nach Hause und durchforstete im Internet die Seiten des Transplantationszentrums, bis ihm der Kopf schwirrte. Julia war Deutsche und in Deutschland krankenversichert. Folglich würde sie dort operiert werden. Er griff zum Telefon und fragte nach einem Gesprächstermin. Es war jemand abgesprungen, wenn er sich beeilte, könnte er diesen wahrnehmen. Die Geschäftigkeit lenkte ihn von seinen Sorgen ab. Zufrieden, handeln zu können, hastete er zurück zum Wagen und preschte Richtung Freiburg.

Sein Entschluss war gefasst. Es war der reinste Marathon, aber besser, als zu Hause zu sitzen und zu grübeln. Dank Navigationsgerät konnte Romulus die Uniklinik leicht finden. Obwohl er sich in Freiburg befand, begegneten ihm Namen wie Breisacher und Elsässer Straße. Im Gebäude bedurfte es einiger Auskünfte, bis er den behandelnden Arzt ausfindig machen konnte. Er versicherte ihm, dass binnen vierundzwanzig Stunden das Erstergebnis des Crossmatch-Tests vorliegen würde. Das Aufklärungsgespräch war anstrengend. Gut, dass seine Oma mit ihm elsässisch gesprochen hatte, sodass er einigermaßen folgen konnte. Beim anschließenden Ethiktermin ging es darum sicherzustellen, dass die Spende freiwillig erfolgte. Reine Formsache, denn Romulus war sich sicher wie nie. Endlich bekam er die Chance, seinen Herzenswunsch zu erfüllen und jemandem das Leben zu retten. Nicht jemandem, korrigierte er sich. Seiner Julia. Der Frau, die er liebte und die seine Schwester war. Nun konnte er sie weitersuchen. Sie brauchte unbedingt ihre Medikamente, von der Dialyse ganz zu schweigen. Romulus wurde angesichts der Möglichkeiten flau, dass sich ihr Zustand verschlechtert haben könnte und er zu spät kam. Der Gedanke war ihm unerträglich.

Zuhause angekommen, grübelte Romulus wieder über Julias Verschwinden nach. Sie war überzeugt, eine Zeitreisende zu sein, und wollte es Marit beweisen. So etwas macht man doch nur, wenn man sich sicher ist, dass es klappt. Aber wie sollte das funktionieren? Mithilfe des Klaviers als Medium und einer Melodie als Portal? Oder sprach man hier eher von magischem Werkzeug und der Melodie als Schlüssel. Verflixt, er kannte sich mit diesem Esoterikkram nicht aus. Trotzdem waren gewisse Phänomene nicht von der Hand zu weisen. Er war der Letzte, der ihre Existenz beweisen konnte. Aber wer war er, sie als Humbug abzutun? Vielleicht fand sich die Lösung ja doch am Klavier, überlegte er.

Es war fast schon Abend. Er musste zurück zu Marit. Sie hatte sich nicht gemeldet, also war Julia nach wie vor verschwunden. Sollten sie zu keinem vernünftigen Ergebnis gelangen, war es an der Zeit, die Gendarmerie einzuschalten – und Bobby aufzuklären, darauf würde er bestehen. Es war ihr gegenüber nur fair. Entschlossen machte er sich auf den Weg.

Marit hatte sich die Küche vorgeknöpft und den Frust von der Seele geputzt. Jetzt kamen die Sorgen zurück. Das lange Ausbleiben sah Julia nicht ähnlich. Das war nicht ihre Art zu scherzen. Andererseits wollte sie sich mit dem paranormalen Unsinn nicht auseinandersetzen. Die Traurigkeit, fast schon Sehnsucht in Romulus' Blick, die zweifelsfrei Julia galt, hatte sie getroffen. Sie wollte ihn nicht um jeden Preis. Er liebte Julia, da war sie sich sicher. Daran änderte auch die neue Situation momentan nichts. Marit seufzte. Romantisch und tragisch zugleich – jetzt, da sich herausgestellt hatte, dass die beiden Geschwister waren.

Wieder griff sie nach dem Handy, kurz davor, Romulus anzurufen. Sie sollte sich melden, falls Julia zurückkommt. Das war nicht der Fall, aber das Warten machte sie mürbe. Die Gedanken drehten sich in Endlosschleife in ihrem Kopf. Sie erinnerte sich nicht, wann sie sich jemals solche Sorgen gemacht hatte, und sehnte sich nach moralischer Unterstützung. Jemandem, an dem sie sich anlehnen konnte und der ihr versicherte, dass alles gut würde. Eine Autotür schlug zu. Marit stürzte ans Fenster. Der Pick-up stand vor dem Haus. Erleichtert atmete sie aus. Dieser Mann kam immer im passenden Moment. Er war ein feiner Kerl und genau der Richtige für Julia. Zumindest hatte sie jetzt neben Bobby noch einen attraktiven Bruder.

Und sie? Konnte man sein Glück auf dem Leid anderer aufbauen? Für Julia würde es sicher ein Schock sein, sie ahnte ja nicht, dass ihr Lover zum Bruder mutiert war. Würde sie sich nicht verraten vorkommen, wenn Marit sich an ihren ehemaligen Liebsten ranschmiss? Sie würde es so empfinden. Von daher war es der denkbar ungünstigste Zeitpunkt. Vielleicht würde sich später etwas ergeben. Bis dahin ...

»Irgendwas Neues?«, fragte er beim Eintreten.

»Nein, nichts. Schalten wir jetzt die Gendarmerie ein?«

»Ja, ich weiß keinen anderen Rat mehr. Aber vorher will ich mir das Klavier ansehen. Du sagtest doch, dass sie es für die Zeitreise spielen wollte?«

»Du glaubst ...?«

»Würdest du etwas beweisen wollen, was nicht funktioniert?« Romulus verschränkte die Arme vor der Brust. Marit schüttelte resigniert den Kopf. »Gut«, sagte Romulus. »Julia sicher ebenso wenig.« Er trat vor das Klavier und betrachtete das Notenblatt, das auf der Ablage lehnte. »Hast du was verändert?«

»Nein, eigentlich nicht«, überlegte Marit. »Das sind die gleichen Noten wie vor Julias Verschwinden.«

Er begutachtete das Instrument.

»Die Schachtel mit den Papieren kann nicht der Grund für eine Veränderung am Klavier sein.« Er trat näher heran. »Sie wurde schon vor längerer Zeit angebracht.« Vorsichtig öffnete er den Kasten. Gespannt, wie beim Blick in eine Schatzkiste, sah er hinein. »Was ist das?«, fragte er und zog einen Stab heraus.

»Keine Ahnung.« Marit nahm die Stange entgegen. »Ich kenne mich mit Musikinstrumenten nicht aus.« Mutlos zuckte sie mit den Schultern. »Zwei linke Hände, was die Musik angeht.«

»Das Ding hier lag auf den Anschlaghämmerchen. Ich bin kein Profi, aber das kann ich sehen. Solange das Teil die Anschläge blockiert, ist dem Klavier kein vernünftiger Ton zu entlocken.« Fragend zog er die Augenbrauen nach oben und sah, wie es in Marits Kopf arbeitete. Es hätte ihn nicht gewundert, eine Glühbirne aufleuchten zu sehen.

»Du meinst, wenn Julias Theorie stimmt und sie das Klavier spielen muss, um zu reisen, dann sitzt sie wegen der Blockade fest?«

»Genau, was auch erklären würde, warum wir sie nicht finden können.«

»Oh Gott!«, entfuhr es Marit. »Es ist alles meine Schuld. Erst die Sache mit dem Handy ... Und dann war ich so wütend auf diesen Kasten. Ich habe mit aller Kraft gegen das Klavier getreten. Nun weiß ich auch, was da so geschеppert hat.« Marit hielt sich die Hand vor den Mund. »Und jetzt?«

»Jetzt machen wir eine Flasche Wein auf, stoßen auf meine frisch gebackene Schwester an und warten.«

»Warten? Ich denke, wir informieren die Gendarmerie?«

»Ich bin mir sicher, dass Julia unzählige Male versucht hat, sich zurückzuspielen, oder es immer wieder probieren wird. Bestimmt ist sie schon ganz panisch. Ich will mir das gar nicht vorstellen. Wir können nur abwarten und Tee trinken. Aber ich brauche jetzt etwas Stärkeres.«

»Dein Wort in Gottes Gehörgang«, flüsterte Marit. »Wenn das Zeitreisezeug doch nur ein Hirngespinst ist, verlieren wir wertvolle Zeit.« Sie drückte Romulus eine Flasche Bordeaux und einen Öffner in die Hand. In der Küche, wo sie eine Schüssel mit Chips füllte und Gläser richtete, hörte sie das vertraute Ploppen des Korkens.

Sie setzte sich nicht in den Schaukelstuhl, sondern neben Romulus auf das Sofa. Ihre Nerven waren angespannt, sie suchte Trost in seiner Nähe. Nach dem zweiten Glas Rotwein löste sich die Spannung ein wenig, dafür überkam sie Müdigkeit und sie gähnte. Romulus riss auch den Mund auf. Marit ließ sich halb in die Horizontale rutschen, aber das Sofa war zu kurz, um sich neben einer weiteren Person ausstrecken zu können.

»Leg deinen Kopf ruhig ab«, bot Romulus an und nach kurzem Zögern nahm Marit das Angebot an.

Ihr Smartphone rubbelte über den Couchtisch und gab zeitgleich ein Summen von sich. Sie beugte sich vor, angelte nach dem Handy und ließ sich wieder zurückfallen. »Das ist eine WhatsApp von Bobby. Okay. Sie übernachtet heute bei ihrer Kollegin Jenny. Sie scheinen sich gut zu verstehen und feiern Bobbys Einstand.«

»Vernünftig, danach nicht mehr mit dem Auto zu fahren«, sagte Romulus, »und wie praktisch. Da musst du ihr nichts erklären, nicht wahr?«

Marit überging diese Spitze und schloss die Augen. Sie genoss den Moment. Verflixt. Ihre letzte Beziehung war schon eine ganze Weile her und das hier erinnerte sie daran, wie Abende in Zweisamkeit aussehen könnten. *Ein Vorgeschmack, mehr nicht,* mahnte sie sich.

»Marit?«

»Ja?«

»Ich danke dir, dass wir das hier gemeinsam durchstehen.« Er strich ihr sanft die Haare aus der Stirn. Ihr Haargummi hatte sich gelöst. Seine Hände waren warm und ein bisschen rau.

Sie schauten sich an, ein wenig zu lange hielten sie die Blicke fest. Marit schloss die Lider und schluckte heftig. Sie war in Aufruhr. Der Drang sich aufzurichten und ihn zu küssen, wurde übermächtig. Sie rang mit sich, da übernahm der Körper das Kommando. Ihre Arme griffen um Romulus' Hals. Hungrig suchten ihre Lippen seinen Mund. Der Überraschungseffekt war der ihre, währte aber nur kurz.

Er entzog sich dem Kuss, rutschte seitlich vom Sofa und sprang auf. »Nicht Marit! Was wird das?« Romulus fuhr sich über das Gesicht. »Ich kann das nicht.«

»Tut mir leid. Ich weiß nicht, was in mich gefahren ist.« Marit wäre am liebsten im Boden versunken. Was hatte sie sich nur dabei gedacht? Ihr war doch klar ...

»Schon gut. Ich mag dich, aber selbst, wenn Julia jetzt meine Schwester ist, fühlt es sich falsch an. Es kommt mir wie Verrat vor.«

Es waren ihre Gedanken, die er aussprach, und sie nickte. Marit schämte sich für ihre Schwäche, die allein dieser Situation geschuldet war.

Romulus brauchte frische Luft. Es war ein langer Tag gewesen. Er fühlte sich ausgelaugt und leer. Tiefgreifende Beziehungen waren nicht für ihn gemacht. Immer, wenn er der Liebe Platz einräumte, sein Herz für jemanden öffnete, verlor er ihn. Jetzt, mit Julia, schon wieder. Er betete, dass er sie nicht verlieren würde, weder in der Vergangenheit noch in der Gegenwart. Sollte er der geeignete Spender sein und sie seine Niere brauchen, würde er sie retten.

Die Nacht war feucht, der Weg nass. Es musste geregnet haben. Über den Halbmond am Himmel zogen Wolken, die ihn immer wieder verdeckten. *Ich hoffe, es geht dir gut, Julia.* Er seufzte. Ein Ast hinter ihm knackte. Zu laut, als dass es von einem Tier herrühren konnte. Alarmiert drehte er sich um und lauschte. Romulus suchte mit zusammengekniffenen Augen den Garten ab, der unter ihm lag. War das ein Schatten, der Richtung Haus huschte? Wieder schob sich eine dicke Wolke vor den Mond und die schemenhaften Umrisse des Grundstücks versanken in der Dunkelheit. Er sprintete los, konnte aber niemanden entdecken. Vorsichtshalber umrundete er das Haus und schloss die Haustür zweimal ab.

Kapitel 12

Am nächsten Morgen stand Georg wieder auf seinem Posten. Das Gezwitscher der Vögel war nervtötend. Am liebsten hätte er einen Böller gezündet, um dem ein Ende zu setzen. Missbilligend beobachtete er eine Meise, die nicht müde wurde, mit einem Schnabel voll Baumaterial einen Nistkasten am Schleusenhaus anzufliegen.

Der Schürzenjäger und die rote Hexe waren früh auf. Ständig dackelte sie hinter dem Typen her. Widerlich. Aber ihm konnte es recht sein. Sollte sie ihn sich doch angeln, denn Julia würde er nie und nimmer bekommen. Sie waren eilig mit dem Wagen weggefahren. Dieser Romulus hatte von der Gendarmerie gesprochen. Folglich hatten sie keinen blassen Schimmer, wo sich Julia aufhielt. Er schon. Seine Julia log nicht, die war ein kluges Mädchen und er war Zeuge dieser unglaublichen Szene gewesen. Sie war etwas Besonderes und stellte ihn vor Herausforderungen, was ihm gefiel und gleichzeitig wütend machte.

Romulus hatte ihn gestern fast erwischt. Er konnte nicht länger warten. Zeit, zu handeln. Sie hatten die Terrassentür nicht verriegelt. Eine verschlossene Tür war kein Problem für ihn, aber so gestaltete es sich einfacher.

Er trat ins Wohnzimmer und setzte sich ans Klavier. Ob der Zauber bei ihm funktionierte? Seit er gesehen hatte, wie sie verschwunden war, ließ ihn die Idee, ihr zu folgen, nicht mehr los. Wie Marty McFly würde er in die Vergangenheit reisen und seine Julia zurückholen. Er verzehrte sich nach ihr, dass es schmerzte. Echte Liebe musste schmerzen und er war voll davon. Er und sie. Georg und Julia.

Es hätte ihm besser gefallen, die Zeitreise mit einem schnittigen DeLorean anzutreten, anstatt auf diesem alten Kasten herumzuklimpern. Mit zwei Fingern versuchte er, die Melodie von den Notenblättern abzuspielen. Er hatte im Musikunterricht Noten gelernt, aber die Vorzeichen bereiteten ihm Schwierigkeiten. Ungeduldig hackte er auf die Tasten ein, verspielte sich unzählige Male. Nichts passierte. Mist. Die Zeit drängte. Er musste zu Julia, bevor die anderen zurückkamen und ihn erwischten. Diese einmalige Chance galt es zu nutzen. Jetzt.

Zornig schlug er mit der Faust auf die Klaviatur, aber dann riss er sich zusammen. Er versuchte es immer und immer wieder, bis endlich eine Melodie zu erkennen war. Durch das unprofessionelle Spiel zeigte sich die Wirkung des Zaubers in Zeitlupe, was für den Übergang unangenehm schmerzhaft war. Ein Gefühl, als wolle sein Körper in seine Einzelteile zerreißen, bevor sich alles wieder an seinen Platz fügte.

Amalia unterhielt sich mit Julia. Ihr fiel auf, dass sie häufig die Gesichtsfarbe wechselte. Jetzt flammten rote Flecken auf ihren Wangen auf. Gerade, als sie fragen wollte, wie es ihrer Enkelin ging, stutzte sie. Was spielte sich da ab? Die Luft vibrierte. Der Flausch ihrer Decke, die über ihren Beinen lag, stellte sich elektrostatisch auf. Als sie mit der Hand darüber strich, knisterte es. Nach allem, was Julia bisher von der Zeitreise erzählt hatte, erfasste sie die Situation sofort. Gebannt verfolgte sie die Szene am Klavier, wo sich zunächst durchsichtig, aber dann immer deutlicher die Silhouette eines Mannes abzeichnete. So sah das also aus. »Wir bekommen Besuch.« Sie zeigte auf die geisterhafte Erscheinung. Sie beobachtete Julias Mimik. Deren Gesichtsausdruck glich der ihrer Tochter, wenn sie ihr als Kind eine Gruselgeschichte erzählt hatte.

»Amalia, das ist *er*«, stammelte sie und sprang auf. »Er ist mir gefolgt. Woher weiß er nur …«

»Wer ist das Julia?«

»Georg, ein Kollege aus der Schule. Er verfolgt mich schon eine ganze Weile, aber ich hatte keine Ahnung, dass er hier im Elsass ist!« Sie sah sich hektisch um, als suche sie einen Ausweg.

»Schnell!« Amalia zerrte ihre Enkelin nach draußen auf die Terrasse. Vor dem Holzschuppen fiel die Entscheidung. »Hier hinein!« Atemlos suchte sie nach einem Versteck. »Schau, da hinten, die Plane.«

Julia zögerte, aber Amalia hob das Segeltuch an. Julia nickte ihr zu und ließ sich auf die Knie fallen. Seite an Seite krochen sie unter das vor Dreck starrende Tuch. Sie kauerten eng aneinandergeschmiegt und trauten sich kaum zu atmen. Die Holzrinde, die überall auf dem festgestampften Boden lag, bohrte sich schmerzhaft in ihre Knie. Eine Spinne huschte über Julias Hand und krabbelte Amalia den Arm hinauf. Julia gab ein Zischen von sich, rührte sich aber nicht.

Stöhnend rieb er sich den Nacken und sah sich um. Jetzt saß sie in der Falle. Hier konnte ihm keiner dazwischenfunken. Mit der Alten würde er fertig werden. *Ach Julia.* Er seufzte und sein Gesicht nahm sanfte Züge an. *Bald sind wir vereint.* Grimmig verdrängte er die selten romantischen Gedanken. Es zog sich alles schon zu lange hin.

Niemand befand sich im Zimmer. Was für eine glückliche Fügung, dachte Georg. Nicht auszudenken, wenn er als Einbrecher verhaftet werden würde. Er ging durch die offene Terrassentür nach draußen. Euphorisch, dass es ihm gelungen war, in eine frühere Zeit zu springen, schaute er sich um. Hier hatte sich nichts verändert, nur der Schuppen auf der anderen Seite des Anwesens sah baufällig aus. Sträucher und Bäume waren jung und nicht so hoch gewachsen. Das war der Beweis. Es hatte geklappt. Alles erschien ihm gepflegter. Ein bunter Blumengarten zierte den vorderen Teil des Hauses. Es war Frühling und Gruppen von Narzissen und Osterglocken in verschiedenen Gelbtönen reihten sich aneinander. Die Tulpen waren noch nicht aufgeblüht. Wie schön das Blau der Vergissmeinnicht und Traubenhyazinthen leuchtete. Vergissmeinnicht. Er würde dafür Sorge tragen, dass Julia ihn nie mehr vergaß. Ein passendes Äquivalent, dachte er. Aber zum Teufel! Wo steckte sie?

»Hörst du die Schritte im Kies? Ich glaube, er ist nach vorn gegangen«, wisperte Amalia. »Ich könnte ihn ablenken oder weglocken.«

»Kommt gar nicht infrage. Er ist schräg drauf, ich traue ihm alles zu.«

»Doch. Am besten wäre, er könnte gar nicht mehr in deine Zeit zurück.«

»Wir dürfen die Zukunft nicht verändern, das weißt du doch, so gerne ich ihn loswerden möchte«, wandte Julia ein.

»Wenn ich wüsste, dass das Klavier wieder funktioniert ... Aber natürlich!«, juchzte Amalia auf und schlug sich erschrocken die Hand vor den Mund.

»Nicht so laut, wenn er uns hört!«, flüsterte Julia. Sie lauschten gespannt.

»Beeil dich, Julia!«, drängte Amalia jetzt. »Du musst versuchen, ins Wohnzimmer zu gelangen und dich so schnell wie möglich zurückspielen. Wenn er herkommen konnte, kannst du doch auch wieder zurück.« Julia wollte widersprechen, aber Amalia winkte ab. »Hör mir jetzt zu: Sobald du angekommen bist, sorgst du dafür, dass das Klavier unbespielbar bleibt. Schlag die Tasten kaputt oder blockiere die Anschläge. Keine Ahnung. Die Passage darf nicht mehr funktionieren, verstehst du? Zukunft hin oder her.«

»Aber ...«

»Kein aber! Hast du mich verstanden? Mir fällt schon was ein.«

»Ich kann dich doch unmöglich hier mit ihm allein lassen!«

»Mach dir um mich keine Sorgen. Mit mir kann er nichts anfangen. Beeil dich jetzt, bevor er zurückkommt und uns entdeckt.«

Amalia drückte Julia fest an sich und gab ihr einen aufmunternden Schubs. »Viel Glück, meine Kleine.«

»Also gut.« Sie schlich bis an die offene Seite des Holzschobers. Wenn sie es zurückschaffte, könnte sie sofort in die Dialysepraxis fahren. Vorsichtig blickte sie um die Ecke. Ein Arm griff von hinten um ihren Hals und zog sie dicht an die breite Brust.

»Hallo Julia. Du wolltest dich doch nicht etwa schon wieder davonschleichen?«, zischte er in ihr Ohr. »Das wäre schade, nachdem wir so eine abenteuerliche Reise unternommen haben, um uns endlich nahe zu sein?« Er legte seine Wange an die ihre, dass sie seinen abgestandenen Atem roch. »Wo ist denn die alte Dame? Du wirst mich ihr vorstellen müssen, damit sie sich nicht über meinen Besuch erschreckt, nicht wahr?«

Seine Stimme troff vor Sarkasmus. Julia wurde übel. Er durfte Amalia nicht finden! »Meine Großmutter ist einkaufen gefahren«, krächzte sie, da seine Armbeuge sie immer noch im Würgegriff hielt.

»Ach, deine Großmutter? Ich lass dich jetzt los. Dann gehen wir hinein. Ich könnte was Kräftiges gebrauchen. Keine Dummheiten, verstanden? Ich würde dich ungern bestrafen.« Er drückte fester zu, bevor er sie nach vorne stieß.

Julia stolperte über den Kiesweg. Nur mit Mühe hielt sie sich aufrecht. Ihre Beine zitterten wie verrückt. Sie rieb sich die Kehle, nahm ihren Mut zusammen und drehte sich zu Georg um. Sein überlegenes Grinsen machte sie wütend, aber sein kalter Blick jagte ihr Schauer des Grauens über den Rücken. Angriff war die beste Verteidigung. Sie musste Amalia warnen, bevor er mit ihr ins Haus zurückging. »Georg! Was machst du hier?«, fragte sie mit fiepender Stimme, was sie ärgerte. *Verdammt, reiß dich zusammen!* Wie sollte Amalia sonst mitbekommen, dass er sie erwischt hatte. Sie musste laut und deutlich sprechen.

»Es freut mich, dass du mir endlich Respekt zollst«, stellte Georg mit einem zufriedenen Lächeln fest. »Aber du brauchst dich nicht fürchten, so lange du mein braves

Mädchen bist«, setzte er honigsüß hinzu. »Ich bin so froh, dass wir zusammengefunden haben. Lass uns darauf anstoßen. Jetzt fängt endlich unser gemeinsames Leben an, was meinst du?«

Nur nicht widersprechen. Sie versuchte, einen klaren Gedanken zu fassen. Der Mann war eindeutig ein Psychopath und Psychopathen sollte man nicht reizen. »Okay ...« Sie räusperte sich und setzte mit auffallend lauter Stimme an. »Ich könnte auch einen Drink vertragen!« Sie hoffte, dass er das ihrer Hysterie zusprach und nicht als Warnung an jemanden erkannte.

»Na, dann los.«

Julia öffnete etliche Schränke. Dabei hielt sie fieberhaft nach einem Gegenstand Ausschau, der als Waffe taugte, sollte es zum Äußersten kommen. Sie sah einen Korkenzieher, wusste aber, dass sie diesen niemals in einen Menschen stoßen könnte. Sie schauderte. Amalia schien kein Freund von Spirituosen zu sein. Es dauerte, bis sie im Eckschränkchen fündig wurde. Endlich! Kirschwasser. Sie nahm die Flasche und dachte an die Torte, die sie mit Marit und Romulus gegessen hatte. Wie lange war das her? Fast wie in einem anderen Leben. Seither war so viel passiert. Sie schenkte zwei Schnapsgläser ein.

Georg prostete ihr zu: »Auf eine vielversprechende Zukunft.«

Sie nickte nur und kippte das Kirschwasser in einem Zug hinunter. Ein Blitz erhellte das Zimmer, gefolgt von einem Donnerschlag, dass die Scheiben klirrten. Gleich darauf setzte der Regen ein. Die Tropfen schlugen wie Gewehrkugeln gegen die Fenster. Sie war so im Bann ihrer Misere, dass sie das heraufziehende Unwetter gar nicht bemerkt hatte. Es spiegelte ihre bedrohliche Lage perfekt wider.

Der Schnaps brachte nicht die erhoffte Wirkung. Nachdem das Brennen in ihrem Magen nachgelassen hatte, wurde ihr speiübel. Sie stürzte Richtung Badezimmer.

Mit einem Ruck hielt er sie auf. »Hey, hiergeblieben!«

Sie würgte und hielt sich beide Hände vor den Mund. Er begriff und ließ sie gewähren. Gerade rechtzeitig. Sie schaffte es in letzter Sekunde, den Klodeckel hochzureißen, bevor sich der Inhalt ihres Magens in einem Schwall den Weg bahnte. Wer hätte gedacht, dass sie es einmal bevorzugen würde, eine offenstehende Toilette vorzufinden. Julia würgte, als gäbe es kein Morgen. Danach ging es ihr etwas besser. Erleichtert trat sie vor das Waschbecken, spülte sich den Mund aus und spritzte sich kaltes Wasser ins Gesicht. Sie sah in den Spiegel. Die kleinen roten Äderchen, die ihre Wangen wie ein Spinnennetz überzogen, und die stärker werdenden Kopfschmerzen waren Anzeichen ihres steigenden Blutdrucks. Sie musste nicht auf ihre geschwollenen Fußknöchel schauen. Auch die Ödeme zeugten von der Dringlichkeit der Dialyse. Aber wie konnte sie Georg schachmatt setzen?

Ihr Blick fiel auf das Medikamentenschränkchen, das in ihrem Badezimmer fehlte. Es erinnerte sie an ihre Tabletten, die sie seit dem Zeitsprung nicht mehr eingenommen hatte. Kein Wunder, dass sie sich so elend fühlte. Aber jetzt war nicht die Zeit für solche Befindlichkeiten. Eine Lösung musste her. Und zwar schnell! Sie warf einen Blick in den Medizinschrank. Ob hier was Brauchbares zu finden war? Mit zusammengekniffenen Augen überflog sie den Inhalt. K.-o.-Tropfen wären praktisch, kam es ihr in den Sinn, aber die würde sie kaum bei Amalia finden. Sie griff nach einem anderen Fläschchen und ihre Lippen kräuselten sich zu einem Lächeln. Das war fast genauso gut. Gott sei Dank, schien Amalia hin und wieder unter Schlafstörungen zu leiden. Das war ihre Rettung! Aber wie sollte sie das Fläschchen verbergen? Unschlüssig sah sie an sich herunter. Die Smartphone-Tasche war durchsichtig und nicht geeignet. Warum hatte sie ausgerechnet heute keine Hosen an? Julia zog ihr Kleid hoch und steckte die kleine Flasche, so unsichtbar es der wenige Platz erlaubte, in das Gummi ihres Slips.

Sie holte tief Luft, bevor sie aus dem Bad trat. Er hatte vor der Tür gewartet. Sie zuckte kurz zusammen. Jetzt musste sie nur eine Möglichkeit finden, ihm das Mittel zu verabreichen. Sie hatte in der Eile gar nicht auf das Verfallsdatum geschaut. Was, wenn es seit Langem abgelaufen war und die Tropfen gar nicht mehr wirkten? In ihrem Kopf arbeitete es fieberhaft.

»Na, besser?«

»Geht so, danke. Mir ist etwas schwindlig. Ein Kaffee wäre nicht schlecht, bevor wir uns der anstrengenden Rückreise zuwenden.« Bittend schmachtete sie ihn an. »Für den Kreislauf«, setzte sie hinzu und lächelte gequält. »Ich habe keine Ahnung was passiert, wenn ich während des Übergangs ohnmächtig werde.«

Es könnte funktionieren, sofern er auf ihre Bitte einging und sie es schaffte, das Schlafmittel in den Kaffee zu mischen. Er nickte. Julia riss sich zusammen, um nicht erleichtert aufzuseufzen. In der Küche setzte sie den Teekessel auf und griff nach der Kaffeebüchse. Doch in der Dose befand sich nichts als Leere. Jetzt musste sie auch noch Kaffee mahlen, dabei wollte sie nur alles hinter sich bringen. Der Duft der frisch gemahlenen Bohnen war angenehm. Er vertrieb den Geruch nach Erbrochenem in ihrer Nase. Sie sog das aromatische Bouquet tief ein. Mit fahrigen Bewegungen füllte sie die Tassenfilter und brühte auf.

Seine Blicke glitten lüstern über ihren Körper.

Julia hoffte, dass das luftige Kleid die Beule in ihrem Slip ausreichend kaschierte. Je länger sich die Sache hinzog, desto größer das Risiko aufzufliegen. »Woher weißt du von der Zeitreise und wie es funktioniert?«, versuchte sie ihn in ein Gespräch zu verwickeln, um die angespannte Stille zu durchbrechen.

»Ich weiß alles über dich. Jeden deiner Schritte habe ich beobachtet.«

»Oh Gott.«

»Du kannst gerne Georg zu mir sagen.«

Wie oft hatte sie schon über diesen blöden Witz gelacht. Jetzt hätte sie Georg dafür am liebsten den heißen Kaffee ins Gesicht geschüttet. Aber den brauchte sie für ihren Plan. Sie musste ihn ablenken, um die Tasse zu präparieren. Sie stellte zusätzlich zwei Gläser Wasser auf den Tisch, wobei sie seines absichtlich umstieß. Das war riskant, aber die Flüssigkeit ergoss sich wie gewünscht über die Kante der Tischplatte auf seinen Schritt. Wütend sprang er auf. Der Schlag ins Gesicht traf sie unerwartet und mit solcher Wucht, dass sie seitlich gegen die Anrichte prallte.

»Kannst du nicht aufpassen?«

Tränen schossen aus ihren Augen und die Gesichtshälfte brannte wie Feuer. »Tut mir leid!« Julia schluchzte und reichte ihm ein Geschirrhandtuch. Wutschnaubend riss er es ihr aus der Hand und wischte sich energisch über seine Hose.

Jetzt oder nie, das ist deine letzte Chance! Schnell wandte sie sich den Kaffeebechern zu und fummelte das Fläschchen unter ihrem Kleid hervor. Gut, dass es beim Aufprall an die Anrichte nicht zerbrochen war. *Lieber Gott, lass ihn mit seiner Hose beschäftigt sein und nicht zu mir schauen!* Eine Kaskade von Schweißtröpfchen lief an ihrer Wirbelsäule herab. Jeden Augenblick erwartete sie einen weiteren Schlag oder einen Griff ins Genick. Mit zitternder Hand schüttete sie das Mittel in seinen Kaffee. Wie konnte sie ihn milde stimmen? Er durfte keinen Verdacht schöpfen. Mit tränenverschmierten Augen stellte sie die Tassen auf den Tisch. Er trat einen Schritt zur Seite und sie wandte sich ihm zu. Zögerlich umfasste sie seine kräftigen Oberarme, was ihren ganzen Mut verlangte. »Es tut mir leid. Entschuldige bitte«, hauchte sie, Demut vortäuschend. »Ich bin manchmal so ungeschickt. Verzeih mir.« Sie schluckte und gab ihm einen Kuss auf die Wange, was sie ungeheure Überwindung kostete. Ihre Unterwürfigkeit gefiel ihm, denn seine Gesichtszüge entspannten sich, aber seine Augen blickten jetzt gierig. Er zog sie an sich. Brutal küsste er sie. Julia konnte ein ersticktes Aufstöhnen nicht unterdrücken. Er wurde zunehmend gefühlvoller. Seine Zunge erkundete genießerisch ihren Mund, was bei Julia einen Würgereiz hervorrief. Sie schmeckte Blut auf ihren Lippen, die durch den Schlag aufgequollen waren. Mit aller Willenskraft versuchte sie den Geist von ihrem Körper zu trennen. *Denk an Romulus!*

Als er von ihr abließ, setzte sie ein verliebtes Lächeln auf, das sich wie ein riesiger Clown-Mund anfühlte. »Der Kaffee wird kalt«, nuschelte sie und nahm am Küchentisch Platz. »Kekse?« Ihre Stimme zitterte. Sie öffnete die Dose, die auf dem Tisch stand. Insgeheim hoffte sie, dass die Tropfen nicht zu bitter schmeckten. »Hast du schon Pläne?«, fragte sie im Plauderton, um ihn abzulenken.

Die hatte er.

Beflügelt von dem Kuss erzählte er von ihrer gemeinsamen Zukunft, ohne dass Julia ein Wort davon hörte. Ungeduldig wartete sie auf ein Anzeichen von Müdigkeit. Sie hatte keinen blassen Schimmer, wie lange das dauern konnte. Oder waren die Tropfen doch zu alt? Sie tranken Kaffee wie ein altes Ehepaar. Nach einer Viertelstunde, die ihr wie eine Ewigkeit vorkam, unterdrückte er ein Gähnen und es fiel ihm sichtlich schwer, sich zu konzentrieren und die richtigen Worte zu finden.

Amalia hörte den erstickten Schrei, nachdem Julia den Schuppen verlassen hatte. *Das war gründlich danebengegangen.* Was jetzt? Es hieß, vorsichtig sein. Wenn er sie entdeckte, war alles verloren. Steif wie ein Wäschestück, das bei Frost auf der Leine gehangen hatte, richtete sie sich auf und humpelte zum Ausgang. Sie griff sich ein Stück Holz vom Stapel an der Tür. Fest umklammerte sie die raue Rinde, als könne sie sich daran festhalten. Die Sonne war hinter den dunklen Wolken verschwunden und das Donnern kam rasch näher. Erste Regentropfen klackerten wie kleine Steine auf das Blechdach. Was ging im Haus vor sich? Das Gewitter war jetzt über ihr. Der sturzartig auf das Dach prasselnde

Regen verursachte einen ohrenbetäubenden Lärm. Amalia nutzte die von der Natur gebotene Geräuschkulisse, um unbemerkt durch die Vordertür ins Haus zu schlüpfen.

Tropfend stand sie im Flur und beobachtete mit Entsetzen das Treiben in der Küche. Hilflos musste sie mit ansehen, wie er Julia schlug, um sie danach zu küssen. Sie umfasste den Holzknüppel fester. Sie würde ihn benutzen, da war sie sich jetzt sicher. Aber Julia verhielt sich seltsam. Sie kroch fast vor ihm und buhlte um seine Gunst. Mittlerweile hockten sie einträchtig am Küchentisch und tranken Kaffee. Sie bot ihm sogar Kekse an. Was hatte sie vor? Dass er mit dem Rücken zur Küchentür saß, gereichte ihr zum Vorteil. Urplötzlich war die trügerische Idylle vorbei. Amalia zuckte zusammen.

»Du miese Schlampe! Was hast du mir da reingemixt?«

Er beugte sich vor, packte Julia am Hals.

Amalia stürzte mit erhobenem Arm in die Küche, bereit ihm eins überzubraten. Doch er sackte wie ein schlecht gemachtes Soufflé in sich zusammen und kippte vornüber auf die Tischplatte. Erleichtert ließ sie den Knüppel wieder sinken. Julia starrte sie an. »Was ...?«, fragte Amalia.

»Dein Schlafmittel, Großmutter.« Julia rieb sich den Hals. »Du wirst dir eine neue Flasche kaufen müssen, falls du es noch benutzt. Ich habe alles in seinen Kaffee gekippt.«

Froh, dass sie nicht handgreiflich werden musste, seufzte Amalia auf. »Großartig. Mein tapferes Mädchen. Ich bin so stolz auf dich.« Sie zog ihre Enkelin an sich.

»Und jetzt?«, fragte Julia.

»Erst mal raus aus meiner Küche mit diesem Monster.«

Julia packte Georg unter den Armen und versuchte, ihn anzuheben. Amalia griff um seine Waden. »Stopp! So geht's nicht.« Julia stöhnte und ließ ihre Hälfte zurück auf den Boden gleiten. »Er ist zu schwer und mir fehlt die Kraft. Mein Körper beginnt zu streiken. Ich müsste schon längst an die Dialyse.« Es war sinnlos, ihrer Großmutter weiter etwas vorzuspielen.

»Gott Kind! Dann geh! Sofort! Spiel dich zurück, jetzt. Ich erledige das hier.«

»Nein, auf gar keinen Fall!« Der Gedanke, ihre Oma mit Georg zurückzulassen, setzte einen Adrenalinstoß frei. »Wir versuchen es. Tauschen wir die Seiten?«

So ging es ein bisschen besser. Trotzdem stoppten sie mehrmals, legten ihre Last ab und schnauften kurz durch. Ächzend erreichten sie den Schuppen. Sie nahmen keine Rücksicht und ließen den Koloss auf den Boden plumpsen.

»Was machen wir mit ihm?«

»Zuerst dingfest«, sagte Amalia, die überraschend schnell wieder bei Atem war. Aus einem Schrank in der Ecke holte sie Naturkordel, die sie als Bindeschnur im Garten benutzte und eine Rolle Panzerband. *Panzerband?* Es schien, als ob ihre Großmutter öfter größere Pakete verschnüren würde. Jedenfalls stellte sie sich bei Georg äußerst geschickt an. Zufrieden schauten sie auf ihr Bündel hinunter.

»Julia, du bist leichenblass. Jetzt gibt es keinen Aufschub mehr. Du musst zurück in deine Zeit!« Resolut zog sie die Enkelin in Richtung Haus.

»Was hast du mit ihm vor, Großmutter?«

»Mach dir keine Sorgen, mir fällt schon was ein.«

»Ich werde dich nicht mit ihm allein hier zurücklassen! Mit der Ungewissheit kann ich nicht leben.«

»Du hast keine Wahl. Du musst die Gunst der Stunde nutzen. Wer weiß, wie lange es funktioniert. Ich bin schon mit anderen Dingen fertig geworden.«

Julia nickte ihrer toughen Oma zu und erntete ein Lächeln. Amalia schien erleichtert, dass Julia ihr das zutraute.

»Aber vergiss nicht, das Klavier zu zerstören. Hast du mich verstanden? Ich möchte, dass du sicher bist!«

»Ich verspreche es, und du passt auf dich auf, ja?« Julia umarmte ihre Großmutter. Ein letztes Mal, wie ihr schmerzlich bewusst wurde.

»Ich werde eine Möglichkeit finden, dir eine Nachricht zukommen zu lassen, was mit ihm geschehen ist.« Sie nickte in Richtung Schuppen.

»Danke für alles!«, sagte Julia.

»Ich habe zu danken. Pass auf dich auf!«

Julia legte die Finger auf die Tasten. Sie spürte sofort den Unterschied. Ihre Kuppen kribbelten, ein Zittern erfasste sie. Sie sah zu Amalia und nickte ihr zu. Energie durchströmte ihren Körper und versetzte sie in Schwingungen. Vor Erleichterung seufzend versank sie in den Variationen von Brahms Melodie. Jetzt würde alles gut, sie war gerettet.

Kapitel 13

Marit und Romulus, die nach der Vermisstenanzeige auf der Gendarmerie ins Schleusenhaus zurückgekehrt waren, schliefen erschöpft auf dem Sofa. Sie schreckten hoch, als es laut rumpelte. Wie aus dem Nichts lag Julia auf dem Fußboden neben dem Klavierhocker.

Romulus war sofort bei ihr und kniete neben ihrem Kopf. »Julia! Mon Dieu! Wach auf!« Er tätschelte erst vorsichtig, dann energisch ihre Wange. Sie regte sich nicht. Ihre Lippen waren geschwollen und an der Seite aufgeplatzt. Knöchel und Füße aufgedunsen. Ein rotes Netz aus Äderchen zog sich über ihr Gesicht.

»Jetzt tu doch was!«, schrie Marit.

»Schnell, ruf die Achtzehn an!«, forderte Romulus und brachte Julia in die stabile Seitenlage.

Marits Finger waren glitschig, ihr Herz pochte. Als sich am anderen Ende eine französische Stimme meldete, suchte sie verzweifelt nach den passenden Worten, bis Romulus ihr das Handy aus der Hand riss und die wichtigsten Angaben zu Julias Zustand weitergab. Es dauerte eine gefühlte Ewigkeit, bis die Sirenen zu hören waren. Erst kam die Feuerwehr und wenig später hielt ein Krankenwagen oben an der Straße.

»Um Himmels willen Romulus. Was ist denn das für ein Aufgebot?«

»Schon gut, das ist hier so. Die Freiwillige Feuerwehr kann oft schneller vor Ort sein. Deshalb wird sie vorausgeschickt. Geh bitte raus und zeige ihnen den Weg.«

Julia stöhnte, kam aber nicht zu Bewusstsein. Sie wurde schnellstmöglich auf der Bahre in den Krankenwagen gebracht.

»Ich fahre im Rettungswagen mit. Kannst du mit deinem Wagen folgen?«

Marit setzte sich mit der Kolonne Richtung Colmar in Bewegung. Der kleine Einsatzwagen der Feuerwehr navigierte die Ambulanz geschickt über die unzähligen Kreisverkehre und Kreuzungen, indem er das Rettungsfahrzeug an brisanten Stellen überholte und die Straße für andere Fahrzeuge blockierte. Sie musste zugeben, dass das eine hervorragende Strategie war, um ein schnelles Vorankommen und die Sicherheit zu garantieren. Beim Krankenhaus trennten sich ihre Wege. Der Krankenwagen fuhr direkt in die Notaufnahme, während Marit nach einem Parkplatz suchte.

In der Urgence sah sie sich hektisch um, bis sie Romulus in einer der Kabinen der Notfallambulanz sitzen sah, wo er mit einer Sekretärin sprach. Marit setzte sich auf einen der unbequemen Plastikstühle, die an den Wänden des Wartesaals standen. Wie viele Notfälle sich hier tummelten. Von jung bis alt war an Patienten alles vertreten. Marit sah mitleidig auf einen Teenager, der sein Bein hochgelegt hatte und, seinem verzerrten Gesichtsausdruck nach, unter starken Schmerzen litt. Dann trat Romulus zu ihr in den Warteraum. Erwartungsvoll sprang sie auf.

»Julia ist jetzt in guten Händen«, versuchte er sie zu beruhigen. »Die Nephrologie verfügt über eine Dialyse. Sie fordern die Krankenakte aus Freiburg an und versuchen, den behandelnden Arzt zu erreichen.«

»Durftest du nicht bei ihr bleiben?«

»Nein. Sie ist nicht bei Bewusstsein und wird behandelt. Wir können nur warten.«

Endlich wurden sie aufgerufen. Eine Schwester teilte mit, dass Julia jetzt in die Nephrologie gebracht wird.

»Komm mit. Wir müssen in ein anderes Gebäude.« Romulus, der sich auf dem Klinikgelände auskannte, lotste

Marit einen Gang entlang, hinaus ins Freie. Sie folgten einer Art Fußgängerstraße, die an hochhausähnlichen Bauten vorbei über die parkähnliche Anlage führte. Große Buchstaben auf den Fassaden, wo sich die Eingänge befanden, gaben Hinweise auf die fachlichen Abteilungen. Marit blickte an einem Block hinauf und schauderte. Hinter jedem Fenster verbarg sich ein anderes Schicksal. In der Urologie steuerte Romulus das Sekretariat an, um nähere Auskünfte zu erhalten. Erneut mussten sie in einem Wartebereich Platz nehmen. Überall hing der typische Krankenhausduft in der Luft. Eine Mischung aus Kunststoff, Desinfektionsmittel und Angst. Schweigend betrachtete Romulus Marit. Keiner von ihnen konnte bezeugen, wie Julia in den Raum gelangt war, niemand hatte sie ‚erscheinen' sehen, da war er sich sicher. Alles schien möglich. Er war von der Vorstellung eines Zeitsprungs fasziniert, aber er konnte warten. Julia würde bald berichten können. Jetzt zählte, dass sie wieder gesund wurde, und dann würde sich sicher alles aufklären. Er war bereit, ihr zu glauben.

Eine Assistenzärztin kam mit wehendem Kittel auf sie zu. Sie sprangen auf. Die Spannung war greifbar. »Monsieur Bellini?«

»Ja?«

»Der behandelnde Arzt möchte Sie sprechen. Kommen Sie bitte mit.«

»Wie geht es meiner Freundin?«

»Ich kann Ihnen versichern, dass wir alles für Mademoiselle Lüttke tun. Sie müssen sich gedulden. Momentan können Sie nicht zu ihr. Monsieur Bellini, kommen Sie?«

»Bin sicher gleich wieder da.« Er drückte kurz Marits Arm und folgte der Schwester den Flur hinunter.

»Hier hinein, bitte.« Sie öffnete die Tür zu einem Sprechzimmer und Romulus trat ein. Der Arzt begrüßte ihn und kam gleich zur Sache.

»Wir haben mit dem Transplantationszentrum in Freiburg gesprochen. Die Ergebnisse Ihrer Voruntersuchung liegen vor. Sie kommen als Spender infrage.«

Romulus brauchte einen Moment, bis er begriff. »Ist das wahr? Ich kann meiner Schwester helfen?« Mit einem Strahlen nahm er vor dem Schreibtisch Platz, obwohl er am liebsten gleich in den Operationssaal gestürzt wäre.

»Ihrer Schwester?«

»Ja. Oh, das ist eine lange Geschichte. Wir wurden als Kinder getrennt und haben uns erst jetzt wiedergefunden. Ich will ihr helfen«, sagte er aus tiefstem Herzen. »Sie weiß nichts von meiner Voruntersuchung. Bitte halten Sie diese Information zurück. Ich möchte selbst mit ihr sprechen.«

»Verstehe. Der Zustand von Frau Lüttke ist bedenklich, aber die Dialyse wird sie stabilisieren. Die Gespräche fallen nicht in unseren Zuständigkeitsbereich. Sobald wie möglich überführen wir sie nach Freiburg. Alle Untersuchungen und die Transplantation finden in Deutschland statt. Die Kosten trägt die Kasse der Empfängerin.«

»Und wer zahlt hier?«

»Wir rechnen über die europäische Krankenkarte direkt mit der deutschen Krankenkasse ab. Haben Sie die nötigen Papiere dabei?« Romulus holte Luft, um zu antworten, aber der Arzt winkte ab. »Klären Sie das bitte draußen mit der Dame vom Service.« Damit war er entlassen.

Romulus kehrte zu Marit zurück, die wie ein Tiger auf und ab lief. Kurz informierte er sie über sein Vorgreifen, sich als Spender testen zu lassen, und das soeben geführte Gespräch mit dem Arzt.

Überrascht warf sie sich in seine Arme. »Du?« Ungläubig schaute sie ihn an. »Du willst ihr eine Niere spenden?«

»Nachdem du mir von ihrer Registrierung auf der Liste erzählt hast und ich wusste, dass wir Geschwister sind, hat mich der Gedanke nicht mehr losgelassen. Bitte behalte das alles für dich. Ich möchte es ihr gerne selbst sagen. Es ist ein langer Prozess, aber wir schaffen das – gemeinsam.« Er war sich nicht sicher, wem genau er damit Mut zusprechen wollte. Mit einem letzten Blick auf die Schiebetüren mit der Aufschrift ‚*Zutritt verboten*' begab er sich mit Marit auf den Weg nach Hause. Die Dialyse dauerte mindestens fünf Stunden. Heute würden sie Julia nicht mehr sehen können.

Im Auto meldete sich schnurrend Marits Handy, das sie im Krankenhaus auf Vibrationsalarm gestellt hatte. »Ja, hallo?«

»Marit?«, fragte eine aufgeregte Stimme. »Wie geht es Julia?«

»Hallo Frau Lüttke. Beruhigen Sie sich. Es geht ihr den Umständen entsprechend gut. Die Ärzte tun alles, was in ihrer Macht steht.« Wie abgedroschen das klang. »Und ...« Marit zögerte einen Moment und warf Romulus einen fragenden Blick zu. Er nickte. »Sie haben eine Spenderniere für Julia. Sie weiß noch nichts davon. Aber ich denke, Sie sollten das wissen. Bitte sagen Sie ihr nichts, bis die notwendigen Gespräche stattgefunden haben.«

»Sie haben einen Spender? Hast du das gehört, Robert? Sie haben einen Spender«, informierte sie ihren Mann im Hintergrund. »Oh Gott, als das Krankenhaus angerufen hat, dachte ich ...« Sie brach ab. Marit hörte, dass sie um Fassung rang. »Marit, halte uns bitte auf dem Laufenden. Es ist zum Mäusemelken, dass wir ausgerechnet jetzt bei meinen Eltern in Kanada sind. Wir werden so schnell wie möglich die Rückreise organisieren.«

»Das kann ich gut verstehen. Aber überstürzen Sie nichts. Sie können hier momentan nichts für sie tun. Sie wird in der Dialyse stabilisiert und muss sich erholen. Es dauert, bis die Gespräche zur Transplantation aufgenommen und die erforderlichen Untersuchungen durchgeführt werden können. Der Arzt meinte, vor zwei Monaten würde der Eingriff auf keinen Fall stattfinden. Ich rufe sofort an, wenn ich Näheres weiß und Sie mit Julia telefonieren können. Versprochen. Machen Sie sich bitte keine Sorgen.« Das war leicht gesagt, dachte Marit. Ob sie wussten, dass Bobby im Elsass war? Sie würde es beim nächsten Gespräch erwähnen, wenn sie hoffentlich Positives zu berichten hatte.

Für den Nachmittag des nächsten Tages erhielt Marit endlich eine kurze Besuchserlaubnis im Krankenhaus. Sie betrat das Krankenzimmer, froh, Julia sitzend in ihrem Bett vorzufinden. Farblich hob sie sich kaum vom weißen Laken ab. Marit brannten so viele Fragen auf der Zunge, aber jetzt fühlte sie vor allem, wie schwer die Sorge auf ihr gelastet hatte. »Wie geht es dir?« Marit drückte Julias Hand. »Du hast uns einen gehörigen Schrecken eingejagt.«

»Danke, geht so.«

»Ich habe schon ein Telefon für dich beantragt. Deine Eltern wissen Bescheid. Ich habe ihnen versprochen, sofort wieder anzurufen, wenn du auf Station kommst. Sie freuen sich bestimmt, wenn du dich persönlich meldest. Bobby kommt morgen in der Mittagspause. Sie haben heute Nachmittag eine Operation in der Praxis und sie kann sich nicht freinehmen. Aber sag mal, wie hast du dich in so eine Situation bringen können?«

»Ich dachte, ich komme rechtzeitig zu meinem Dialysetermin zurück, aber da ich keine Medikamente dabeihatte, ging es mir zunehmend schlechter.«

»Julia, wo warst du die ganze Zeit?«

»Wie? Wo ich war?« Julia kniff die Augen zusammen. »Das weißt du doch! Du warst doch dabei, als ich *gereist* bin.«

Marit seufzte. »Nein, war ich nicht. Erinnerst du dich nicht? Du hast am Klavier gesessen, als mein Handy klingelte. Ich habe es schnell geholt und als ich zurückkam, warst du verschwunden. Nicht mehr auffindbar. Ich dachte an einen üblen Scherz und – dass du dich bei Romulus versteckt hast. Ich war so wütend! Erst am nächsten Morgen erfuhr ich, dass das nicht stimmte, und wir machten uns richtig Sorgen.«

Julia schloss die Augen. *Ist das zu fassen? Marit zweifelt immer noch an der Wahrheit. Dazu später.* Seit sie wieder bei Bewusstsein war, schwirrte etwas anderes durch ihren Kopf, das sie nicht fassen konnte. Etwas Wichtiges, das sie unbedingt erledigen musste. »Das Klavier!« Julia riss die Augen auf. »Wie lange liege ich schon hier?«

»Seit gestern Nachmittag«, antwortete Marit. »Warum? Was ist los?«

»Du musst sofort ins Schleusenhaus fahren und das Klavier zerstören. Es muss unschädlich gemacht werden.«

»Unschädlich? Wie meinst du das?«

»Marit, hörst du? Du musst es zerschlagen, kaputtmachen, was weiß ich!«, schrie Julia. »Ich hab's versprochen!«

»Versprochen? Wem?«

»Amalia. Ich habe es meiner Großmutter versprochen.«

Marit blickte Julia mitleidsvoll an. Jetzt ging das schon wieder los. »Willst du es nicht verkaufen?«

»Nein, auf gar keinen Fall. Es ist ein Medium, ein magisches Instrument. Es muss zerstört werden, damit so was nicht mehr passiert.«

Ihr angstvoller, fast schon irrer Blick ließ Marit einlenken. »Okay, ich kümmere mich später darum«, versprach sie. »Aber jetzt erzähl mir erst ...«

»Nein! Jetzt! Du musst es sofort tun ...« Julia griff nach ihrer Hand.

»Ich weiß zwar nicht warum, doch wenn dir so daran liegt?«

Eine Krankenschwester kam ins Zimmer und machte sich an der Infusion zu schaffen. Ihr Blick fiel auf die Pulsanzeige und dann auf Marit. »Bitte gehen Sie jetzt. Frau Lüttke darf sich nicht anstrengen.« Und an Julia gewandt. »Sie dürfen sich nicht so aufregen.«

Wieder allein, schloss Julia erschöpft die Augen. Einen Tag lag sie schon im Krankenhaus. Wer hätte damit gerechnet, dass sie bei der Ankunft nicht bei Bewusstsein wäre? Ob sie jemals erfuhr, was in der Vergangenheit passiert war? Ihr blieb nur die Hoffnung, dass ihre Großmutter die Situation mit Georg gemeistert hatte. Vor allem aber, dass er das Zeitfenster, das sie ihm verschafft hatte, nicht nutzen konnte.

Ob Romulus sie besuchen kam? Sicher musste er wieder arbeiten. Sie hatte ihm so viel zu erzählen. Mit seinem Antlitz vor Augen überließ sie sich ihren Träumen.

Marit stand ein wenig ratlos vor dem Klavier im Wohnzimmer. Sie brannte darauf, den Frust der letzten Tage an dem Scheißteil auszulassen. Der Klimperkasten war Ursache für den Streit mit ihrer Busenfreundin. Wenn sie die Wahrheit sagte, war er schuld an ihrem Verschwinden und somit fast an ihrem Tod. Außerdem hatte das Gespräch um das Klavier Julia so aufgeregt, dass sie nicht mal über ihren Verbleib gesprochen hatten. Dabei brannte Marit auf eine Erklärung.

Sie ächzte und wuchtete es ein Stück von der Wand. Warum hatte das Teil nur so kleine Röllchen? Das machte doch gar keinen Sinn. Bereits nach wenigen Zentimetern hatten sie sich quergestellt und verkantet. Alles blockierte. »Scheiße!« Das hatte sie sich leichter vorgestellt. Der Plan war, es auf die Terrasse zu schieben und dort zu zerlegen. So wie es aussah, konnte sie die Idee knicken. »Gut, dann eben hier drin.«

Den Deckel über den Tasten riss sie mit Leichtigkeit aus den zarten Scharnieren. Sie öffnete die Schiebetür und legte ihr erstes Beutestück auf die Terrasse. Die Tasten waren ein Kinderspiel. Auch dem Deckel des Rahmens rückte sie zu Leibe. Für den Rest hatte sie sich einen Vorschlaghammer besorgt. Dafür brauchte sie seelische Unterstützung. Sie verband ihr Smartphone mit dem Bluetooth-Lautsprecher und aktivierte die Playlist ‚*Wutsongs für den Frustabbau*‘, die sie sich eigens für einen Antiaggressionskurs, im Rahmen eines Teamwochenendes im Betrieb, angelegt hatte. Sie startete mit *‚I don't care, I love it'*, setzte ihre Schutzbrille auf und stellte den Regler auf Anschlag. Dann holte sie mit Schwung aus und legte los. Nach zwanzig Minuten sank sie ausgepowert, aber zufrieden zwischen den Splittern und Einzelteilen zu Boden.

Vielleicht sollte man so was doch öfter machen? Gab es nicht spezielle Einrichtungen, wo man sich an Computern, alten TV-Geräten und Ähnlichem austoben konnte? Mit dem Ärmel ihres Sweatshirts wischte sie sich den Schweiß von der Stirn. Sie schaffte die Trümmer auf die Terrasse und fegte die Reste zusammen. Jetzt hatte sie sich eine heiße Dusche verdient. Bestimmt gab das einen üblen Muskelkater.

Nachher musste Marit unbedingt mit Bobby sprechen. In der Nacht von Julias Einlieferung war es so spät geworden, dass Bobby bereits schlief. Und heute Morgen hatte Marit sie verpasst, weshalb sie nur kurz in der Tierarztpraxis angerufen hatte, um Bobby über das Wichtigste in Kenntnis zu setzen.

Bobby kickte ihre Schuhe in den Flur und begann sich auf dem Weg ins Bad auszuziehen.

»Bobby?«, rief Marit aus der Küche.

»Ich muss erst duschen! Komme gleich!« Wasser rauschte über ihren Kopf. Sie schloss die Augen und entspannte sich. Die Arbeit in der Tierarztpraxis war anstrengend, weil sie sich nicht nur mit den Patienten, sondern auch mit den Besitzern auseinandersetzen musste. Zehn Minuten später schlüpfte sie in Julias Luxusbademantel und band sich ein Handtuch um den Kopf. Müde schlurfte sie in die Küche. »Wie geht es Julia? Gibt's was Neues?« Sie roch an ihren Händen und setzte sich. Als Marit sie anschaute, lachte sie auf. »Unser letzter Patient war ein Border Collie, der mit Hingabe seiner Aufgabe bei den Schafen nachgeht. Er schläft im Stall. Die ganze Praxis, nebst uns, müffelt nach brunftigem Schafbock. Ich habe den Geruch trotz dieses köstlich duftenden Shampoos immer noch in der Nase.«

Marit schnupperte vorsichtig in Richtung Esstisch. Zum Glück konnte sie außer dem Kokosgeruch nichts feststellen. »Julia ist auf Station. Es geht ihr besser.«

»Was ist denn genau passiert?« Bobby sprang wieder auf. Seit Marit sie in der Praxis angerufen hatte, drängte sie ihre Gedanken um Julia zur Seite. Die Arbeit erforderte Konzentration, da blieb nicht viel Zeit zum Grübeln. Aber jetzt war das anders. Nervös riss sie sich das Handtuch vom Kopf. »Ich glaube, ich fahre doch sofort nach Freiburg.«

»Nein, sie ist hier. In Colmar. Habe ich das nicht erwähnt? Entschuldige, ich bin auch durch den Wind. Du kannst morgen zu ihr.«

»Da geht es aber erst in der Mittagspause.«

»Das dachte ich mir schon. Julia weiß Bescheid. Ich habe ihr gesagt, dass du wahrscheinlich erst um die Mittagszeit kommen kannst. Es ist okay.«

»Jetzt erzähl doch mal von Anfang«, bat Bobby.

»Ihre gesundheitliche Verfassung hat sich verschlechtert und sie ist vor unseren Augen zusammengeklappt.« Das konnte sie guten Gewissens so behaupten und war nicht gelogen, rechtfertigte Marit die Unterschlagung der Information, dass Julia zwei Tage verschwunden war. »Sie war an der Dialyse und ihr Zustand ist jetzt wieder stabil.«

Bobby wischte sich die feuchten Hände am Frottee des Bademantels ab.

»Mit deinen Eltern habe ich auch telefoniert. Sie wissen, dass Julia auf Station ist und es ihr besser geht. Sie bleiben aber vorerst in Kanada. Ich habe versprochen, mich sofort zu melden, wenn es etwas Neues gibt. Ab morgen hat Julia Telefon auf dem Zimmer, dann kannst du sie anrufen.«

»Okay. Ich zieh mir rasch was an«, sagte Bobby und verließ die Küche. Sie brauchte jetzt ein paar Minuten für sich. Julia und sie waren nicht das, was man unzertrennlich nannte. Dafür waren sie zu verschieden und der Altersunterschied zu groß. Mittlerweile sahen sie sich nur an wichtigen Familienfesten. Ansonsten ging jeder seiner Wege, die nicht unterschiedlicher hätten sein können. Klar, sie wusste von Julias Niereninsuffizienz, aber ihre Schwester war nicht der Typ Mensch, der seine Probleme in den Mittelpunkt stellte. Darum vergaß Bobby schnell mal, wie krank sie war. Scheiße, dass sie das wieder vermurkst hatte. Die Nachricht, dass sie im Krankenhaus war, hatte ihr einen richtigen Schrecken eingejagt. Zum ersten Mal hatte sie Angst, Julia zu verlieren.

Als sie zurück in die Küche kam, war der Tisch gedeckt. Erfreut stellte Bobby fest, dass es sich um vegetarische Produkte handelte.

»Komm, iss was.«

Bobby ließ sich nicht lange bitten. Nachrichten, welcher Art auch immer, hatten ihren Appetit nie beeinflusst. So langte sie tüchtig zu. Sie belegte eine Scheibe Brot mit Käse und Tomatenscheiben und klappte sie in der Mitte zusammen. Nachdenklich starrte sie auf ihr Sandwich, als könnte es ihr alle Fragen beantworten.

»Aber da ist noch mehr«, fuhr Marit fort. »Wir haben herausgefunden, dass Romulus Eltern Julias leibliche Eltern sind. Amalia ist ihre Großmutter und hat ihr das Haus vererbt, damit sie das alles herausfindet. Stell dir vor, Romulus ist ihr Bruder.«

Bobby hielt im Kauen inne und schluckte, um etwas erwidern zu können. Dabei rutschte ihr ein Krümel in den Hals und sie begann mit geschlossenem Mund zu husten, um nicht alles über den Tisch zu spucken. Marit reichte ihr ein Glas Wasser. Bobby spülte, schluckte, hustete und keuchte. »Himmel«, entfuhr es ihr. »Und ich habe immer behauptet, das Leben meiner Schwester sei langweilig.«

»Ist es definitiv nicht.«

»Romulus? Der Typ, in dessen Armen du neulich gehangen hast?«

»Genau der«, sagte Marit, »und ich habe nicht in seinen Armen gehangen, wie du dich auszudrücken beliebst. Ich bin gestolpert und er hat mich aufgefangen. Das ist alles.«

»Aber heißt das nicht auch, dass sie in ihm endlich den Verwandten und potenziellen Spender gefunden hat?«

»Wie es aussieht, ja. Das muss sich alles noch genau klären. Es werden ausführliche Gespräche stattfinden. Vor allem müssen beide dazu bereit sein. Das ist keine Kleinigkeit. Wir sollten uns da auf keinen Fall einmischen. Bitte halte dich morgen mit diesem Thema zurück, denn es kann sein, dass Julia noch nichts davon weiß. Romulus will es ihr persönlich sagen. Verständlich, oder?«

»Eine Lebendspende? Damit hatte sie schon immer ein Problem. Du kennst doch meine Schwester. Julia kann stur sein wie ein Esel. Da rennt man eher eine Wand ein.«

»Soll man es Fügung nennen?«, fragte Marit. »Auf einmal ergibt alles Sinn: die Erbschaft, dass sie ins Elsass gefahren ist und die Trennung von Andreas. Das Schicksal meint es gut mit ihr.«

»Stimmt. Aber ob sie es auch annehmen wird?« Es freute Bobby ehrlich, dass Julia in Romulus ihren möglichen Spender gefunden hatte. Jetzt musste nur alles zusammenpassen und beide bereit sein, sich auf dieses Abenteuer einzulassen. »Irgendwie krass. Könntest du mit weiteren aufregenden Neuigkeiten warten, bis ich zu Ende gegessen habe? Es war ein langer Tag und ich bin hungrig.« Grinsend schöpfte sie sich Tomaten-Mozzarella auf ihren Salatteller und widmete sich wieder ihrem Käsebrot.

»Und du?«, fragte Marit. »Wirst du die Ausbildungsstelle annehmen?«

»Auf jeden Fall. Nach den Ferien stehen natürlich erst noch die Abiturprüfungen an, aber wir müssen ja nicht mehr zur Schule. Wenn ich Zeit habe, darf ich jederzeit in der Praxis helfen. Und ab September geht's offiziell los. Hier kann ich neben der Arbeit in der Kleintierpraxis sogar etwas über die Behandlung von Nutztieren lernen. An Julias Sprachbegabung komme ich zwar nicht heran, aber für die Schule wird's hoffentlich reichen. Und wenn ich dann noch eine Weile hier wohnen darf ...«

»So lange du deinen Teil an Pflichten im Haushalt übernimmst, sehe ich da keine Probleme.« Marit runzelte die Stirn und setzte eine strenge Miene auf.

»Ja, ja. Schon gut.« Bobby stöhnte. »Ich gebe mir Mühe.«

»Na, denn. So wie es aussieht, wird das hier zukünftig ein Drei-Mädel-Haus. Das musst du aber mit Julia besprechen, vielleicht kannst du, solange Julia im Krankenhaus ist, oben ihr Zimmer haben?« Sie holte zwei Bier aus dem Kühlschrank und reichte eines davon Bobby. »Auf die Zukunft. Santé!«

Bobby trank einen großen Schluck. »Sag mal, stand dort im Wohnzimmer nicht ein Klavier?« Jetzt hätte sich fast Marit verschluckt, wie sie belustigt feststellte.

»Ach, der alte Kasten war total verstimmt und zu nichts mehr zu gebrauchen. Julia wollte, dass ich ihn entferne.«

Kapitel 14

Hey, wie gehts dir?« Marit stellte eine Vase mit Margeriten auf den Tisch und salutierte: »Melde gehorsamst, alles nach Wunsch erledigt.«

»Klavier zerstört?«

»Ja. Es war mir eine Genugtuung. Die Reste stapeln sich hinten im Garten. Ich habe meinen Frust an dem alten Kasten ausgetobt, schließlich hast du mich gestern komplett über dein Abenteuer im Ungewissen gelassen.«

»Ich danke dir.«

»Allein für dein Lächeln hat sich das Warten gelohnt. Aber jetzt will ich alles hören. Und zwar haarklein.« Marit schob die Bettdecke ein Stück zur Seite und setzte sich auf die Bettkante. »Wie funktioniert das mit dem Zeitsprung? Ich meine, das ist doch nach wie vor unglaublich!« Julia berichtete und Marit versuchte, sich vorzustellen, wie es sich anfühlte. Eine Verstorbene in Echtzeit kennenzulernen, ließ sie schaudern, da stellten sich wieder ihre Nackenhaare auf. Sie erfuhr nichts Neues, was sie nicht schon aus den Papieren hinter dem Klavier erfahren hatte. Aber allein die Tatsache, dass Julia es auch wusste, ließ ihre Zweifel allmählich zerbröckeln. »Wenn das stimmt ... So langsam glaube ich dir. Denn woher solltest du sonst diese Informationen haben?«

»Eben, jetzt siehst du es ein, nicht wahr? Es war schlicht überirdisch, meine Großmutter kennenzulernen. Dennoch ist es besser, wenn wir drei dieses Geheimnis für uns behalten. Niemand würde uns glauben, denke nur an deine Reaktion. Das Klavier hat seinen Zweck erfüllt und ist zerstört.

Du hast meinen Eltern und Bobby doch hoffentlich nichts erzählt, oder?«

»Nein, habe ich nicht«, beruhigte Marit sie. »Aber, für den Fall, dass du das Geheimnis nicht entdeckt hättest, hatte Amalia trotzdem vorgesorgt. Sie hat eine Schachtel auf der Rückseite des Klaviers befestigt.«

Julia schnappte kurz nach Luft, als ob sie etwas fragen wollte.

»Alles in Ordnung, Julia?«

»Ja, ja. Ich bin nur gespannt, was in der Schachtel war. Ein Brief? Eine Nachricht?«

»Wie man es nimmt. Wir haben dort deine Adoptionspapiere gefunden. So haben wir vorgestern alles erfahren.«

»Nur meine Papiere? Sonst nichts?«

»Sonst nichts? Machst du Witze. Das ist doch eine ganze Menge. Mich hat fast der Schlag getroffen, als ich las, dass Romulus dein Bruder ist. Amalia hat ihm kein Sterbenswörtchen davon gesagt.« Marit sah, dass es hinter Julias Stirn arbeitete. Verschwieg sie ihr was?

Kurz sah es aus, als wollte sie etwas hinzufügen, aber dann kam sie wieder auf die Schachtel zu sprechen. »Amalia wusste mit Gewissheit nichts von der Magie des Instruments«, sagte Julia. »Die Papiere am Klavier im Haus zu deponieren war aber eine geniale Idee, um mich über die Verwandtschaft aufzuklären. Sie war komplett ahnungslos und überrascht, als ich plötzlich vor ihr stand. Dennoch hat sie mich gleich erkannt. Sie sagte, ich sähe ihrer Tochter ähnlich. Ich trug ja das Sommerkleid aus dem Schrank. Stell dir vor: Es gehörte meiner Mutter.«

»Ich verstehe ja, dass ihr euch jede Menge zu erzählen hattet«, gab Marit zu, »aber du warst eine Ewigkeit weg. Hast du gar nicht an uns gedacht? Wir sind vor Sorge fast verrückt geworden.«

»Ich wollte am gleichen Abend zurück, das musst du mir glauben. Aber die Zeit verging wie im Flug: Na ja, dann bat mich Großmutter, zu übernachten«, entschuldigte sich

Julia. »Ich konnte ihr den Wunsch, mich näher kennenzulernen, einfach nicht abschlagen. Es war ein Schock, als wir am nächsten Tag feststellten, dass es nicht mehr funktionierte.«

Marit senkte bei Julias Worten den Blick beschämt zu Boden. »Meine Schuld«, erklärte sie zerknirscht. »Ich war so wütend auf das Klavier und die ganze Geschichte, dass ich dem Kasten mit aller Kraft einen Tritt versetzt habe. Dabei ist der komische Stab, von dem ich nichts ahnte, heruntergefallen und hat die Anschläge blockiert.«

»Ach herrje. Der Befeuchtungsstab!«, rief Julia. »Jetzt wird mir alles klar. Wie habt ihr die Ursache gefunden?«

»Das hast du Romulus zu verdanken. Er hat dir die Geschichte von Anfang an abgenommen. Er hat das Klavier untersucht, in den Kasten geschaut und das Corpus Delicti entdeckt. Als du dennoch nicht wieder aufgetaucht bist, haben wir die Gendarmerie informiert.« Marit schlug sich mit der Hand vor den Mund. »Oh je. Die habe ich total vergessen. Sie wissen gar nicht, dass du wieder da bist.«

Julia aß zu Mittag, als Bobby ins Zimmer gerauscht kam. »Mensch Jule, hast du mir einen Schrecken eingejagt. Marit hat gestern die Bombe platzen lassen, dass Romulus dein Bruder ist. Wie cool ist das denn? Findest hier deinen Bruder und deine leiblichen Eltern! Voll krass!« Sie hob den Daumen. »Bist noch ein bissel blass um die Nase. Aber das ist ja gar nichts gegen die Alternative. Der Gedanke, dich nicht mehr wiederzusehen hat mir den Boden unter den Füßen weggezogen. Ich meine überhaupt, wie schnell das gehen kann. Vor allem wird einem bewusst, wie unwichtig das ganze Drumherum ist. Hat Marit erwähnt, dass ich eine Ausbildungsstelle gefunden habe? Bei Dr. Wegart in Bischwihr. Ich durfte ihm bei Nobody assistieren und er hat gleich gecheckt, wie gut ich mit Tieren kann. Daraufhin hat er mir das Angebot gemacht. Mega! Der Katze geht es übrigens bestens. Sie hat sich prima erholt, ich denke, ich kann sie bald mit nach Hause nehmen.« Der Redeschwall ergoss sich wie ein Wasserfall über Julia.

»Bobby, hol mal Luft, bitte.« Sie griff nach dem Arm ihrer Schwester und zog sie auf die Bettkante. »Nach Hause? Du meinst zu mir ins Schleusenhaus?«

»Klar zu dir, oder besser gesagt zu uns.« Sie grinste. »Ich kann doch eine Weile bei euch wohnen? Nur bis ich was gefunden habe? Marit ist einverstanden und ja: Ich werde mich am Haushalt beteiligen. Indianer-Ehrenwort.« Sie hob zwei Finger.

Julia wusste aus Kindheitstagen, dass dieser Schwur mit Vorsicht zu genießen war, sagte aber nichts.

»Ich habe dein Zimmer bezogen«, fuhr Bobby fort. »Natürlich nur, solange du in der Klinik bleiben musst. Meine Kollegin sucht auch eine Bleibe und vielleicht tun wir uns zusammen. Aber zur Not ziehe ich über den Sommer zurück ins Zelt, versprochen.«

Julia schob den Tisch mit ihrem Tablett zur Seite.

»Magst du das nicht mehr?« Bobby zeigte auf die Schale mit dem Obstsalat und riss sich, ohne die Antwort abzuwarten, das Dessert unter den Nagel. »Eure Idee mit dem Café finde ich großartig«, sagte sie mit vollem Mund. »Marit ist Feuer und Flamme. Wie gesagt, ich helfe euch gern.«

»War Nobody schwer verletzt?«

»Ihre Hinterpfote war entzündet. Du solltest sie sehen, wie hübsch sie jetzt aussieht, nachdem ich Filz und Dreck entfernt habe. Der Mistkerl, der sich an ihren Krallen zu schaffen gemacht hat, war ein skrupelloser Stümper. Wer tut einem Tier so was an? Hast du eine Ahnung, woher sie kommt?«

»Nein. Sie ist einfach bei mir aufgetaucht.«

»Dem schneid ich die Eier ab, wenn ich ihn erwische.« Wie zur Demonstration teilte sie mit dem Löffel eine Mirabelle mittendurch.

Romulus traf Bobby auf dem Flur. Sie nickte ihm kurz zu. »Muss zur Arbeit«, rief sie und sprang den Gang entlang.

Vor Julias Zimmer hielt er einen Moment inne. Was, wenn sie nicht einverstanden war? Aber warum sollte sie das nicht sein? Es fügte sich doch alles perfekt ineinander. Er klopfte und trat schnell ein, bevor er es sich anders überlegen konnte. »Hey, wie geht es dir?« Langsam trat er näher.

»Danke, besser. Die Dialyse hat mich gerettet und mir vor Augen geführt, wie abhängig ich davon bin.«

Er beugte sich hinunter und hauchte zwei Küsse auf ihre Wangen. Einen Moment innehaltend, fixierte er Julias Augen. *Dieses Grün,* dachte er. Einfach zauberhaft. »Dann wäre eine Spenderniere eine Option, dein Leben wieder lebenswert zu machen?« Er griff nach ihrer Hand, die auf der Bettdecke lag und drückte sie liebevoll. »Da habe ich sensationelle Nachrichten.« Er machte eine Pause, in der er am liebsten einen Trommelwirbel veranstaltet hätte. »Ich habe mich in Freiburg testen lassen. Die notwendigen Schritte, die nötig sind, wurden bereits in die Wege geleitet.«

Sie riss die Augen weit auf. Mit einem Ruck entzog sie ihre Hand. Zorn sprühte aus ihrem müden Blick. »Warum hast du das getan?«, zischte sie ihn an.

»Was genau meinst du?«, fragte Romulus, der nicht verstehen konnte, warum sie so zornig war. »Warum ich dein Leben retten will?«

»Ich habe dich nicht darum gebeten. Woher weißt du überhaupt – Marit, nicht wahr?«

»Julia! Du brauchst eine Niere. Als dein Bruder bin ich in der Lage, dir eine zu geben. Dich zu retten. Es würde mich umbringen, dich zu verlieren! Was daran ist falsch?«

»Ach so. Du denkst, ich schreie Hurra? Da ist ja endlich einer aus der Familie, den ich in den OP schleppen und ausschlachten kann!«

Romulus schloss die Augen und atmete tief durch. *Das ist nur ein Albtraum. Das passierte nicht. Oder doch?* Er gab ein knurrendes Geräusch von sich, das seiner wachsenden

Ungeduld Ausdruck gab. Er hatte nicht damit gerechnet, sich rechtfertigen zu müssen. »Nein, natürlich nicht! Sobald ich erfahren habe, dass du meine Schwester bist, habe ich mich testen lassen. Das ist alles. Ich wollte Gewissheit. Da wussten wir ja nicht einmal, wo du steckst und ob du zurückkommst. Trotzdem war es mir wichtig, vorbereitet zu sein. In deiner prekären Situation ...«

»Genau: meine Situation, die niemanden etwas angeht!«

»Da täuschst du dich gewaltig! Du gehst mich durchaus etwas an!« Langsam gewann seine Wut überhand. »Ich bin seit Jahren in den gängigen Listen und Dateien als Spender registriert und für mich stand immer fest zu helfen, sofern ich für jemanden infrage komme.«

»Und das muss ausgerechnet ich sein?«

»Verdammt Julia, du wärst fast gestorben! Ist dir das nicht klar? Und der Gedanke, dich zu verlieren, ist mir unerträglich!«

»Wäre vielleicht besser gewesen.«

Jetzt klang eindeutig Trotz aus ihrer Stimme. Das war nicht ihr Ernst!

»Besser, als jemandem ewig Dankbarkeit zu schulden, dessen Leben danach eingeschränkt ist, obwohl er vorher kerngesund war. Besser, als mit der Schuld zu leben, dass du eines Tages wegen mir sterben musst, weil deine verbliebene Niere zickt. Weißt du, wie unerträglich mir das wäre?«

Julias Stimme brach. Sie kämpfte mit den Tränen. Darüber hatte Romulus nachgedacht, lange bevor er Julia kennengelernt hatte. In der Klinik hatte man ihn aufgeklärt. Die Chance, einem Menschen helfen zu können, war ihm wichtiger als die Möglichkeit einer späteren Komplikation. Für seine Schwester würde er nicht anders handeln. »Julia.« Romulus rang nach Fassung. »Glaub mir, ich hätte das gerne vorher mit dir abgesprochen. Vielleicht habe ich geahnt, dass du es mir ausreden willst, aber insgeheim habe ich gehofft, dass du dich freust. Wie auch immer. Du bist zurück und du lebst, das ist die Hauptsache. Du kannst mein Angebot annehmen, du musst mir nicht dankbar sein und du brauchst dir keine Sorgen um mich machen.« Gerne hätte er wieder ihre Hand genommen, aber das würde sie jetzt sicher nicht zulassen. Also ließ er es bleiben.

»Willst du es nicht verstehen? Ich wollte nie, dass jemand meinetwegen sein Leben ruiniert. Auf der vermaledeiten Spenderliste wäre es um verunfallte Menschen gegangen. Das Organ wäre mit ihnen gestorben und bekommt durch die Spende eine zweite Chance. Du aber, du hast dein ganzes Leben noch vor dir!« Tränen rannen über ihr Gesicht.

»Julia, du bist mir wichtig.« Er konnte nicht anders und strich ihr über die Wange. Sie drehte den Kopf zur Seite. »Es ist keine Frage der Entscheidung. Ich würde es so oder so für dich tun, egal ob als Freund oder als Bruder.«

Jetzt sah sie ihn wieder an. Zeigten ihre verheulten Augen einen spöttischen Ausdruck oder bildete er sich das ein? »Ja, als Bruder«, bekräftigte er. »Es war ein Schock, dass ich eine Schwester habe, vor allem, weil ich dich auf eine andere Art lieb gewonnen hatte.« Er schluckte schwer. »Ich habe so viele geliebte Menschen verloren. Beide Eltern und meinen besten Freund – ich konnte nichts für ihn tun. Er ist an Leukämie gestorben.«

»Das tut mir leid.«

»Dich hat man mir weggenommen, bevor ich überhaupt wusste, dass es dich gibt. Jetzt soll ich meiner Schwester nicht helfen? Du könntest sterben! Verdammt! Julia Bellini, was glaubst du, was ich bin? Ein herzloser Stein?«

Bei ihrem rechtmäßigen Namen war sie zusammengezuckt. »Ich weiß, dass es falsch ist, das alles nicht dankbar annehmen zu können. Glaub mir, ich arbeite daran – wieder einmal. Mein ganzes Leben ist geprägt von Dankbarkeit. Dafür, dass ich adoptiert wurde und meine Kindheit nicht in einem Heim fristen musste. Dass ich in eine Familie gekommen bin, die mich wie ihr eigenes Kind angenommen, mich geliebt und nicht missbraucht oder gequält hat, wie man es immer wieder hört. Dass es keine Pflegefamilie war, die das nur des Geldes wegen tat. Dass ich nach der Geburt meiner Schwester nicht dem leiblichen Kind hinten angestellt wurde. Dass man mich gefördert und mir ein Studium ermöglicht hat ...« Julia schnappte nach Luft. Erneut glitzerten Tränen in ihren Augen.

»Bin ich wieder einer auf deiner Liste? Ist es das, was dich so anwidert?« Seine Stimme war gefährlich leise. »Wie gesagt, ich bin schon lange als Spender in diversen Dateien gelistet.« Romulus wandte ihr den Rücken zu. Er musste hier raus. An der Tür drehte er sich um. »Glaub mir. Ich würde es für jeden X-Beliebigen auch tun.«

Die Tür knallte hinter ihm zu, was ihm einen missbilligenden Blick einer Krankenschwester auf dem Flur einbrachte.

Nachdem Romulus aus dem Zimmer gerauscht war, schloss Julia erschöpft die Augen. Tränen der Verzweiflung und der Scham quollen darunter hervor. Was für ein emotional anstrengender Tag. Erst Bobby, die sie mit ihren Fragen und Informationen wie ein Güterzug überrollt hatte, und jetzt diese unsägliche Auseinandersetzung mit Romulus. Warum musste sie ihm so vor den Kopf stoßen? Sie wollte ihm doch sagen, dass sie keine Geschwister waren und wieder alles zwischen ihnen möglich schien. Stattdessen hatte sie den Eindruck erweckt, dass er ihr egal war und seine Hilfe nicht erwünscht. Die Müdigkeit legte sich wie eine bleierne Decke über sie. Das war so was von scheiße gelaufen. Warum konnte sie sein Geschenk nicht als solches annehmen? Erneut übermannten sie die Tränen.

Kapitel 15

»Du hast davon gewusst, oder?«, fragte Julia vorwurfsvoll, als Marit sie am nächsten Tag besuchte.

»Was? Dass Romulus als Spender infrage kommt? Nein, das hat er verheimlicht. Ist das nicht unglaublich? Wie zur rechten Zeit am richtigen Fleck. In Filmen kommt das immer so kitschig rüber, aber jetzt bin ich nur froh, dass du wieder ein normales Leben führen wirst.«

Julia sagte kein Wort.

»Stimmt was nicht? Was ist los?«

»Ich komme nicht damit zurecht. Ich sollte froh sein, aber ich bin es nicht. Ich will das nicht!«

»Was soll das denn heißen? Möchtest du so weitermachen? Jung sterben?«

»Nein – ja. Ach, keine Ahnung! Ich bin total durcheinander. Wenn durch den Tod eines Menschen ein anderer gerettet werden kann, macht das Sinn. Aber jetzt hat der Spender ein Gesicht.« *Und ein liebenswertes dazu,* dachte Julia. »Ich glaube, ich habe Romulus schrecklich unrecht getan. Zu Anfang war es ein fürchterlicher Schock. Ich gewöhne mich erst langsam an den Gedanken. Hast Du mit ihm gesprochen?«

»Er war gestern kurz im Schleusenhaus.«

»Und?«, fragte Julia leise.

»Nichts und. Er wirkte niedergeschlagen. Jetzt weiß ich warum. Verständlich, oder? Er meinte nur, dass du gereizt warst und mit der Situation nicht zurechtkommst. Wie es aussieht, kommst du mit ihm nicht zurecht. Ich habe versucht, ihn zu beruhigen, und habe dich in Schutz genommen. Einmal, weil du meine beste Freundin bist. Zum anderen, weil ich hoffe, dass du zur Vernunft kommst.«

Julia senkte den Blick beschämt auf ihre Decke.

»Du brauchst Zeit. Es war alles ein bisschen viel. Man reist ja nicht alle Tage in die Vergangenheit, lernt seine verstorbene Großmutter kennen und erfährt, wer die Eltern sind. Selbst mich als Außenstehende hat das umgehauen.« Marit machte eine Pause. »Dass es dir leidtut, musst du ihm jetzt schon selbst sagen. Das kann ich dir nicht abnehmen.«

»Ist er sauer?«

»Ich habe nicht den Eindruck, dass er dir böse ist, wenn du das meinst. Aber ich glaube, du hast ihn verletzt. Mensch Julia, er verdient Respekt für sein Vorhaben, egal wie du dich entscheidest.«

Julia spürte die Röte auf ihrem Gesicht.

»Was ist los? Wir hatten doch alle gehofft, dass du hier deine Wurzeln findest und ein Verwandter dir helfen kann. Jetzt hast du ihn gefunden und er ist bereit, es zu tun. Was ist dein Problem?«

Dass ich ihn liebe, dachte Julia und schloss die Augen. »Es wäre mir unerträglich, wenn er durch seine Selbstlosigkeit in Gefahr geriete. Ich könnte mir nie verzeihen, wenn ...« Ihre Stimme brach. Mit den Händen strich sie fahrig über die Bettdecke.

»Eben«, sagte Marit. »Er würde sich nie verzeihen, wenn du ohne seine Hilfe stirbst. Ihm geht es doch ähnlich wie dir. Nimm es als Geschenk von einem Menschen, der dich über alles liebt. Du wirst leben, Julia, und das ist, was für euch beide zählt. Die Vorschriften für Spender sind umfangreich. Er weiß sicher genau, auf was er sich einlässt. Das macht er aus Überzeugung, da bin ich mir sicher.«

Julia nickte.

»Hör zu. Ich muss zurück nach Freiburg. Mein Urlaub ist vorbei. Bobby kümmert sich den Rest der Ferien um das Schleusenhaus. Weißt du schon, wann du verlegt wirst?«

»Spätestens übermorgen komme ich in die Nephrologie nach Freiburg. Meinst du, Romulus schaut vorher noch mal vorbei?«

»Ich weiß nicht, ob er kommt. Aber ich hoffe, du weißt, was zu tun ist, falls doch.«

Erschöpft schlief Julia ein. Sie fand Trost in einem Traum voll Musik, in dem sie ein Konzert gab, bei dem ihre leibliche Mutter mit Amalia in der ersten Reihe saß und ihr zulächelte. Ein Klopfen oder Hämmern klang durch den Saal. Es störte ihr Spiel. Sie versuchte, es zu ignorieren, aber es drängte sich in ihr Bewusstsein, bis sie an die Oberfläche dämmerte. Sie öffnete die Augen. Angestrengt probierte sie ein scharfes Bild zu erhalten. Jetzt musterte sie erstaunt die stylish gekleidete Frau, die mit einem Strauß Rosen vor ihrem Bett stand. Der akkurat geschnittene Pagenschnitt kam ihr bekannt vor.

»Ich soll herzliche Grüße von Ihrem Retter ausrichten.«

Julia erkannte die Frau vom Supermarktparkplatz wieder. Erstaunlicherweise sprach sie gut Deutsch, nur das *H* verschluckte sie, wie die meisten Franzosen.

»Wir waren gestern Abend gemeinsam essen.«

»Romulus?« Ein brennender Schmerz explodierte in ihrer Brust. Julia konnte sich nicht vorstellen, dass er sie nach seinem letzten Abgang *herzlich grüßen* ließ. Dass er mit seiner alten Liebe ausgegangen war, konnte sie sich dagegen gut vorstellen. Der Gedanke schnitt wie ein glühendes Messer in ihr Herz.

»Er hat mir einen Schrecken eingejagt. Will einfach so eine Niere verschenken, um einer Bekannten zu helfen? Mon chéri ...« Sie holte kurz Luft und seufzte theatralisch. »Aber so war er schon immer. Spielt gerne den Helden. Oh, entschuldigen Sie, wie unhöflich von mir. Marlène.« Sie streckte ihr auffordernd die Hand hin.

Julia ergriff sie, ihre Gedanken purzelten wild durcheinander. Er hatte ihr davon erzählt? Von solch einer intimen Sache? *Natürlich teilen sie intime Dinge,* schalt sie sich, schließlich sind sie wieder zusammen. Schnell schob Julia die unerträgliche Erkenntnis beiseite.

»Ich bin frisch aus Paris zurück und kenne Romulus von früher, müssen Sie wissen.« Marlènes Blick fiel auf die Rosen, als hätte sie vergessen, dass sie diese noch immer in der Hand hielt. Sie griff nach der Wasserkaraffe, die auf Julias Nachttisch stand, und missbrauchte sie als Vase, die sie neben jene von Bobby auf den Tisch stellte.

Julia nutzte die Atempause des Vamps, um ihre Gedanken zu sortieren. Der Auftritt war merkwürdig, regelrecht frech und sie konnte sich keinen Reim darauf machen, was sie von ihr wollte. *Wirklich nicht*, drängte sich eine Stimme in den Vordergrund.

»So. Wie geht es Ihnen?« Schwungvoll wirbelte sie den einzigen Stuhl zu sich herum und platzierte sich neben Julias Bett. Ihre Gazellenbeine schlug sie übereinander und setzte sie damit gekonnt in Szene.

»Danke, den Umständen entsprechend ...«

»Entsprechend gut, hoffe ich doch?«, fiel sie ihr ins Wort. »Wir wollen ja nichts überstürzen. Das muss alles sorgfältig überlegt sein. Schließlich ist Romulus perfekt. Äußerlich – der perfekte Body und innen drin, das perfekte Herz. Gut, dass Sie nur an seiner Niere interessiert sind.« Sie kicherte über ihren Witz.

»Ich weiß nicht, was ...«, setzte Julia an.

»Nur mit festen Beziehungen hat er so seine Probleme. Schade, nicht wahr? Sicher hat er Ihnen erzählt, dass wir ein Paar waren? Er hat früher reihenweise Mädchen den Kopf verdreht. Keine Touristin war vor ihm sicher. Mon Dieu, wenn ich an die Sommer zurückdenke.«

Marlène schüttelte missbilligend die gelackte Mähne. Julia hatte Schwierigkeiten, ihrem stechenden Blick standzuhalten. Wollte sie prüfen, welche Wirkung ihre Worte auf sie zeigten?

»Zwischen uns war es von Anfang an anders. Etwas Besonderes. Leider musste ich zum Studium nach Paris. Man weiß ja, wie schwierig das mit Fernbeziehungen ist. Eigentlich haben wir uns nie offiziell getrennt. Jetzt bin ich wieder da. Erst kürzlich haben wir uns getroffen, et voilà: Schon will er sich zum Ausschlachten ins Hôpital legen. Was für ein Schock, wie Sie sich vorstellen können. Incroyable.«

»Das war nicht meine Idee«, platzte Julia heraus, um sich zu verteidigen. »Was wollen Sie von mir? Warum erzählen Sie mir das alles?«

»Sie haben recht. Ich bin eine *‚pipelette‘* oder, wie sagt man auf Deutsch: *‚Plaudertasche‘*, wie ungeschickt. Sie sind sicher müde. Ich wollte nur schauen, wie es Ihnen geht und ob es notwendig ist, dass mein Freund Ihnen selbstlos ein so ungeheueres Geschenk macht.« Sie lächelte boshaft. »Sicherlich ein seltsamer Gedanke, so mit einem Menschen verbunden zu werden, n'est-ce pas?« Geräuschvoll schob sie den Stuhl zurück. »Dann lasse ich Sie mal wieder allein. Alles Gute.«

Ohne sich umzudrehen, stolzierte sie aus der Tür. Der Spuk war vorbei, nur der Duft von Chanel N°5 blieb unheilschwanger im Zimmer zurück. Julia hätte am liebsten gekotzt.

Fetzen eines Wortgefechts drangen durch die geschlossene Tür, die sich kurz darauf wieder öffnete. »Julia, entschuldige bitte. Es tut mir so leid.« Romulus rauschte in seiner Arbeitskluft herein. Er sah blass aus. »Ich wollte zu dir und da sehe ich, wie Marlène aus deinem Zimmer kommt. Was wollte sie von dir?«

»So genau kann ich dir das nicht beantworten. Es sah aus, als wolle sie ihr Revier abstecken, mir klar machen, dass sie Anspruch auf dich erhebt, und zwar im Ganzen. Über deine geplante Heldentat ist sie folglich nicht begeistert.« Julia stellte fest, dass er kreidebleich wurde. »Komm, setz dich. Ist dir nicht gut? Du kippst ja gleich um.«

Sie schob ihre Bettdecke ein Stück zur Seite, aber Romulus wählte den Stuhl, der noch neben dem Bett stand. »Ich bin in meiner Mittagspause hergefahren und habe nichts gegessen. Ist nur der Kreislauf.« Er streckte seine Beine aus und lehnte sich zurück, was ihm eine halb liegende Position ermöglichte.

»Läuft da was zwischen euch?«

»Nein!«, rief er und setzte sich wieder aufrecht. »Da läuft nichts. Ich habe sie ewig nicht gesehen. Kürzlich stand sie plötzlich beim Supermarkt vor mir. Ich hatte ja keine Ahnung, dass sie ...«

»... an die alten Zeiten anknüpfen möchte?«

»Da gibt es nichts anzuknüpfen. Leider bekommt sie meistens, was sie will. An mir hat sie sich damals schon die Zähne ausgebissen.«

»Das scheint sie anders zu sehen.« Julia verbiss sich ein Grinsen angesichts seines entsetzten Gesichtsausdrucks.

»Ich habe ihr klar zu verstehen gegeben, dass sie dich in Ruhe lassen soll.« Sein Blick fiel auf die Blumen. »Sind die Rosen von ihr?« Er nickte zum Tisch hinüber.

»Gelbe Rosen, wie passend, findest du nicht?«

»Passend? Wieso?«

»In der Blumensprache stehen sie für Eifersucht und Untreue.«

Romulus stöhnte. »Als ob es nicht schon schwer genug wäre, die normale Sprache von euch Frauen zu verstehen. Ich war gestern Abend mit ihr essen, weil sie sonst keine Ruhe gegeben hätte. Da habe ich meinen Standpunkt recht deutlich gemacht. Nur, dass wir Geschwister sind, habe ich ihr nicht auf die Nase gebunden.«

»Sind wir nicht ...«

»Was redest du da?«

»Wir sind nicht Bruder und Schwester.«

Romulus stand auf und schob den Stuhl zur Seite. »Aber ich denke, meine Mutter war mit dir schwanger, als sie verunglückte.«

»Das ist so weit korrekt«, erklärte Julia. »Die Krux liegt darin, dass meine Eltern nicht deine sind. Tut mir leid, Romulus, dass du es so erfährst, aber du wurdest adoptiert.«

Er strauchelte, klammerte sich an die Stange am Fußende des Bettes. Verstört sackte er auf die Matratze, japste nach Luft und atmete tief aus, als wolle er sich selbst beruhigen.

Julia gab ihm die Zeit, die er brauchte, um die Nachricht aufzunehmen. Sie wusste genau, wie es sich anfühlte.

»Ich bin adoptiert?«

Sie sah, dass er sich wünschte, sie hätte nur einen blöden Scherz gemacht, aber das hatte sie nicht.

»Du meinst, meine Eltern sind deine Eltern, aber meine Adoptiveltern – und meine Oma ...«, er stockte, »... gar nicht meine richtige Oma? Alles war eine einzige Lüge?« Er stemmte sich wieder hoch und tigerte auf und ab.

»Ich erklär's dir.« Julia streckte ihm ihre Hand entgegen, die er zögernd ergriff. Sie zog ihn zurück auf die Bettkante. »Als Pianistin war Christine viel unterwegs und unter dem Stress stellte sich lange kein Kindersegen ein. Nachdem sie sich zur Adoption entschlossen hatten, war der Druck weg. Das kann viel im Körper einer Frau bewirken. Als sie gar nicht mehr daran dachten, wurde sie nach zwei Jahren mit mir schwanger. Sie hatten nicht verhütet.«

Romulus sah sie unverwandt an. Es hätte Julia nicht überrascht, wenn ein Videotext über seine Stirn geflimmert wäre, so präsent waren seine Gedanken.

»Amalia war eine starke Frau. Ich denke, du tust ihr Unrecht, wenn du ihr im Nachhinein zürnst. Vergiss nicht: Sie hat sich damals für dich und gegen mich entschieden, obwohl ich ihre leibliche Enkelin war. Sie wollte dich schützen. Du hattest genug durchgemacht.«

»Wer sind meine Eltern? Es könnte doch durchaus sein, dass sie noch leben?«

»Theoretisch ja. Mach dir keine allzu großen Hoffnungen. Wenn es sich um eine geschlossene Adoption gehandelt hat, wird es schwer, etwas herauszufinden. So wie bei mir. Aber, wenn du möchtest, helfe ich dir gerne.« Er sah sie an. Sie hielt seinem Blick stand, spürte, wie die Anspannung langsam von ihr abfiel.

Romulus' Gesichtszüge entspannten sich ebenfalls. Dann verzog sich sein Mund zu einem breiten Grinsen. »Aber das bedeutet ja, dass wir, ich meine du und ich ...«

»Genau. Und, dass du, obwohl kein Verwandtschaftsverhältnis vorliegt, als Spender infrage kommst. Romulus, ich habe nachgedacht. Wenn dein Angebot steht, nehme ich es gerne an.«

»Klar steht das. Es ändert nur die Voraussetzungen. Lebendspenden dürfen nur unter Verwandten ersten Grades, Verlobten, Verheirateten oder engen Freunden stattfinden, aber ...«

Er brach ab, umfasste Julias Nacken und zog sie vorsichtig heran. Sie tauchte in seinen braunen Augen ab und ließ sich treiben. Sein Atem kitzelte am Kinn und sie spürte die Spitzen ihrer Brust unter dem Nachthemd. Sein Mund strich sanft über ihre Unterlippe. Julia öffnete ihr Herz und ein Glücksgefühl explodierte in der Magengrube. Ihre Lippen gewährten seiner Zunge Einlass. *So fühlt sich Leben an,* dachte sie und begriff, was ihr entgehen würde, wenn sie seine Hilfe ablehnte.

Ein leises Räuspern ließ sie auseinanderfahren.

»Ich störe ja ungern, aber es ist Zeit für die abendliche Visite. Sie können Frau Lüttke morgen wieder besuchen.« Oberschwester Karin lächelte.

»Ich denke, dass sie uns eine enge Freundschaft nicht absprechen können«, flüsterte er ihr ins Ohr, bevor er mit einem breiten Lächeln das Zimmer verließ.

Kapitel 16

Romulus stand zu Hause an der Heckklappe seines Wagens. Hatte er an alles gedacht? Der Himmel war wolkenlos. Laut Wettervorhersage sollte es ein heißer Tag werden. Wenn es nach ihm ginge, würde es in jeder Hinsicht ein heißer Tagesausflug mit Julia werden. Zurzeit wohnte sie bei ihren Eltern in Freiburg, was praktischer war, denn sie musste oft ins Krankenhaus. Die Vorbereitungen auf die Transplantation waren umfassend. Romulus wünschte sich, dass sie heute die Flut an Untersuchungen für einen Tag vergessen konnte.

Per WhatsApp hatte er Julia eine Liste mit Dingen geschickt, die sie einpacken sollte, und die Uhrzeit, wann er sie an der Schleuse abholen würde. Marit hatte sich bereit erklärt, Julia in Freiburg mitzunehmen. Sie wollte im Schleusenhaus, das Bobby allein bewohnte, nach dem Rechten schauen.

Als er über die Brücke fuhr, wartete Julia in Röhrenjeans und einem bauchfreien Top an der Auffahrt. Sie sah äußerst sexy aus, sodass sein Gehirn sofort Impulse in die Lendenregion leitete. »Kumpel«, wandte er sich grinsend nach unten, »du wirst dich noch ein wenig gedulden müssen!« Julia stellte eine Korbtasche auf den Rücksitz. Dann kletterte sie auf den Beifahrersitz. Er nickte in Richtung Tasche. »Salut! Alles dabei?«

»Ja, ich denke schon. Jedenfalls alles, was auf der Liste stand.« Ihre grünen Augen leuchteten.

Gern wäre er gleich mit ihr zu sich nach Hause gefahren. Das hätte die ganze Sache beschleunigt. Da dies aber eher der Wunsch seines Kumpels in der Hose war, ignorierte er diesen Gedanken. Heute wollte er ihr sein Elsass zeigen und damit auch ein Stück von sich.

»Oh, schau mal da oben!«, rief Julia entzückt. Sie zeigte Richtung Kanal, wo ein Storch über das Schleusenhaus flog.

»Ein gutes Omen«, meinte Romulus, »aber ein wenig verfrüht. Meinst du nicht?«

Julia errötete.

Ob sie sich Kinder wünschte? Für ihn gehörten Kinder auf jeden Fall zu einer Familie dazu. Allerdings lag noch ein gutes Stück Weg vor ihm. Er war sich sicher, dass er ihn gehen wollte. Mit seiner Hand glitt er über ihre Schulter, strich sanft die Locken zur Seite und umfasste ihren warmen Nacken. Sie schmiegte sich in seine Handfläche und er zog sie zu sich. Mit den Augen hielten sie einander fest. Ihre Lippen berührten sich zärtlich. Sie erwiderte den Kuss leidenschaftlich und entfachte damit eine nicht zu bremsende Gefühlslawine in Romulus. Beide rangen nach Luft, als sie sich voneinander lösten.

»Wow. Was ein Auftakt für unseren gemeinsamen Tag! Schaffen wir das Programm überhaupt, wenn wir schon jetzt auf diese Weise loslegen?« Oder sollte er doch lieber mit ihr nach Hause fahren?

»Dann los! Noch nie hat jemand mit mir eine Fahrt ins Blaue unternommen. Ich bin gespannt wie ein Flitzebogen auf dieses Programm.«

»Gut.« Romulus kapitulierte. »Auf in den Schmetterlingspark. Ich habe einen ganzen Bauch voll davon. Vielleicht kann ich sie dort unauffällig herauslassen?«

»Ach, ich lasse meine gerne da, wo sie sind. Das Kribbeln ist so aufregend.« Julia gluckste.

Er liebte dieses Geräusch.

Der Schmetterlingsgarten lag am Rande der elsässischen Weinstraße, zwischen Ribeauvillé und Riquewihr. So früh am Vormittag schlenderten nur vereinzelte Besucher durch die lichtdurchfluteten Hallen, die um diese Zeit noch nicht so aufgeheizt waren.

Romulus freute sich über Julias Entzücken, das die Vielfalt an exotischen Schmetterlingen, die sich hier frei bewegten, auslösten. Exemplare aus Afrika, Asien und Amerika gab es zu entdecken. Immer wieder stieß sie bewundernde Laute aus, während er mit dem Handy einen Schnappschuss nach dem anderen abfeuerte. Wie geplant verlor sich Julia im Zauber der Farben und gab sich ihren Glücksmomenten hin, die sich in ihrem Gesicht widerspiegelten. »Halt still, nicht bewegen«, flüsterte er, als sich ein schillernder Falter auf ihrer Nase niederließ. Rechtzeitig drückte er den Auslöser, bevor Julia diese kräuselte und herzhaft nieste.

»Oh, tut mir leid.« Sie sah dem Schmetterling nach, der auf eine lila Blüte flüchtete.

»Ich mag deine Nase auch«, sagte er und küsste Julia zärtlich auf die Nasenspitze. Seine Lippen glitten tiefer, suchten ihren Mund.

Sie atmeten auf, als sie wieder in die frische Luft traten.

»Lass uns das Wahrzeichen des Elsass anschauen!«

Romulus zog Julia auf die gegenüberliegende Seite des staubigen Parkplatzes. An der Kasse zum Storchenpark zeigte er einen Ausweis, worauf man sie durchwinkte. »Gib acht, dass dich keiner beißt. Dazu kommen wir zu gegebener Zeit nochmals hierher zurück«, sagte er und zwinkerte Julia zu.

Sie wollte erst etwas erwidern, ließ es aber bleiben. Heute war nicht der Tag, sich Gedanken über die Zukunft zu machen. Es gefiel ihr, sich mitreißen zu lassen. Sie genoss die Zweisamkeit und ließ sich in Romulus" Obhut treiben. Genau das hatte sie schmerzlich vermisst. Das wurde ihr in diesem Moment klar. Sie gab sich den bunten Eindrücken ihres Nachbarlandes hin, dem sie bis dahin wenig Aufmerksamkeit geschenkt hatte.

Den Hinweistafeln entnahm sie, dass im Park rund zweihundert Störche lebten. Da zwischen Mai und August die Aufzucht der Jungvögel stattfand, konnte man in den niedrig aufgestellten Nestern die Storchenbabys aus nächster Nähe beobachten. Staunend blieb sie vor einem Horst stehen. Sie sah zu, wie ein Elternteil landete, den Kopf zurückbog und laut mit dem Schnabel klapperte. »Oh! Der berühmte Klapperstorch?«

»Das Klappern ist ein Gruß, soll aber auch Feinde vom Nest fernhalten«, erklärte er.

»Wie groß die Altvögel sind«, staunte Julia. »Wenn überhaupt, habe ich sie nur in der Höhe kreisen gesehen. Immer weit ab oder auf dem Feld neben der Autobahn. Auf dem Mundenhof in Freiburg gibt es ein Nest, hoch oben auf einem stillgelegten Schornstein. Dort haben sie eine Webcam angebracht. Aber das kann man nicht mit dem hier vergleichen.«

»Es freut mich, dass es dir gefällt.« Er drückte ihre Hand fester. »Es ist schön, deine Begeisterung zu sehen, für etwas, was mir wichtig ist.«

Julia wollte nachfragen, da wurden sie angesprochen. »Salut Romulus, heute privat hier?« Sie drehten sich um und sahen einen Mitarbeiter des Parks. Er nickte ihr freundlich zu und klopfte Romulus auf die Schulter.

»Du bist öfter hier, stimmts?«, fragte sie, als sie wieder allein waren.

Er nickte. »Ich habe mich früh für diese Zugvögel interessiert und hier in den Ferien ein Praktikum gemacht. Seither helfe ich ehrenamtlich beim Bau der Nisthilfen, auch in den umliegenden Gemeinden.«

»Du überraschst mich immer wieder, Romulus Bellini.« Engagiert und liebevoll. Die Kombination gefiel ihr. Sie folgten dem schattigen Rundweg und hielten verliebt Händchen. Julia musste sich beherrschen, nicht aus lauter Übermut die Hand vor- und zurückzuschwingen, so wie sie es im Kindergarten mit ihrer Freundin getan hatte. Anhand der Tafeln und Erklärungen lernte Julia eine Menge über Störche, Biberratten und europäische Fischotter, die sich das fünf Hektar große Gelände mit den Vögeln teilten.

Zur Mittagszeit verließen sie den Park. Gespannt blickte Julia Romulus an. »Und was machen wir jetzt?«

»Jetzt wird es nass und kulinarisch.« Sein Blick war geheimnisvoll.

»Oh«, sagte Julia nur. Sie fasste ihren Vorsatz neu: nicht fragen – überraschen lassen! Entspannt gab sie sich Romulus' weiteren Plänen hin und spürte ein gänzlich neues Gefühl: Vertrauen. Sie vertraute ihm von ganzem Herzen. Vorsichtig fuhr sie über ihre Lende. Ein Teil von ihm würde sie bald auf intime Weise verbinden. Aber es würde sich nicht mehr fremd anfühlen. *Ganz und gar nicht,* gab sie erfreut zu.

Der Wagen schlängelte sich über die Landstraße durch die Weinberge nach Ostheim. Die äußerst charmanten Touristenörtchen Riquewihr und Ribeauvillé würde er ihr sicher ein anders Mal zeigen. Ab Ostheim nahm Romulus die Flurstraße Richtung Jebsheim, die sich kurvig zwischen Feldern, Wiesen und über etliche schmale Brücken wand. Am Maison Rouge, einem Ferienhaus, bog er links ab. Er hielt vor einer Schranke. Ein Duster mit einem Kanu auf dem Dachgepäckträger parkte vor Ort.

»Salut!«, grüßte Romulus den Mann, der lässig an der Fahrertür lehnte. »Das hat ja prima hingehauen. Maxime, von der Wassersportanlage Canoë du Ried – meine Freundin Julia«, stellte er vor. Dann half er, das Kanu vom Dach zu heben.

»Sechzehn Uhr in Sélestat?«, fragte Maxime.

»Ja, das müsste zeitlich hinhauen.« Romulus packte ein paar Dinge aus seinem Pick-up in den Kofferraum des Geländewagens. »À bientôt«, verabschiedete er sich. Dann waren sie wieder allein.

»Jetzt wäre der richtige Zeitpunkt, deine Badesachen anzuziehen.« Romulus zwinkerte lüstern. Julia zog sich das Top über den Kopf, doch zu seiner Enttäuschung trug sie bereits das Bikinioberteil darunter.

»Was?«, fragte sie unschuldig, zog die Augenbrauen hoch und ihre Hose herunter: Dort kam das passende rot-weiß gestreifte Bikinihöschen zum Vorschein.

Sein Blick blieb an ihrer rechten Lende kleben, wo sich bald ihre Operationsnarbe befinden würde. Jetzt war der Ausflug noch möglich. Wenn die immunsuppressive Therapie begann, um das Abstoßen des fremden Organs zu verhindern, wäre ein Besuch im Vogelpark oder Schwimmen wegen des Infektionsrisikos undenkbar. Julia folgte seinem Blick und jegliche Koketterie verschwand aus ihrem Gesicht. Er bemerkte ihre Unsicherheit sofort. »Denk heute nicht daran. Es wird alles gut werden. Glaub mir, ich spüre es. Mach dir wegen der Narbe keine Sorgen. Ich liebe jeden Zentimeter an dir. Jetzt und danach erst recht.« Er riss sich nur schwer von ihrem zartgebräunten flachen Bauch los, in dessen Bauchnabel ein winziger blauer Stein funkelte.

Sie deponierten die Kleider im Auto. Gemeinsam zogen sie das Kanu zum Ufer der Ill, die plätschernd zum Baden einlud. Handys, Handtücher und Wertsachen verstauten sie in der wasserdichten Box, die sie am Haltering im Kanu befestigten, und schoben das Boot ins Wasser.

»Wow, das ist gar nicht kalt«, wunderte sich Julia, die bis zu den Knien im Wasser stand.

»Nein, die Ill hat viele flache Stellen im Lauf. Sie wärmt sich schnell auf.«

Julia stürzte sich in die Fluten und schwamm ein Stück mit der Strömung, bevor sie grazil zurück kraulte.

Romulus nahm im Kanu Platz und bewunderte ihre schmale Silhouette. Er reichte ihr die Hand zum Einsteigen. Sie griff erstaunlich fest zu. Es gab einen Ruck und ehe er sich versah, landete er platschend im Wasser. »Na warte!« Er stürzte sich auf sie.

Sie ergriff quietschend die Flucht. Es folgte eine ausgelassene Balgerei, bei der mal er, mal sie die Oberhand gewann. »Gnade! Ich kann nicht mehr!«, rief Julia. Romulus watete zum Kanu, das sich am Rand in einer Weide verfangen hatte, und reichte ihr eine Schwimmweste. »Nicht dein Ernst, oder?« Julia lachte. »Habe ich nicht soeben bewiesen, dass ich das kleine Seepferdchen habe?«

»Ich weiß zwar nicht, was das bedeutet, aber selbst, wenn du das Flusspferd hättest: Schwimmwesten sind Pflicht.«

Er nahm hinten Platz und übernahm die Lenkung. Julia saß vor ihm. So konnte er ihren Anblick genießen. Sie fuhren mit der Strömung und sprachen kaum. Wie er das liebte. Das gleichmäßige Plätschern der Paddel, das Zwitschern der Vögel und die bisher unausgesprochene Liebe zwischen ihm und Julia waren ihm Geräusche genug. Die Ill veränderte ständig Breite und Fließgeschwindigkeit. Hin und wieder legten sie sich flach auf den Rücken, um unter tief hängenden Ästen hindurchzukommen. Schwäne begleiteten sie ein Stück, dann nahmen sie die Paddel ein und ließen sich gemächlich neben ihnen treiben.

Nach einer Stunde passierten sie eine Sandbank, an der Romulus stoppte. Julia drehte sich zu ihm um. »Ist das für uns, was da steht? Wie hast du …? Maxime?«

»Ja, er war so freundlich, es auf dem Landweg hierher zu bringen.«

Sie stiegen aus und zogen das Kanu auf den Sand. Romulus breitete eine Picknickdecke aus und nahm eine Flasche Crémant aus der Kühlbox. Er ließ den Korken knallen, der durch die Luft flog und mit einem Plopp im Kanu landete.

»Angeber«, sagte Julia und lachte. Er reichte ihr ein Glas. »Aber der charmanteste Angeber, der mir je untergekommen ist.«

Romulus stieß mit ihr an. »Auf unseren Tag und die Zukunft.« Er küsste sie und zog sie zu sich auf die Decke. Ihre Fingerkuppen fuhren sachte über seine Brust. Sofort stand er in Flammen. Wie oft hatte er sich vorgestellt, wie es sich anfühlen würde, ihre zarten Hände auf seiner Haut zu spüren. Seine Härchen stellten sich wie elektrisiert auf. Ein Kribbeln überzog wellenartig seinen Körper. Genießerisch ließ er die Finger über ihren Bauchnabel gleiten. Vorsichtig berührte er den blauen Stein, den sie als Piercing trug. Langsam strich seine Hand hinauf, wanderte unter ihren Bikini. Er öffnete das Häkchen, das sich äußerst praktisch zwischen den Brüsten befand. Wie pralle Äpfelchen füllten sie seine Hand. Er umspielte beide Knospen, die sich unter Julias lustvollem Stöhnen aufrichteten.

Ohne davon abzulassen, fuhr er mit der Zunge senkrecht bis zu ihrem Bauchnabel, den er jetzt liebkoste und küsste. Sie bog den Rücken und stemmte ihm ihre Hüften entgegen. Er streifte das äußerst knappe Bikinihöschen ab. Mit einem Fuß kickte sie es achtlos weg und er vergrub sein Gesicht in den Tiefen ihres Schosses, der ihn feucht und vor Hitze dampfend empfing. Sie erzitterte und bäumte sich auf, als sie unter seiner Liebkosung explodierte. Schnell entledigte er sich seiner Shorts. Mit zittrigen Fingern zog er sich das Kondom über, als Julia ihn schon wieder auf sich zerrte. Endlich verschmolz er mit ihr zu einem Ganzen.

Gut, dass es keine Zeugen für ihren spontanen Liebesakt gab. Die Ill war ein ausgewiesenes Kanugebiet und bei schönem Wetter ein beliebtes Ausflugsziel. Auch, wenn Julia Zaungäste wohl kaum bemerkt hätte, wollte er diesen magischen Moment mit niemandem teilen. Verschwitzt lag sie in seinen Armen, so nah, dass er ihren Herzschlag an seiner Seite spürte.

»Abkühlung?«

Er zog sie hoch, fasste sie unter den Kniekehlen und trug sie zum Fluss. Das Wasser erschien jetzt deutlich frischer auf ihren heißen Körpern. Julia zog zischend die Luft ein, als er mit ihr eintauchte. Schnell verschloss er ihre Lippen mit einem Kuss. Sie schlang ihre Beine um seine Hüften, was ihn sofort wieder erregte, worauf er sie erneut alles vergessen ließ.

»Hast du Hunger?«, fragte er Julia, die sich in ein Handtuch hüllte. Ihre Augen glänzten wie zwei Sterne.

»Und wie! Was hast du denn in deinem Korb?« Neugierig öffnete sie den Deckel.

»Eine Auswahl elsässischer Spezialitäten.« Er förderte eine Flasche Rotwein, Paté en croute, Terrine de sanglier, Merguez, Chipolatas, Couscous, Sellerie-Karottensalat, Salami und Artischockenherzen zu Tage. Et voilà: une Baguette. Er hatte richtige Teller und Besteck eingepackt, weil ihm Pappteller nicht angemessen erschienen. Sie sollte heute seine Prinzessin sein. Er griff in den Korb und zog ein kleines Kästchen hervor, das er Julia reichte.

»Was ist das?«

»Mach's auf«, sagte er und lächelte.

Neugierig öffnete sie den Deckel und zauberte zwei Silberkettchen hervor, an denen je ein halber Herzanhänger hing. Legte man sie nebeneinander, ergänzten sie sich zu einem Ganzen. »Was für eine schöne Idee. Ich weiß gar nicht, was ich sagen soll. Danke, Romulus.«

»Du musst gar nichts sagen.« Er umschloss zärtlich ihr Gesicht und küsste sie, ehe er ihr sein Geschenk um den Hals legte.

Bevor sie weiterfuhren, packten sie alles ordentlich zusammen. Maxime würde es später abholen. Das kostete Romulus einen Männer-Grillabend mit reichlich Bier, aber das war ihm die Sache wert.

Vor Sélestat nahm das Kanu an Fahrt auf, als sie eine leicht aufgestaute Stelle passierten. Sie führte durch ein Viadukt mit zwei Einfahrten. Beim Versuch gegenzusteuern, rammte Romulus die Mauer am rechten Rand. Das Kanu schlingerte, kippte und sie verschwanden beide unter dem Boot. Als er prustend auftauchte, sah er sich panisch um. Wo war Julia? Er entdeckte sie ein gutes Stück flussabwärts, wo sie wegen der Schwimmweste vergeblich versuchte, gegen die Strömung anzuschwimmen.

»Bleib! Ich komme!«, schrie er gegen das Rauschen des Flusses an. Kraftvoll stemmte er sich über den Bootsrand. Es war halb voll Wasser, aber schwimmfähig. Schnell paddelte er zu Julia, die sich jetzt am Kanu festklammerte. Vorsichtig manövrierte er es an die Böschung, wo sie kurz verschnauften. »Alles gut?«, fragte er atemlos. »Hast du dir wehgetan?«

»Nein, ich bin in Ordnung. Beim Kentern habe ich eine Rolle unter Wasser gedreht. Kurz wusste ich nicht mehr, wo oben und unten ist. Jetzt verstehe ich, warum wir Schwimmwesten tragen.«

»Ja, es ist keine übertriebene Vorsicht, auch wenn der Fluss harmlos erscheint. Sollte man sich den Kopf anschlagen oder bewusstlos werden, halten sie einen über Wasser.«

Bevor sie ihre Fahrt fortsetzten, kippten sie das Wasser aus dem Boot. An der Einfahrt zum Kajakzentrum warteten Helfer, die das Kanu durch die Enge des Torbogens manövrierten. Ohne weitere Zwischenfälle erreichten sie ihr Ziel.

Am Landungssteg winkte Maxime. »Ça va?«, fragte er. »Ihr seht aus, als hättet ihr jede Menge Spaß gehabt. Zumindest wart ihr im Wasser.«

Gemeinsam trugen sie das Kanu zum Auto und trockneten sich ab. Mit einem schelmischen Grinsen ließ er sie einsteigen. In ihre Handtücher gehüllt saßen sie auf dem Rücksitz. Julia nutzte den Mittelgurt auf der Rückbank und lehnte sich in Romulus' Arm. Sie sah müde aus. Kurz darauf schlief sie, den Kopf in seiner Halsbeuge, während Maxime sie zu ihrem Wagen zurückbrachte.

Kapitel 17

Wie vor einer wichtigen Schlacht hielten sie auf ihren OP-Pritschen Händchen und machten sich gegenseitig Mut.

»Bist du dir immer noch sicher? Oder bereust du es, jetzt, wo bald das Skalpell über dir schwebt?«, fragte Julia.

»Ich kann ja jetzt schlecht aufspringen und in diesem Hemd über die Gänge flüchten.«

Julia kicherte hemmungslos. Man hatte ihr die Scheiß-Egal-Tropfen verabreicht, und ihr Körper schwankte zwischen Müdigkeit und kindischen Anwandlungen. »Da hätten die Schwestern einen Heidenspaß an deinem Knackarsch. Das Hemd ist hinten offen.«

»Hier gehts ja lustig zu«, sagte ein junger Pfleger, der zusammen mit einer Krankenschwester an ihre Transportliegen trat. »Dann wollen wir mal.«

Sie wurden auf den Flur geschoben, der Knopf an der Wand wurde gedrückt und die Türen zum OP-Bereich schwangen auf.

»Schlaf gut, Liebes. Bis nachher, wir sehen uns«, sagte Romulus. Dann hörte sie nichts mehr.

Julia versuchte, die Augen zu öffnen. Ihre Lider waren schwer und unbeweglich, wie der verrostete Rollladen am Aktenschrank in ihrer Schule. Sie hatte wirr geträumt und war entsetzlich müde. Gedanken und Bilder waberten wie herbstliche Nebelschwaden durch ihren Kopf. Manchmal dicht und fast greifbar, bevor sie sich zu einem durchsichtigen Schleier verflüchtigten, der zerriss und davon wehte.

Sie hatte keine Ahnung, wo sie sich befand. Blinzelnd sah sie sich um. So viele Schläuche und Apparate, die piepsten und röchelten. Ihre Zunge klebte wie ein altes Karamellbonbon an ihrem Gaumen. Krankenhaus. Das Wort schob sich in den Mittelpunkt. Sie drehte den Kopf vorsichtig zur Seite, sah das Bett, das neben ihrem stand und in dem ein Mann lag, der Romulus verblüffend ähnlich sah. *Romulus*. Für einen Augenblick schloss sie die Augen und gab sich der schönen Erinnerung hin. Es war so beruhigend, ihn hier bei sich zu wissen. Fast wäre sie wieder weggedämmert. Sie zwang sich, abermals hinzuschauen, kniff die Augen zusammen, fokussiert auf den Mann im Bett.

»Julia? Wie geht es dir?«

Beim Klang seiner Stimme machte ihr Herz einen Satz. Es war Romulus. Aber was war passiert? Hatten sie einen Unfall gehabt? Sie probierte, die Seifenblasen in ihrem Kopf zu fangen, bevor sie platzten und Leere zurückließen. Freiburg. Transplantationszentrum. Niere. Romulus' Niere. »Romulus?«, brachte sie mühselig hervor. Ihre trockene Kehle kratzte. Gerne hätte sie einen Schluck Wasser getrunken.

»Hallo, mein Schatz.« Er lächelte sie an. Liebevoll, nein, da war mehr: verliebt. Langsam kam die Erinnerung zurück. »Julia, alles ist gut verlaufen. Du hast meine Niere und bist außer Gefahr.«

Sie wollte sich aufrichten, aber ein brennender Schmerz schoss ihr in den Rücken. Sie stöhnte auf.

»Pscht. Schlaf jetzt. Wir sprechen später.«

Julia streckte ihren Arm aus und berührte seine Hand, in der eine Infusionsnadel steckte. Stimmt. Er hatte ihr seine Niere gespendet. Ihm ging es gut. Ihr Liebster! Sie spürte seine warmen Finger, die sich mit ihren verhakten, bevor die Müdigkeit sie in die dunkle Tiefe zog.

Romulus kam wieder zu sich. Er erinnerte sich nur vage an das kurze Gespräch mit Julia. Aufgrund der Narkose hatte er heftig geträumt. Jetzt musste er seine Gedanken sortieren, was ihm nicht so recht gelang. Er spürte ihre Hand locker in der seinen und umfasste sie zärtlich, damit sie nicht abrutschte. Sie regte sich. Ihre Lider flatterten. Eine tiefe Falte bildete sich zwischen den Brauen. Romulus ahnte, was hinter ihrer Stirn vor sich ging. Es erging ihm ja nicht anders. Er empfand es als Wunder, dass das Schicksal sie zusammengeführt hatte, gerade rechtzeitig, bevor es zur Katastrophe kommen konnte.

Romulus wurde vor Julia entlassen. Er suchte die Schreinerei auf, um seine Krankmeldung abzugeben. Sein Kumpel Magnus begrüßte ihn herzlich.

»Hey, da ist ja unser Lebensretter!« Er stellte die Säge ab, um Romulus freundschaftlich zu umarmen. »Wie lebt es sich mit einem Organ weniger und dem Gefühl, der coolste Typ am Haut-Rhin zu sein?«

»Ganz okay. Normalerweise ist man nach drei Monaten wieder arbeitsfähig.« Magnus schnappte nach Luft und Romulus grinste. »Keine Angst! Sie haben bei mir die Schlüssellochtechnik angewandt, um die Niere zu entnehmen. Ich denke, in vier Wochen bin ich wieder bedingt einsatzfähig. Dann können wir einen Startversuch wagen.«

»Tut mir leid, dass ich es nicht geschafft habe, im Hospital aufzuschlagen. Hier war der Teufel los. Na ja, du weißt ja, ich hab's nicht so mit Krankenhäusern. Aber sag, stimmt das, was man so hört?«

»Was hört man denn so, Magnus?«

»Na, dass du eine Schwester hast! Ist sie hübsch? Komm, wir setzen uns einen Augenblick. Ich habe noch keine Pause gemacht. Eine Coke?«

Sie setzten sich auf einen Balken vor der Schreinerei in die Sonne.

»Ach Magnus.« Romulus seufzte theatralisch. »Das ist eine verflixte Sache. Sie heißt Julia.«

»Echt schade, dass du nicht Romeo heißt.«

»Blödmann.« Er knuffte seinem Freund in die Seite. »Als ich sie kennenlernte, konnte ich ja nicht wissen, dass sie meine Schwester ist. Na ja ...« Er zuckte mit der Schulter und hatte seinen Spaß an Magnus' Schlussfolgerung, die prompt folgte.

»Da hast du dich in sie verliebt? Ernsthaft? Mensch, was für ein Pech aber auch!«

Romulus machte eine künstlerische Pause, bevor er fortfuhr: »Ja, aber als ich mich schon damit abgefunden hatte, dass ich mich mal wieder in die Falsche verguckt habe, wendete sich das Blatt. Es stellte sich heraus, dass sie es doch nicht ist.«

»Wie jetzt?«

»Halt dich fest: Meine Eltern sind ihre leiblichen Eltern, aber nicht meine. Denn ich bin ein Adoptivkind.«

»Sicher, dass sie dir im Krankenhaus nicht noch was anderes amputiert haben? Du verarschst mich, oder?« Er starrte Romulus an, als versuche er, Lüge oder Wahrheit zu erkennen. »Du meinst das ernst?« Magnus fuhr sich mit der Hand übers Gesicht. »Das ist der absolute Hammer.« Er warf einen Blick auf sein Handy. »Verflixt, ich muss wieder an die Arbeit. Du musst wissen, unser bester Mitarbeiter hat eben mal so ein Leben gerettet und mich hier hängen lassen.« Er klopfte Romulus auf die Schulter. »Lass uns heute Abend ein Feierabendbier stemmen. Ich denke, bei Nierengeschichten ist Trinken angesagt. Dann musst du mir das alles haarklein erläutern.«

»Gerne. Übrigens, wir planen am Wochenende ein kleines Gartenfest am Schleusenhaus. Schreib's dir in den Kalender. Ich würde mich freuen, wenn du kommst.«

»Klar, mach ich.«

Magnus stellte die Maschine an und machte sich wieder an die Arbeit. Romulus sah ihm nach. Er hatte seinem Freund genug Stoff zum Nachdenken geliefert.

Romulus fuhr ins Schleusenhaus. Die Idee mit dem Gartenfest war ihm spontan gekommen. Jetzt brauchte er dringend Hilfe bei der Umsetzung. In der Einfahrt kam ihm Bobby entgegen.

»Hey Romulus! Wie geht's dir?«

»Soweit gut. Danke. Ist Marit da? Ich habe ihren Wagen nicht gesehen, oder parkt sie unten auf dem Platz?«

»Die müsste jeden Moment auftauchen. Sie war die Woche über in Freiburg und hat ihre Angelegenheiten geregelt. Komm rein, ich koche uns einen Kaffee.«

Romulus setzte sich in die Küche.

»Kuchen kann ich leider nicht anbieten. Zeit, dass Marit wiederkommt. Ich habe schon Entzugserscheinungen. In ihrer Nähe mutiert man zum Zuckerjunkie.«

»Gutes Stichwort. Ich habe vor, zu Julias Entlassung ein Gartenfest zu geben. Marit muss sich um die Torte kümmern.«

»Was für eine Torte?« Marit trat ein und ließ ihre Reisetasche neben der Tür fallen. »Hey Romulus, alles klar?«

»Ja, danke. Die Torte, die du anlässlich Julias Entlassung zu unserem Gartenfest backen sollst.«

»Bobby, schenk mir bitte einen Kaffee ein. Entlassung, Gartenfest?«

Romulus setzte Marit von seiner Idee in Kenntnis.

»Cool. Das heißt, sie kommt zum Wochenende raus?«

»Ja. Leider muss ich deine Backideen ein bisschen einschränken.« Romulus hob seine Hand und zerstach mit einer imaginären Nadel zwischen Daumen und Zeigefinger die unsichtbaren Gedankenblasen um Marits Kopf. Dazu machte er Ploppgeräusche. Bobby lachte und Marit runzelte die Stirn. »Sie nimmt Immunsuppressiva. Fleisch nur durchgegart, kein Sushi, keine Austern und jetzt kommt's: keine Speisen, die rohe Eier enthalten. Buttercreme kannst du knicken.«

»Kein Problem. Dann Sahnetorte mit pasteurisierter Sahne. Ich habe da schon eine Idee. Wo soll das Fest denn stattfinden? Bei dir, Romulus?«

»Nein. Hier im Schleusenhaus. Ihre Eltern kennen es noch nicht, das wäre eine gute Gelegenheit. Außerdem ist es im Garten romantischer. Zum Mittagessen sind wir im kleinen Kreis, aber zum Kaffee wäre es toll, wenn ein paar Freunde kämen. Ich habe Magnus, meinen Kumpel aus der Schreinerei, gefragt. Möchte deine Arbeitskollegin kommen, Bobby? Oder wenn du jemanden kennst, Marit?«

»Toll, dann können wir mein Abi gleich mit feiern. So einen langen Tisch haben wir aber nicht«, warf Bobby ein.

»Darum kümmere ich mich. Stabile Holzböcke und eine Platte bekomme ich in der Firma. Bierbänke kann ich auch besorgen.«

Romulus war mit Bobby im Garten zugange. Gemeinsam bauten sie die Unterkonstruktion für den Holztisch. »Marit? Kommst du mal fix dazu?«, brüllte Romulus Richtung Terrasse, wo sie mit Blumenerde hantierte. Schnell eilte sie herbei. »Bei der Tischplatte musst du mit anpacken. Sonst wird es für mich zu schwer. Ich muss vorsichtig sein.« Zusammen wuchteten sie die Platte auf die Böcke.

»Brauchst du Bobby noch? Sonst nehme ich sie mit in die Küche. Du kannst die Servietten falten«, sagte sie zu ihr. »Wenn Romulus fertig ist, decken wir gemeinsam ein.«

»Jawohl, Chefin!« Bobby salutierte und Romulus lachte.

Sie waren ein gutes Team. Er skalierte den Tisch aus, damit er nicht wackelte, und setzte sich auf eine Bank. Dafür, dass er eine seiner Nieren gespendet hatte, fühlte er sich erstaunlich fit. Trotzdem forderte sein Körper häufiger eine Pause. Als die Frauen anrückten, beladen mit einem Tablett, Tischdecke und Arrangements, packte er wieder mit an. Die schnöde Holzplatte verwandelte sich unter der weißen Tischdecke und dem Kaffeeservice schnell in eine festliche Tafel. Die gelb-blauen Servietten, die Bobby dekorativ zu Fächern gefaltet hatte, griffen die Farben von Goldrute und

Ziersalbei auf, die Marit in einer Schale arrangierte und in die Mitte des Tisches rückte.

»Jetzt haben wir uns aber eine Kaffeepause verdient«, lobte Marit.

Im Flur angekommen, hörten sie es in der Küche poltern.

»Verflixte Katze. Ich muss mir angewöhnen, die Küchentür zu schließen. Seit du Nobody mit nach Hause gebracht hast, Bobby, erforscht sie jedes Zimmer.«

Romulus trat zuerst in die Küche. Nobody kugelte einen roten Apfel über den Fußboden, den sie aus der Obstschale stibitzt hatte. Er griff sich die Frucht und beförderte das Kätzchen behutsam nach draußen. »Jetzt möchte ich aber die Torte sehen, Marit.«

»Kannst du. Ich muss sowieso noch letzte Hand anlegen.«

Sie öffnete den Kühlschrank und brachte ein mehrschichtiges und mindestens dreißig Zentimeter hohes Prachtstück zum Vorschein. »Ich habe sie mit Früchten und Schichten aus Sahne in Regenbogenfarben gefüllt«, erklärte Marit und holte eine Marzipanplatte hervor, die sie jetzt gekonnt in der Mitte ihres Kunstwerks platzierte.

»Auf die Zukunft«, las Romulus vor.

»Das spielt auf euer Café an!«, jubelte Bobby und klatschte begeistert in die Hände.

»Genau.« Marit ließ die Torte wieder im Kühlschrank verschwinden. »Jetzt den Kaffee, bevor Romulus zu Julia aufbricht und wir uns an die Vorbereitungen fürs Mittagessen machen müssen.«

Zum wiederholten Mal trat Julia ans Fenster. Sie konnte es nicht erwarten, wieder nach Hause zu kommen. Heute würde Romulus sie abholen. Ihr Retter. Unfassbar, dass sie das endlich akzeptieren und annehmen konnte. Sie hatte begriffen, was für ein seltener Glücksgriff es war, zumal sie nicht verwandt waren. Das Schicksal meinte es gut mit ihr.

Zum ersten Mal seit langer Zeit ging es ihr wieder besser. Die Ärzte behaupteten, die psychische Einstellung sei von Bedeutung, damit der Körper das Organ nicht abstoße. Jetzt begriff sie, wie sie die Ungewissheit ihrer Lebenssituation belastet hatte. Sie und ihre Familie mussten nicht mehr um ihr Leben bangen. Etwas anderes hatte sich zudem verändert: Sie hatte die große Liebe gefunden. Damit war ein weiteres Ziel erreicht. Dank dieser Liebe, stand ihr mit Romulus ein ganzes Leben bevor. Warum hatte sie sich nur so lange dagegen gewehrt? Sie hatte sich schon am ersten Abend in ihn verliebt.

Nur Marlène spukte unheilvoll in ihrem Kopf. Deren Worte lauerten wie ein Schatten über ihrem Glück. Das wollte sie nicht so hinnehmen. Notfalls würde sie kämpfen.

Gut, sie hatte mit Romulus Sex. Außerordentlich guten Sex sogar. Das war aber kein Grund zur Annahme, dass man zusammen seinen Lebensabend verbrachte. Sie hatte zwar den Eindruck, dass sich sein Interesse an der Ex in Grenzen hielt, jedoch sicher war sich Julia nicht. Nicht, bevor er ihr seine Liebe gestanden hatte. Bisher waren die drei magischen Worte nicht gefallen.

Sie ließ sich wieder auf ihr Bett plumpsen. Es klopfte. Zeitgleich öffnete sich die Tür. Julia sprang auf und fiel Romulus um den Hals. »Ich danke dir von Herzen, dass du das für mich getan hast! Ehrlich«, brach es aus ihr heraus. »Es ist mir wichtig, dass du das weißt. Und es tut mir leid, dass ich anfangs so zickig reagiert habe.« Sie küsste ihn.

»Julia«, hauchte er und erwiderte den Kuss, bevor er sie ein Stück von sich wegschob.

Sie registrierte mit Genugtuung seine körperliche Reaktion auf ihren Überfall. Amüsiert und etwas erleichtert atmete sie auf. Ihre Chancen standen gut.

»Wenn du nicht willst, dass ich dich hier aufs Bett zerre, sollten wir schleunigst gehen.« Er reichte ihr die Jacke.

»Okay, das können wir der Schwester unmöglich zumuten.« Julia grinste. »Gut, bring mich hier raus.«

Im Wagen umfasste sie seinen Nacken, ihre Finger lösten das Haarband und krallten sich in seine Locken. Gott, hatte sie ihn vermisst. Hungrig suchte ihr Mund nach seinen Lippen. Sie hörte sein leises Stöhnen und spürte seinen Herzschlag unter der Hand, die sie jetzt an seine Brust gelegt hatte.

»Ich weiß nicht, ob der Parkplatz besser geeignet ist, als das Krankenzimmer«, nuschelte er, ohne von ihren Lippen abzulassen.

»Hmm. Was meinst du? Oh.«

Julia löste sich widerstrebend und blickte in das Gesicht einer Passantin, die kopfschüttelnd weiterging.

»Wir haben eine Überraschung für dich geplant.«

»Eine Überraschung? Was ist es?«

»Abwarten.«

»Nein! Sag, bitte!«

»Wird nicht verraten.« Er widmete sich wieder ihrem Mund, bevor er den Gang einlegte und mit einem letzten Blick auf seinen Schoß zum Schleusenhaus fuhr.

Julia grinste zufrieden.

Kapitel 18

Das Gartenfest war eine gelungene Überraschung. Julia freute sich, ihren Eltern das Schleusenhaus zu zeigen. Stolz führte sie die beiden herum.

Immer wieder schlossen sie ihre Tochter in die Arme.

»Fühlst du dich wirklich wohl? Du hast keine Schmerzen?«, fragte ihre Mutter zum wiederholten Mal. Julia beteuerte geduldig, dass alles in Ordnung war und ihr Körper keinerlei Abwehrreaktionen zeigte.

Herr Lüttke umarmte Romulus und klopfte ihm auf den Rücken. »Wir sind Ihnen unendlich dankbar. Es ist eine Fügung, mit der wir nicht mehr gerechnet haben.«

»Romulus. Bitte duzen Sie mich.«

»In Ordnung: Robert«, sagte er. »Schließlich gehörst du jetzt zur Familie. Angelika? Kommst du mal, bitte? Wir haben uns das Du angeboten.«

»Oh natürlich. Angelika«, sagte sie und streckte Romulus die Hand hin. »Das ist ja das Mindeste, nachdem Sie – du, so viel für unsere Tochter getan hast.«

»Romulus«, erwiderte er und zwinkerte Julia zu.

Am Mittag war nur die Familie anwesend, zu der Romulus jetzt offiziell dazuzählte, was Julia mehr als gefiel.

Nach dem Essen schlenderte sie mit ihren Eltern ein Stück am Kanal entlang, wo am Wochenende viele Radfahrer unterwegs waren, die sich fröhlich klingelnd ankündigten.

»Wusstest du, dass ich ein großer Elsassfan bin?«, schwärmte Frau Lüttke und drückte Julias Arm. »Ich freue mich, dass du deinen Platz gefunden hast.« Sie hatte sich bei Julia untergehakt. »Hier ist alles so ursprünglich. Allein der Garten ist zauberhaft. Diese Fülle an Farben. Was für ein Zufall, dass Bobby ausgerechnet im Elsass einen Ausbildungsplatz ergattert hat. Freust du dich?«

»Na ja, das war mal wieder eine ad hoc Entscheidung erster Güte, Mama. So typisch Bobby. Sie muss zunächst abklären, ob sie in Deutschland auf die Berufsschule kann, wenn ihre Ausbildungsstelle in Frankreich ist. Wenn nicht, wird sie ihre Französischkenntnisse ordentlich auffrischen müssen.«

»Du bist ja da und kannst dich ein bisschen um sie zu kümmern.«

Julia verzog das Gesicht. »So hatte ich mir das nicht vorgestellt.«

»Wie lange bist du vom Schuldienst beurlaubt?«, fragte Frau Lüttke, ohne auf die Bedenken ihrer Tochter einzugehen.

»Erst mal ein Jahr und dann sieht man weiter.« Dass sie nicht scharf darauf war, in den Schuldienst zurückzukehren, behielt sie für sich.

»Jetzt steht an erster Stelle, dass du dich erholst und deine Niere richtig ihre Arbeit aufnimmt. Vielleicht kannst du die Auszeit nutzen und dich wieder mehr der Musik widmen? Die war dir doch immer so wichtig.«

Julia war kurz davor, von ihren Plänen für das Café zu berichten, aber das wollte sie nicht ohne Marit tun.

»Oh, schaut mal!«, rief ihre Mutter entzückt. »Schwäne, wie romantisch!«

Zur Kaffeezeit trafen sich alle im Garten.

»Was für ein zauberhaftes Ambiente! Schau mal Robert, ist das nicht entzückend? So eine festlich gedeckte Tafel! Das habt ihr wirklich toll gemacht, Marit und Bobby. Ganz großes Lob.«

»Das ist Jenny, meine Arbeitskollegin«, stellte Bobby vor.

»Magnus, komm runter in den Garten!«, rief Romulus. »Wir sind gerade am Vorstellen. Mein Arbeitskollege und bester Kumpel«, sagte er und machte ihn mit den Anwesenden bekannt.

Fasziniert musterte Marit den Neuankömmling. Er trug eine blaue Mütze, die seinem Gesicht etwas Spitzbübisches verlieh. Zur Feier des Tages hatte er zu ausgeblichenen Jeans ein weißes Hemd gewählt und moderne Sneaker. Marit verwickelte Magnus gleich in ein Gespräch. »Du stammst aus Schweden? Ehrlich jetzt?«

»Na ja. Nichts weiter dabei, oder?«

»Doch. Ich will nach Schweden, seit ich als Kind Michel aus Lönneberga verschlungen habe. Das Land ist weitläufig und ich liebe die Natur.«

»Weitläufig trifft es gut. Du brauchst viel Zeit, wenn du von A nach B möchtest. Die meisten Touristen unterschätzen die Kilometer, die sie zurücklegen müssen, um einen Großteil des Landes sehen zu können.«

Marit lauschte gebannt und strich sich nervös die Haare hinters Ohr, nur um sie gleich darauf wieder davon zu lösen.

»Wusstest du, dass Michel in Schweden Emil heißt?«

»Du meinst, es heißt im Original Emil aus Lönneberga?«

»Richtig. Der Name wurde in Deutschland geändert, damit er nicht mit ‚Emil und die Detektive' verwechselt werden kann.«

»Krass. Nein, das wusste ich nicht.« Marit trennte sich nur ungern von dem charmanten Nordländer, aber als Gastgeberin hatte sie Pflichten. Sie entschuldigte sich, um den Champagner zu holen, den sie in der Küche kaltgestellt hatte.

Zurück am Tisch ließ sie den Korken knallen, der meterweit in den blauen Himmel schoss, und füllte die Gläser. »Wie dumm! Ich habe den Sektkühler vergessen. Würdest du ihn mir bitte aus der Küche bringen, Romulus?«

Dann stießen sie mit einem Toast auf Julia und ihren Spender an. Die Stimmung war ausgelassen. Zeit für die Torte. Marit hatte sie rechtzeitig aus der Kühlung genommen, damit die Füllung eine softe Konsistenz bekam. Als sie die Küchentür einen Spalt offen vorfand, stutzte sie. Sie war sicher, sie vorhin geschlossen zu haben. Auf alles gefasst trat sie ein und schrie auf. »Lassie! Nobody! Oh nein!«

Die Katze saß auf dem Küchentisch und zog erschrocken ihre Tatze aus der Torte. Verwundert schielte sie auf die rosa Creme, die daran klebte. Genüsslich schleckte sie die Pfote ab. Lassie stand an der Tischkante und tilgte akribisch die Krümel und verschmierten Stückchen, die Nobody verteilte. Ob die Gäste sie gehört hatten?

Magnus kam in die Küche gelaufen. »Was ist passiert?« Sofort erfasste er die groteske Situation. »Oh je!« Er prustete los und lachte aus vollem Hals.

Marit sah ihn verständnislos an.

»Sorry, aber ist es das, wonach es aussieht? Hat jemand die Tür nicht zugemacht und damit kleinen Räubern das Leben versüßt?« Er zeigte auf die Tiere, die von ihrer Beute abgelassen hatten. Sie blickten ihre Menschen mit regenbogenfarbenen Schnuten an.

»Sehr lustig!« Marit funkelte ihn wütend an.

»Nein, tut mir leid um deine Torte. Aber ich hatte schon immer was für Situationskomik über.« Er prustete von Neuem los.

Sein Lachen war ansteckend, so tief und heiter, dass schließlich auch Marits Mundwinkel zuckten und sich zu einem Grinsen verzogen. Dann lachte sie mit. »Was machen wir denn jetzt?«

Magnus wischte sich die Tränen ab und keuchte. »Verdammt Marit, die schöne Torte. Wie konnte denn das passieren?«

»Romulus muss die Küchentür offengelassen haben, als er den Sektkühler geholt hat.«

»Komm, wir retten, was zu retten ist«, tröstete Magnus. »Sie haben sich ja zum Glück nur am Rand der Torte zu schaffen gemacht.«

Gemeinsam begutachteten sie den Schaden. Großzügig schnitten sie ein Viertel von der Torte ab und brachten sie an den Tisch.

»Wir dachten schon, ihr müsst die Torte noch backen«, frotzelte Romulus. Er stutzte, als sein Blick auf das fehlende Stück fiel. »Habt ihr zwei es nicht erwarten können?«

Bobby zählte sofort eins und eins zusammen. »Oh Gott! Lassie, stimmt's?«

»Und Nobody«, ergänzte Marit. »Die beiden sind im Team unschlagbar.«

»Wir haben den größten Teil gerettet, wie ihr seht. Sie haben nur ein wenig vom Rand gekostet«, sagte Magnus. »Kommt Leute! Gönnen wir den beiden den Spaß, ein bisschen mitgefeiert zu haben«, bat er versöhnlich. »Sie waren zu niedlich mit ihren cremeverschmierten Nasen.«

Die Gäste trugen es mit Fassung, nur Herr Lüttke verzog angewidert das Gesicht, wie Marit feststellte. »Keine Sorge«, beruhigte sie ihn. »Wir haben die Stelle großzügig weggeschnitten. Die Torte reicht immer noch für alle. Julia schneiden wir am anderen Ende ein Stück heraus, das garantiert nicht mit den Fellnasen in Kontakt gekommen ist.«

»Köstlich«, schwärmte Frau Lüttke. »Das konntest du schon immer.«

»Dem kann ich nur zustimmen«, sagte Jenny und schloss genüsslich die Augen. »Damit könntest du ordentlich Geld verdienen.«

Das war Marits Stichwort. Julia nickte ihr aufmunternd zu. »Davon träume ich schon lange und dank Julia wird es jetzt wahr. Wir haben da was ausbaldowert. Sie erlaubt mir, hier ein Café zu eröffnen, in dem ich meine eigenen Tortenkreationen verkaufen kann. Natürlich nicht von heute auf morgen. Zunächst wird es nur einen Thekenverkauf und Lieferservice geben.«

»Eine wunderbare Idee!«, rief Frau Lüttke. »Das kann ich mir hier gut vorstellen.«

»Es bedarf einer sorgfältigen Planung«, warf Robert ein. »Ohne Businessplan und Kalkulation fallt ihr schnell auf die Nase.«

Marit fing Julias Blick auf, die die Augen verdrehte. *Typisch Papa. Ganz der Bänker*, schienen sie zu sagen.

»Wir werden gerne deinen Rat und Hilfe annehmen, Papa«, warf sie ein.

»Wenn die Küchentür verschlossen bleibt, gibt es auch keine Probleme mit dem Gesundheitsamt«, fügte Marit mit einem warnenden Blick auf Romulus hinzu. »Ich werde ein Schild zur Erinnerung anbringen.«

Alle lachten. Julia erzählte, was sie über ihre leiblichen Eltern herausgefunden hatte.

»Dann wissen wir jetzt, woher du die musikalische Begabung hast«, sagte ihr Vater. »Ich hatte schon immer so einen Verdacht. Bei uns war in dieser Hinsicht nichts zu holen. In meiner Familie hat es nicht einmal für den Flötenunterricht in der Schule gereicht. Und du, meine Liebe ...« Zärtlich sah er zu seiner Frau.

»Sag jetzt nichts falsches«, meinte Angelika, hob drohend die Kuchengabel und lachte. »Am meisten freue ich mich, dass mein Mädchen eine Spenderniere gefunden hat. Eine Sorge weniger.« Sie seufzte und drückte Julias Hand.

»Die Papiere habt ihr im alten Klavier entdeckt?«, fragte Herr Lüttke nach.

»Ja, meine Großmutter hat das alles geplant. Sie hat darauf gesetzt, dass ich genauso musikinteressiert bin wie ihre Tochter.«

»Was ja bestens funktioniert hat. Sie war eine ganz besondere Frau«, setzte Romulus mit Stolz hinzu.

Das Abenteuer der Zeitreise wurde wohlweislich verschwiegen. Dies würde ein Geheimnis zwischen ihnen bleiben.

»Bonjour tout le monde.« Alle Blicke richteten sich auf Marlène, die plötzlich im Garten stand.

Julia blieb der Kuchen, den sie sich in den Mund geschoben hatte, fast im Hals stecken.

»Dachte ich mir doch, dass ich dich hier finde, chèri«, zwitscherte Marlène. Sie stöckelte zu Romulus und küsste ihn auf den Mund.

Julias Augen quollen hervor. Romulus und Marit sprangen auf. Er fürchtete, dass Marit die Situation falsch einschätzte und einen Stuhl für den neuen Gast holen wollte.

»Setz dich Marit«, zischte er. »Was soll das Marlène?«

»Das könnte ich dich fragen. Du feierst ohne mich? Lädt man seine Freundin nicht ein, wenn ein Fest steigt?«

»Was fällt Ihnen ein, hier so rein zu platzen?«, fauchte Julia. »Es handelt sich um eine Familienfeier!« Sie musste sich am Tisch abstützen, denn ihr wurde schwindelig. Wie konnte sich die rosarote Welt so plötzlich in ein schwarzes Loch verwandeln? »Was heißt hier Freundin?«, wandte sie sich an Romulus.

»Auf ein Wort.« Resolut packte er Marlène am Arm und zerrte sie aus dem Garten.

Frau Lüttke nahm Julias Hand und zog sie auf den Stuhl. »Um Gottes willen, setz dich! Du bist leichenblass.« Sie reichte ihr das Sektglas. »Trink einen Schluck.«

»Was war das denn für ein Auftritt?«, fragte Robert.

»Romulus' Verflossene, würde ich sagen.« Marit schüttelte fassungslos den Kopf.

»Arrête! Was soll das? Du tust mir weh! Lass mich sofort los!«, drang Marlènes Stimme wie aufs Stichwort in den Garten. Das Gezeter wurde leiser, als sie auf dem Kanalweg angekommen waren. Kurz darauf schlug eine Autotür und ein Motor heulte auf. Als Romulus zur Kaffeegesellschaft zurückkam, verstummte das Getuschel am Tisch.

»Pardon. Ich muss mich entschuldigen. Das war Marlène, eine frühere Freundin. Ich dachte, die Sache zwischen uns ist geklärt, aber sie versteht nur eine deutliche Sprache. Sie hat Julia schon im Krankenhaus belästigt.«

Diese funkelte Romulus böse an.

»Julia. Es tut mir unendlich leid. Ich hatte keine Ahnung, dass sie hier auftaucht. Ehrlich.« Er trat auf sie zu und griff ihre Hand.

Sie wollte sie wegziehen, aber sie konnte sich nicht rühren. Starr saß sie auf ihrem Stuhl. »Ich dachte, es ist aus?«, flüsterte sie.

»Es kann nicht aus sein ...«

Julias Herz stockte einen Schlag lang.

»... weil es gar nicht angefangen hat«, fuhr Romulus fort und zog sie vom Stuhl hoch. »Ich liebe dich, Julia. Dich und niemand anderen, das musst du mir glauben.« Er küsste sie, während Tränen der Erleichterung und der Freude über ihre Wangen rannen.

Am Tisch herrschte Totenstille. Julia wischte sich mit dem Ärmel über das Gesicht. Sie brauchte einen Moment, bis sie begriff, warum die Augen aller sie wie Laserstrahlen durchbohrten. »Romulus ist nicht mein Bruder.«, hörte sie sich wie aus weiter Ferne sagen.

»Was?«

»Wieso?«

Sie ließ ihren Blick über die Runde schweifen, die wild durcheinander spekulierte. Es herrschte allgemeine Verständnislosigkeit. Sie erklärte die Situation genauer.

Bobby fand als Erste die Sprache wieder: »Das ist ja echt der Hammer! Du bist auch adoptiert? Ihr habt gar nicht die gleichen Eltern? Herzlichen Glückwunsch!«

»Dann kommt doch zusammen, was zusammengehört«, rief Marit. »Aber das hättest du mir wirklich früher verraten können!« Marit schaute sie entrüstet an, trotzdem hörte Julia die Erleichterung in ihrer Stimme.

Gejohle und Applaus brandeten auf. Magnus öffnete geistesgegenwärtig eine neue Flasche Sekt und rettete die Situation, in der die unterschiedlichsten Gefühle wie Konfetti durch die Luft wirbelten. Sie stießen auf das Paar an. Julia konnte es nicht fassen. In weniger als einer viertel Stunde hatte sie erst alles verloren und wieder gewonnen, was ihr wichtig war.

»Wirst du jetzt auch nach deinen Wurzeln suchen?«, fragte Bobby Romulus.

»Darüber habe ich bisher nicht nachgedacht. War alles ein bisschen viel in letzter Zeit.«

»Ja, wer weiß, was da wieder ans Licht gezerrt wird«, meinte Julia. Alle lachten. Die Unterhaltung nahm an Fahrt auf und Magnus gab Anekdoten aus Schweden zum Besten, mit denen er vor allem Marit in seinen Bann zog.

Als Marit die Torte in die Kühlung brachte und den Tisch abräumte, nutzte Magnus die Gelegenheit, ihr zur Hand zu gehen. Sie nahm zwei Bier aus dem Kühlschrank und setzte sich zu ihm an die Terrassentür. Er fragte sie nach dem Café-Projekt. Marit genoss sein ehrliches Interesse, als sie davon erzählte. Er überraschte sie mit Vorschlägen zur Inneneinrichtung. Magnus hob die Hand und sie folgte seinem Blick. Romulus ging ins Haus. Er grinste zu ihnen herüber. Sie stießen mit ihren Flaschen an und Marit lachte hell auf, als sie ihm zuprosteten.

Das Fest näherte sich seinem Ende und die Gäste verabschiedeten sich. Julia stand gemeinsam mit Romulus an der Straße. Sie winkte ihren Eltern nach, bis der Wagen um die Ecke bog. Glücklich sah sie ihn an. »Was für ein gelungenes Fest. Dank dir, ab heute mein zweiter Geburtstag.«

Romulus drückte liebevoll ihre Hand und Julia zog ihn Richtung Haus. Marit räumte die Gläser in die Spülmaschine und pfiff vor sich hin.

»Vielen Dank, auch an dich Marit!« Julia umarmte ihre Freundin. »Kommt, wir lassen den Tag bei einem Glas Wein ausklingen.«

»Hast du uns keine Neuigkeit zu berichten, Marit?«, fragte Romulus.

»Noch mehr Neuigkeiten?« Bobby, die den letzten Satz aufgeschnappt hatte, ließ sich gähnend aufs Sofa fallen.

Lassie legte sich neben Nobody unter den Couchtisch. »Best Friends.« Sie tätschelte der Hündin den Kopf. »Was gibt es denn Spannendes?«

Romulus sah Marit verschmitzt an. Julia blickte von einem zu anderen.

»Ich verstehe nicht, was du meinst?« Marit tat betont unschuldig.

»Ach hör auf! Wenn du keine Ohren hättest, würdest du rundherum grinsen.«

Marit überzog eine tiefe Röte, aber es gelang ihr nicht, das Dauergrinsen zu unterdrücken.

»Magnus, wenn ich mich nicht irre?«, rief Bobby, die schnell kombinierte.

»Okay! Ich geb's zu.« Marit kapitulierte. »Magnus ist echt hinreißend. Wir haben uns prächtig unterhalten. Er ist ja so sympathisch. Und attraktiv, wie es für Nordländer so typisch ist. In seinen blauen Augen möchte man einfach nur versinken«, schwärmte sie. »Wir bewegen uns auf einer Wellenlänge, was ja nicht unwichtig ist. Sein Akzent ist bezaubernd. Ich könnte ihm stundenlang zuhören. Außerdem interessieren ihn meine Pläne für das Café.« Sie war jetzt nicht mehr zu bremsen.

»Wie romantisch!« Theatralisch wischte Bobby sich eine imaginäre Träne aus dem Augenwinkel, aber Julia strahlte und umarmte Marit.

»Ich freu mich so für dich! Dieses Mal scheint es dich ernsthaft erwischt zu haben?«

»Ja, das könnte was werden.« Ihr Blick nahm wieder einen seligen Ausdruck an.

»Na denn!«, rief Romulus und hob sein Glas. »Auf ein gelungenes Fest mit allerhand Überraschungen!«

Die Gläser klirrten ein letztes Mal an diesem Abend. Julia war glücklich, aber müde und froh, als sie sich in ihre Betten verabschiedeten.

Kapitel 19

Julias Freistellung vom Schuldienst war ihr ein willkommener Puffer. Er gab ihr Zeit, sich mit der neuen Situation zu arrangieren und ihr Leben zu überdenken. Während der Heilbewährung galt sie als hundert Prozent schwerstbehindert und war finanziell abgesichert. Da sie seit Ende der Osterferien nicht mehr unterrichtet hatte, war sie nicht informiert, ob Georg wieder an der Schule aufgetaucht war oder wie sein Verschwinden dort aufgenommen wurde. Es gab nicht die Spur einer öffentlichen Vermisstenmeldung. Ob er keine Angehörigen hatte? Julia verfolgte die deutschen Nachrichtensendungen und las die regionalen Zeitungen, auf der Suche nach einem Hinweis.

Wenn er doch zurückgekehrt war? Dieser Gedanke drängte sich wieder in den Vordergrund, nachdem der Transplantationsrummel vorüber war. Die Ungewissheit, was mit ihm geschehen war, bohrte sich wie ein giftiger Stachel in ihr glückliches Leben. Was, wenn sie ihm eine Überdosis an Schlaftropfen verabreicht hatte? *Oh Gott.* Hatte sie womöglich einen Menschen auf dem Gewissen? Zu gerne würde sie einen Schlussstrich unter die Sache ziehen. Immer wieder kämpfte sie gegen den Wunsch, sich Romulus anzuvertrauen. Aber was würde er von ihr denken? Im Geheimen hoffte sie darauf, endlich die versprochene Nachricht von Amalia zu finden. Sie hatte überall gesucht. Bisher leider ohne Erfolg.

Dass Georg das offene Zeitfenster genutzt haben könnte, war ein unerträglicher Gedanke. Trotzdem durfte sie die Möglichkeit, dass er sich zurückgespielt hatte, nicht außer

Acht lassen. Wie würde er reagieren, wenn sie sich wieder gegenüberstanden?

Am Abend war sie mit Romulus zum Essen verabredet. Er hatte für sie in der ‚*Melichkann*' reserviert. Das örtliche Lokal bestach durch sein gemütliches Ambiente, bot nur wenige Tische, aber eine exquisite Küche. Ohne Reservierung bekam man dort keinen Platz. Man wies ihnen einen Zweiertisch hinten in der Ecke zu. Julia genoss nicht nur das Essen, sondern vor allem die Zweisamkeit mit Romulus. Nach dem Hauptgang lag ihre Hand in der seinen auf dem Tisch. Mit dem Daumen streichelte er über ihre Finger. Selbst das löste ein Prickeln in ihr aus. Es stand fest, dass sie sich später lieben würden, und Julia konnte es gar nicht erwarten. Am liebsten hätte sie auf das Dessert verzichtet und stattdessen Romulus vernascht. Er war mindestens genauso verführerisch. Julia, die mit dem Blick zum Eingang saß, erstarrte. Ihre Hand verkrampfte sich.

Alarmiert drückte Romulus fester zu und drehte sich um. Ein Mann hatte das Lokal betreten und wartete darauf, dass ihm ein Tisch zugewiesen wurde. »Was hast du? Was ist los?«

Julia ließ die Luft, die sie vor Schreck angehalten hatte, langsam entweichen, bevor sie antworten konnte. Einen Moment lang hatte sie geglaubt, Georg zu sehen. Das Thema hatte sie heute so beschäftigt, dass sie schon Gespenster sah. Sie hatte sich getäuscht. Gott sei Dank, aber jetzt musste sie Romulus eine Erklärung für ihr Verhalten geben. »Desolé, chéri. Ich dachte kurz, jemanden zu sehen, den ich von früher kenne. Ein unangenehmer Typ. Aber ich habe mich geirrt. Wie sollte er auch hierherkommen? Alles gut. Der Mann sah ihm nur ähnlich.« Sie bemühte sich um ein unbefangenes Lächeln und schämte sich, ein Geheimnis vor Romulus zu haben. Das war keine gute Basis für eine Beziehung.

Sie musste mit ihm über Georg sprechen. Aber nicht heute Abend und schon gar nicht im Restaurant.

Romulus ging nicht weiter darauf ein, wofür sie dankbar war. Beinahe hätte sie diesen schönen Abend mit ihrer Paranoia geschrottet.

»Entschuldige mich einen Augenblick.« Julia verschwand auf die Toilette, wo sie sich kaltes Wasser über die Hände laufen ließ. Bevor sie an ihren Tisch zurückkehrte, warf sie ihrem Spiegelbild einen vernichtenden Blick zu.

Romulus lächelte, als sie sich wieder setzte. Er hatte einen verschmitzten Ausdruck in den Augen, den Julia nicht einordnen konnte. Fast kam er ihr fahrig vor. Als er nach seinem Wasserglas griff, stieß er beinahe sein Weinglas um. Es wackelte, aber sie rettete es mit einer blitzschnellen Reaktion.

Dann kam das Dessert. Sie hatten einen ‚*Café Gourmand*' bestellt, einen Nachtisch, der neben einem Espresso, aus einer Platte mit vier Dessertvariationen bestand. Julia registrierte das Samtkästchen, das sich auf der Schieferplatte ihres Freundes befand.

Romulus' Gesicht nahm eine leicht rötliche Farbe an. Er räusperte sich verlegen, griff nach dem Kästchen und stand auf.

In Julias Kopf explodierten die Gedanken wie Sterne aus einer Feuerwerksrakete.

Elegant fiel er auf ein Knie und ließ das Döschen aufschnappen. In einem Schlitz aus schwarzem Samt steckte ein Ring mit einem roten Stein. Wie in Trance starrte Julia das filigrane Schmuckstück und dann Romulus an. Im Lokal wurde es still. In Julias Ohren begann es zu rauschen.

Wie durch Watte hörte sie seine Worte: »Julia, Liebste. Du bist wie eine Sternschnuppe in mein Leben gefallen, plötzlich und überraschend. Ich habe einen Moment die Augen geschlossen und mir was gewünscht. Dass der Wunsch in Erfüllung gegangen ist, habe ich dir zu verdanken, denn du bist mein Glück. Ich liebe dich, Julia. Willst du meine Frau werden?«

Im Restaurant herrschte angespannte Stille, nur aus der Küche hörte man leises Klappern. Julia fixierte Romulus, seine Augen waren ihr Ankerpunkt. Wenn sie ihren Blick löste, würde sie vom Stuhl kippen. Als das Schweigen fast schon unerträglich wurde, hauchte sie ein »Ja« und dann mutiger ein klares: »Ja, ich will.«

Romulus ließ den Ring über ihren Finger gleiten. Er umfasste ihre Wangen und küsste sie. Die Gäste erhoben sich klatschend von ihren Plätzen.

Marits Arbeitstag begann jetzt früh morgens um vier. Sie war die geborene Frühaufsteherin und den Arbeitsrhythmus aus der Bäckerei gewohnt. Vormittags sorgte sie für die pünktliche Auslieferung der Bestellungen, die über Internet hereinkamen oder telefonisch angenommen wurden. Nachmittags verkaufte sie im Schleusenhaus an der Theke. Sie konnte es kaum erwarten, endlich Gäste im Gartencafé begrüßen zu dürfen. Spätestens dann würde sie eine Bedienung einstellen, um den Betrieb am Laufen zu halten.

Sie stand pfeifend am Backtisch, die Arme in einer Schüssel mit Hefeteig vergraben, um Brioche, das französische Pendant des Hefezopfs, zu backen.

Julia stürmte in die Küche und tanzte wild um sie herum. »Marit? Du glaubst nicht, was gestern Abend passiert ist!«

»Na, du warst mit Romulus essen? Ihr hattet eine heiße Nacht?«

»Ja, das auch«, meinte Julia und umarmte ihre Freundin von hinten. Dabei fuchtelte sie mit ihrer rechten Hand über der Teigschüssel herum.

»Nein!« Marit hielt im Kneten inne. »Halt doch mal still!« An Julias Ringfinger prangte ein Goldring, den ein kleiner Rubin schmückte. »Er hat dich gefragt?«

»Ja. Ganz traditionell«, jubilierte Julia und tanzte weiter durch die Küche. »Er hat sogar neben meinem Stuhl gekniet. Gott sei Dank hat er bis zum Dessert gewartet. Echt, ich hätte vor Aufregung und Glück keinen Bissen mehr runter bekommen.« Julia sprang auf die andere Seite des Tisches. »Wir werden zusammenziehen!« Sie machte eine bedeutungsvolle Pause. »Du kannst dich zukünftig mit Bobby ungestört ausbreiten.«

»Das sind ja wundervolle Nachrichten«, sagte Marit, die sich die Hände wusch. »Herzlichen Glückwunsch!« Sie schloss Julia in die Arme und drückte sie fest. »Das heißt, wir können Hochzeit feiern?«

»Langsam! Lass mich zuerst die Verlobung verdauen«, bremste sie Marit. »Aber generell ja. Ich bin mir so sicher, dass Romulus der Richtige ist. Ständig explodieren ganze Schwärme von Blubberblasen in meinem Bauch und Glücksgefühle schwappen in Wellen über mich hinweg.« Julia prustete los. »Meine Güte, was für ein romantisches Geschwafel. Aber genauso fühlt es sich an. Jetzt muss ich meine Eltern anrufen!«

Marit hörte, wie Julia die Stufen in ihr Zimmer hinaufsprang. Das durfte sie also bald benutzen. Es wäre ideal für ein Büro, überlegte sie. Gerührt sah sie zur Tür, durch die das Glück in Person getanzt war. Sie freute sich für Julia. Nach Andreas hatte sie einen Mann wie Romulus verdient.

Julia ging zu den Resten des magischen Klaviers. Marit hatte ganze Arbeit geleistet. Die groben Bruchstücke lagen auf einem Haufen am Rand der Außenanlage. Die Eröffnung des Cafés rückte näher und sie mussten den Garten auf Vordermann bringen. Sie hatte ja bei Amalia gesehen, wie bezaubernd er sein konnte, wenn sich jemand darum kümmerte. Romulus würde den Holzhaufen abbrennen, so wäre das Zauberinstrument endgültig Geschichte.

Die Erinnerung an Georg flog wie ein Bumerang in Julias Kopf zurück. Was war aus ihm geworden? Sie hatte keinen Hinweis von Amalia gefunden. Dabei wüsste sie so gern, was am Tag ihrer Rückkehr geschehen war. Wenn sich die Nachricht im Klavier befand? Schließlich hatte Amalia das mit den Adoptionspapieren schon einmal getan.

Vorsichtig trat Julia näher an den Sperrmüll und untersuchte die Bruchstücke. Sie quälte das schlechte Gewissen, so ein gravierendes Geheimnis vor Romulus zu haben. Sie hatte ihm ausführlich über die Gespräche mit Amalia berichtet. Nur Georg hatte sie nicht erwähnt. In Gedanken versunken stolperte sie über eine zusammengeringelte Klaviersaite, die zwischen zwei Holzstücken steckte. Sie fuchtelte mit den Armen, um ihr Gleichgewicht zu finden, aber der Draht hatte sich wie eine Schlinge um ihren Fuß gewickelt. Mit einem lauten Rumms schlug sie der Länge nach hin.

Romulus, der Säcke mit Rindenmulch und Blumenerde ablud, rannte erschrocken herbei. »Verflixt Julia! Hast du dir wehgetan?«

»Nein, geht schon.« Sie stöhnte, als sie sich vorsichtig aufrichtete. In ihrer Hand steckte ein Holzsplitter.

»Das sehe ich«, entgegnete er mit Blick auf die Hand und ihr aufgeschürftes Knie, aus dem Blut sickerte. »Kannst du mir mal sagen, warum du hier im Schutthaufen herumkletterst? Und der hier muss raus.« Er zeigte auf den Spreißel, dann löste er den Draht von Julias Bein. Fest umgriff er ihre Hand und half ihr heraus.

Julia wartete zerknirscht am Küchentisch, während Romulus das Verbandszeug aus dem Badezimmer holte. Sie musste ihn in ihr Geheimnis einweihen. Allein konnte sie die Last nicht länger tragen.

»So, halt still. Das könnte schmerzhaft sein, wenn ich den Splitter rausziehe.« Vorsorglich hielt Romulus ihre Hand fest. Mit der Pinzette versuchte er, den Fremdkörper zu fassen.

Julia zog scharf die Luft ein, aber dann war es gleich besser. Erleichtert atmete sie aus, doch nur bis er den jodgetränkten Wattetupfer auf die Wunde drückte. »Fuck! Romulus! Das brennt wie Feuer!«

»Gleich vorbei, aber wir dürfen keine Infektion riskieren.«

Er säuberte auch das Knie, legte Kompressen auf die Wunden und wickelte elastische Mullbinden um Hand und Bein.

»Danke«, sagte Julia, als der Schmerz nachließ. Sie bewunderte die perfekt sitzenden Verbände. »Wo hast du das gelernt?«

»In meiner Schreinerausbildung. Da habe ich einen Ersthelfer-Kurs belegt. Wir arbeiten mit Sägen und man kann nie wissen«, setzte er mit einem Blick auf Julia hinzu. »Jetzt schau halt nicht so schuldbewusst. Ist ja nichts passiert. Aber es interessiert mich schon, nach was du da gesucht hast.«

Julia schlug die Augen nieder. »Ich muss dir etwas sagen und ich verstehe, wenn du sauer auf mich bist.«

»Was meinst du? Du willst doch nicht die Verlobung auflösen?«

»Nein, natürlich nicht.« Erschrocken schaute sie zu ihm hoch. »Es ist nur ...«

»Was hast du denn jetzt wieder angestellt?«

»Ich habe nicht alles erzählt, was meine Zeitreise betrifft, weil ich dich nicht damit belasten wollte. Aber nun, wo wir zusammen sind ... Es soll nichts zwischen uns stehen.«

»Julia, spann mich nicht auf die Folter. Was ist los?«, forderte Romulus ungeduldig.

»Mir ist jemand in die Vergangenheit gefolgt.«

Romulus riss die Augen auf. »Was?«

»Ich wurde in Freiburg gestalkt. Ein aufdringlicher Lehrerkollege – Georg. Zuerst hat er mir Avancen gemacht. Er hat immer wieder Einladungen ausgesprochen, wollte unbedingt mit mir ausgehen. Dann hat er mich ausspioniert. Er ist mir sogar hierher gefolgt. Ich hatte keine Ahnung, dass er mich derart beobachtet hat oder wie lange das schon ging. Mir wird jetzt noch übel, wenn ich daran denke. Er war Zeuge meines Zeitsprungs und verrückt genug, um mir zu folgen.« Julia machte eine kleine Pause, denn sie sah, dass es in Romulus' Kopf auf Hochtouren arbeitete.

»Wie kommt es, dass ihm das gelungen ist? Denkst du, jeder hätte damit reisen können?«

»Nein, ich glaube, das funktioniert nur auf einer hohen emotionalen Ebene oder Bindung. Meine Mutter hat dieses Lied häufig in der Schwangerschaft gespielt. Ich habe die Melodie im Mutterleib gehört und mit ihrer Liebe zu mir verknüpft. Deshalb kannte ich die Variationen, die sie damals dazu komponiert hat. Sie existieren als Noten sonst nirgendwo.«

»Wenn das stimmt, hat dieser Georg eine emotionale Bindung zu dir?« Der Gedanke schien Romulus nicht zu behagen. Seine Miene verfinsterte sich.

»Er ist irre, Romulus, krank, verstehst du? Regelrecht davon besessen, mich zu besitzen. Vielleicht hat es deshalb funktioniert.«

»Es gab nur einen möglichen Zeitpunkt: Als wir uns auf der Gendarmerie befanden. Davor war das Klavier blockiert oder es hat sich jemand von uns im Raum aufgehalten.«

»Stimmt. Georg ist am Tag meiner Rückkehr aufgetaucht. Großmutter hat sofort reagiert. Wir haben uns im alten Holzschuppen versteckt, bevor er uns sehen konnte. Da war klar, dass das Klavier wieder funktionierte. Ich sollte mich ins Haus schleichen und flüchten. Aber Georg hat mir aufgelauert und mich in seine Gewalt gebracht.«

»Mein Gott Julia, das ist ja der reinste Krimi. Wie hast du dich befreit?« Romulus hing entsetzt an ihren Lippen.

»Mithilfe von Amalias Schlafmittel. Das habe ich ihm in den Kaffee gemischt.«

»Und dann?« Auf seinem Gesicht spiegelten sich die Szenen, die er sich im Kopf ausmalte.

»Wir haben ihn gefesselt und in den Schuppen geschafft. Mehr kann ich dir nicht sagen. Großmutter hat mich gedrängt, sofort zurückzukehren. Sie befürchtete, dass das nicht unbegrenzt möglich sei.«

»Du hast sie mit diesem Verbrecher alleingelassen?«

»Ich wollte das nicht, das musst du mir glauben«, verteidigte sich Julia. »Aber sie hat darauf bestanden. Du weißt doch, wie sie sein kann. Sie wollte auf keinen Fall, dass er wieder in die Gegenwart zurückkehrt, und war überzeugt, eine Lösung zu finden.«

»Deshalb also die Zerstörung des Klaviers.«

»Niemand konnte ahnen, dass ich bei der Rückkehr bewusstlos sein würde. Sonst hätte ich den Kasten sofort funktionsunfähig gemacht. Jetzt haben wir ein Zeitfenster von vierundzwanzig Stunden.«

»Warum hast du dich mir nicht früher anvertraut? Mir wird übel, wenn ich mir ausmale, was der Irre dir antun könnte ...« Er schüttelte sich, als könnte er so das Gefühl der Bedrohung loswerden.

»Der Gedanke, dass der Typ hier auftaucht, ist gruselig.« Julia sah ein Blitzen in seinen Augen.

»Der Mann im Restaurant. Du dachtest, es sei Georg! Unfassbar, das hättest du mir sagen müssen.« Romulus strich sich mit der Hand übers Gesicht. »Was hast du jetzt in den Trümmern gesucht?«

»Eine weitere Nachricht von Amalia. Sie hat mir versichert, mich über die Ereignisse nach meiner Rückkehr zu informieren«, erklärte Julia. »Bisher konnte ich aber nichts finden. Das Klavier kam mir als Versteck am naheliegendsten vor. Es tut mir leid, Romulus. Ich hätte dir eher davon erzählen sollen.« Sie legte ihre gesunde Hand auf seine und war erleichtert, dass er sie nicht wegzog. »Ich wollte alles verdrängen, aber die Angst, Georg könne jeden Moment hinter mir stehen, macht mich krank. Und die Vorwürfe, weil ich unsere Großmutter mit ihm allein gelassen habe.«

Die Möglichkeit, ihn mit einer Überdosis getötet zu haben, konnte sie nicht aussprechen.

Romulus legte seine Stirn in Falten. »Als ich damals in den Sommerferien aus dem Internat kam, war alles wie immer. Großmutter hat keine Andeutungen über einen Eindringling oder Einbrecher gemacht. Ich durfte gleich zu Beginn in ein Feriencamp in der Bretagne. Deshalb war ich nur kurz da, um meine Tasche zu packen.« Romulus zog Julia in seinen Arm. »Ich beschütze dich. Immer«, versprach er. »Wenn Großmutter versprochen hat, dir eine Nachricht zukommen zu lassen, hat sie das mit Sicherheit getan. Vor allem in einer so wichtigen Sache. Wir werden sie finden.«

Julia war erleichtert, dass er ihr Verhalten nicht übel nahm. »Romulus? Ich möchte nicht, dass Marit oder meine Eltern die Einzelheiten über Georg erfahren.«

»Verstehe.« Er besiegelte sein Versprechen mit einem Kuss.

Froh, ihr Geheimnis geteilt zu haben, schwor sich Julia, zukünftig ehrlich zu sein.

Kapitel 20

Am nächsten Tag arbeiteten sie im Garten. Marit stand am äußersten Ende des Grundstücks und beobachtete Romulus, der den Holzhaufen noch einmal unter die Lupe nahm. Laut Julia sortierte er aus, was ihm persönlich als brauchbar erschien. Den Rest schichtete er zum Verbrennen auf. Julia kniete in den Rabatten. Sie grub Ableger der Sonnenhutstauden ein. Marit lächelte. Wie sich doch alles verändert hatte. Sie trauerte dem Stadtleben nicht nach.

Marit wandte sich wieder dem Rückschnitt der Brombeerhecke zu. Sie hing voll schmackhafter schwarze Beeren. Die Törtchen, die sie damit belegte, waren beliebt. Die Touristen verschlangen sie schneller, als sie Nachschub backen konnte. Sie machte einen Ausfallschritt und kappte mit der Gartenschere eine äußerst hartnäckige wilde Ranke. Dabei stieß sie mit dem Fuß gegen eine Kante, die sie im hohen Gras übersehen hatte. Sie strauchelte und drohte vornüberzukippen. Um den Sturz abzufangen, griff sie an den Zaun und in die Dornen. Sie schrie auf. Romulus und Julia sahen zu ihr herüber. Schauten sie etwa belustigt?

»Was ist passiert?«, rief Julia und eilte herbei. Sie stützte Marit, die auf einem Bein stand und an ihrem Finger lutschte.

»Ich bin über was gestolpert und habe mir den Zeh angeschlagen«, nuschelte Marit. Sie deutete auf die Stelle mit dem Hubbel.

Romulus trat mit dem Fuß das Gras zur Seite. Er bückte sich und legte einen quadratischen Stein von etwa fünfzig

Zentimetern frei, auf dem eine Plakette angebracht war. Julia ging neben ihm in die Hocke.

»Was ist das?«, fragte Marit.

»Sieht nach einem Gedenkstein aus«, mutmaßte Romulus.

Julia las die Inschrift vor: »Hier ruht ein Mensch nach langer Reise, wollte zwingen hier sein Glück, da entschlief er still und leise, kehrte niemals mehr zurück.« *Kehrte niemals mehr zurück ...*, dachte Julia erleichtert, als sie die Worte begriff. Sie räusperte sich und versuchte, ihrer Stimme einen festen Klang zu verleihen. »Ja, sieht nach einem Gedenkstein aus, an wen auch immer«, sagte sie und warf Romulus einen einvernehmlichen Blick zu. Da war sie, die lang ersehnte Nachricht. So gut versteckt.

»Für ein Grab ist es ein bisschen klein, aber für eine Urne könnte es ausreichen«, sagte Marit und verzog das Gesicht. »Wusstet ihr, dass man in Frankreich die Asche der Angehörigen mit nach Hause nehmen darf?«

»Echt jetzt?«

»Sie hat recht«, sagte Romulus. »Daran habe ich gar nicht gedacht.«

»Gruselig. Das wäre nichts für mich.« Marit schüttelte sich.

Romulus reichte Julia seine Hand und half ihr auf. Ihre Blicke trafen sich. Sie sah in seinen Augen die Erleichterung, die sie selbst spürte. Fast meinte sie, einen zweiten Stein neben dem Gedenkstein entdecken zu müssen, einer, der ihr gerade vom Herzen gefallen war. Sie hob den Blick zum Himmel. »Danke Großmutter, für alles«, flüsterte sie.

15 Jahre zuvor bei Amalia, nach Julias Rückkehr in die Gegenwart…

Amalia überlegte fieberhaft, was sie mit diesem Georg anstellen sollte. Sie konnte ja schlecht zur Polizei gehen. Niemand würde ihr glauben, dass ein Stalker in die Vergangenheit gereist war, um ein Mädchen in seine Gewalt zu bringen, das zurzeit bei Adoptiveltern lebte, die sie nicht kannte. Viel zu kompliziert. Man würde sie als verwirrt einstufen und in die Psychiatrie stecken. Sie stand im Holzschuppen. Amalia blickte angewidert auf den gefesselten und geknebelten Mann hinunter. Müsste er nicht langsam wieder aufwachen? Er kam ihr unnatürlich blass vor. Er war doch nicht etwa … Sie schauderte bei dem Gedanken. Wie viel Schlafmittel hatte Julia in den Kaffee geschüttet?

Vorsichtig kniete sie sich hin und tastete seinen Puls. *Nichts.* Sie versuchte es mehrmals, spürte jedoch nur den kräftigen Herzschlag in ihrem eigenen Daumen. Schweiß perlte auf ihrer Stirn. Nach dem Regen war es unangenehm schwül. Das Gewitter hatte keine Abkühlung gebracht. Sie musste nachdenken, aber nicht hier. Erschöpft schleppte sie sich ins Haus. Im Schlafzimmer schaltete sie das Radio ein. Nach der Zeit mit ihrer Enkelin lastete die Stille schwer auf ihr.

Er war tot, gestand sie sich ein. In ihrem Schuppen lag eine Leiche. Sie musste ihn beerdigen. Allein der Gedanke, den Koloss zu transportieren, löste einen Schweißausbruch aus. Wie sollte sie ein Grab in seiner Größe ausheben?

Die Aufregung forderte ihren Tribut. Sie legte sich einen Augenblick auf ihr Bett. In den Nachrichten kündigten sie schwere Unwetter an und in der Ferne grollte schon die nächste Gewitterfront. Amalia sackte in einen tiefen Schlaf. Sie bekam nicht mehr mit, wie die Blitze am Himmel zuckten, und stellte am Morgen fest, dass ihr Holzschuppen abgebrannt war.

Drei Wochen nach Julias Rückkehr in die Gegenwart ...

Vor zwei Stunden hatten sie den Verband entfernt, aber er lag immer noch auf seinem Bett. Der Arzt hatte gelächelt und gesagt, er solle sich Zeit lassen.

Der hatte gut reden. Quälend lang waren Georg die Wochen während seiner Behandlung erschienen. Zeit, sich täglich das bevorstehende Szenario im Spiegel auszumalen. Er war eitel und konnte sich die exzellentesten Chirurgen leisten. Ihre Aufgabe bestand darin, ihm ein neues Gesicht zu modellieren, so natürlich und attraktiv wie möglich.

Er vertrieb sich die Zeit mit Rachefantasien. Was hatten diese miese kleine Schlampe und ihre Großmutter aus ihm gemacht? Sie waren der Grund für seine *Misere.* Wie in einem Vulkan kurz vor dem Ausbruch brodelte der Hass in ihm, wenn er daran zurückdachte. Zu einem Paket verschnürt hatten sie ihn im Holzschuppen zurückgelassen, hinterhältig betäubt wie ein Tier. Mit allem, was ihm zur Verfügung stand, hatte er versucht, die Flammen zu ersticken und gleichzeitig so schnell wie möglich hinauszugelangen, um sich mit dem Klavier zurückzuspielen. Seine Befürchtung, mit dem Spiel die Alte auf den Plan zu rufen, blieb aus. Gut, dass ihm der Dämpfer am Fußpedal eingefallen war.

Er gierte nach Vergeltung. Vor den kosmetischen Operationen wagte er keinen Blick in den Spiegel. Jetzt graute ihm erst recht davor. Egal, wie tüchtig die Chirurgen waren. Er würde nie mehr der Gleiche sein. Georg hatte sein Äußeres gemocht.

Zeit, nach vorn zu schauen. Er erhob sich schwerfällig. Seine Beine zitterten. Georg war sich nicht sicher, ob sie ihn tragen würden. Das Liegen hatte ihn geschwächt. Mit geschlossenen Augen stützte er sich auf dem Waschbecken ab. Still zählte Georg bis drei, dann blickte er in sein Antlitz und zog scharf die Luft ein. »Wer bist du?« Ein Fremder starrte ihn mit dem vertraut kühlen Ausdruck in den Augen an.

In der Reha, die er sich in der privaten Klinik gönnte, arbeitete er seinen Rachefeldzug aus. Dank der reduzierten Medikamente konnte er wieder klarer denken. Hier trainierte er nach einem speziell auf ihn abgestimmten Plan. Das Pensum brachte ihn an seine Grenzen, aber sein Hass trieb ihn voran. Langsam sah er sichtbare Fortschritte. Hilflos und abhängig, so wollte er Julia sehen. Sie sollte spüren, wie es sich anfühlte, ausgeliefert zu sein und dem Tod ins Auge zu schauen.

Marit nahm die Eieruhr mit in ihr Büro, das sie sich in Julias Zimmer eingerichtet hatte. Hier vergaß sie gern die Zeit und ihre Kuchen unten im Backofen.

»Marit? Bist du oben?«

Julia rannte die Treppe hinauf und stürzte ins Zimmer. »Die Katze ist wieder in der Küche. Ich habe ihren Schwanz hinter dem Kühlschrank verschwinden sehen. Du weißt ja, dass ich sie nicht gern hochnehme. Willst du mal nachschauen?«

»Das darf doch nicht wahr sein!« Marit sprang sofort auf. Sie eilte mit Julia nach unten. »Wie kommt sie in die Küche? Ich achte penibel darauf, dass die Tür geschlossen ist. Durch das Fenster ist sie sicher nicht hereingekommen. Ohne Krallen kann sie sich ja nirgends festhalten.« Marit seufzte. Sie stand in der Küche, von Nobody keine Spur. »Pusch, pusch«, lockte sie.

Hinter dem Kühlschrank hörte man ein leises Scharren. Wie kann man mit Samtpfoten scharren? Auf Knien tastete Marit in den Spalt. Eine rabenschwarze Katze schoss hervor und sprang auf den Tisch.

»Das ist gar nicht Nobody«, rief Julia erstaunt. Das Tier fixierte sie mit goldgelben Augen, leckte sich die Vorderpfote und wischte elegant über das linke Ohr.

»Okay, wenn fremde Katzen meine Backstube entern, muss ich Fenstergitter anbringen. Lüften ist unverzichtbar.« Vorsichtig ging Marit auf das Tier zu. Ohne Protest ließ sich die Mieze auf den Arm nehmen. Hinter der Terrasse setzte Marit die Katze ab, die sich mit aufgestelltem Schwanz trollte. »Wenn du schon da bist, Julia, komm bitte mit hoch in mein Büro. Ich habe Fragen bezüglich des Hochzeitsmenüs.«

Julia überflog den Entwurf. »Das hört sich wunderbar an! So, wie wir es uns vorstellen. Raffiniert, bodenständig und dennoch nicht gewöhnlich. Was meinst du? Sollen wir zuerst die Suppe servieren und danach die kalte Vorspeise? Oder ist das egal? Gibt es da einen Knigge?«

»Nein. So streng ist das heute nicht mehr. Aber kulinarisch macht es Sinn, warme und kalte Speisen abwechselnd zu reichen. In diesem Fall zum Auftakt Rehpastete mit Preiselbeeren auf Honigbrot. Danach als Magenwärmer die geklärte Tomatenessenz. Mit dem Linsensalat auf knusprigem Bacon im gemischten Salat-Bett folgt die Vorspeise.«

»Oh Gott.« Julia stöhnte auf. »Glaubst du, dass da noch jemand Hunger auf den Hauptgang hat?«

»Keine Panik, meine Liebe. Das sind alles Appetitanreger, die in kleinen Mengen gereicht werden, selbstverständlich mit den nötigen Pausen dazwischen, damit wir Zeit für das Rahmenprogramm haben.« Sie zwinkerte verschwörerisch.

»Ich ahne Schlimmes! Müssen wir uns fürchten?« Julia schlug die Hände vors Gesicht.

»Lass uns über den Hauptgang sprechen«, lenkte Marit ab und wandte sich ihrer Liste zu.

»Du bist genial«, lobte Julia, als Marit mit ihren Ausführungen fertig war. »Ich bin so froh, dass du dich darum kümmerst.«

»Gut, nimm die Liste mit und zeig sie deinem Göttergatten. Wenn er einverstanden ist, schreib mir eine WhatsApp. Dann hake ich diesen Punkt ab.«

»Klar, mach ich, gleich heute Abend. Er wird nichts einzuwenden haben. Da bin ich mir sicher. Außerdem beschäftigt er sich nicht gern mit solchen Dingen. Wenn wir dich nicht hätten!« Sie umarmte Marit.

Die Eieruhr klingelte schrill. Marit sprintete die Treppe hinunter. »Mein Kuchen! Ich muss in die Backstube!«

Sie bestäubte den Mirabellen-Streuselkuchen mit Puderzucker, als Bobby die Nase zur Küche hereinsteckte. »Hey Bobby, gut, dass du kommst. Mir ist da eine Idee gekommen. Sollen wir nach der Trauung auf dem Kirchplatz Hochzeitstauben fliegen lassen? Wäre das nicht romantisch?«

Bobby verzog grimmig das Gesicht, was sie aber nicht davon abhielt, sich einen Streusel vom Kuchen zu picken.

»Finger weg!« Marit schlug Bobby auf die Hand, die ihre Beute umklammerte und blitzschnell im Mund verschwinden ließ. »Mmh, lecker. Das mit den Tauben schlage dir aus dem Kopf! Für die Tiere ist das gar nicht romantisch. Die müssen enorm weite Strecken zurücklegen, um ihren Verschlag wieder zu erreichen. Entweder brechen sie vor Erschöpfung zusammen, verirren sich, verhungern oder werden von Greifvögeln abgefangen. Ich weiß nicht, ob es ein gutes Omen für eine glückliche Ehe ist, Tiere zu quälen.«

»Gott, so habe ich das nie gesehen, Bobby. Das ist ja furchtbar. Okay, vergiss die Tauben, wir nehmen ...«

»Jetzt sag ja nicht: Schmetterlinge!«, brauste Bobby auf. »Die werden in Boxen verschickt! Die zerquetschen, verdursten und verhungern, ehe sie ankommen. Außerdem werden sie runtergekühlt, damit sie stillhalten. Sicher erfreulich, wenn das Brautpaar die Schachtel öffnet und nur ein Teil davonflattert, während der Rest als Leichen in der Box liegt.«

»Herrje, Bobby.« Marit hob die Hände. »Dann vielleicht rote Herzluftballons mit Kärtchen, auf die die Hochzeitsgäste liebe Wünsche schreiben? Das lässt sich doch machen?«

»Okay, wenn es unbedingt so was sein muss ... Für meinen Geschmack etwas zu kitschig, aber zu Julia passt das sicher. Also muss es?«

Marit nickte.

»Gut, dann Luftballons. Obwohl die als Müll in der Natur landen und ohne Kärtchen. Die kann das Brautpaar sowieso nicht lesen. In den Schnüren könnten sich später Tiere verheddern.«

Marit seufzte. Es war von Vorteil, wenn man eine Tierschützerin an der Seite hatte, welche die Folgen bedachte, die Romantik so mit sich brachte. Aber leider auch ernüchternd.

Kapitel 21

Wie ein Kind des Schattens wählte er die Dämmerung. Zurück am Ort des Grauens traf ihn die Erinnerung mit voller Wucht. Schnell erkannte er, dass Julia jetzt bei diesem Nachbarn wohnte. Zornig warf er einen Stein nach einem Hasen, der sich vor ihm auf den Weg duckte. Das Schleusenhaus hatte sie ihrer Freundin überlassen. ‚*Café Crema*' stand auf dem Schild am Garten.

Gegenüber befand sich der neue Holzschuppen. Er ähnelte dem, in dem sich sein Leben so drastisch verändert hatte. Eine Gänsehaut kribbelte auf seiner empfindlichen Haut. Heute stand eine Ortsbegehung auf dem Plan. Er würde nichts dem Zufall überlassen. Unbemerkt huschte Georg über die Brücke. Ein Wiesenweg führte in das Wäldchen. Immer wieder stolperte er in den zerfurchten Rillen aus getrocknetem Matsch, die von tiefen Reifenprofilen eines Traktors stammten. Er fluchte bei jedem Schritt.

Die Hütte, die er auf Google Maps entdeckt hatte, lag günstig, nicht weit von Romulus' Hof und dennoch gut verborgen. Ideal für seine Zwecke. Missmutig musterte er die Baracke, ungläubig, dass hier jemand lebte. Der Köter, der bellend hinter der Hütte auftauchte, belehrte ihn eines Besseren. Knurrend blieb er vor Georg stehen. *Komm nur her,* dachte er. *Gerne kannst du meine Stiefelspitze kennenlernen.* Das Tier ließ sich brummelnd vor dem Eingang nieder, den Blick fest auf den Eindringling gerichtet. Georg trat vermeintlich den Rückzug an, schlug einen Bogen, um das Terrain hinter der Bruchbude auszuspionieren. Er gelangte auf einen unbefestigten Weg, der aber besser befahrbar war und schon bald in einen betonierten Wirtschaftsweg mündete. Zeit, umzukehren. Gerne hätte er einen Blick in die Hütte geworfen. Obwohl es zunehmend dunkler wurde, brannte kein Licht.

Leise schlich er sich an das Fenster neben der Haustür. Die Töle war nicht zu sehen. Er legte seine Hand ans Auge und versuchte, etwas durch die dreckige Scheibe zu erkennen. Scheinbar gab es nur einen Raum, der nicht unterteilt war. Seine Armbanduhr kam an das Fensterglas und klackerte leise. Genug, um den Hund, der sich jetzt in der Hütte befand, auf den Plan zu rufen. Laut schlug er an. *Verdammtes Mistvieh!* Prompt wurde die Tür aufgerissen und Georg blickte in den Lauf einer Flinte.

»Verschwinde, sonst brenn ich dir ein Loch in den Pelz!«, kreischte ein alter Mann, der mit seiner schmächtigen Statur keinen großen Eindruck auf ihn hinterließ. Aber mit der Waffe in der Hand war er klar im Vorteil. Auf ein Wortgefecht war Georg nicht aus. Abgebrüht drehte er sich um und entfernte sich, gewiss, dass der Waldschrat aus dem Hinterhalt keinen Schuss abgeben würde. Er sah nicht mehr zurück. Der verschrobene Kauz lebte wie ein Einsiedler. Georg wusste alles, was er wissen musste und würde wiederkommen. Die Stunden des Alten waren gezählt.

»Mmh. Das riecht verlockend. Was hast du im Backofen, Schatz?« Romulus legte Tasche und Schlüssel im Flur ab. Er umarmte Julia von hinten und drückte ihr einen Kuss in den Nacken. Sie kicherte. Er wusste, wo sie kitzelig war.

»Eine Zucchini-Lasagne«, erklärte sie stolz. »Ein todsicheres Rezept von Marit. Bekomme sogar ich hin. Dauert aber noch eine Weile.«

»Du siehst blass aus. Wie ich euch kenne, habt ihr wieder stundenlang über der Hochzeitsplanung gesessen.«

»Stimmt. Hat sich aber gelohnt. Der Menüplan liegt auf dem Wohnzimmertisch. Kannst du dir nachher in Ruhe anschauen. Das Festmahl wird ein Traum!«

»Komm, lass uns vor dem Essen einen kleinen Spaziergang machen«, meinte Romulus. »Damit ein paar Sonnenstrahlen auf dein blasses Näschen scheinen. Frische Luft und Bewegung tun dir sicher gut. Nur ein Stück, hier durch den Wald, bis zur Hütte.« Romulus hoffte, dass sie sich rasch weiter erholen würde. Er programmierte die Zeitschaltuhr an seinem Backofen.

»Was für eine Hütte?«

»Ich zeig's dir.«

Julia hakte sich bei ihm unter. »Du hast recht. Es ist angenehm draußen.«

Sie legte den Kopf in den Nacken, schloss die Augen und ein laues Lüftchen spielte in ihren Haaren. Das Licht nahm zum Abend hin einen rötlichen Schimmer an. Es verlieh ihrem Gesicht ein rosiges Aussehen. »Ist die Hütte bewohnt?«

»Ja. Dort wohnt der alte Ben. Sein Nachname ist Langenbeck, wenn ich mich recht entsinne. Seine Eltern waren Deutsche. Nach ihrem Tod ist er hierher gekommen und lebt seitdem zurückgezogen. Ein richtiges Einsiedlerleben, ohne Strom und fließend Wasser. Das schöpft er aus dem Bach. Ab und an sieht man ihn im Dorfladen.«

»Er lebt dort allein?«

»Ja, mit seinem Hund und einer Katze.«

Julia dachte an die schwarze Mieze in Marits Küche.

Die Hütte lag gut getarnt in einer Mulde. Julia zog Romulus hinter sich her. »Wo willst du hin?«

»Nur mal gucken. Die Vorstellung, ohne Komfort im Wald zu leben, fasziniert mich.«

»Ich weiß nicht ...« Romulus war von der Idee nicht begeistert. Auch als Eremit hatte man ein Recht auf Privatsphäre. Aber Julia war schon ein Stück den Weg hinunter. Rasch folgte er.

Sie waren nicht weit gekommen, da wurde die Tür aufgerissen und knallte heftig an die Wand. Ben stürmte heraus, ein Gewehr im Anschlag.

Julia blieb wie angewurzelt stehen. Romulus baute sich schützend vor ihr auf.

»Was wollt ihr hier?«, schrie Ben. »Verschwindet! Lasst mich in Frieden!«

Romulus hob beschwichtigend einen Arm und zog Julia weg, die sich fest an seine Seite drückte. »Komm, lass uns gehen, langsam und nicht rennen«, flüsterte er.

»Ist der immer so schräg drauf? Glaubst du, er hätte auf uns geschossen?«, fragte Julia genauso leise.

»Nein, sicher nicht. Was hat ihn nur so gereizt? So habe ich Ben noch nie erlebt. Habe ihn aber schon länger nicht mehr gesehen. Ich werde das Gefühl nicht los, dass wir nicht die Ersten waren, die ihm einen Besuch abgestattet haben. Manchmal ärgern ihn die Halbstarken oder er hat mal wieder dem Alkohol zugesprochen. Egal. Lass uns nach Hause gehen und diese leckere Lasagne vernichten.«

Georg wartete auf Neumond, bevor er zu Bens Hütte zurückkehrte. Diesmal nahm er den gut befahrbaren Wirtschaftsweg, der von der anderen Seite herführte. Er parkte in gebührendem Abstand. Das letzte Stück ging er zu Fuß. In Schwarz gekleidet, verschmolz er mit der Nacht und bewegte sich lautlos durch den Wald. Mit dem präparierten Köder für die Töle schlich er sich zu seinem zukünftigen Unterschlupf. Georg vernahm ein leises Knurren, das tief aus der Brust des Schäfermixrüden zu kommen schien. Mit jedem Schritt schwoll es bedrohlicher an. Sicher nicht mehr lange und das Vieh würde laut bellend anschlagen. Jetzt sah er ihn. Der Hund saß vor der Tür. Georg holte aus. Das dick mit Leberwurst gefüllte Hotdogbrötchen landete vor der Schnauze des Rüden. Schnüffelnd nahm er den unwiderstehlichen Duft auf und machte sich sabbernd darüber her. Das Gift wirkte schnell. Georg beobachtete den Kampf im Taschenlampenschein. Der Körper krampfte und die Augen quollen hervor. Schaum blubberte zwischen den Lefzen heraus. Ein letztes Aufgebähren, dann war es vorbei. Georg zog den Tierkörper am Schwanz ein Stück zur Seite und löschte das Licht.

Leise öffnete er die Tür, die nicht abgeschlossen war, umklammerte seine Tatwaffe und verschwand in der Dunkelheit des Raumes. Seine Augen gewöhnten sich schnell an die Schwärze. Er erkannte die Umrisse des Alten, der auf einer Pritsche in der Ecke schnarchte. Georg wog die Eisenstange in der Hand, trat näher, holte aus und ... Ein kreischendes Geräusch ließ ihn zusammenfahren. Er war der Katze auf den Schwanz getreten, die laut und deutlich ihr Missfallen zum Ausdruck brachte. Der Alte schreckte hoch, die Flinte in der Hand, die neben ihm gelegen haben musste. Der Schuss verfehlte Georg nur knapp. Im nächsten Augenblick drosch er auf den Schützen ein. Der eisenhaltige Geruch von frischem Blut mischte sich mit der stickigen Luft im Raum. Schnell trat er vor die Tür, bevor er zu würgen begann. Die Katze entwischte neben ihm in die Nacht.

Georg hatte gründlich über seine neue Identität nachgedacht. Der kauzige Einsiedler kam seinen Plänen zupass. Nachdem er die Drecksarbeit erledigt hatte, suchte er im Taschenlampenschein die Hütte ab und wurde sogar mit einer zerfledderten Mappe belohnt, welche die Ausweispapiere des Mannes enthielt. Am wichtigsten war die Geburtsurkunde. Aufgrund seiner Brandnarben würde man ihm sicher glauben, dass seine Papiere einem Brand zum Opfer gefallen waren.

Über dem Waschtisch des Alten hing ein alter Spiegel. Wieder betrachtete er den Menschen, mit dem er sich, trotz der exzellenten Arbeit der Schönheitschirurgen, visuell nicht identifizieren konnte. Das Gesicht blieb ihm fremd. Er war nicht mehr so attraktiv wie früher. Nur in seinen Augen erkannte er ein Stück von sich: die Berechnung, die ihm von jeher zu eigen war.

Wie seine Julia darauf reagieren würde? Sie sollte sich genau überlegen, was sie tat. Er würde sich nicht noch einmal von ihr demütigen oder verspotten lassen. Sie war schuld, sie und ihre Großmutter.

Der Hass kochte wieder in ihm hoch. Er warf das Brotmesser, das in der Spülschüssel lag, gegen die Wand, wo es zitternd im Holz stecken blieb. Sie würde mit seinem Zorn leben müssen. Ihn lieben und annehmen, bis dass der Tod sie scheide. Er würde sie lehren, jegliches Unglück in ihrem Blick zu verbergen und ihm das Gefühl der Vollkommenheit zu vermitteln. Was für eine Genugtuung sich an ihrer Qual zu weiden, zu wissen, wie sie im Verborgenen litt. Er verzog die schmalen Lippen zu einer krummen Linie, als er zu lächeln versuchte.

Am nächsten Tag suchte Ben alias Georg die Préfecture in Colmar auf. In der Fotokabine der Eingangshalle machte er die notwendigen Passbilder. Niemand zweifelte an seiner Geschichte, dass alle seine Unterlagen, außer der Geburtsurkunde, einem Brand zum Opfer gefallen waren. Man stellte ihm sogar einen vorläufigen Personalausweis aus. Zufrieden blickte er auf seine neue Identität. Jetzt war er offiziell Ben Langenbeck.

Erleichtert, dass dies erledigt war, fuhr er das schwedische Möbelhaus an, um sich für die Zeit, die er in der Hütte hausen musste, einzurichten. Auf der Heimfahrt hielt er in Jebsheim an der Bäckerei, um sich ein Sandwich zu kaufen, das er auf einer der Bänke vor dem Rathaus verzehrte. Der Brotladen war gut besucht, auch der Bioladen nebenan schien zu laufen. Niemand beachtete ihn. Sein Blick fiel auf den Schaukasten mit den Aufgeboten, in dem nur ein einziger Zettel hing. Er stutzte. Den Rest seines Snacks zermatschte er in der Faust und krümelte ihn auf den Boden.

Öffentliches Aufgebot: Eheschließung auf dem Rathaus Jebsheim zwischen M. Romulus Bellini und Mlle Julia Melodie Lüttke ... Er musste sich beherrschen, um nicht mit der Faust die Glasscheibe zu zertrümmern und das Blatt Papier herauszureißen. Sie wollte schon bald diesen Romulus heiraten. Wie konnte sie es wagen! Er dachte, er könnte die Sache in Ruhe angehen, aber jetzt geriet er unter Zugzwang. Auf dem Weg zu seinem neuen Heim kam er am Hof von diesem Bellini vorbei. Julias Wagen parkte neben der Scheune.

Zum Polterabend waren um die fünfzig Leute eingeladen, und weil oft spontan jemand mitgeschleppt wurde, rechnete Julia mit einem guten Dutzend mehr. Sie hatten sich gegen den in Frankreich üblichen Aperitif im Anschluss an die Hochzeit entschieden. Julia argumentierte, dass der Anteil an deutschen Gästen überwog. Romulus gefiel der Brauch, Geschirr zu werfen und locker mit Freunden zu feiern. Für einen Junggesellenabschied konnten sich beide nicht begeistern.

Der Duft von Steaks, Spießbraten und Würstchen zog durch die frische Herbstluft. Die aufgebockten Bretter, die als Buffet dienten, bogen sich unter den Schüsseln mit Kartoffelsalat und diversen bunten Salaten, welche die Gäste mitgebracht hatten.

Julia betrachtete begeistert Marits zweistöckige Torte, ein Kunstwerk aus Schokolade mit Mandelkrokant und Schokostückchen, die von einer fruchtig leichten Vanille-Himbeer-Kreation getoppt wurde. Auf den Rosetten thronten Röschen aus Zuckerguss und in der Mitte ein in zwei Teile zersprungener Teller aus Marzipan, der das Thema Polterabend aufgriff.

»Wo soll ich das Dessert abstellen?«, fragte Bobby, die ein Backblech auf dem Arm balancierte.

»Ist das Tiramisu?«, stieß Julia begeistert aus.

»Klar. Mein Beitrag. Wie du weißt, das Einzige, was mir gelingt.«

»Das Einzige vielleicht, aber auch das Allerbeste.« Julia nahm Bobby das Blech ab, damit sie ihre Schwester umarmen konnte.

Ein schrilles Quietschen, das in einen unangenehmen Pfeifton überging, ließ alle Anwesenden zusammenfahren und sich die Ohren zuhalten.

»Sorry«, hallte es durch ein Mikrofon. Dann erfüllten angenehme Klänge den Festplatz. Romulus stand an der Musikanlage und winkte zu Julia hinüber. Sein Hof lag außerhalb, weshalb die obligatorische Rücksichtnahme auf Nachbarn entfiel. Die Party nahm Fahrt auf, die Gäste aßen, redeten, tanzten und amüsierten sich. Zufrieden stellte Romulus fest, dass auch die ältere Generation das Tanzbein schwang. Immer wieder klirrten und schepperten ganze Stapel von Tellern auf der Polterfläche. Unter Jubelrufen wurden sie angehalten zu fegen, was sich aufgrund des steigenden Alkoholpegels zunehmend als schwierig erwies. »Lass uns tanzen, chérie. Als ich dem Polterabend zustimmte, ahnte ich ja nicht, dass das so in Arbeit ausartet.«

Er zog eine Schnute und Julia zwickte ihn mit einem bedauernden »Oh« in die Wange. »Eine Runde Mitleid mit dem Bräutigam!«

»Sei nicht so frech«, neckte er, »sonst überleg ich mir das mit der Hochzeit.«

»Pass auf. Ich bin mal kurz für kleine Mädchen und dann tanzen wir, versprochen.«

»Soll ich mitkommen?« Romulus zog sie eng an sich heran, um sie ausgiebig zu küssen. Er war in bester Stimmung und hatte Appetit auf mehr.

»Hey, ich geh nur aufs Klo. Bin gleich wieder da. Meinst du, du kannst das verschmerzen?«

»Das kann ich dir nicht versprechen.«

Er küsste sie nochmals, bevor sie ihn wegschob. Auch in ihr regte sich jetzt heißes Verlangen, aber ihre Blase drückte schmerzhaft. »Ich beeile mich, okay?«

Er seufzte. Was war er doch für ein Glückspilz, dass der Frühjahrsregen sie in sein Leben gespült hatte. Romulus kehrte zu seiner Männerclique zurück, von der ihm sofort ein frisches Bier in die Hand gedrückt wurde.

Kapitel 22

Seine Gäste unterhielten sich prächtig. Erst nach einer Weile fiel ihm auf, dass Julia nicht wie versprochen zum Tanzen gekommen war. *Wollte sie nicht nur kurz aufs Klo? Wie lange war das her?* Sein Zeitgefühl war ihm gänzlich abhandengekommen. »Marit, weißt du, wo Julia steckt?«

Marit, die mit Bobby am Salatbuffet ein wenig Platz für das Dessert schaffte, sah sich um. »Tut mir leid, nein. Ich habe sie schon eine Weile nicht mehr gesehen. Eigenartig. Ich dachte, sie ist bei dir?«

Marits Gesicht spiegelte seine Sorge. Zu frisch war die Erinnerung an ihr erstes Verschwinden. Sofort nagte die Furcht wieder an seinem Herzen. In Büchern las man an dieser Stelle: Vor Schreck war er gleich stocknüchtern, dachte er. Leider funktionierte das in der Realität nicht, wie Romulus feststellte. Er war ziemlich angeschickert, was er aufgrund der Feier völlig in Ordnung fand. Aber jetzt hatte sich die Situation geändert und es fiel ihm schwer, rational zu denken. *Sicher unterhielt sie sich an irgendeiner Ecke mit Freunden oder brauchte ein paar Minuten abseits des Rummels für sich.* Je mehr er versuchte, sich zu beruhigen, desto nervöser wurde er. Sie musste doch irgendwo stecken. Er befragte alle Grüppchen, die nach wie vor lautstark feierten. Niemand konnte ihm eine genaue Auskunft geben. Schließlich suchte er im Haus. Nichts. Dann fielen ihm Scheune und Stall ein. Es gab keine vernünftige Erklärung, warum sie sich dort aufhalten sollte. Wie eine Schlange kroch ihm Angst den Rücken hoch und mit der Angst kam die Übelkeit, die sicher auch dem Alkoholgenuss geschuldet war.

Romulus stellte sich auf eine umgestülpte Weinkiste und heischte um Aufmerksamkeit. »Alle mal herhören! Hallo?« Er fuchtelte mit den Armen. »Leute, hört doch mal her!«

Die Gästeschar grölte nur noch lauter. »Hallo!«, schrien sie und winkten zurück. »Fall bloß nicht von der Kiste, Romulus, sonst musst du auf Krücken zum Altar humpeln.«

»Nein, nein! Hört mir doch mal zu!« Verzweifelt kämpfte er um Gehör.

»Und Julia muss dich über die Schwelle tragen!«

Wieder brandete eine Lachsalve auf. Alle glaubten, das sei Teil eines Spiels oder des Unterhaltungsprogramms.

Marit drehte die Musik ab und abrupt kehrte Ruhe ein. Die Stille war greifbar.

»Der Bräutigam will was sagen«, rief jemand. Sie schauten erwartungsvoll zu ihm hin.

Jetzt, da er endlich die gewünschte Aufmerksamkeit hatte, schwankte er und hatte Mühe, das Gleichgewicht zu halten. Alle warteten gespannt, dass er etwas von sich gab. Aber seine Kehle war wie zugeschnürt. Er rang nach Fassung und holte tief Luft.

»Na los, Romulus, willst du uns eine Brautrede halten?«

»Oder einen Sketch vortragen?«

»Ja, einen Witz! Ich kenne auch einen guten!«

»Hat jemand Julia gesehen?«, brachte Romulus mit Mühe heraus.

»Oh, er sucht seine Julia! Hat jemand seine Julia gesehen?«

»Das ist kein Witz!«, schrie Romulus. »Verdammt! Sie ist weg! Wie vom Erdboden verschluckt. Kann mir jemand sagen, wo sie ist? Wer hat sie zuletzt gesprochen und wann?«

Die Verzweiflung brach sich in seiner Stimme Bahn und erschütterte die Gäste. Kurz schenkten sie ihm das gewünschte Interesse. Die Braut war verschwunden und niemand hatte sie gesehen.

»Eine Brautentführung?«, rief jemand in die Runde.

»Hey, doch nicht vor der Trauung! Spinnst du? Wer lässt sich denn so was einfallen?«, protestierte ein anderer.

Romulus war ratlos.

Julias Eltern eilten zu Romulus. »Komm runter Junge, bevor du umkippst.« Robert fasste ihn am Ellenbogen und half ihm von der Kiste. »Was ist passiert?«

»Wieso weiß niemand, wo Julia steckt? Seit wann vermisst du sie denn?«, fragte Angelika. »Wann hast du sie zuletzt gesehen? Und wo?«

Die Fragen prasselten auf Romulus ein. Mit den Händen umfasste er seinen Kopf, der sich hohl anfühlte. Die Gäste standen ratlos um ihn herum. »Wir haben Scherben gefegt und Julia musste aufs Klo. Hinterher wollten wir tanzen. Sie ist aber nicht zu mir zurückgekommen. Ich habe mir nichts weiter dabei gedacht. War ja möglich, dass sie in einem Gespräch bei jemandem hängen geblieben ist. Dann habe ich sie doch vermisst und mich auf die Suche gemacht. Vergeblich.«

»Wie lange ist das her, Romulus?«, fragte jetzt Marit.

»Keine Ahnung. Man schaut ja bei so einem Fest nicht auf die Uhr.«

»Ich schlage vor, dass wir alle genau nachschauen!«, rief Herr Lüttke in die Runde. »Die Frauen hier, wir Männer außerhalb des Hofes.«

»Mein Gott, Robert! Wenn es ihr gesundheitlich schlecht geht! Vielleicht ist sie ohnmächtig und liegt irgendwo? Ich mag mir gar nicht vorstellen, was alles passiert sein könnte«, jammerte seine Frau mit tränenerstickter Stimme.

Robert umarmte sie tröstend. »Dann hör auf, dir das vorzustellen. Wir finden sie schon, du wirst sehen. Das klärt sich sicher als harmlos auf. Unsere Julia ist doch ein vernünftiges Mädchen.«

Zur Suche strömten alle sternförmig auseinander. Die meisten wussten von der Transplantation und kannten den Ernst der Lage. Jeder wollte, so gut es ging, helfen.

Romulus rieb sich die Stirn. Was war hier los? Mit der Zeitreise konnte es nichts mehr zu tun haben. Das Klavier war ein Haufen Asche. Was aber nur er wusste, war die Sache mit dem Stalker. Laut der Nachricht seiner Großmutter war dieser nie in die Gegenwart zurückgekehrt. Er war tot. *Und wenn nicht,* flüsterte eine Stimme. Die Schlange der Angst war zurück und biss ihn in den Hals. Er rubbelte sich über das Gesicht, auf dem sich kalter Schweiß gebildet hatte.

Die Suche blieb erfolglos. Unschlüssig fanden sich die Gäste nach und nach wieder auf dem Hof ein. Keiner hatte mehr Lust auf Torte oder Dessert. Bald war allen klar: Das Fest war vorüber.

»Wir sollten das Essen abräumen«, sagte Frau Lüttke. »Hilfst du mir Bobby? Bring die Alufolie mit, Marit. Vielleicht mag der ein oder andere etwas mitnehmen? Ich muss meine Hände beschäftigen, sonst werde ich verrückt.«

»Ich bin auch um jede Aufgabe dankbar. Herrgott, wo könnte sie sein?«, fragte Bobby. »Ich verstehe das nicht. Man verschwindet doch nicht so.«

Marit, die mit Alu- und Frischhaltefolie anrückte, hatte den letzten Satz aufgeschnappt. Bobby hatte ja keine Ahnung! Marit sah Romulus an. Der schüttelte den Kopf. Es war sinnlos, mit der alten Zeitreisegeschichte noch mehr Verwirrung zu stiften.

Romulus rang mit sich. Sollte er von Georg berichten? Er konnte dessen Zeitsprung genauso auslassen wie Julias. War er aber tot, würde er ein Phantom in die Welt setzen, das es nicht gab. Er schwieg und ging zu Magnus, der die Elektrik abbaute. Dann war das Notwendige weggeräumt, der Rest konnte warten.

Automatisch fanden sich alle in der Küche ein.

»Wir müssen die Polizei informieren«, drängte Frau Lüttke und sah in die Runde.

Niemand widersprach, denn es herrschte allgemeine Ratlosigkeit, was man sonst noch tun könnte.

»Ich gehe persönlich vorbei«, sagte Romulus.

»Ich komme mit, denn ich werde fahren«, schritt Marit ein und sprang auf. »Mit deinem Alkoholpegel lasse ich dich nicht ans Steuer. Ich habe kaum was getrunken, weil ich mich um den Ablauf gekümmert habe.«

Daran hatte Romulus gar nicht gedacht. Er fühlte sich völlig ernüchtert, aber das war nur ein Gefühl und stimmte natürlich nicht.

Im Wagen war die Spannung greifbar.

»Ich habe ein Déjà-vu«, bemerkte jetzt Marit.

Romulus nickte. Wie sah sein zukünftiges Leben mit einer Frau aus, die dauernd spurlos verschwand?

Auf der Gendarmerie erinnerte man sich an Romulus und seine Begleitung, die wieder eine Julia Lüttke als vermisst erklärten. »Sie haben zusammen Junggesellenabschied gefeiert und gegen Ende des Abends ist Frau Lüttke nicht mehr auffindbar?«, fragte der Beamte an der Anmeldung.

Romulus nickte, es machte keinen Sinn, jetzt darauf hinzuweisen, dass es sich um einen Polterabend handelte.

»War jemand eingeladen, den sie von früher kannte? Wäre es nicht möglich, dass sie sich ein letztes Mal die Freiheit gegönnt hat und – na, Sie wissen schon?«

»Das ist jetzt nicht Ihr Ernst, oder?«

Marit griff ihn am Ellenbogen und warf ihm einen bittenden Blick zu. Romulus holte tief Luft, bevor er sich wieder dem Beamten zuwandte. »Nein, da war niemand, mit dem sie sich auf diese Weise vergnügen würde«, presste er durch die zusammengebissenen Zähne. »Das ist doch das Letzte.«

»Entschuldigung, es wäre nicht das erste Mal, dass so was vorkommt. Wir haben da so unsere Erfahrungen. Wir müssen das in Betracht ziehen.«

Der mitleidige Blick, den der Gendarme ihm zuwarf, war noch schwerer zu ertragen wie seine Frechheit bezüglich Julias Treue. Die Frage nach einer bestimmten Person erinnerte Romulus an Georg. Er musste mit dieser Information herausrücken. Er konnte die Möglichkeit nicht mehr außer Betracht lassen. Sein siebter Sinn, wenn es ihn gab, ließ alle Alarmglocken schrillen. »Es gibt da jemanden, der meine Braut in Deutschland gestalkt hat. Vielleicht steckt er dahinter? Wenn er ihr gefolgt ist und von der bevorstehenden Hochzeit erfahren hat, könnte er etwas mit ihrem Verschwinden zu tun haben.«

»Haben Sie ihn denn auf dem Fest gesehen oder sonstige Gäste, die sie nicht kannten?«

»Nein, natürlich nicht.«

»Kennen Sie den Namen von diesem Stalker?«

»Georg. Mehr weiß ich nicht, nur, dass er an der gleichen Schule in Freiburg wie Julia unterrichtet hat.«

»Das ist jetzt nicht dein Ernst, oder?« Marit, die schweigend zugehört hatte, funkelte Romulus an. »Da ist ein Verrückter hinter Julia her und ihr haltet es nicht für nötig, mich darüber zu informieren? Habt ihr den Schuss nicht gehört?«

»Was für einen Schuss? Sind Waffen im Spiel?« Alarmiert blickten die Uniformierten sie an.

»Was? Nein! Nur so eine Redewendung. Aber ich kann Ihnen den Namen der Schule sagen«, fuhr Marit fort.

Die Beamten nahmen alles zu Protokoll. Es war klar, dass sie mitten in der Nacht nicht sofort etwas unternehmen würden. Nur die Tatsache, dass sich die Vermisste aufgrund der kürzlichen Operation in einer Notlage befinden könnte, schien Eindruck hinterlassen zu haben. Darum käme für die Suche sogar ein Hubschrauber zum Einsatz. Sie versprachen am Morgen die Ermittlungen nach diesem Georg aufzunehmen. »Sie werden sehen, bis dahin hat sich sicher alles aufgeklärt.«

Daheim wurden sie ungeduldig von Julias Eltern erwartet.

»Und?«, fragte Romulus. »Gibt es hier was Neues?«

»Nein, nichts. Wie vom Erdboden verschluckt«, schluchzte Angelika.

»Was meint die Gendarmerie?«, fragte Robert. »Schicken sie einen Suchtrupp?«

»Heute Nacht nicht mehr. Sie haben alles aufgenommen und beginnen am Morgen mit den Ermittlungen.« Er blickte kurz auf seine Uhr. »Oder besser gesagt später. Gegebenenfalls fordern sie einen Hubschrauber an.«

Niemand wollte zu Bett gehen. Romulus feuerte den Kamin an, um die feuchte Kälte der Herbstnacht zu vertreiben. Sie setzten sich ins Wohnzimmer. Die Sorge um Julia und die Nacht umfingen sie alle gleichermaßen.

Julia öffnete langsam die Augen. Sie lag auf der Seite. Der ekelhaft süßliche Geruch in der Nase fand sich auch als brennender Geschmack auf ihrer Zunge wieder. Sie versuchte, sich am Kinn zu kratzen, aber sie scheiterte, weil ihre eingeschlafenen und schmerzhaften Arme unangenehm abgewinkelt an ihrem Rücken lagen. Sie war gefesselt. Die Haut an den Handgelenken brannte wie Feuer.

Die Erinnerung stellte sich nur bruchstückhaft ein. Sie hatte mit Romulus Scherben gefegt, als sie auf die Toilette musste. Sie wollte zurück zu den anderen, als ... Keine Ahnung, was geschehen war.

»Freut mich, dich endlich wieder bei mir zu haben, Julia Melodie Lüttke.«

Ein Satz voll triefender Ironie reichte, um ihn von den Toten auferstehen zu lassen. *Georg?* Wie von einem Katapult abgefeuert, rauschte Panik durch ihre Adern. Sie musste sich täuschen. *Georg ist tot. Kehrte niemals mehr zurück ...* Sie erinnerte sich an die Inschrift auf dem Stein. Die Angst setzte Adrenalin frei. Sie zerrte an ihren Fesseln, aber außer den Muskelschmerzen, die sie damit auslöste, schnitten die Bänder nur tiefer in die Handgelenke und sie stöhnte laut auf. *Gott bitte, lass es nur einen Albtraum sein,* flehte sie in Gedanken. Sie kniff die Augen zu, hoffte, neben Romulus im Bett aufzuwachen, doch statt seiner zärtlichen Berührung bohrten sich Fingernägel in ihre Haut. Dann hörte sie ein

Schaben. Ihre Hände waren frei. Unter Schmerzen drehte sie sich zurück auf den Rücken. Sie sah in das Gesicht eines Mannes, das nicht zu der Stimme und dem Bild in ihrem Kopf passen wollte. Es war ihr fremd. An manchen Stellen spannte sich die Haut fast durchsichtig über die Knochen. Aber diese Augen hätte sie überall wiedererkannt. Scharf zog sie die Luft ein. Vermutung und Gewissheit schoben sich übereinander. Vor ihr stand Georg. Geschockt rieb sie sich die blutenden Handgelenke.

Er schnalzte mit der Zunge. »Wer schreckt denn vor seinen eigenen Taten zurück? Das lasse ich dir jetzt mal durchgehen, sicherlich hast du nicht mit mir gerechnet. Vor einem vermeintlichen Toten kann man sich schon mal gruseln. Ich konnte es beim ersten Blick in den Spiegel auch nicht fassen, was du und deine Großmutter aus mir gemacht haben. Aber diese Erkenntnis gesteh ich dir nur dieses eine Mal zu. Hast du mich verstanden?«

Julia starrte fassungslos auf Georg.

»Glotz mich nicht so an!«, schrie er.

Seine flache Hand traf sie im Gesicht. Ihre Lippe brannte und ein Rinnsal lief in ihren Mundwinkel. Sie schmeckte Blut. Seine Finger fuhren grob in ihre Locken und zerrten sie von der Liege. Wie ein Sack plumpste sie vor seine Füße, was ein Stöhnen hervorrief. Vorsichtig versuchte sie, sich aufzurichten, aber ein Tritt in den Bauch katapultierte sie zur Seite und sie krümmte sich wie ein Klappmesser zusammen. Mit beiden Händen umfasste sie ihre Knie. *Ich werde sterben, er bringt mich um.*

»Habe ich was von Aufstehen gesagt?«

Julia verharrte stöhnend am Boden. Sie traute sich nicht aufzuschauen.

»So und jetzt zu den Regeln, wenn du das hier überleben möchtest: Ich erwarte Gehorsam, mein Wort ist für dich Gesetz. Du wirst mir Respekt und Achtung zollen, vor allem niemals in deinen Blicken zum Ausdruck bringen, was du siehst. Hast du mich verstanden?«

Sollte sie jetzt antworten? Oder war das eine rhetorische Frage? »Ja«, flüsterte sie.

»Ich kann dich nicht hören! Wie war das?« Er riss ihren Kopf an den Haaren hoch.

»Ja.«

»Gut und jetzt schenk mir ein Lächeln.«

Er fesselte sie an einen Eisenring, jedoch ohne sie zu knebeln. Dafür war sie dankbar, denn bei Stoff im Mund musste sie würgen und hatte Angst, an ihrem Erbrochenen zu ersticken. Er hatte ihr erklärt, dass ihr Schreien außer ihm niemand hören würde. Was ihr blühte, täte sie es doch, könne sie sich ausmalen. Dann verließ er die Hütte. Was für eine Situation. Wie sollte sie hier auf Hilfe hoffen? Sie konnte überall sein. Den Transport hierher hatte sie verschlafen. Keine Ahnung, ob sie zu Fuß oder mit dem Auto unterwegs gewesen waren. Sie nutzte die Zeit, in der Georg weg war, um sich ein wenig auszuruhen und umzusehen. Während seiner Anwesenheit durfte sie keinen Fehler machen. Fehler wurden sofort bestraft. Seinen Erwartungen gerecht zu werden, strengte sie an. Wie spielte man die glückliche, zufriedene Freundin, wenn der Körper vor Schmerzen in Flammen stand? Ihr Bauch brannte, die Narbe pochte. Quälende Angst saß ihr im Nacken.

Julia nahm immer noch Präparate, die ihre Immunabwehr minimierten, und diese dreckige Hütte war kein Ort, an dem sie sich aufhalten sollte.

Suchten die anderen nach ihr? Oder glaubten sie wieder an einen schlechten Scherz? Ihr wurde noch elender zumute, als ihr bewusst wurde, wie stark sich die Fälle ihres Verschwindens ähnelten. Ihre Eltern würden zur Polizei gehen, da war sie sich sicher. Sie wussten ja nichts von ihrer Zeitreise, oder hatten Romulus und Marit ihnen jetzt davon erzählt? Draußen wurde es hell. So lange war sie schon hier!

Sie hatte Durst. Ihr Hals kratzte beim Schlucken, gleichzeitig musste sie dringend Pippi. »Holt mich bitte hier raus!«, flehte sie. Aber gab es zu Hause überhaupt irgendeinen Anhaltspunkt, was mit ihr geschehen war? Eher nicht. Die Ausweglosigkeit war niederschmetternd.

Kapitel 23

Am Morgen kam die Gendarmerie auf den Hof. Erwartungsvoll sprang Frau Lüttke auf. »Sie kommen!«, rief sie der müden Gesellschaft zu, die mit dunklen Augenringen und zerknautschten Festkleidern in der Bauernküche saß. Sie öffnete den Männern die Tür.

»Gibt es schon Neuigkeiten?«, fragte Romulus.

»Nein, nicht wirklich. Über diesen Lehrerkollegen ist nicht viel bekannt. Er ist nach den Osterferien nicht an die Schule zurückgekehrt. An seiner Wohnadresse ist er nicht mehr gemeldet. Der Nachmieter hat keine Ahnung, wo er hingezogen ist. Lediglich seinen Namen konnten wir über die Schulbehörde feststellen. Er heißt Georg Graveley. Sagt Ihnen das irgendetwas?«

»Nie gehört«, sagte Frau Lüttke. »Ihr?«

Es folgte kollektives Kopfschütteln.

»Wir haben den Namen durch den Polizeicomputer gejagt, aber er taucht nirgends auf. Keine Straftaten, keine Auffälligkeiten, nicht mal einen Strafzettel wegen Falschparkens. Weder hier noch in Deutschland.«

»Wir werden uns jetzt draußen umschauen. Aufgrund der gesundheitlichen Situation der Vermissten wurde ein Helikopter angefordert.«, fügte der Kollege hinzu.

Kurz darauf hörte man einen Minivan vorfahren und Stimmen auf dem Vorplatz.

Romulus folgte den Männern nach draußen und auch Herr Lüttke schloss sich an.

»Non, non. Wir müssen Sie bitten hierzubleiben. Sie behindern nur die Ermittlungen. Es wird nach Ihrer Suchaktion heute Nacht schwierig genug, relevante Spuren zu finden.«

Das sah Romulus ein, obwohl er darauf brannte, dabei zu sein.

»Matthias! Schau dir das mal an!«, rief einer der Männer.

»Excusez moi.« Der Gendarme eilte zu seinem Kollegen.

Romulus reckte den Kopf, aber es hatte keinen Sinn. Von hier aus war es unmöglich, etwas zu erkennen. Frustriert kehrte er mit Robert ins Haus zurück. Draußen teilten sie sich in drei Gruppen à zwei Personen auf. Romulus beobachtete durch das Fenster, wie sie in der Scheune und seiner Werkstatt verschwanden. Die anderen schritten den Hof und die nähere Umgebung ab.

»Komm, Junge. Setz dich zu uns. Meine Frau hat frischen Kaffee gekocht. Lassen wir die Profis ihren Job machen.«

Nach einer Stunde waren sie mit der Suche durch und einer der Männer trat in die Küche. »Wie zu erwarten, sieht die Lage rund um den Hof wild aus. Falls hier Spuren waren, sind diese durch die Suchaktion in der Nacht vernichtet. Reifenspuren im Wald waren nicht zu finden. Wenn wir von einer Entführung ausgehen, wozu es bisher keine Anhaltspunkte gibt, fand diese nicht mit einem Fahrzeug statt. Jedenfalls nicht in unmittelbarer Umgebung. Auch Schleif- und Schleppspuren sind nicht vorhanden. Aber wir haben das hier gefunden. Gehört das ihrer Braut?« Er schob ein Plastiktütchen über den Tisch, in dem sich ein Silberkettchen befand.

Der Anhänger in Form eines halben Herzens löste ein Raunen bei den Anwesenden aus. Romulus zog seine Kette unter dem T-Shirt hervor. Es war die andere Hälfte des Freundschaftsanhängers, den er Julia geschenkt hatte.

»Ich muss an die frische Luft«, sagte Marit.

»Dann nimm bitte Lassie mit raus. Mir ist wohler, wenn sie bei dir ist. Sie ist zwar kein Schutzhund, aber sie warnt zuverlässig, falls sich jemand anschleicht«, erklärte Bobby. »Ich bleibe bei meinen Eltern. Sie wollen sich hinlegen.«

»Ich komme mit«, sagte Romulus. »Vielleicht finden wir doch einen Hinweis. Ich werde wahnsinnig, wenn ich hier tatenlos rumsitze.«

Sie nahmen den Weg in den Wald und gingen am Bach entlang.

»Ich bin völlig durch«, sagte Marit. Romulus hatte ihr Lassie abgenommen, die an ihrer Schleppleine hin und her sprang. Als nach einer Weile die Hütte auftauchte, stutzte sie.

»Was ist das denn? Wohnt da jemand?«

»Ach, das ist die Hütte vom Ben. Er ist ein wenig wunderlich, aber harmlos.« Romulus dachte an die Begegnung mit dem Alten und wie er mit seinem Gewehr auf sie gezielt hatte. Da war er ihm nicht mehr so harmlos vorgekommen.

»Du meinst nicht ...?«

»Aus welchem Grund sollte Ben meine Braut entführen? Ich bin mir nicht mal sicher, ob er überhaupt weiß, dass Julia bei mir wohnt und wir heiraten wollen.« Schweigend setzten sie ihren Weg fort.

»Was ist mit diesem Georg?«, hakte Marit nach. »Meinst du, er steckt dahinter? Glaubst du, er hat Julia entführt?«

»Ich weiß es nicht.« Romulus schwieg. Er konnte Marit jetzt schlecht erzählen, dass der Stein im Garten eine Nachricht von seiner Großmutter war, nach der zu urteilen, Georg zu den Toten gehörte. An die Schule war er laut Gendarmerie nicht zurückgekehrt.

Der Weg führte oberhalb der Hütte vorbei. Lassie zog schnuppernd voran. Immer mal wieder sprang sie ein Stück rechts und links des Weges, so weit die Leine es zuließ. Sie blieben einen Augenblick stehen.

»Ben scheint zu Hause zu sein. Sein Wagen steht hinter der Hütte«, sagte Marit.

Romulus' Gedanken kreisten um Julia. »Was sagst du? Bens Auto?«

»Ja. Und so alt sieht es gar nicht aus. Es kommt mir sogar recht sportlich vor.«

Romulus folgte ihrem Blick. »Das ist nicht Bens Wagen. Sicher hat er Besuch. Er hat gar kein Auto. Ich glaube, er hat nicht mal den Führerschein.« Er sah dem SUV nach, der jetzt den Feldweg Richtung Landstraße einschlug.

»Kommt dir das nicht komisch vor, Romulus? Ich habe ein unangenehmes Gefühl im Magen.«

Das hatte er auch, wenn er sich an Bens Reaktion von neulich erinnerte. Er hatte keine Lust, ihm nochmals auf die Pelle zu rücken und in seinen Gewehrlauf zu blicken. Andererseits ...

»Du sagst, er lebt wie ein Eremit, und dann hat er ausgerechnet Besuch, wenn Julia verschwunden ist?«, bohrte Marit nach.

»Was willst du jetzt machen? An seine Tür klopfen: Entschuldigung, haben Sie zufällig meine beste Freundin entführt? Das hier ist ihr Bräutigam, darf er sich bei Ihnen mal umschauen?«

»Mensch Romulus, hör mit dem Zynismus auf. Normalerweise befragt die Gendarmerie alle Personen in der näheren Umgebung. Hier hat sie das nicht getan. Die Hütte ist nicht weit von deinem Hof weg und zu Fuß leicht zu erreichen. Sollen wir nicht doch vorsichtig nachschauen, wenn wir schon hier sind?«

»Okay. Wir können uns ja diskret näher umschauen. Aber denke dir schon mal eine plausible Erklärung aus, was wir Ben sagen, wenn er fragt, warum wir um seine Hütte schleichen.« Das Gewehr erwähnte er jetzt lieber nicht. Mittlerweile drängte es ihn selbst, nachzuschauen. Warum Marit beunruhigen? Er nahm Lassie kürzer. Sie kehrten um und bogen in den Weg ein, der zur Hütte führte. Nicht weit, begann die Hündin aufgeregt im Laub zu schnüffeln. Sie hätte Romulus fast umgeworfen, als sie ihn wie verrückt an der Leine hinter sich herzog. »Lassie, spinnst du? Wir gehen jetzt nicht auf Kaninchenjagd.«

Aber sie beachtete ihn gar nicht. Stattdessen buddelte sie wie ein Schaufelradbagger im Laub und der weichen Erde. Romulus hatte Mühe, sie von der Stelle wegzuziehen, damit sie ihren Weg fortsetzen konnten.

Sie näherten sich der Hütte von der Seite. Marit versuchte, einen Blick durch das Fenster zu werfen. Die Scheiben waren so schmutzig, dass das nur bedingt möglich war. Sie sah dunkle Schatten und etwas, das am Boden hockte. »Ich glaube, da kauert nur ein Hund an der Wand, sonst kann ich nichts erkennen. Am Tisch scheint niemand zu sitzen.« Marit hörte von drinnen ein Klappern und duckte sich schnell unter dem Fenster weg.

»Das muss Bens Hund sein. Normalerweise schlägt er sofort an. Das ist merkwürdig. Wenn da ein Hund wäre, hätte Lassie sicher schon reagiert«, entgegnete Romulus.

»Sie schnüffelt interessiert, findest du nicht?«, flüsterte Marit. Die Hündin zog Richtung Tür und begann zu winseln. »Pst, Lassie! Du verrätst uns noch.« Unbeeindruckt von Romulus' Tadel, kratzte sie heftig mit der Vorderpfote an der Tür. Marit fasste sich an die Brust. Drinnen klapperte es erneut, aber niemand kam heraus. Jetzt bellte Lassie. Marit hielt ihr die Schnauze zu, was Lassie nur noch mehr aufstachelte.

»Hallo? Ist da wer?«

Romulus traute seinen Ohren nicht. Ohne zu überlegen drückte er die Klinke. Die Tür war verschlossen. »Julia? Bist du da drin?«

»Romulus? Romulus!«

»Zur Seite, Marit. Nimm Lassie!« Er nahm Schwung und krachte mit der Schulter gegen die Tür. »Verdammte Scheiße.« Stöhnend rieb er sich über die Stelle. Die Tür hatte keinen Millimeter nachgegeben. »Ich brauche eine Stange oder so was.« Romulus ließ Marit stehen und verschwand ums Haus. Kurz darauf kam er mit einem Spaten wieder. »Damit müsste es gehen.« Er steckte das Blatt in den Türfalz und hebelte mit dem Stiel an der Tür. Nach drei kraftvollen Anläufen gab das Schloss nach und er stand im schummrigen Licht des schmutzigen Raumes.

Die Hündin stürzte sich auf etwas, das sich an der Wand in die Ecke duckte.

»Romulus? Gott sei Dank! Lassie, guter Hund.«

»Julia!« Er kniete neben seiner Freundin, die angekettet an der Wand kauerte. »Bist du verletzt? Lassie, geh doch mal zur Seite. Dein Gesicht! Wer hat dir das angetan?« Vorsichtig fuhr er mit seiner Fingerkuppe über ihren Mundwinkel. Sie gab ein zischendes Geräusch von sich.

Marit kam näher. Sie zückte ihr Smartphone. »Scheiße, kein Netz!«

»Marit, lauf zurück, hol Hilfe und verständige die Gendarmerie. Vorne am Weg müsstest du Empfang haben. Beeil dich! Wer weiß, wann sie zurückkommen?«

Sie warf einen letzten Blick auf Julia, schnappte sich Lassie und rannte los.

»Wieso sie?«, fragte jetzt Julia. »Georg ist allein. Er hat mich betäubt und hierhergebracht. Wie habt ihr mich gefunden? Wo bin ich hier überhaupt?«

»Du bist gar nicht weit von uns weg, in Bens Hütte. Du erinnerst dich? Wo ist er hin?«

»Georg? Keine Ahnung.«

»Nein, Ben. Wo ist Ben?«

»Der war nicht hier.«

Romulus versuchte die Kette vom Ring zu lösen. »Das geht so nicht. Weißt du, wo der Schlüssel ist?«

»Der ist hier, bei mir«, sagte eine Stimme hinter Romulus, worauf dieser sich erschrocken aufrappelte. Beschützend postierte er sich vor Julia.

»Ach, wie reizend, der nette Nachbar und Möchtegern-Bräutigam. Hast du überhaupt keine Skrupel, im fremden Revier zu wildern? Julia war von Anfang an für mich bestimmt. Hat sie dir das nicht gesagt?«

Romulus' Blick huschte zum Schürhaken, der am Küchenherd hing, aber Georg kam ihm zuvor.

»Das würde ich an deiner Stelle lassen.« Er zog die Hand aus der Manteltasche und richtete die Pistole auf Romulus' Brust. »Wie würde es dir stehen, wenn ich dir eine Gesichtshälfte wegballern würde? Schau her, was deine Freundin mir angetan hat. Schreit das nicht nach Vergeltung?« Er zielte auf Romulus' Gesicht.

Julia kreischte. »Bitte Georg, nicht! Lass ihn gehen! Ich bleibe bei dir«, flehte sie.

»Hört, hört. Sie opfert sich für dich. Ist das nicht rührend?« Er verzog seine Lippen oder was davon übrig war zu einem Grinsen.

Romulus musste an Voldemort denken.

»Los!«, bellte Georg. »Auf den Boden!« Er warf Romulus eine Handvoll Kabelbinder hin. »Vorwärts, einen um die Fußgelenke und die Handgelenke, aber ordentlich.« Er machte Julia los. »Süße, hilf ihm.«

Julia griff nach den Plastikriemchen, die verstreut auf dem Boden lagen. Sie brauchte mehrere Versuche, um sie aufzuklauben.

Romulus sah ihre angstgeweiteten Augen, ihre Wange schimmerte bläulich. Wie sollten sie sich aus dieser vertrackten Lage befreien? Es hatte keinen Zweck beim Schließen der Fesseln zu schummeln. Georg starrte mit Argusaugen auf sie herab. Romulus streckte seine Hände Julia hin, um ihr die Aufgabe zu erleichtern. Sie brachte es nur mit Mühe fertig, das Bändchen durch die vorgesehene Lasche zu schieben. Ihre Berührungen, die sonst wohlige Schauer in ihm auslösten, waren kaum zu ertragen. Aus jeder Pore ihrer Haut drang die Verzweiflung. Tröstend strich er mit dem Daumen über ihren Handrücken.

»Wird das heute noch was?« Georg beugte sich hinunter und zog die Kabelbinder mit einem Ruck nach. Dann fesselte er Julias Hände auf den Rücken und hakte Romulus am Eisenring fest.

»Was hast du mit ihr vor? Das hat doch alles keinen Sinn. Sie wird gesucht. Du wirst gesucht.«

»Halt die Fresse! Nach mir sucht mit Sicherheit niemand mehr. Ich habe längst eine neue Identität, was Dank meines Gesichts keine große Sache war. Wenigstens einen Vorteil hat mir die Geschichte eingebracht.« Er warf Julia einen zornigen Blick zu.

»Was ist mit Ben?«, fragte Romulus, der Schreckliches ahnte.

Georg schnaubte genervt. Statt einer Antwort griff er nach einem schmutzigen Tuch, das in der Ecke lag. Er bückte sich zu Romulus hinunter. »Muss ich dir erst das Maul stopfen, dass endlich Ruhe ist?« Mit Daumen und Zeigefinger griff er in Romulus' Wangen und drückte wie mit einer Zange zu.

Dieser drehte den Kopf, um sich der Klammer zu entwinden, aber der Schmerz zwang ihn, den Kiefer zu öffnen. Der schmutzige Stoff füllte seinen Mund und sog das letzte bisschen Feuchtigkeit aus seiner Zunge. Seine Augen quollen vor Ekel hervor. Er richtete seine Aufmerksamkeit auf Julia, um sich vom Würgereiz abzulenken. Mit zusammengepressten Lippen saß sie da, bemüht, keinen Ton von sich zu geben.

Von draußen näherte sich rasch ein lautes Knattern, das fast ohrenbetäubend über die Hütte hinwegbrauste. *Der Hubschrauber,* dachte Romulus. Allerdings würde der ihm jetzt nicht viel helfen.

»Verdammt. Was zum Teufel ...« Georg warf einen Blick nach oben, als könnte er durch die Decke schauen.

Romulus versuchte, mit den gebundenen Händen eines von Georgs Fußgelenken zu umgreifen, aber er trat ihm mit dem anderen Fuß in die Flanke. Romulus krümmte sich zusammen.

Georg zog Julia mit einem Ruck auf die Beine. Er presste ihr die Pistole in die Rippen und schob sie, ohne sich nochmals umzudrehen, Richtung Ausgang. »Vorwärts, Zeit zu gehen!« Er öffnete mit einem Ruck die Tür. Dann brach die Hölle los.

Julia verschwand aus Romulus' Blickfeld. Ein Schuss fiel. Er sah, wie Georg rechts und links gepackt und bäuchlings auf den Boden gedrückt wurde. Stumm betete er, dass die Kugel sie nicht erwischt hatte. Gebellte Befehle drangen an sein Ohr. Dann stürmten Männer die Hütte, und er sah kurz in den Lauf einer Glock, bis die Beamten des Sonderkommandos GIGN, seine Lage erkannten und ihn befreiten. »Wie geht es Julia?«, keuchte er, sobald das Tuch aus seinem Mund entfernt worden war.

»Mitkommen!«

Auf eine Antwort wartete er vergebens.

Kapitel 24

In der Notaufnahme herrschte reges Treiben. Julia lag in einem Untersuchungsraum. Sie konnte hören, dass Romulus nach nebenan gebracht wurde. Als Bobby mit ihren Eltern kam, setzte sie ein tapferes Lächeln auf. »Alles okay. Mir geht es gut«, beruhigte sie ihre Mutter, die in Tränen aufgelöst an ihrer Liege stand. »Der Schuss aus Georgs Pistole ging ins Leere. Meine Niere hat die Tortur auch überstanden, aber es stehen noch ein paar Routineuntersuchungen an.«

Romulus kam um die Ecke. Er küsste sie zärtlich auf die geschundene Lippe. »Julia, ma chérie, jetzt wird alles gut.«

Das Hemd, das Julia trug, verrutschte. Frau Lüttke zog scharf die Luft ein, als die Hämatome zum Vorschein kamen.

»Dieses Schwein!«, brauste Romulus auf.

»Und du?«, lenkte Julia ab und griff seine Hand.

»Soweit okay. Ich darf nach Hause, aber dich wollen sie die Nacht hierbehalten. Ich lasse dich ungern allein. Marit hat das alles furchtbar mitgenommen. Sie haben ihr ein leichtes Beruhigungsmittel gegeben. Alle übernachten heute bei mir. Ich denke, niemand möchte nach dieser Aufregung allein sein.«

»Soll ich nicht hier bei dir bleiben?«, fragte ihre Mutter.

»Nein, Mama. Es ist okay. Geh mit Papa und Bobby. Ich bin hier bestens versorgt.«

Alle waren erleichtert, dass der Albtraum vorbei war. Julia bewunderte ihre Freundin, die sich wieder in die Hochzeitsvorbereitungen stürzte. Marit beteuerte, dass sie das ablenke. Nachdem klar war, dass Julia das Schleusenhaus behalten und zu Romulus ziehen würde, hatten sie ihren und Marits Wohnsitz nach Frankreich umgemeldet. Das kam ihnen für die bevorstehende Hochzeit zupass, denn man musste mindestens zwei Monate in der Gemeinde wohnen, um vor den Traualtar treten zu können. Marit war eisern entschlossen, das Fest des Jahres auf die Beine zu stellen. Sie bat Romulus, mit Julia bei ihr vorbeizukommen, um sich das Wohnzimmer anzuschauen, das sie in einen Festraum verwandelt hatte.

Julia stand staunend im umgeräumten Zimmer. »Wo hast du nur die ganzen Möbel hingetan?«

»Magnus ist mir zur Hand gegangen. Er hat mich gestern besucht. Alter Schwede ...« Marit kicherte und steckte das Brautpaar an. »Er ist so charmant und erstaunlich kräftig.«

»Was ist das?« Julia ging in die Ecke. Anstelle des Klaviers stand jetzt ein praktisches Sideboard an der Wand. Darüber hing ein Porträt von Amalia. »Wo hast du das denn her?«

»Das habe ich hinter dem Wäscheschrank gefunden. Es war in Packpapier eingeschlagen und klemmte an der Wand.«

»Beeindruckend. Es trifft sie bis ins Detail«, staunte Julia.

»Schön, dass es euch gefällt. Ich dachte, es freut euch, sie auf diese Art bei eurer Hochzeitsfeier dabei zu haben.«

»Danke, Marit«, pflichtete Romulus bei. »Ich weiß gar nicht, was ich sagen soll.«

»Ich schon: Sagt mir, ob wir eine lange Tafel mit T-Abschluss oder doch lieber ein U stellen sollen?«

»Mach es so, dass der Service bequem bedienen kann und der Platz optimal genutzt wird. So, wie ich meine Schwester kenne, hat sie das ein oder andere Spiel geplant. Um diese Jahreszeit kann man nie wissen, ob das Wetter hält und wir dafür nach draußen können.«

»Wenn es keine Katzen hagelt, möchte ich den Garten unbedingt für den Aperitif nutzen und erst zum Essen zu Tisch gehen«, sagte Marit.

Julia musterte ihre Freundin, die sich wie ein Wurm wand. »Was ist?«

»Was meinst du?«

»Ach Marit, dir brennt doch was auf den Nägeln. Spuck's aus.«

»Okay. Gibt es Neuigkeiten von Georg? Sitzt er in Untersuchungshaft?« Das Thema hatte bisher niemand angesprochen.

»Soviel ich weiß, ja. Es kommen eine ganze Reihe Anschuldigungen auf ihn zu: Kidnapping mit Körperverletzung, Urkundenfälschung, falsche Identität, etc. Der Eigentümer der Hütte wird noch vermisst.«

»Du meinst, er hat ihm was angetan?«

»Zutrauen würde ich es ihm. Er hätte alles getan, um dich zu besitzen. Voll krank.«

»Wir werden im Prozess aussagen müssen«, sagte Romulus. »Aber das dauert.« Er zog Julia an sich. »Komm. Zeit, nach Hause zu gehen. Du musst dich ausruhen, schließlich willst du am Wochenende den attraktivsten Junggesellen des Elsass' heiraten.«

Nachdem ihre Eltern nach Freiburg zurückgefahren waren, fuhr Bobby nach der Arbeit bei Julia vorbei. Lassie wartete auf ihren Spaziergang und das war die beste Gelegenheit, sich den Tatort anzusehen, an dem ihre Schwester gefangen gehalten worden war. Der Wald hatte schon ordentlich Herbstlaub abgeworfen. Er war nicht mehr so dunkel und dicht wie im Sommer. Da keine Wildtiere zu sehen waren, erlaubte sie der Hündin, ohne Leine zu stromern. Von Weitem sah sie das Absperrband der Gendarmerie, was Bobby nicht daran hinderte, den Weg zur Hütte einzuschlagen.

Lassie sprang voraus. Schnurstracks hielt sie auf eine abseitsgelegene Stelle zu, wo das Laub aufgewühlt war. Sie schnüffelte kurz und buddelte wild. Dabei bellte sie aufgeregt. Immer wieder blickte sie Bobby erwartungsvoll an.

»Lassie, was gräbst du denn da wieder aus. Lass das, du siehst aus wie Sau!«

Die Hündin störte das nicht, sie ließ nicht ab, sondern zerrte an etwas, das wie ein Jackenärmel aussah.

»Lassie! Aus! Hör auf!« Bobby trat näher und griff nach dem Halsband, um sie zur Raison zu bringen. Am Ärmel, den die Hündin in den Zähnen hielt, hing eine Hand. Bobby ließ los und stieß einen erstickten Schrei aus. Lassie, immer noch mit ihrer Beute im Maul, sah sie stolz an. »Großer Gott, Hund! Lass los!«

Panisch suchte Bobby in ihrer Jackentasche nach einem Leckerli, das sie jetzt der Hündin vor die Nase hielt. Widerwillig ließ sie von ihrem Fund ab. Der Arm plumpste zurück ins Laub. Bobby würgte. Schnell leinte sie Lassie an und zog sie gewaltsam vom Fundort weg. Sie gab ihren Puddingbeinen nach und setzte sich auf einen Stamm am Wegrand. Als sie zum Smartphone griff, erinnerte sie sich an Marits Worte: kein Netz. Sie versuchte es trotzdem, aber das Funkloch machte auch bei ihr keine Ausnahme. Es blieb ihr nichts übrig, als bis zum Hof zurückzulaufen.

Bobby stürmte aschfahl und keuchend in die Küche, wo Romulus mit Julia Kaffee trank.

»Was ist los? Komm, setz dich.«

Bobby ignorierte die Aufforderung. »Ich habe was gefunden, oder besser Lassie. Wir müssen sofort die Gendarmerie anrufen!«

»Bobby beruhige dich, ich verstehe kein Wort«, sagte Romulus.

»Ich glaube, Lassie hat Bens Leiche gefunden.«

Die Gendarmerie war eine halbe Stunde später vor Ort. Sie nahm Bobby im Streifenwagen mit zum Fundort. Der Wagen der Kriminaltechnik folgte ihnen. Sie führte sie an die Stelle, an der Lassie gegraben hatte, und musste mit einer Gendarmin zum Einsatzfahrzeug zurück, wo sie ihre Aussage zu Protokoll gab. Man gab ihr keine Auskünfte, aber dass es sich um Ben handelte, stand fest. Sie beobachtete, wie das Gelände mit einem Hund abgesucht wurde. Es dauerte nicht lange, bis das Tier anschlug. Bobby reckte den Hals, um zu sehen, was es gefunden hatte. »Noch mehr Leichen?«

Die Frage brachte ihr einen genervten Blick der Ermittlerin ein, auf den keine Antwort folgte. Bobby blieb allein im Wagen zurück. Die Frau tuschelte mit einem Kollegen. Aus den Gesprächsfetzen, die Bobby aufschnappte, schlussfolgerte sie, dass es sich um einen Tierkadaver handelte. Kurz darauf durfte sie gehen. Sie machte sich zu Fuß auf den Heimweg.

Romulus und Julia lauschten gespannt ihrem Bericht. Julia schüttelte fassungslos den Kopf. »Erst war Georg mein Kollege, dann Stalker und jetzt ist er zum Mörder geworden. Verdammt lange Anklageliste. Hoffentlich sperren sie ihn auf Lebenszeit weg.«

Zufrieden kontrollierte Marit die Sitzordnung im Schleusenhaus. Sie hatte sich für die T-Form entschieden, bei der die Brautleute und Eltern an der Spitze in Szene gesetzt wurden. Der Glanz der weißen Damasttischdecken aus Amalias Wäscheschrank gaben der Tafel die nötige Eleganz.

Es klopfte an die Terrassentür. »Hey Bobby! Komm rein.« Hinter Julias Schwester wuselte Lassie ins Zimmer und begrüßte Marit schwanzwedelnd.

»Brauchst du Hilfe?«

»Dich schickt der Himmel, der Caterer müsste ...« Es klingelte. »Da ist er schon.« Marit ließ Bobby stehen, um zu öffnen.

Bald stapelten sich im Flur Kartons mit Geschirr, Gläsern und Besteck.

»Auspacken und nachpolieren?«, fragte Bobby und stöhnte leise.

»Hundert Punkte.« Marit lachte. »Halb so wild. Zu zweit geht das ratzfatz.«

Bobby stellte den Besteckkasten auf den Küchentisch und schnappte sich ein Geschirrtuch. »Dann mal los. Ich kann dir dabei was Spannendes erzählen.« Genussvoll gab sie ihre Kriminalgeschichte zum Besten.

»Nicht zu fassen. Einfach nur gruselig. Wenn ich mir vorstelle, auf eine Leiche zu stoßen ...« Marit schüttelte sich. »Andererseits was für ein Glück. Wer weiß, wie lange sie dort gelegen hätte. Anscheinend war sie nicht tief vergraben, wenn Lassie sie so schnell ausgebuddelt hat?«

»Du hast recht. Die Möglichkeit, dass sich Aasfresser darüber hermachen würden, war groß.«

Marit hielt abwehrend die Hand mit dem Poliertuch hoch. »Stopp, Bobby. Hör auf, sonst wird mir schlecht.«

Gegen neunzehn Uhr waren sie fertig. Die Tafel war festlich gedeckt, die Stehtische mit Hussen überzogen und auf der Terrasse bereitgestellt. Sie würden diese erst morgen im Garten aufstellen. Romulus hatte zwei Biertische aufgebaut, die als Beistelltische genutzt werden konnten. Jetzt fehlte nur noch die Blumendekoration, die Marit am Vormittag abholen würde. Sie nahm Bobby in den Arm. »Du warst mir eine große Hilfe. Danke.«

»Nichts zu danken. Ich kann es gar nicht fassen, dass meine Schwester morgen vor den Traualtar treten soll.«

»Geht mir ähnlich. Seit Ostern ist so viel passiert. Die hatten es jetzt wirklich eilig.« Marits Handy surrte. »Eine WhatsApp von Julia: Wenn ihr fertig seid, kommt rüber. Romulus hat den Grill angeworfen. Und sag Bobby: wir haben an vegetarische Alternativen gedacht. Bis gleich!«, las Marit vor.

»Cool. Ich habe einen Bärenhunger, du auch?« Bobby rieb sich den Bauch.

»Warum wundert mich das nicht?« Marit lachte.

Kapitel 25

Ein letztes Mal fuhr Marit mit dem dicken Pinsel über Julias Wange. »Fertig.« Zufrieden betrachtete sie Julia. Das Make-up war nicht übertrieben, sondern unterstrich die zarten Züge ihrer Freundin. »Du kannst jetzt schauen, ob es dir gefällt. Noch kann ich was ändern.«

Julia stellte ihr Sektglas ab und trat vor den Spiegel. »Oh! Das ist perfekt. Kein bisschen zu viel, genau richtig!«

Marit sah die Rührung in ihren Augen und griff schnell nach der Box mit den Taschentüchern. »Tief durchatmen, brich jetzt ja nicht in Tränen aus, sonst ist alles dahin!«

Julia schniefte und lachte gleichzeitig. »Schon gut, ich reiß mich ja zusammen. Es ist so aufregend. Ich kann es immer noch nicht fassen.« Ihr Blick fiel auf die Uhr. »Oh mein Gott, in einer knappen Stunde stehe ich vor dem Traualtar. Jetzt werde ich nervös!«

»So kannst du aber nicht heiraten.« Marit begutachtete die Braut im Morgenmantel. »Komm, jetzt ziehen wir dich an.« Auf diesen Moment war Marit besonders gespannt. Vorsichtig nahm sie die Schutzhülle vom Brautkleid. Geschickt drapierte sie es auf das Bett, kniete sich davor und krabbelte mit ihren Armen unter den Röcken hinauf bis zum Ausschnitt. Julia hatte den Bademantel abgelegt und stand mit erhobenen Armen vor ihrer Freundin. »So, jetzt vorbeugen bitte«, kommandierte Marit und ließ den Traum aus weißem Tüll über Julia gleiten. Mit geschickten Fingern schloss sie die Knopfleiste. Zuletzt befestigte sie den Schleier auf der Steckfrisur, die der Friseur am Morgen aus der blonden Lockenmähne gezaubert hatte. Ein bisschen atemlos musterte sie die Braut. »Wow. Du bist wunderschön! Schau.«

Julia drehte sich vor dem Standspiegel um die Achse. »Ein Mädchentraum ist wahrgeworden. Sag mir, dass ich das nicht träume.«

»Oh, ich kann dich gern zwicken, aber einen blauen Fleck fände ich jetzt nicht so dekorativ. – Mensch Julia! Blau, das Stichwort. Fast hätte ich es vergessen und Romulus mich gekillt!«

Julia blickte Marit fragend an. »Was kommt jetzt?«

»Na, was Altes, Neues und Blaues!« Sie ging zu ihrer Handtasche und kramte darin herum. Dann trat sie vor Julia und öffnete feierlich eine kleine Schachtel. »Von Romulus, was Neues.«

Julia entfuhr ein entzücktes »Ah«, als sie die Ohrstecker betrachtete, welche die gleichen Rubine zierten wie ihren Verlobungsring. Mit zittrigen Fingern platzierte Julia die Schmuckstücke an den Ohrläppchen.

»Todschick. Du bist ein Glückspilz – so jetzt was Blaues.« Marit reichte Julia ein Strumpfband und grinste. Sie wusste, dass darauf später ein Spiel aufbauen würde. Aber das durfte sie nicht verraten. »Warte, dabei muss ich dir helfen.« Marit sank auf die Knie und hob das Brautkleid ein Stück an. »Hoch das Füßchen.« Sie streifte das Band über den Spann und zog es nach oben, bis ans Ende des halterlosen Strumpfes. Vorsichtig ließ sie den Rock wieder herunter und erhob sich ächzend. »Kammerzofe war früher auch kein Traumjob.«

»Wer weiß? Sicher besser als Böden schrubben.«

»Oh Gott, erinnere mich nicht daran. Eins fehlt noch«, sagte Marit geheimnisvoll.

»Was Altes?«

»Genau.« Marit drehte sich um und griff in eine weitere Schachtel. »Augen zu und nicht gucken!« Sie trat um Julia herum und machte sich an ihrem Hals zu schaffen. »Jetzt.«

Julia öffnete die Augen.

»Von deiner *richtigen* Mutter. Romulus hat sie mir gegeben.«

Um Julias Hals lag ein feingliedrig gearbeitetes Rubincollier, das ihr Dekolleté brillant in Szene setzte. Ehrfürchtig fuhr sie mit den Fingerkuppen über die Steine und Marit griff alarmiert zur Kleenex-Schachtel.

Die Trauung war im Gange und Julia schielte immer wieder zu Romulus, der neben ihr auf einem der roten Samtstühle saß, ihre Hand hielt und sie anlächelte. Wenn das ein Traum war, wollte sie nie wieder aufwachen. Anfang des Jahres schien alles trist und aussichtslos. Jetzt thronte sie in einer festlich geschmückten Kirche in Frankreich und war der glücklichste Mensch auf Erden. Nicht nur glücklich, sondern mit einer Zukunft und einem Menschen an ihrer Seite, dem sie vertraute und heute anvertraut wurde.

»Bitte erheben Sie sich zum Segen«, hörte sie den Pfarrer. Romulus hielt ihre Hand weiterhin fest umschlossen. In der anderen knüllte sie ein Taschentuch, das immer wieder zum Einsatz kam.

Dann fluteten die machtvollen Klänge der Orgel mit ihrem Nachspiel die Kirche und Romulus half Julia beim Umdrehen, was sich mit dem bauschigen Kleid recht schwierig gestaltete.

Die runden Flügeltüren öffneten sich und er flüsterte ihr zu. »Bereit?«

Julia nickte und schenkte ihrem Mann ein Lächeln. Mann und Frau. Wie unglaublich stark sich das anfühlte. Sie sah Marit mit dem Fotografen am Ausgang stehen. Jetzt spielte der Organist das Lieblingslied ihrer Mutter von Brahms an und Julias Herz begann zu flattern. Es war nicht das obligatorische Lied für den Auszug aus der Kirche, aber Julia hatte es sich gewünscht.

Feierlich schritten sie über den roten Teppich. Die Kirchgänger erhoben sich in ihren Bänken, die mit weißen Schleifen, Schleierkraut und Immergrün geschmückt waren. Das Glockengeläut setzte ein und mischte sich mit den Klängen der Orgel. Julia sah Tränen der Rührung in Marits Augen, als sie an der Seite von Romulus an ihr vorbeischritt.

Sie blieben unter dem blumengeschmückten Bogen stehen, der vor der Kirche aufgestellt war. Die Gäste, die hinter ihnen die Kirche verließen, bildeten einen Kreis um sie herum. Julia strahlte, der Fotograf hatte die Kamera im Anschlag und dann kam, auf was alle warteten: Romulus küsste sie.

Alle klatschten und johlten. Dann schloss Julia die Augen und warf ihren Brautstrauß hoch in die Luft. Kurz herrschte Stille, bis Jubel und Applaus aufbrandeten. Sie öffnete die Augen und sah Marit, die sichtlich verdutzt den Strauß an ihre Brust drückte.

Marit lenkte von sich ab, indem sie schnell einen Käfig auf Rollen heranzog. Wie ein Zauberer entfernte sie mit einem Ruck das Tuch, das den Inhalt verdeckte.

»Oh, schau nur!«, rief Julia. Gemeinsam mit Romulus öffnete sie den Deckel und unter »Ah« und »Oh« Rufen stiegen die roten Herzballons in den blauen Himmel.

»Das war meine Idee«, sagte Marit, »als Zeichen eurer Liebe, der Treue und des Glücks.«

Julia tupfte Freudentränen von ihrer Wange. Wie sie den Ballons nachschaute, glaubte sie kurz, die Stimme ihrer verstorbenen Mutter zu hören.

»Alles Liebe, mein Schatz!«, schien sie zu flüstern, während die letzten Töne der magischen Melodie auf der Orgel hinter Julia verklangen.

Ende

Danksagung

An dieser Stelle möchte ich allen danken, die mir geholfen haben, »Das magische Klavier« ins Leben zu rufen. Meinen beiden Schreibkolleginnen Anathea und Sandra, für inspirierende und lustige Freitagstreffen auf Zoom, bei denen auch mal hitzig diskutiert wurde; Ina Broich und Christina Faust, mit denen ich im Rahmen des NaNoWriMo an dunklen Novembertagen gemeinsam in die Tasten gehämmert habe; Jasmine Sievers, meiner ersten begeisterten Testleserin, die mein Manuskript in einem Rutsch verschlungen hat; meiner Lektorin Eva-Maria Nielsen; Ilka Sommer, die mein Manuskript dem Korrektorat unterzogen hat und nicht müde wurde, alle meine detaillierten Fragen zur Grammatik zu beantworten und darüber hinaus immer ein offenes Ohr für mich hatte; meiner Bloggerin par excellence Anett Mitzschke, die sich ganz am Schluss noch mal auf die Jagd nach Fehlerteufeln gemacht hat; und den vielen Mitgliedern des Papyrus Autor Benutzer Forum, die mir postwendend geantwortet haben, wenn ich an den Einstellungen in meinem Schreibprogramm zu verzweifeln drohte. Bei der Recherche zum Thema Nierentransplantation, Eurotransplant und Lebendspende durfte ich mich an den Leiter der Sektion Transplantationschirurgie in Freiburg, Dr. Bernd Jänigen wenden, der sich die Zeit genommen hat, mir alles zu erklären, unter anderem wie lange die Vorbereitung auf eine Transplantation tatsächlich dauert, so dass ich den Plot nochmals überarbeiten musste – es hat sich gelohnt, denn das Buch hat dadurch enorm gewonnen. Sollten Betroffene dennoch auf etwaige Unstimmigkeiten stoßen, so gehen diese auf mein Konto und ich möchte mich an dieser Stelle dafür entschuldigen.

Mein Dank gilt auch meiner Coverdesignerin Kristin Prang, die meinem Debütroman dieses wunderbare Kleid kreiert hat und Julia Antonia Reimann, deren Buchsatz für das angenehme Leseerlebnis verantwortlich ist.

Zuletzt ein großes Dankeschön an meinen Sohn Julien, für seinen Zuspruch das Schreiben professionell anzugehen, sowie meinen Mann, der sich immer wieder erkundigt hat, ob ich noch lebe, wenn ich gar nicht mehr aus meinem Schreibzimmer aufgetaucht bin und mir auf unserem Hof und im Garten durch seinen Einsatz den Rücken freigehalten hat.

Über die Autorin:

Marianne Carrera, Jahrgang 1967, stammt gebürtig aus Rheinland-Pfalz. Sie hat einen Abschluss als Wirtschaftsleiterin und medizinische Fachangestellte. Ihr Debütroman ‚Das magische Klavier' ist Band I der dreiteiligen Schleusenhausreihe, die im Elsass spielt.

Der zweite Band ist bereits in Vorbereitung. Alle Teile können auch unabhängig voneinander gelesen werden.

Seit 1993 lebt sie mit ihrer Familie im Elsass, wo sie einen kleinen Bauernhof bewirtschaftet und jahrelang eine Ziegenzucht betrieb. Außerdem engagiert sie sich ehrenamtlich im Tierschutz.

Follow me:

www.mariannecarrera.com

www.instagram.com/mariannecarrera.autorin

www.facebook.com/marianne.carrera.autorin

www.amazon.com/author/marianne_carrera

Über eine Rezension würde ich mich sehr freuen!

Liebe Leserin, lieber Leser!

Vielen Dank, dass Du Band 1 der Schleusenhausreihe ‚Das magische Klavier' gelesen hast. Wenn es Dir gefallen hat, schreibe doch eine kleine Rezension. Das würde mich ungemein freuen. Warum das für uns Autor*innen wichtig ist? Nur so steigen die Bücher im Ranking und die Sichtbarkeit wird erhöht. Dadurch werden auch andere Leser*innen auf meine Bücher aufmerksam und können sie finden. Nur ein Buch, das sichtbar ist, wird gekauft und damit stellst Du sicher, dass ich auch weiterhin Geschichten schreiben und veröffentlichen kann. Die Rezension muss nicht umfangreich sein. Jede kleine Rezension hilft! Auf der Plattform Deiner Wahl.

Ich danke Dir im Voraus.

Deine Marianne Carrera

Mehr über Marianne Carrera und ihre Projekte unter:
www.mariannecarrera.com

Bereits erschienen

Eine mysteriöse Erbschaft und ein Familiengeheimnis mit Verwicklungen ...

Die junge Lehrerin Julia verbirgt ihre gesundheitlichen Probleme hinter einer perfekten Fassade. Von ihrem Freund verlassen, gerät sie in finanzielle Schieflage und muss aus der gemeinsamen Wohnung. Da kommt ihr das Erbe von Amalia Kraft gerade recht, die ihr ein Schleusenhaus im Elsass vermacht. Aber wer war diese Unbekannte? Um einem aufdringlichen Lehrerkollegen zu entkommen, beschließt Julia, der Sache im Elsass auf den Grund zu gehen. Bereits beim Betreten spürt sie eine magische Verbindung zu dem alten Haus. Dort trifft sie auf Romulus Bellini, den charmanten Enkel der Verstorbenen. Schnell fühlen sich die beiden zueinander hingezogen. Nichtsahnend, dass die Verbindung weitreichende Auswirkungen auf ihr Leben haben wird, ergreift Julia die Chance, einmal die wahre Liebe zu erleben. Gemeinsam versuchen sie, das Geheimnis um das Erbe zu lüften, bis Julia plötzlich spurlos verschwindet ...

Ein spannender Liebesroman mit einem Hauch Mystik, vor der Kulisse des südlichen Elsass.

Ein mysteriöser Fund und ein Familiengeheimnis aus längst vergangener Zeit ...

Marits Traum vom eigenen Café hat sich erfüllt. Das Glück scheint perfekt, bis Umbaupläne sie vor neue Herausforderungen stellen und Baggerarbeiten einen schrecklichen Fund zutage fördern. Bizarre Träume suchen Marit heim. Ausgerechnet jetzt ist ihr Freund Magnus in Schweden, wo er um das Leben seines Vaters bangt. Die Trennung stellt die Beziehung auf eine harte Probe und Magnus ahnt nicht, dass Marit ihm etwas verschweigt. Als sie beschließt, Magnus einzuweihen, geschieht ein furchtbares Unglück ...

Ein spannender Liebesroman mit einem Hauch Mystik, vor der Kulisse des südlichen Elsass.

Turbulenzen rund um Verantwortung, Familie und Tierschutz ...

Lässig, locker, ungebunden und ein bisschen chaotisch: Das ist Bobby. Mit Einzug in das Schleusenhaus ändert sich ihr Leben schlagartig. Neben der Arbeit in der Tierarztpraxis und der Eröffnung einer kleinen Tierpension, verspricht sie drei Wochen auf ihr Patenkind Annika aufzupassen. Die Kleine hat ihre ganz eigenen Vorstellungen und Bobby wächst die Verantwortung schnell über den Kopf. Selbst ihr lockeres Verhältnis mit Serge leidet unter der Sechsjährigen. Eine feste Beziehung kommt für Bobby nicht infrage, aber dann wird ihr attraktiver Chef wieder Single. Er sorgt sich zunehmend um Bobby, die, nach einer entsetzlichen Entdeckung im Wald, auf eigene Faust ermittelt. Gibt es einen Zusammenhang mit den Giftköderanschlägen rund um die Tierarztpraxis ...?

Ein spannender Liebesroman vor der Kulisse des südlichen Elsass und der letzte Band der dreiteiligen Schleusenhausreihe.

Ein Garten, Geheimnisse und ein Neuanfang mit Hindernissen ...

Véroniques halbherziger Versuch dem Leben in Freiburg ein Ende zu setzen, wird durch einen Junggesellenabschied vereitelt. Nach einer wilden Partynacht verschlägt es sie ins benachbarte Elsass, wo sie in einer Bar Eva Dupré kennenlernt, die ihr eine Ferienwohnung auf dem Reiterhof ihres Bruders vermietet. Um den ruppigen Fabien und seine Pferde macht Véronique einen großen Bogen, bis Luca, der die Gärtnerei betreibt, sie zu einem folgenschweren Spazierritt einlädt. Gut, dass es den verwilderten Garten gibt, der Véroniques geschundener Seele Heilung verspricht. Leider ist das Glück nur von kurzer Dauer, denn das Anwesen soll veräußert werden. Heißt es für Véronique, bald wieder Abschied nehmen?

Ein spannender Frauenroman vor der Kulisse des südlichen Elsass und der erste Band der Glücksreihe Mauchen Chapelle.